咆哮山莊

新裝珍藏版

艾蜜莉·白朗特——著　　伍晴文——譯

Wuthering Heights

「我，就是希斯克里夫」：論《咆哮山莊》之愛恨情仇

教育部國家講座主持人
陽明交通大學外文系終身講座教授
馮品佳

十九世紀英國文壇人才濟濟，也是英國小說成熟的黃金時期，若論起當時文采洋溢的文學家族，恐怕無人能出白朗特家族（the Brontës）之左右。夏綠蒂（Charlotte）、艾蜜莉（Emily）、與安（Anne）三姊妹先後出版了詩集以及數本小說，其中夏綠蒂的《簡愛》（*Jane Eyre*）與艾蜜莉的《咆哮山莊》（*Wuthering Heights*）早已成爲英國文學的必讀文本，而《咆哮山莊》更在二〇〇三年五月被諾貝爾學院與挪威讀書會列入有史以來世界文學的一百部經典文學作品之一。就像《簡愛》一樣，《咆哮山莊》綜合了志異小說與成長小說的傳統，但是妹妹的作品較姊姊的更具有野性與原始的力量，彷彿艾蜜莉這位三十歲就早夭的天才女作家早已自知來日無多，而將畢生的精力都貫注於這本唯一的小說作品之中。

艾蜜莉短暫的一生可以說十分私密，除了短暫的出外求學與擔任家庭教師的經驗之外，幾乎都待在約克郡（Yorkshire）荒涼的哈渥斯（Haworth）村子裡。艾蜜莉六歲時與姊姊們一起被送到牧師女兒的寄宿學校，一年後在兩位姊姊紛紛因爲學校環境太差罹患肺結核死後就和夏綠蒂回到家中。她八歲時父

親送給弟弟一盒木頭玩具兵，此後十六年這簡單的玩具就成爲白朗特家幾個孩子想像的泉源。雖然艾蜜莉寫的〈剛道爾〉（*Gondal*）故事未能流傳下來，但是這些早年的文學創作可以說是她磨練寫作技巧的重要習作。除了家事、寫作之外，艾蜜莉最喜愛的活動就是在荒蕪的高地散步。我們可以想像《咆哮山莊》充滿原始自然的特質，就是在一次次孤獨的荒原行走之中建構出來。她最大的文學成就，或許就是將荒地之中堅韌強悍的自然力量轉換成小說中充滿激情的角色，使得《咆哮山莊》中複雜但是充滿本能性的愛恨情仇令讀者永誌難忘。

《咆哮山莊》所呈現的激情其實與維多利亞時代講求中庸節制的規範有所牴觸，因此出版之後並未受到當時讀者的青睞，就連夏綠蒂都對於希斯克里夫（Heathcliff）這個有如狂風暴雨般的角色未置可否。但是時間證明了一切，百餘年之後《咆哮山莊》就是因爲文本所充分表達之情感的深度與濃度而成爲世界文學的經典。

故事開始的時間是一八〇一年隆冬，第一人稱的敘事者洛克伍德（Lockwood）向希斯克里夫租下畫眉田莊（Thrushcross Grange），希斯克里夫自己則住在咆哮山莊。洛克伍德覺得希斯克里夫形跡詭異，因此向管家奈莉（Nelly）打聽，奈莉於是娓娓道出一段三十年的陳年往事。希斯克里夫與凱瑟琳（Catherine Earnshaw）是青梅竹馬的伴侶，但是希斯克里夫是凱瑟琳的父親從利物浦撿回來的吉普賽棄兒，而凱瑟琳則是咆哮山莊的大小姐。凱瑟琳的父親非常寵愛希斯克里夫，不但把自己夭折兒子的名字給了希斯克里夫，對他比親生兒子辛德雷（Hindley）更加疼愛。懷恨在心的辛德雷在父親去世後將希斯克里夫貶爲低下僕役，更禁止凱瑟琳與他來往。凱瑟琳在一次外出中結識鄰居畫眉田莊的林頓

（Linton）家人，並接受林頓家少爺艾德加（Edgar）的求婚，希斯克里夫憤而出走。數年後希斯克里夫重返咆哮山莊，從因喪妻之痛一蹶不振的辛德雷手上騙到房產，將辛德雷的兒子哈里頓（Hareton）當作傭僕，並且娶到艾德加的妹妹依莎貝拉（Isabella）。依莎貝拉不堪希斯克里夫虐待逃走，生下一子，取名林頓。凱瑟琳在見到希斯克里夫之後也患病，在生下小凱瑟琳之後死去。希斯克里夫為了吞併畫眉田莊，欺騙小凱瑟琳嫁給林頓，因此在林頓死後順利成為畫眉田莊的主人，然而他終生難忘凱瑟琳，不惜被她的鬼魂纏身，只求凱瑟琳的魂魄能與他相隨。小說結束於一八〇三年新年之日。洛克伍德回到咆哮山莊時希斯克里夫已經暴斃，小凱瑟琳與哈里頓則由互相厭惡到欣賞，有情人結成眷屬，也結束了兩個家族幾代的紛爭。

而小說中最著名的一句，大概就是女主角凱瑟琳對於女管家奈莉宣稱「我就是希斯克里夫」來解釋她與男主角希斯克里夫之間心靈相繫、至死不渝的情感，因為對於凱瑟琳而言「他比我更像我自己」。情愛的確是這部小說的主要情節，環繞在兩代之間纏夾糾葛的婚姻與愛情關係，而以同名的凱瑟琳母女在文明與自然兩種不同世界中情感的成長為主軸。小說中的兩個莊園各有其象徵的意義。畫眉田莊代表的是中產階級地主家庭「文明」的生活，咆哮山莊則相對代表原始、自然的力量。而希斯克里夫的名字也是自然的代表：生長在峭壁（cliff）的石楠樹叢（heath），充滿了野生植物的活力與毅力，更是荒原生態的一部分。凱瑟琳因為羨慕畫眉田莊的「文明」，想要符合社會規範，而放棄她與希斯克里夫在自然原野中滋生的情感，但是她至死都對於希斯克里夫念念不忘，可以說是擺盪在「文明」、「社會」與「自然」之間。生長於畫眉田莊的小凱瑟琳雖然沒有這種內在的掙扎，但是她同樣需要歷練文明與自然的不同。小凱瑟琳先是將同情當作愛情被騙嫁給看似文質彬彬其實極爲自私的林頓，之後對於未受教育、看來粗鄙但本性質樸的哈里頓由嫌惡、同情到產生愛情，展現她母親所未能達到的情感上之成熟。母女名字的重複象徵性地強調小說中循環不止的情愛紛爭，然而上一代情感不完滿的遺憾在下一代身上得到了補償，這可以說是艾蜜莉對於愛情一個較爲浪漫的詮釋與處理。

愛情固然是小說浪漫情節的主題，仇恨也同樣是這部小說令人難忘之處。特別是貫穿全書的希斯克里夫，他的恨與他的愛一樣強烈。希斯克里夫在偷聽到凱瑟琳向奈莉表示下嫁身爲僕役的他會貶低她的身分後因愛生恨，從此以他的生命做爲復仇的籌碼。就文學典型而論，皮膚黝黑的希斯克里夫是小說中階級與種族的他者（other）。他來歷與種族不明，更不屬於任何一個家族，但復仇的意志使他有效地擾亂了兩個家族的生活與傳承。他對於畫眉田莊的「侵入」尤其可以說有如自然對文明的一種反撲，因此小說中的其他角色視他爲撒旦，而他的行爲也的確堪稱爲文學中撒旦型英雄（satanic hero）的表率，也是浪漫主義文學英雄的另外一種化身。

但是希斯克里夫也是艾蜜莉筆下創造出來的獨特人物。歐慈（Joyce Carol Oates）有個很有意思的論點可供讀者參考。她認爲希斯克里夫是艾蜜莉對於志異傳奇英雄的一種反諷，也提醒讀者不要以文學刻板印象誤讀了這個有趣的角色。希斯克里夫的「浪漫」層面可以從他對於凱瑟琳不變的愛中得到印證：「我必須提醒自己要呼吸——幾乎必須提醒我的心臟要跳動」。這樣有如言情小說的台詞使他足以成爲浪漫傳奇的男主角。但是希斯克里夫對於依莎貝拉的殘忍又違背了傳統的傳奇英雄造型。希斯克里夫自己也不容許別人「誤解」他的本性，因此不斷調侃、破解依莎貝拉的幻想，並藉此警告讀者不要犯了依莎貝拉的錯誤。他的確可以情深意重，但是只對凱瑟琳一人如此，對於其他的人希斯克里夫可以有如魔鬼般的狡詐殘酷。

然而《咆哮山莊》也的確是志異小說傳統的產物。小說志異之處除了咆哮山莊陰鬱的建築景觀帶有濃厚的中古世紀氛圍，更以鬼魂出沒的傳說建立魅影重重的詭譎氣氛。洛克伍德在似睡似醒之間見到凱瑟琳的鬼魂，以及希斯克里夫暴斃後村人傳說見到他與凱瑟琳的魂魄相依相伴出沒於積雪覆蓋的荒原之間，是兩個最著名的例子。此處超自然的成分就像許多十九世紀的志異文本一樣是用以再現角色的心理狀態。奈莉也曾經稱希斯克里夫是吸血鬼（vampire）或食屍鬼（ghoul），以鄉野人民的迷信側寫他復仇行動的恐怖與內心世界的黑暗。同時，艾蜜莉對於超自然成分模稜兩可的處理也爲小說添加了懸疑的色彩。我們永遠無法確定到底是否有鬼魂的存在，能夠確定的只有凱瑟琳與希斯克里夫足以穿透陰陽界線的深情。

小說中甚至連敘述者的位置與敘事本身的可靠性都模稜兩可。框架式的敘述方式與敘事者的可信賴程度是批評家在閱讀《咆哮山莊》經常探討的話題。框架式的敘事是志異小說常用的方法，藉以製造眾人口耳相傳的效果。歐慈以「中國盒子」（Chinese box）來形容故事中層層包夾其他故事的敘事方法。這種方法使得閱讀過程有如打開一個盒子之後又發現其中另有一個盒子，持續進行而似乎永無止境，對於小說本身展現的重複性是一種有趣的回應。不論是框架式或是中國盒子的方式都是一種間接性的敘事，使得讀者永遠是在接收第二手甚至第三手的資料。例如在《咆哮山莊》中我們讀到的是洛克伍德記載奈莉所說的故事，雖然有確切的日期，他的紀錄是否正確已成疑問，而奈莉的記憶是否無誤、甚至她是否是個有偏見的敘述者都值得討論，因爲小說中奈莉對凱瑟琳及希斯克里夫一直都表現某種敵意，對他們的行爲也時有批評。

但是這麼多的懸疑並不代表《咆哮山莊》缺乏明確的道德中心與規範，只是提醒讀者更小心的閱讀與思考小說文本。希斯克里夫無疑是個充滿黑色魅力的男性，他愛恨皆深的激情使他成爲文學史上重要的原型，同時成爲許多後來作家模仿的對象。但是艾蜜利也讓我們體會到他的激情所具有的殺傷力，將周遭之人都捲入復仇的漩渦之中，亦令他自己萬劫不復。結尾時咆哮山莊與畫眉田莊重回哈里頓與小凱瑟琳的懷抱頗有物歸原主之意，正有如莎士比亞戲劇結局重建社會秩序的必然性與必要性。在搬演過各種的愛恨情仇之後、在狂風暴雨橫掃之後，一切終將歸於平靜，留給讀者的是對於人性的深沉省思與無窮回味。

參考資料：

Oates, Joyce Carol. "*The Magnanimity of Wuthering Heights.*" 17 July 2002. http://storm.usfca.edu/~southerr/wuthering.html.

Chapter 1
第一章

時值一八〇一年，我剛去拜訪過房東，也是之後讓我傷透腦筋的孤獨鄰居。這兒絕對是塊如詩如畫的淨土！眞不敢相信，我竟然能在英格蘭找到這麼一個與世隔絕的好地方，簡直就是隱士的天堂。希斯克里夫和我共享這片荒野，倒是很合適的一對。他眞是個絕妙的人！當我驅馬向前打招呼時，他那對黑眼睛緊蹙在眉毛底下，滿臉猜忌地緊瞅著我。當我報上名時，他的手更往口袋深處裡探去，一副滿懷戒心的神態。他可能無法想像，當我看到這樣的情景時，心裡竟然對他產生一股特別的親切感。

「希斯克里夫先生嗎？」我問道。

他點了一下頭以示回答。

「先生，我是洛克伍德，您的新房客。我一到此地，便盡快過來跟您打招呼，希望我執意要租下畫眉田莊，沒有對您造成任何不便。昨天我聽說您想——」

「畫眉田莊是我的財產，先生。」他眉頭一皺，打斷我的話：「只要我不願意，誰也無法造成我的任何不便。進來吧！」

這一聲咬著牙說的「進來吧」，就好像在詛咒道：「見鬼吧！」他甚至只是靠著大門，一動也不動，並沒有爲這句話做出任何動作。而當下的情況，讓我決定趕快接受這邀請：因爲我對這個看起來比我還要孤僻的人頗感興趣。

當他看到馬的胸部快要碰上柵欄，伸出手解開門鍊，接著陰沉地領我走上石板路。當我們一進院子，他便大聲喊道：「約瑟夫，把洛克伍德先生的馬牽走，再拿點酒來。」

「依我看，田莊裡應該只有這麼個僕人吧，」聽了那兩句命令後，讓我有了這樣的想法，「難怪石板縫裡長滿了雜草，大概也只有牛幫他們修剪籬笆罷了。」

約瑟夫是個上了年紀的人，不，應該說是個老頭子；也許有點老了，不過身子骨看起來還相當結實。「老天保佑！」他接過我的馬時，滿臉怏怏不樂地悶聲咕噥這句話，同時又惡狠狠盯了我一眼。我只能大發善心地猜想，他應該是需要老天爺來幫助他消化消化肚裡的晚餐吧。他那虔誠的祈求，跟我的不請自來應該毫不相干才是。

咆哮山莊是希斯克里夫先生宅邸的名稱。「咆哮」，是個意味深長的當地用語，形容這地方在暴風天裡風雨肆虐襲擾的景況。的確呀，他們這兒隨時都會有清新、振奮精神的空氣流通。只要看房子那頭長得太過傾斜的幾株矮小樅樹，還有那一排細瘦的荊棘，都面朝同一個方向伸展著，彷彿在向太陽乞求那麼一點溫暖似的，由這些便可猜測到這裡北風的威勁了。幸好建築師頗有先見之明，將房子蓋得相當穩固：窄小的窗子深嵌在牆內，牆角則用外凸的大石塊做防護。

在跨進門檻前，我停下來觀賞屋子正面各種稀奇古怪的雕刻，特別是正門部分，堆放有許多殘破的怪獸像，以及令人看了害臊的赤身男童石雕，我瞥見上頭寫了「一五〇〇」的年份和「哈里頓・恩蕭」這個名字。我本想說幾句話，向這高傲的主人請教一下這裡的歷史，不過從他站在門口的姿勢看來彷彿在宣告：要嘛我該趕快進去，否則就直接離開。在尚未參觀內部以前，我可不想再增添他的不耐。

用不著繞過任何穿堂走道，我們直接抵達了屋裡的堂屋；雖然他們把這裡稱為「堂屋」，但一般所謂的「堂屋」通常有廚房和客廳，我想咆哮山莊的廚房應該已經撤到另一個角落去了。至少我聽到最裡面傳出說話聲和廚具乒乒乓乓的聲響。而且在大壁爐那裡，看不到任何烹烤食物的跡象，牆上也沒見著任何亮晶晶的銅錫器。在屋裡的一邊有一個橡木大櫥櫃，裡面擺滿一疊疊白鑞盤，中間放著些銀壺和酒杯，一層又一層地疊得老高，幾乎快碰到屋頂了。這些餐具發出的光芒倒也閃爍，和熱氣映照而生的燦光相應和。屋頂並沒有天花板，赤裸裸地展現出它的構造，只有一部分被堆滿著燕麥餅、牛腿、羊肉和火腿之類的木架擋住了。壁爐台上掛了幾把怪異的老式槍枝，還有一對馬槍，爲了裝飾起見，還擺了三罐畫風俗氣的茶葉罐。地板鋪的是光滑的白石板，老式的高背椅漆成綠色，另有一、兩把笨重的黑椅子擺在暗處。櫥櫃拱底下躺著一隻紅棕色大母狗，一窩小狗嗚嗚叫著圍繞在旁，凹壁處裡還有其他隻。

若是這屋子和家具屬於一位質樸的北方農民所有，那倒沒什麼稀奇的。剛毅的面孔，穿著方便工作的短褲，一雙綁上腿套的粗壯小腿，散發著奕奕神態。若你挑對時間，在餐後休息到附近山區走上五、六英里路，絕對會看到許多像這樣的人，坐在扶手椅上，面前的小圓桌上擺著一大杯沁涼啤酒。但是當這一切套在希斯克里夫先生和他的宅邸及生活方式上，就成了相當詭異的對比。從外表看，他是個皮膚黝黑的吉普賽人，在穿著和風度上，卻又是個十足的紳士——是的，就像許多鄉紳那樣：或許有點邋遢、不修邊幅，但不失其優雅風度。因爲他的身形挺拔而俊美，又一臉陰鬱的模樣。有些人可能會認爲他缺乏教養，才會如此傲慢無禮，我內心深處則很清楚地知道，他並不是這樣的人。我直覺認爲，他的冷淡是對於矯揉造作（那種要互相表示親熱的）表達出一種鄙視。他把愛恨都藏在心裡，至於被人愛或恨，他認爲都是相當唐突的事。不，我可能太快下定論了：我可能太過好心，過度把自己的特性慷慨地投放在他身上了。當希斯克里夫先生遇見一位算得上熟的朋友時，習慣把手藏起來，或許動機和我完全不同。我的個性算得上特殊，我親愛的母親總說我永遠不會有個幸福的家。直到去年夏天，我自己才證實了這點，我眞的不配擁有那樣的家。

當時我在海邊享受那一個月的好天氣，偶然間認識了一位迷人的姑娘——在她還沒注意到我時，她已經是我眼中的女神了。雖然我從未把這份愛說出口；然而，如果眉目可以傳情的話，就連傻子也看得出我正在瘋狂地愛她。後來她也察覺出我的心意，回送我一個眼神，是那種我日夜企盼最甜蜜的眼神。我怎麼做呢？說來眞是丟臉——我只是一直害羞地往後退縮，像隻蝸牛似的，冷冰冰地往回縮。她每瞧我一眼，我就往後縮一步。直到最後，這可憐的天眞女孩，不得不懷疑自己會錯意了，窘迫不安地說服母親，匆匆離開這裡。由於這樣古怪的舉止，我得了個冷酷無情的名聲。啊，多麼冤枉啊，我還眞是有苦難言。

我在爐邊椅子上坐下來，房東也走過來坐到我對面椅子上。爲了打破這短暫的沉默，我試著去撫摸那條母狗。牠正巧離開那窩小狗，凶狠地溜到我腿後，齜牙咧嘴地，口水從牠的白牙上滴下來。我的撫摸卻讓牠從喉間發出一聲長嚎。

「你最好別去理這隻狗，」希斯克里夫先生也以同樣聲調吼了一聲，跺了一下腳來嚇阻牠。「牠不習慣受人嬌寵。我們可不是把牠當寵物養的。」接著，他大步地走到側門，再次大聲喊道：「約瑟夫！」

約瑟夫在地窖裡咕噥幾句，並沒有打算上來的意思。因此我的房東只好自己走下地窖去找他，留下我和那隻凶惡的母狗，和一對猙獰的蓬毛牧羊犬面面相覷。這群狗虎視眈眈地盯著我的一舉一動。我可不想和牠們的犬牙打交道，只好靜靜坐著不動。然而，我想牠們無法理解無聲的蔑視，便對這三隻狗擠眉弄眼地扮起鬼臉來。不知道我的哪個鬼臉激怒了狗夫人，牠氣急敗壞地撲上我膝蓋。我連忙把牠推開，拉過一張桌子來擋。這舉動卻引起公憤，六、七隻大大小小的四腳惡魔，從各個藏身處齊撲過來，我的腳踝和衣角都成了攻擊目標，頓時陷入一場混戰。我一面使勁地揮舞火鉗，擋開那幾隻大狗，一面大聲地呼救，希望能有個人過來幫忙平息這場混戰。

令人氣憤的是，希斯克里夫和他的僕人慢條斯理地爬上地窖階梯，即使爐邊已經又是撕咬、又是狂吠地鬧翻天，但是依我猜想，他們走的速度仍沒有比平常快上一秒鐘。幸虧廚房裡有人疾步走過來：一位健壯女人，捲著衣袖、光著胳臂，兩頰紅通通地衝進戰場，揮舞著一只煎鍋；她的武器和舌頭倒是挺有威力，竟神奇地平息了這場風暴。她就這樣站著，等她的主人走到時，胸口還在不斷喘息，就像一場狂風襲捲過的大海般。

「見鬼了，這到底怎麼回事？」希斯克里夫瞅了我一眼問道。我受到這般無禮對待，他竟然還那樣瞧著我看，簡直令人無法忍受。

「是啊，真是見鬼了！」我咕噥道：「先生，即使是被鬼附身的豬群[1]，都沒您那群畜生凶狠呢。您倒不如把一位生客丟給一群老虎來得好！」

「只要不去招惹牠們，通常都平安無事的。」他一邊說道，一邊把酒瓶放在我面前，再把桌子歸回原位。「狗本該要有警覺性的。要喝杯酒嗎？」

「不，謝謝。」

「沒給咬著吧？」

「我要是被咬了，可要在這咬人的畜生身上打上印記才行呢。」

希斯克里夫咧嘴笑起來。

「得啦，得啦，」他說：「您受驚啦，洛克伍德先生。喏，喝點酒吧。我們這裡難得有客人，我得承認，我和我的狗都不大懂得怎麼招呼客人。先生，爲健康乾杯！」

我點頭回敬他，開始覺得自己爲了一群狗而生氣實在有點可笑。況且，我也不想再讓這傢伙取笑我了，因爲現在他的興致已經轉到取樂人上了。也許他同樣意識到，得罪一位好房客是件愚蠢的事。因此語氣稍稍委婉些，說話不再那麼傲慢了，並且還主動提起他認爲我會感興趣的話題——談到我目前住處的優缺點。在我們談及的話題中，我發現他是個頗有見地的人。在告辭時，我竟還興致勃勃地提議明天過來再訪；而他顯然不希望我過來打攪，但我還是堅持要來。我驚訝地發現自己跟他比較起來，是多麼喜愛交際啊。

譯註：

1 被鬼附身的豬群，出自《新約．路加福音》8:31-8:33。

Chapter 2
第二章

昨天一整個下午都又冷又濕的，讓我只想待在書房爐火邊，一點也不想踩著雜草污泥到咆哮山莊去。但是，晚餐之前（請注意：我習慣十二點到一點鐘之間用午餐，但這裡的管家——租屋時說定要一起僱用的一位穩重女人——卻怎麼也無法、或不想理會我五點鐘用晚餐的要求。）當我帶著這慵懶念頭走上樓，才一踏進書房，就看見一個女僕跪在地上，手拿掃帚與煤炭奮鬥。她正用一堆煤渣封火，弄得滿屋子烏煙瘴氣。看到這般景象，我只好立刻掉頭就走。我拿起帽子，走上四英里路，來到希斯克里夫家的院子口，剛好即時躲過第一場如鵝毛般的大雪。

在那荒涼的山頂上，地面結了一層黑色嚴霜，冷冽的寒氣逼得我渾身直發抖。因爲門鍊打不開，我便直接跳進去，順著兩旁種滿醋栗樹的石板路跑到屋門口。但我敲了老半天門，手指都敲疼了，狗也開始狂吠了起來，還是沒有任何回應。

「眞是倒楣的一家人！」我心裡不禁這樣嘀咕，「這麼怠慢客人，活該一輩子與人群隔絕。至少我還不至於白天就把門拴得緊緊的。我不管，我非進去不可！」下定決心後，我抓緊門栓，死命搖動它。

這時，約瑟夫滿臉怏怏不快地從穀倉圓窗探出頭來了。

「你要幹嘛？」他大喊，「主人在牛欄裡，你要找他，就從穀倉旁繞過去。」

「屋裡沒有人可以開門嗎？」我也大聲叫起來。

「除了太太之外沒有別人了。你就是敲到半夜，她也不會來開門的。」

「爲什麼？你就不能向她報告我是誰嗎？約瑟夫！」

「別找我！我才不管這些閒事。」他就這樣咕噥兩句，那顆頭又從窗口消失。

雪越下越大了。我握住門柄又試一次，這時一個沒穿外套的年輕人從後院走出來。他扛著一根草耙，他招呼我跟他走，我們穿過洗衣房及一片石頭鋪的空地，那兒有煤棚、抽水機和鴿籠，最後終於來到上次接待我的那間溫暖又舒適的寬敞大廳。壁爐裡的煤、炭和木材混在一起，燃起熊熊爐火，把這屋子照得明耀宜人。餐桌旁已擺好餐具，準備送上豐盛的晚餐。我很高興見到了那位「太太」，之前我從未想過這家還有這麼個人物存在。我對她鞠了躬等待，以爲她會請我坐下。但她只是看了我一眼，便往椅背一靠，既不動也不吭一聲。

「這天氣眞是糟透了！」我說：「希斯克里夫太太，您的僕人恐怕偷懶去了，我可是費了好大的勁才讓他們聽見敲門聲，眞是害我吃足了苦頭！」

她仍舊沉默不語。我瞪著她，她也回瞪過來，以一種肆無忌彈又令人局促不安的冷漠眼神盯著我。

「坐下吧，」那年輕人粗聲粗氣地說：「他很快就會過來了。」

我聽他的話坐下來，並輕咳一下，叫喚那隻惡狗朱諾。這是我們第二次見面，牠搖起尾巴，總算賞臉地認出我是熟人了。

「好漂亮的狗！」我又開始說話，「您是不是打算送走這些小狗呢，夫人？」

「這些狗不是我的。」這位可愛的女主人用一種比希斯克里夫還要冷漠的語氣回答。

「啊，那麼您最寵愛的應該在這一堆裡頭囉！」我轉身指向靠墊上那一堆像貓的東西說。

「誰喜歡那些東西！」她輕蔑地說。

眞是的，原來那是堆死兔子。我又輕咳一聲，向爐火挪近些，針對今晚的壞天氣下了一番評論。

「你本來就不該來的。」她一邊說，一邊站起來走向壁爐上那兩只彩色茶罐。

她原本坐在暗處，現在我總算看清楚她的身形和面貌。她的身材很苗條，顯然還是個妙齡少女，有一副優雅的體態，還有一張我從未見過的秀麗臉蛋。她的五官細緻端正，淡黃色的鬈髮，或者不如說是金黃色的，輕垂在那細嫩的脖頸上；那雙眼睛，要是眼神能更和悅些，就有一股令人無法抗拒的魅力。不過那雙眼睛散發出一種輕蔑與近似絕望的神情，對我這種多情的人來講倒是好事。只是這樣的眼神出現在那張臉上，顯得特別不相稱。

她根本拿不到茶葉罐，我動了一下想幫她。她卻猛地轉過身來瞪我，那架勢就像守財奴見著別人準備幫他數金子似的。

「我不需要你的幫忙，」她怒氣沖沖地說：「我自己拿得到。」

「對不起！」我連忙回答。

「是請你來喝茶的嗎？」她問道，並在她那乾淨的黑衣服外繫上一條圍裙，站在那裡，舀起一匙茶葉準備往茶壺裡倒。

「如果能喝杯茶，那眞是太好了。」我答道。

「是請你來喝茶的嗎？」她又問。

「不是，」我說，尷尬地笑一笑。「您正好可以請我喝茶。」

她突然又把茶葉倒回去，連匙帶茶罐一塊兒收起來，使性地坐回椅子，雙眉緊緊蹙起，噘起紅紅的嘴唇，像一個要哭的孩子。

這時，那小伙子已穿上一件極爲破舊的上衣，站在壁爐前，斜眼瞅著我看。那神氣，彷彿我們之間有什麼不共戴天之仇似的。我開始懷疑他是不是僕人，因爲他的衣著和談吐都粗鄙不堪，完全看不到希斯克里夫先生和他太太身上那股優越感。一頭亂糟糟的棕色鬈髮、滿臉鬍渣，雙手就像一般工人那樣粗黃。不過他的態度很隨便，近乎傲慢，一點也沒有僕人伺候女主人的殷勤樣。話說回來，既然還弄不清楚他的身分，我決定還是先不要理會他古怪的舉止比較好。五分鐘後，希斯克里夫進來了，這多少讓我有種鬆了口氣的感覺。

「您瞧，先生，我說話算話，眞的來拜訪您啦！」我叫道，裝出很高興的樣子，「不過我擔心要被這天氣困上半個鐘頭呢，希望您能讓我在這兒避一會。」

「半個鐘頭？」他說道，一面抖落衣服上的雪片，「我眞弄不懂你爲什麼偏要挑這麼個大雪天出來閒逛。你知道這是冒著掉進沼澤的危險嗎？即便是相當熟悉這一帶荒原的人，在這樣的夜晚都免不了會迷路。而且我還可以告訴你，眼下這天氣是不可能很快轉好的。」

「或許可以請您的一位僕人幫我帶路，他可以在田莊住到明天早上再回來。您能幫我嗎？」

「不，不行。」

「啊！這樣啊！看來我只能靠我自己啦。」

「哼！」

「你是不是該準備泡茶啦？」那位穿著破衣服的年輕人質問，他那副凶惡眼神從我身上移向那位年輕的太太。

「要請他喝茶嗎？」她問希斯克里夫。

「準備好就是了，你做不到？」他的回答是如此蠻橫，真把我嚇了一跳。他說話的語氣，完全顯露出他惡狠的本性。我再也不想稱希斯克里夫爲一個絕妙的人了。

茶準備好了，他開口邀請我，「現在，先生，把你的椅子往前挪一點。」

於是我們全部，包括那位粗野的年輕人，都拉過椅子圍坐在桌旁。當我們品嘗茶點時，一股肅默的氣氛瀰漫在席間。我心想，如果這片烏雲是我招來的話，那我就應該負責將它驅散。他們不可能每天都這麼陰沉靜默地對坐吧！無論他們的脾氣有多壞，總不可能每天都繃緊著臉呀？

「說也奇怪，」在我喝完一杯茶，接過第二杯的時候開始說：「奇怪的是，習慣究竟如何影響著我們的品味及思想。大部分人可能無法想像，像您，希斯克里夫先生，即使過著這樣完全與世隔絕的生活，也有幸福存在。我敢說，有一家人圍繞在您身邊，還有一位可愛的夫人，像女神一般守護這個家以及您的心靈中心——」

「我可愛的夫人！」他打斷我的話，臉上掛起幾近惡魔般的訕笑。「她在哪兒呢——我可愛的夫人？」

「我指的是希斯克里夫夫人，您的太太。」

「啊，是啦——喔！你是說即使她的軀體已逝，靈魂仍是這個家的守護天使，堅守著咆哮山莊，是這個意思嗎？」

我發現自己弄錯了，試圖改正過來。我本該看出雙方的年齡相距甚大，不可能是夫妻。一個大概四十來歲，正值心智成熟的壯年期，這個年紀的男人很少還會懷著女人是因愛而嫁給他的癡夢，那種幻夢是留給老年人聊以自慰的。而另一位呢，看樣子應該還不到十七歲。

於是我又閃過一個念頭，「也許那個在我身旁，捧著盆子喝茶、用一雙髒手拿麵包吃的野人，就是她的丈夫。那他當然就是希斯克里夫少爺了。一定是隱閉在這裡的緣故；因爲她不知道這世界上還有更好的人，才會這麼斷送自己的幸福，嫁給這粗人！眞是令人遺憾的事——我得當心點，別讓她因爲我而後悔這樣的決定才是。」我這想法似乎有點太自以爲是了，事實並非如此。身旁這個人，眞是令人討厭。而根據我以往的經驗，我知道自己多少還算有點魅力。

「希斯克里夫太太是我的兒媳婦。」希斯克里夫說，證實了我的猜測。他說著，轉過頭以一種異樣的眼神看向她：那是一種憎恨的眼神，除非他臉上的肌肉長得出奇特別，不像別人那樣會表現出他心裡的話。

「啊，當然——我現在看出來啦，您才是這有福之人，原來這位慈善的天使是您的夫人。」我轉過頭對身旁的人說。

這可眞是比剛才還糟呀，年輕人聽了馬上滿臉通紅，握緊拳頭，一副準備大打出手的架勢。可是他似乎馬上收斂起自己的脾氣，只衝著我罵了句髒話，遂此平息這場風波，而我則假裝沒聽到那句話。

「不幸的是，你又猜錯啦，先生！」我的房東說：「我們兩個都沒有福分擁有你口中這位慈善天使，她丈夫已經死啦！我說過她是我兒媳婦，那她當然是嫁給我兒子啦。」

「那麼這位年輕人是——」

「當然不是我兒子！」

希斯克里夫再度笑了，好像把那頭笨熊誤以爲是他兒子，根本就是件匪夷所思的事。

「我叫哈里頓・恩蕭！」那一個人吼著，「我勸你放尊重些！」

「我毫無不敬之意啊。」我這樣回答，心裡卻暗笑起他報出姓名時那副莊重神態。

他死盯著我看，盯得我都不敢再回視他了，唯恐自己會忍不住賞他個耳光或笑出聲來。我開始覺得自己跟這愉快的一家人格格不入，這裡沉悶的氣氛壓過四周溫暖又舒適的物質享受。我暗自決定，假如我敢踏進這房子第三次的話，可得特別小心謹慎了。

喝完茶，誰也沒試著說話緩和場面，於是我走到窗前去看看天氣。映入我眼簾的是一片淒涼的景象：黑夜已提前降臨，天空和群山籠罩在一團狂暴的旋風與讓人窒息的大雪中。

「如果沒有人帶路的話，我恐怕是回不了家啦！」我不禁叫起來。「路都已經被雪掩埋了，就算依稀可辨，我也不知道要往哪兒邁步。」

「哈里頓，把那群羊趕到穀倉的門廊裡，如果讓牠們留在外面的羊欄裡過夜，一定會被雪埋掉的。還有，前面要放塊擋風板。」希斯克里夫說。

「我該怎麼辦呢？」我又發話了，簡直是心急如焚。

但沒有人搭理我。我回頭看看，只見約瑟夫給狗送來一桶粥，希斯克里夫太太俯身在爐邊，玩起她剛才把茶葉罐放回爐台時掉下來的火柴。約瑟夫放下那桶粥後，用尖銳的目光把這屋子掃視過一圈，然後扯起破嗓子喊道：「我眞弄不懂，其他人都出去幹活了，就你閒在那兒不動！你就是這麼沒出息，再怎麼說也沒用——一輩子也改不了，就等著死後去見魔鬼吧！簡直跟你媽媽一模一樣！」

我一時以爲這番謾罵是衝著我來的，還爲之惱怒不已，準備走上前把這老流氓踢出門外。然而，希斯克里夫太太的回答讓我止步了。

「你這愛耍嘴皮子、厚顏無恥的僞君子！」她回答：「你每次提到魔鬼的名字時，就不怕被牠活捉過去嗎？我警告你別來惹我，否則我可要特地請魔鬼來抓你了——站住！瞧瞧這兒，約瑟夫，」她接著說道，並從書架上拿出一本黑皮大書，「你很快就會見識到我的魔法有多厲害啦！不久就要將這家清理得乾乾淨淨。那頭紅毛牛才不是意外死的，而你的風濕病，可還不算是上天給你的懲罰喔！」

「啊，惡毒，眞是惡毒！」老頭兒氣呼呼地說：「求主拯救我們遠離惡魔吧！」

「不，老混蛋！你是被上帝拋棄的人——滾開！否則我就給你苦頭吃！用蠟泥把你塑成雕像。誰要越過我的界限，我就——我現在不說他會有多悲慘——但是，等著瞧吧！快走，我正死盯著你看呢！」

這小女巫一雙美麗的眼睛充滿嘲弄的惡毒神氣，約瑟夫眞給嚇得直發抖，急急忙忙跑出去，一邊跑還一邊禱告，直嚷著：「惡毒！惡毒啊！」

我想她一定是無聊鬧著玩玩而已。現在只剩下我們倆了，我想跟她訴苦一下。

「希斯克里夫太太，」我懇切地說：「請原諒我的冒昧——我想您一定會的。從您的面貌看來，我敢說您的心地一定很善良。請指點我回家的路，我現在已經完全不知道該怎麼走了，就跟您不知道要怎麼去倫敦一樣！」

「順著原路走回去就好啦，」她回答道，依然安坐在椅子上，面前擺上一根蠟燭，還有那本攤開的大書。「這是最簡單的辦法，也是我能想到最穩當的法子了。」

「那麼，要是您之後聽到，有人發現我凍死在泥沼或雪坑裡，良心不會有一絲絲的不安，認爲自己也有一點責任嗎？」

「怎麼會呢？我又不能送你，他們也不准我走到花園牆邊。」

「要您送我！在這樣的夜晚，我怎麼忍心要您爲我邁出這門檻一步呢！」我叫道，「我只需要您告訴我怎麼走，不需要帶我走。要不然，麻煩您幫我勸勸希斯克里夫先生，幫我找位嚮導吧。」

「找誰呢？這裡只有他、哈里頓·恩蕭、齊拉、約瑟夫，還有我。你要哪一位呢？」

「這裡沒有其他跑腿的男孩子嗎？」

「沒有，就這些人了。」

「那我不得不住在這兒囉！」

「這事你得跟你的房東商量，不關我的事。」

「我希望你學到一個教訓，以後別再在這山裡瞎遊晃了。」廚房門口傳來希斯克里夫嚴峻的聲音，「至於住在這兒，我可沒有招待客人的地方。如果你非要留下來，就跟哈里頓或者約瑟夫窩一張床吧！」

「我可以睡在這裡的椅子上。」我回答。

「不行，不行！不管是窮是富，陌生人總歸是陌生人。我可不容許任何人待在我防不著的地方！」這無禮的壞蛋說。

受到這樣的侮辱，我的忍耐可是到了極限。我恨恨地咒罵一聲，跟他擦身而過衝進院子裡，匆忙中剛好撞到哈里頓·恩蕭。那時外頭已一片漆黑，我竟然連出口都找不到。正當我到處亂轉時，再度見識到他們的文明教養。

剛開始那位年輕人對我還算友善。

「讓我送他到田莊的林子那兒吧。」他說。

「你送他到地獄好了！」他的主人或是他的什麼親戚叫道。「那誰來看那些馬呢，嗄？」

「一條人命總比一個晚上沒人看顧馬還重要吧，總得有個人去啊。」希斯克里夫太太低聲說道，比我預期的要和善得多。

「用不著你來管！」這時哈里頓開始反擊了。「要是你想幫他，最好別吭聲。」

「那麼我希望他的鬼魂纏著你，而且我還詛咒田莊倒塌之前，希斯克里夫先生再也找不到任何一位房客！」她尖刻地回答。

「看吧，看吧，她在詛咒他們啦！」當我朝他走過去時，約瑟夫這樣嘀咕著。

他坐在聽得見談話的地方，藉由一盞提燈擠牛奶。我粗魯地搶過提燈，大喊著明天再送回來，便朝最近的一道邊門飛奔過去了。

「主人，主人！他把提燈搶走啦！」這老傢伙一面大喊，一面追著我。「喂！咬人的狗啊！過來！逮住他，逮住他！」

當我打開小門，兩隻毛茸茸的怪物就直撲向我的喉嚨，把我扳倒，燈也熄了。只見希斯克里夫與哈里頓同時放聲大笑，這可真是讓我羞憤至極。幸好，這兩隻畜生似乎只想伸伸爪子、打打呵欠、搖搖尾巴，並不真想把我生吞活剝下去。但牠們也壓得我無法再爬起身來，我只得躺在那裡，看牠們惡毒的主人高興什麼時候來解救我。我的帽子掉了，氣得直發抖，命令這些缺德的惡棍趕快放我出去——再多耽擱一分鐘，他們就要遭殃了——我上氣不接下氣地說了一堆恐嚇、報復的話，措詞之惡毒，還真頗有李爾王[2]之風。

由於我過於激憤，鼻子流了不少血，但希斯克里夫仍在笑，我也繼續咒罵著。要不是來了一個比我更理智、比我的房東更善良的人，我還眞不知道這情況該怎麼收場。這人就是齊拉，那位健壯的管家婆。她終於挺身而出，詢問這場騷動到底是怎麼一回事。她以為一定是他們當中哪個人對我下了毒手，但又不好得罪主人，便把那年輕惡棍臭罵了一頓。

「好啊！恩蕭先生，」她叫道：「我不知道你下次還要幹出什麼好事！我們要在自家門口謀害人嗎？我瞧這家我再也待不下去啦——瞧瞧這可憐的小伙子，他都快要斷氣啦！喂，喂！你可不能這樣走。快進來，我給你治治。好啦，別動。」

她說話的同時，忽然朝我的脖子倒了一小桶冰水，接著把我拉進廚房。希斯克里夫先生跟在後面，他難得出現的歡樂，很快又消失在他平常的陰鬱神情中了。

我眞是難受極了，又頭昏腦脹的，不得不在他家裡借住一宿。他叫齊拉幫我倒杯白蘭地，隨後就進屋裡去了。齊拉對我這不幸的遭遇安慰了一下，並依主人之命端杯白蘭地給我。等到我稍微恢復，便領我去休息了。

譯註：

1 以前巫師作法時，會先盯著人的眼睛，把人震住不動。

2 莎士比亞同名劇作中的主人翁李爾王（King Lear），是一位相當專制的英國國王，他瘋狂地斥罵他的兩位不孝女。

第三章

Chapter 3

她領我上樓時，特別囑咐我把蠟燭收起來，不要出聲。因爲她的主人對於她要帶我去住的那間房下了一條古怪的禁令，從來不准任何人睡在那兒。我問是什麼原因，她回答不知道，她才到這裡一、兩年，而他們又有這麼多奇奇怪怪的事，她也沒一一去多問了。

我現在昏頭昏腦的，亦沒有心思多問，關上門後四處找起床鋪。這裡全部的家具只有一把椅子、一個衣櫃及一口很大的橡木箱子，靠近箱頂的地方開了幾個方框，有點像馬車窗。當我走近往裡邊看才發現，原來這是個相當獨特的老式單人套間，設計得非常巧妙，讓家裡每個人都有獨立空間使用。事實上，它自成一個小套間，裡面的窗台又可以當桌子用。我推開門板，拿著蠟燭走進去，再把門板闔上，覺得自己好像終於可以安全地遠離希斯克里夫及其他人的監視了。

在我將蠟燭擱上窗台時，發現角落堆放著幾本發霉的書，窗台的漆面上寫滿亂七八糟的字，大大小小不同字體，其實都只是一再重複著同一個名字——「凱瑟琳．恩蕭」，有的地方變成「凱瑟琳．希斯克里夫」，接著又變成「凱瑟琳．林頓」。

我無精打采地靠在窗邊，一直念著凱瑟琳．恩蕭……希斯克里夫……林頓，直到眼睛闔上爲止。但還不到五分鐘，黑暗中浮出許多亮晃晃的白色字母，簡直像幽靈一樣——空中充斥了「凱瑟琳」的字樣。我驚跳起來，企圖驅散這突然冒出的名字。這時我發現燭芯太靠近一本舊書，開始散發出烤牛皮的氣味。我便掐斷燭芯，把火滅了。在寒冷與噁心感兩相交攻下，我的全身難受不已。於是我試著坐起來，打開那本燒壞的書放在膝上。那是一本細體字的聖經，散發出一股很濃的霉味。書前頁寫「凱瑟琳・恩蕭藏書」，旁邊還附註一個二十多年前的日期。我闔上書，又拿起一本、又一本，直到我把全部的書都檢查過一遍爲止。凱瑟琳這裡的藏書顯然是篩選過的，而且從這些書磨損的情況來看，應該有人一再地翻閱。雖然並不一定是爲了閱讀，但幾乎沒有一個章節逃過鋼筆寫的評註——至少，看上去像是評註——手寫字填滿了所有的空白處。有些是不連貫的句子，其他部分則像日記，像小孩子的字跡，寫得相當潦草。在空白頁面上（書的主人剛發現這空白頁時，恐怕還把它當寶貝呢），我很開心地發現一幅絕妙的漫畫像，那是我們的朋友約瑟夫；雖然畫得有些粗糙，但很傳神。我頓時對於這位素昧平生的凱瑟琳產生了興趣，於是試著閱讀她那已褪色又難辨認的怪字。

「眞是糟透的星期天！」底下一段是這樣開頭的。

眞希望父親能再回來。辛德雷是個可惡的繼承者——他對希斯克里夫太殘忍了——希和我準備反抗了，今天晚上是我們的第一步。

整天都在下著雨，我們不能到教堂去，約瑟夫非要我們在閣樓上做禮拜不可。而辛德雷和他太太卻舒舒服服地坐在樓下的爐火前烤火——誰知做什麼，但我敢保證絕不是在讀聖經；他們卻命令希斯克里夫、我和那倒楣的老傢伙拿著祈禱書上閣樓。我們排成一排，坐在一袋穀糧上，直打哆嗦。眞希望約瑟夫也覺得冷，這樣他至少會爲自己著想，少跟我們說教。但這可眞是癡心妄想！禮拜整整拖了三個鐘頭才結束。哥哥看我們下樓時，居然還有臉叫道：「什麼，這麼快就結束啦？」以前星期天晚上，只要我們別太過吵鬧，還准我們玩玩。現在我們只要偷笑一聲，就得面壁思過啦！

「你們忘記這兒還有主人啦！」這暴君叫道：「誰敢惹我生氣，我絕對不會放過他！我要求完全的肅靜！啊，好傢伙！是你嗎？法蘭西絲，親愛的，你走過來時幫我扯一下他的頭髮，我聽見他掐指頭的聲音呢。」

法蘭西絲痛快地揪了揪他的頭髮，然後走過去坐在她丈夫的膝上。他們就在那兒，一整個小時都像小孩似的又親又吻地拉扯著，淨說一些愚蠢的甜言蜜語，讓我們聽得都要臉紅啦。我們只好窩在放五斗櫃的圓拱下，盡量讓自己舒服點。我才剛把結好的餐巾掛起來當作簾子，約瑟夫就從馬廄辦完事走進來，一把扯下我做好的簾子，打我耳光，扯著破嗓子叫嚷。

「主人才剛入土，安息日都還沒過完，福音還在耳邊迴繞，你們居然這麼不莊重！真是不知害臊啊！坐好！壞孩子！只要你們願意，有的是一堆好書可讀！坐下來，好好地懺悔吧！」

訓了這番話後，他強迫我們坐好，讓遠處的爐火光照過來，好讓我們讀他硬塞到我們手裡的那本沒用的經文。我受不了這件差事，便撕掉那又黑又髒的書皮，使勁把它扔到狗窩裡去，同時咒罵著說，我最痛恨正經八百的道德書。希斯克里夫也一腳把他那本踢到同一個地方。這下子可糟糕啦。

「辛德雷少爺！」我們那位牧師大爺嚷道：「快來呀，少爺！凱瑟琳小姐把《救世盔》的書皮撕下來啦！希斯克里夫用腳踢開《走向滅亡之路》！你再放任他們這樣下去，可不得了啦！唉！要是老爺子在的話，可要好好抽他們一頓——只可惜他已經不在啦！」

辛德雷連忙從他舒服的爐邊天堂跑了過來，一把逮住我們，一個抓著領子，另一個抓著胳臂，把我們扔到廚房裡去。約瑟夫在那兒嚷嚷「老尼克」一定會把我們活活捉走的。得到這樣的安慰後，我們各自找了個角落，恭候魔鬼的降臨。我從書架上拿到這本書和一瓶墨水，便把門推開一點，讓光線透進來，就這樣寫了二十分鐘消磨時間。可是我的同伴不耐煩了，他建議我們披上擠牛奶女人的外套，到曠野上溜達。這眞是個好主意——這麼一來，那個可惡老傢伙進來的話，或許會以爲他的預言成眞啦——即使是到外面淋著雨，也不會比在這兒濕冷多少。

我想凱瑟琳應該實現了他們的計畫，因爲接下來說的另一件事，讓她傷心得落淚了。

「我作夢也沒想到辛德雷會讓我如此傷心！」她寫道，「我頭痛欲裂，簡直無法躺在枕上睡覺，然而我還是無法停止哭泣。可憐的希斯克里夫！辛德雷罵他是無家可歸的流氓，還不許他跟我們一起坐、一起吃。而且哥哥還說不許我們再玩在一塊兒，又威嚇我們要是敢違反這個命令，就要把他攆出去。還怪我們的父親待希斯克里夫太好了（他怎敢如此？），並信誓旦旦說要把他貶回原本的地位去……」

我開始對這些模糊的字跡打起盹來，眼睛從手稿移到印刷字上。我看見一行紅色標題：「七十個七次[2]，與第七十一講第一篇。傑比斯·伯蘭德罕牧師在吉默屯教堂宣講的一篇傳道經文。」當我半夢半醒，絞盡腦汁揣測傑比斯·伯蘭德罕牧師將如何宣講這個主題時，卻倒在床上睡著了。唉，都是那倒楣的茶和壞脾氣害的！還有什麼能讓我度過這麼可怕的夜晚呢？打從我懂事以來，應該從來沒有過這樣的經驗才是。

我開始作夢，幾乎在我還能意識到自己身處何處時，就開始作夢了。我以爲當時清晨了，約瑟夫正帶著我往回家的路走。路上的積雪有幾碼深，當我們掙扎著往前進，我的同伴還在不停地責備我沒有帶上朝聖者的節杖，惹得我心煩不已。說什麼如果不帶節杖的話，就永遠也進不了家，還得意地揮舞起他那根短棍。我這才明白，這就是所謂的節杖。當時我認爲需要這麼一根武器才進得了家，眞是荒謬。隨即一個念頭閃過我腦海，我並不是要回家，而是長途跋涉要去聽那大名鼎鼎的傑比斯·伯蘭德罕講「七十個七次」的經文。不論是約瑟夫、牧師，還是我，要是犯了這「第七十一講第一篇」，就要當眾被審判，逐出教會。

我們來到教堂。我平常散步時，曾到過那兒兩、三回。這座教堂坐落於兩山之間的山谷裡：一個已塡高的谷地，靠近一片沼澤，據說那兒的泥沼濕氣，有助於保存棄置在那兒的幾具死屍。教堂的屋頂至今尚未完成，而這兒牧師的津貼每年只有二十鎊，另外再提供一間兩房的屋子，可是往後恐怕只能給一間了，所以沒有教士想到這兒擔任牧師。而且最近傳說，他的信眾們寧可讓他餓死，也不願從自己腰包多掏出一分錢來養活他。不過在我的夢裡，傑比斯擁有滿堂專心聽他講道的信眾。他開始布道了——天呀！那是什麼樣的布道會呀！總共四百九十節經文，每一節完全等於一篇普通的講道，個別談論一種罪過！我眞不知道他打哪兒找出這麼多罪講。他對每一句話都有相當獨到的講解方式，就像教友們隨時都可能犯各種罪過似的。而這些罪都極其古怪，全是一些我聞所未聞的罪過。

啊，夢中的我是多麼不耐煩啊！輾轉不安、打呵欠、打盹，又清醒過來！我不斷地掐自己、揑自己、揉眼睛，我站起來又坐下，用肘臂碰碰約瑟夫，問他到底什麼時候才要結束。看來我只得耐著性子聽完才行了。終於，他講到「第七十一講第一篇」。就在這緊要關頭，一股衝動突然湧上心頭，我忍不住站了起來，痛責傑比斯·伯蘭德罕是個罪人，犯了任何基督徒都無法饒恕的罪。

「先生，」我叫道：「我一直坐在這四堵牆裡，盡最大的努力，忍受並寬容你這冗長的四百九十篇。有七十個七次讓我想拿起帽子，一走了之。又有七十個七次，你荒唐地要我坐下。但這第四百九十一篇可眞教人受不了啦！難友們，揍他呀！把他拉下來，把他揍扁，教他再也不敢出現在這裡吧！」

「你才是罪人！」一陣肅靜過後，傑比斯從他的椅子裡起身大叫。「七十個七次你張大嘴作鬼臉——七十個七次我和自己的靈魂商量著——看啊，這就是人類的弱點，這也是可以赦免的！第七十一講第一篇來啦！弟兄們，開始在他身上執行判決吧！這樣的榮耀，唯有主的聖徒才能享有啊！」

話音剛落下，所有會眾舉起他們的節杖，一齊朝我衝過來。而我，完全沒有任何自衛的武器，便開始跟離我最近、卻也是最凶猛的襲擊者——約瑟夫，扭打起來。人潮聚集過來，好多亂棍打在一起，衝著我而來的棍棒，卻意外落在別人腦袋上。整座教堂頓時乒乒乓乓打成一片，信眾們開始跟旁人打起來。而伯蘭德罕也沒有閒著，爲了宣洩自己澎湃的情緒，使勁敲打他的講壇。那聲音之響，竟驚醒了我，眞是讓我鬆了口氣。到底是什麼聲響，擾得人如此思緒不寧呢？在眞實生活中，誰扮演了傑比斯的角色呢？原來，只是狂風呼嘯而過時，一棵樅樹的枝枒不停地敲打窗子，樅樹的乾果敲得玻璃窗咯咯作響！我滿懷疑懼地聽了一會，弄清楚擾得我不安寧的東西後，翻個身又睡著了，可是又作了另一個夢。不幸的是，這夢竟然比之前的更悲慘。

這一回，我夢到自己躺在那個橡木套間裡，可以清楚聽見外面風雪交加的呼嘯聲，也聽得見樅樹枝重複那嘲弄人的聲音，並且清楚知道那聲音來自何處。可是這噪音實在是太煩人了，我決定讓它停止。於是我爬起身來想打開窗子。窗鉤焊在鉤環裡——這是我清醒時就知道的，但當時又忘了。「無論如何，我非得制止這聲音不可！」我自言自語道，用拳頭打破窗戶玻璃，並伸出手去抓住那擾人的樹枝。怎料，我的手沒抓到樹枝，卻碰到一隻冰冷的小手！這可怕的夢魘可眞是嚇著我了，我試著把手縮回來，那隻手卻緊拉著我不放，還有個極其淒慘的聲音抽泣道：「讓我進去——讓我進去吧！」

「你是誰？」我問，同時拚命想掙開手。

「凱瑟琳．林頓，」那聲音顫抖著回答。（我為什麼想到「林頓」呢？當我念著「林頓」時，大約有二十遍都念成了「恩蕭」）「我回家啦，我在曠野中迷路啦！」

當她說話時，我隱隱約約看見一張小孩的臉望向窗裡。恐懼讓我直狠了心，眼看自己根本無法甩開她，便將她的手拉到破掉的玻璃上來回磨擦，直到鮮血滴染了床單。她卻還在哀嚎：「讓我進去！」並且緊抓著我不放，簡直把我嚇瘋了！

「我怎麼能讓你進來呢？」我最後這樣說道：「如果你要我放你進來，得先放開我才行啊！」她的手終於鬆開了，我趕緊把手抽回窗內，把書堆得老高來堵住窗子，捂住耳朵不聽那可憐的哀求。約莫了一刻鐘之久，當我放開手再聽，那悲慘的聲音竟然仍在持續哀求！

「走開！」我喊道，「就算你求我二十年，我也絕不讓你進來！」

「已經二十年啦！」這聲音哭著說：「二十年啦，我已經流浪二十年啦！」

接著，外面開始出現輕微的刮擦聲，那堆書也被挪動了，彷彿有人想將它推開似的。我想跳起來，整個人卻動彈不得，於是在驚嚇中大聲喊了出來。尷尬的是，我發現這聲喊叫並非在夢中。一陣急促的腳步聲走近房門口，有人使勁推開門，一道光線從床上的方框透射進來。我還坐在那裡直打哆嗦，擦著額頭上的冷汗。

來人好像有點遲疑不前，喃喃自語著。最後，他輕輕地說：「有人在這兒嗎？」顯然並不期望有人回答。

我想我還是承認自己在這兒吧，因為我聽出那是希斯克里夫的聲音，如果我默不作聲，他可能會採取進一步行動。於是我翻身推開嵌板，而這動作所造成的反應，讓我久久無法忘懷。

希斯克里夫穿著襯衣襯褲站在門口，手持一根蠟燭，燭油都滴到他手上了，他臉色蒼白得就跟身後的牆一樣。橡木門軋地一聲響時，嚇得他像觸電般，手裡的蠟燭飛落到幾呎遠外，他當時顫抖得如此厲害，根本無法拾起蠟燭。

「是您的客人在這兒，先生。」我叫出聲來，以免他表現出更怯懦的樣子而感到丟臉。「眞慘，我作了個可怕的夢，竟然在睡夢中驚叫出聲。很抱歉吵醒了您。」

「啊，該死的，洛克伍德先生！但願你在——」我的房東開口了，他將蠟燭放到一把椅子上，因爲他發現自己根本無法穩穩拿住它。「是誰帶你到這房裡來的？」他接著問道，手指掐進掌心，咬住牙齒，免得齶骨不停顫動。「是誰？我現在眞想把他攆出門去！」

「是您的傭人，齊拉，」我回答，一面跳到地板上，急急忙忙穿上衣服。「您要是這麼做，也不關我的事，希斯克里夫先生。她活該如此，我猜她根本就是打算利用我來證明這裡眞的鬧鬼。咳，眞是鬧鬼啦——滿屋子妖魔鬼怪！我敢跟您肯定地說，把這房間鎖起來是正確的。沒有任何在這個洞裡睡過的人會感謝您的！」

「你這是什麼意思？」希斯克里夫問道，「你在幹嘛？既然都已經在這兒了，那就繼續躺下睡到天亮吧！不過，看在老天的分上！別再發出那可怕的叫聲啦！除非有人要割斷你的喉嚨，否則別再叫了！」

「要是那個小妖怪從窗口爬進來，她大概會把我掐死吧！」我反駁道。「我可不想再讓您那些好客的祖先再來騷擾我！那個傑比斯・伯蘭德罕牧師是不是令堂那邊的人？還有那個鬼丫頭，凱瑟琳・林頓，或恩蕭，或不管她姓什麼——她一定是個被偷換掉的小孩——邪惡的小幽靈！她告訴我，她已經在荒野流浪二十年啦！毫無疑問，那一定是她罪有應得！」

我話還沒說完，突然想起那本書寫著希斯克里夫和凱瑟琳這兩個名字，我完全忘了他們兩人的關係，這才警醒過來，並爲自己的魯莽感到羞赧。爲了掩飾自己的冒失，我趕緊加了一句：「事實是，先生，剛開始我只是——」說到這兒我又急忙打住——差點說出「看那些舊書」，那不就表明我不但看了那本書，也看到了那些手寫的內容？因此，我連忙改口，繼續說道：「我只是看到窗台上刻的名字，爲了讓自己睡著，就像數數兒般一直念著，或是——」

「你跟我說這些，到底有什麼用意？」希斯克里夫蠻性大發地吼起來，「你竟敢——竟敢在我家裡——天啊！他一定是瘋啦，才會這麼說話的！」他憤怒地敲打自己的額頭。

我不知道是要繼續跟他辯駁，還是繼續解釋較好。可是見他彷彿大受驚嚇，讓我不禁起了惻隱之心，決定繼續描述我的夢，並聲稱自己從未聽過「凱瑟琳．林頓」這名字，只是念太多遍了，才印記在腦海中，沒想到當我迷迷糊糊睡著時，這樣的想像竟化爲眞人。在我述說夢境時，希斯克里夫慢慢地往床後靠，最後索性坐下來，幾乎讓自己隱身在後方。不過，從他紊亂的呼吸聲聽來，我想他是拚命想克制自己過於激動的情緒。我不想讓他知道我已看見他內心的掙扎，便大聲地穿衣梳洗、看看錶，自言自語地抱怨這漫漫長夜：「還不到三點！我以爲已經六點了，時間在這兒可眞是停滯不動，我們昨晚一定是八點鐘就上床睡覺了！」

「我們冬天總是九點上床，四點起床。」我的房東開口，努力壓抑住一聲呻吟。而且，從他影子的手臂動作看來，我想他是在抹去眼裡的淚。「洛克伍德先生，」他說：「你可以到我房裡去。最好照做。這麼早下樓去，只會吵到別人而已。你這可笑的喊叫聲，已經把我的瞌睡蟲都趕跑啦。」

「我也一樣。」我回答：「我到院子裡走走。等天一亮，我馬上離開，您不用擔心我再來打攪。我這想要交友尋樂的毛病，現在全治好了。不管是在鄉下，還是在城裡，一個頭腦清醒的人，應該體悟到，有自己作伴就已足夠了。」

「眞是愉快的伴侶啊！」希斯克里夫喃喃自語，「蠟燭拿著，你愛去哪兒就去吧。我等會兒過去找你。不過，別到院子裡去，狗都沒拴著——也別去大廳，朱諾守在那兒，還有——不，你只能在樓梯跟走道那兒走走。走吧！我馬上就過來。」

我按照他的話離開這臥室。但一出臥房後，不知那狹窄的走道通往何處，我只好站在那兒等著，不料卻目睹了房東迷信的一面。這眞的很奇怪，看來他表面上的理性只是假象而已。

他爬上床，打開窗子，而且一邊開窗，一邊潰堤般湧出熱淚。「進來吧！進來吧！」他哽咽道：「凱蒂[3]，來吧！啊，來呀——再來一次！啊！我親愛的寶貝！聽我這回吧，凱蒂，就這最後一次了！」幽靈果然還是表現出幽靈一貫的飄忽無常，完全沒有露面的跡象。只有猛烈的風雪狂嘯而過，甚至吹到我站的地方來，也吹熄了我手中的蠟燭。

在這段瘋瘋癲癲的叫喚裡，竟然夾雜著如此的悲慟。我對他的憐憫之情，讓我頓時忽視了他愚蠢的舉動。於是我決定避開，一面因爲自己聽到他這番話而暗自生氣，一面又因自己說了那荒唐的惡夢而懊悔不安。就是因爲那該死的惡夢，才會引起這樣的悲慟。然而到底爲什麼會這樣？我就不瞭解了。我小心翼翼地走下樓，來到後面的廚房，那兒還有一撮火苗，我將火苗撥攏在一起，以便點燃蠟燭。這裡安靜無聲，只有一隻斑紋灰貓從灰燼裡跳出來，哀怨地對我叫了一聲，算是打招呼。

兩條長椅在火爐邊圍成一個半圓，我在其中一條上面躺下來，老母貓則跳上另一條。不一會兒，我們兩個打起盹來，不料卻有人過來破壞這份寧靜，那就是約瑟夫。他從屋頂放下通往閣樓的木梯，我想那應該就是他上下閣樓的通道。他朝我升起來的爐火瞄一眼，把貓從牠的寶座上攆下來，自己據地爲王，開始將菸草塞進三寸長的菸斗裡。看來我誤闖了他的聖地，對他來講是相當莽撞的事。他悶聲不響地把菸斗塞進嘴裡，交叉兩臂開始呑雲吐霧起來。我讓他好好享受這份奢侈的清靜。當他吸完最後一口菸時，深深地吐了一口氣便站起來，像他走進來時那樣，又嚴肅地走了出去。

緊跟著是較爲輕快的腳步聲，我正準備張開口道早安，但還未說出口又閉上了，放棄了客套寒暄。因爲哈里頓・恩蕭正在低聲做他的早禱，正在屋裡角落找一把鏟子或鐵鍬去剷雪，每碰到一樣東西都要對它咒罵一番。他往椅子後面掃了一眼，張大鼻孔，認爲用不著以什麼文明的禮節對待我，就像對那隻貓一樣。從他的動作看來，我猜是准許我走了。我起身離開長椅，表示要跟他走出去。他注意到我的動作，用鏟子指了指一扇內門，支吾暗示如果我想離開這裡，就應該往那兒走。

那扇門通往大廳，女人們已經在那兒忙活了。齊拉用一只巨大的風箱把火苗吹上煙囪。而希斯克里夫太太跪在爐邊，藉著火光看書。她用一隻手遮擋爐火的熱氣，以免傷到眼睛，似乎專注在她的書裡；只有在責罵傭人不該把火花噴到她身上，或者不時推開老往她臉上湊的狗時，才會停止閱讀。我驚訝地看見希斯克里夫也已經在這兒了，他站在爐火邊背對我。我的房東剛對可憐的齊拉發過一頓脾氣，因此她不時放下手邊工作，拉起圍裙的一角，發出氣呼呼的聲音。

「還有你，你這沒出息的——」我進去時，他正轉過來對他兒媳婦發脾氣，並且總在形容詞後面加個無甚傷人的字眼，像是鴨呀羊呀，後頭往往接上一串補述。「你又在那兒，弄你那些無聊的把戲啦！

其他人都在幹活爲自己掙飯吃——就你只靠我的施捨過活！把你那廢物丟開，找點事做吧！你老是在我眼前轉來轉去，看得讓人心煩，我會讓你付出代價的——聽見了沒，該死的賤人！」

「我會把我這廢物丟開的，因爲如果我不照你的話，你還是會逼我這麼做的。」那少婦回答，闔上她的書丟到椅子上。「可你就是說破了嘴巴也沒用，除非是我自己願意，否則我什麼也不做！」

希斯克里夫舉起手，頂嘴的人馬上跳到較安全的地方，顯然很瞭解那隻手的分量。我無心觀賞一場貓狗爭鬥的場面，便靜靜往前走，就好像我只圖到爐邊取暖似的，完全無意打斷他們的爭吵。雙方總算都還多少顧點顏面，暫時停止了這敵對場景。希斯克里夫把拳頭收進口袋，以免自己又忍不住。希斯克里夫太太則噘起嘴，坐到遠處一張椅子上。在我待在那兒的時間，眞如她自己所說的，像座雕像似的動也不動。我沒有待太久，並且謝絕與他們共進早餐。待第一道曙光出現，我便趁機逃到外面自由的空氣裡，現在的空氣既清新又寧靜，不過也寒冷得像無形的冰塊。

還沒走到花園盡頭，我的房東就喊住我，說要陪我走過曠野。幸虧有他陪我走，因爲整個山脊恍如一片波濤洶湧的白色大海。從它起伏的表面，完全看不出凹凸不平的實際地面：至少，許多坑洞都給填平了。而且整座蜿蜒的丘陵、採石場的殘跡，跟我昨天走過的樣貌完全不一樣了，我在先前注意到，路旁每隔六、七碼就立起一排石頭，一直延續到荒原盡頭。這些立在路旁的石頭都塗上石灰，以便在黑暗中指示方向，或是像在現下這般大雪中發揮效用，免得路人弄不清蜿蜒的小路及深溝。但是，除了依稀尚可看到一些黑點露出外，已經完全看不見石頭的蹤影了。當我自以爲是沿著蜿蜒的道路往前走時，我的同伴卻不時要指引我向左或向右。

我們一路上都沒說什麼話，他在畫眉田莊的林子口停下，說我從這兒起應該就不會迷路了。我們點了頭匆匆道別，然後我繼續往前走，相信自己應該沒問題才是，畢竟守門人的住處還沒租出去。從大門到莊舍的距離約是兩英里，但我想我走了四英里路。因爲我在林子裡迷了路，又掉進雪坑，埋到和脖子齊高的深。這種種困難，唯有親身經歷過才能瞭解。總之，無論我怎麼走的，當我踏進家門，鐘正敲了十二下。也就是說，從咆哮山莊循著常路走回來，每一英里約花了整整一個鐘頭的時間。

我那位和田莊一起僱下的管家和她的幫手，跑過來迎接我，七嘴八舌地嚷著說她們以爲我是沒指望了，大家都以爲我昨天晚上就死了，還在想著要怎麼出去找我的屍體。現在既已看到我平安無事地回來，我便請她們安靜。我就連心臟都快凍僵了，接著我力地爬上樓。當我換上乾淨的衣服後，踱來踱去走了三、四十分鐘，好恢復元氣。然後又回到書房，虛弱得像隻貓，根本無法好好享受僕人爲我準備的熊熊爐火和熱騰騰的咖啡。

譯註：

1老尼克（Old Nick），撒旦、惡魔之意。

2七十個七次，出自《新約・馬太福音》18:21-18:22。

3一般凱瑟琳（Catherine）的暱稱以凱蒂居多，原文中雖是Cathy，音近凱西，本書仍沿用常見暱稱。

第四章

Chapter 4

人可眞是善變啊！我本來已經下定決心要與世俗隔絕，而且感謝老天爺，眞讓我找到一個幾近完美的地方；但我這個軟弱的可憐蟲，與消沉和孤獨奮戰到黃昏，最後還是不得不舉起白旗投降。當狄恩太太送晚餐過來，我假裝要打聽這裡的一些訊息，請她坐下來聊聊，心裡暗自希望她是個愛閒嗑家常的人，期望她的話要不是能讓我興高采烈，就是能催我入眠。

「你應該住在這兒很長一段時間了吧？」我開啓話題：「你不是說有十六年了嗎？」

「十八年啦，先生。這裡的女主人結婚時，我就跟過來服侍她。她過世後，主子繼續留我在這裡當管家。」

「這樣啊。」

接著是一陣沉默，我眞擔心她是個不愛聊天的人，或者只喜歡聊她自己的事，偏偏那些又不是我感興趣的。然而，她沉思了一會兒，拳頭放在膝上，整張紅通通的臉龐罩於沉思裡，接著突然嘆了一口氣說道：「唉，從那時起，變化太大啦！」

「是啊，」我說：「我想你一定目睹了不少變化吧？」

「的確，也看到不少傷心事呢。」她說。

「啊，我要把話題轉到我的房東身上。」我暗忖，「這倒是個不錯的開頭。還有那個漂亮的小寡婦，我也想知道她的背景。她是本地人呢，不，應該是外地人，因爲這些乖戾的本地人，好像跟她不怎麼合得來。」因此我問了狄恩太太，爲什麼希斯克里夫要把畫眉田莊租出去，自己卻住在一個地點跟房子本身條件都差得多的地方。「他難道沒有錢好好整理自己的產業嗎？」我問道。

「他可有錢呢，先生！」她回答：「誰也不知道他有多少錢，而且年年都在增加。是啊，是啊，他是有錢到足以讓他住進一棟比這裡還要好的房子。可是他非常吝嗇，即使他想要搬進畫眉田莊，但只要一聽說有好房客，他就絕對不會放棄可以多賺進那幾百塊錢的機會。有些人孤孤單單活在這世上，還是這麼貪財，很奇怪吧？」

「他好像有一個兒子吧？」

「是的，有過一個，不過已經過世啦。」

「那位年輕的太太，希斯克里夫太太，是少爺的遺孀吧？」

「是的。」

「她原本是哪裡人呢？」

「怎麼了，先生，她就是我已逝年輕主人的女兒啊。凱瑟琳・林頓是她的閨名。我一手把她帶大的，這可憐的孩子！我眞希望希斯克里夫先生搬到這裡來，那我們又能夠住在一起了。」

「什麼？凱瑟琳・林頓！」我驚訝地叫道。但我轉念一想，便可以肯定那絕對不是我看到的幽魂凱瑟琳。「那麼，」我接著說：「這兒之前的主人姓林頓呀？」

「是的。」

「那麼，那個恩蕭，跟希斯克里夫先生住在一起的哈里頓・恩蕭，他又是誰呢？他們是親戚嗎？」

「不是，他是已故林頓夫人的姪子。」

「那就是那位年輕太太的表哥囉？」

「是的，那是她母親的內姪。她的丈夫也是她的表親，是她父親的外甥。希斯克里夫娶了林頓先生的妹妹。」

「我看到咆哮山莊的前門刻著『恩蕭』，他們是相當古老的家族吧？」

「非常古老。先生，哈里頓是他們家族的最後一代，就像凱蒂小姐是我們的……我的意思是林頓家族的最後一代。您去過咆哮山莊了嗎？請恕我冒昧詢問，我很想知道她的情況。」

「希斯克里夫太太嗎？她看上去很好，也很漂亮。可是，我想，她應該不太快樂。」

「噢，親愛的，那我倒不覺得奇怪！那麼您覺得那位主人怎麼樣呢？」

「很粗魯的傢伙，狄恩太太。他的性格原本就是那樣嗎？」

「像鋸齒一樣粗，像岩石一樣硬！您還是少跟他往來的好。」

「他應該經歷過不少坎坷，才讓他變得如此粗暴吧。你知道他的過去嗎？」

「就像杜鵑的人生啊[1]，先生，我全都知道，除了他生於何處、父母是誰，以及當初是如何發財的以外。還有哈里頓，他是怎麼像羽翼未豐的雛鳥被丟出去的呢！他是全教區唯一不知道自己是怎麼被騙的可憐孩子呀。」

「啊，狄恩太太，請你行行好，跟我說說鄰居的事吧。我覺得即使我現在上床休息，應該也睡不著，讓我們坐下好好聊一個鐘頭吧。」

「啊，當然可以，先生！我這就去拿點針線活兒來，您要我坐多久都可以。不過您受寒啦，我看您直打哆嗦，得先喝點粥，去去寒氣才行。」

這位可親的女人急忙去準備，我又往爐火湊近一些。我感覺頭腦熱熱的，身體卻在發冷，而且，只要大腦和神經一激動，幾乎就要發昏了。這並不是讓我覺得不舒服，而是有些害怕（現在依然如此），唯恐今天和昨天的事會引起什麼嚴重後果。狄恩太太不一會兒就回來，帶來一鍋熱氣騰騰的粥及一籃針線活兒。她把鍋子放上爐台，又拉了把椅子過來坐，顯然因爲發現我很容易親近而高興呢。

「住進這兒之前呀……」用不著我開口，她就自己開始說起故事來了——

*　　*　　*

我幾乎都住在咆哮山莊，因爲哈里頓的父親——辛德雷・恩蕭先生就是由我母親一手帶大的。我總是和孩子們玩在一塊，也在莊裡跑跑腿，幫忙除除草，或是在農場裡轉來轉去，誰差我做什麼，我就做什麼。某個晴朗的夏日清晨，我記得那是開始收割的時節，老主人恩蕭先生走下樓來，一身遠行的外出服。當他跟約瑟夫交代好當天要做的事情後，便轉過身來對著辛德雷、凱蒂和我——因爲當時我正跟他們坐在一塊兒吃粥。他對兒子說：「喂，親愛的小傢伙，我今天要到利物浦去，你要我帶什麼回來呢？你愛挑什麼都可以，不過只能選小東西，因爲我得走過去再走回來，每一趟可要六十英里，挺長的一趟路哩！」辛德雷說要一把小提琴，接著他問起凱蒂小姐。小姐當時還不到六歲，但已經可以騎上馬廄裡任何一匹馬了，因此說想要一根馬鞭。老主人也沒有遺漏我，因爲他有時候雖然有點嚴格，卻有一副好心腸。他答應幫我帶一袋蘋果和梨回來，他接著親親孩子們道再見，便上路了。

他離開了三天，對我們來講卻是很漫長的一段時間，小凱蒂老是不斷問爸爸什麼時候才回來。到了第三天晚上，恩蕭夫人預計他晚餐時間就能到家，因此把晚餐時間延過一個小時，又一個小時。然而，大家還是盼不到恩蕭先生。到最後，連孩子們也懶得跑到大門口去看了。天色漸漸暗了，夫人要孩子們先去睡覺，可是他們苦苦哀求再讓他們等一會兒，大約十一點鐘，門栓輕輕打開，主人走進來了。他一頭倒在椅子上，又哼又笑地，叫他們全都站開一點，因爲他快累壞了，就算要將英國的三座王國[2]都送給他，他也不肯再走這麼一趟。

他說：「走到最後，就像奔命似的！」他一面說，一面打開在他懷裡裹成一團的大衣。「瞧這兒呀，太太！我這一輩子，沒被什麼東西弄得這麼狼狽過，但你得把他當作上帝賜予的禮物來接受，雖然他黑得像打從魔鬼那兒來的。」

我們都圍了過去，我從凱蒂小姐的頭上望，看見一個渾身骯髒、穿得破破爛爛的黑髮孩子。這孩子已經大到會走路、說話的年紀。的確，從他的臉看來，應該比凱瑟琳要年長些。可是當他站在地上，卻只會四下張望，嘰哩咕嚕重複一些沒人聽懂的話。我很害怕，恩蕭夫人打算把他丟出門外。她可真跳了起來，質問主人怎麼會想帶一個吉普賽孩子回家裡來，自己孩子都已經夠他們養了。他到底打算怎麼辦？是不是瘋了？主人試著說明原委，但他實在太累了。從夫人的責罵聲中，我總算聽出一點兒端倪：主人在利物浦大街上，看見這無家可歸的孩子快要餓死了，又像啞巴一樣，所以就帶著他四處打聽是誰家的孩子，但沒有人知道。主人的錢和時間又很有限，想想還不如直接把他帶回家，總比白耗在那兒好。因爲主人覺得既然看到他了，就不能丟著他不管。所以最後的結果是，夫人發完牢騷安靜下來後，恩蕭先生即吩咐我幫那孩子洗澡，換上乾淨的衣服，然後讓他跟孩子們一塊兒睡。

辛德雷和凱蒂起初只在一旁靜靜地看著、聽著，等一切恢復平靜，便掏起父親的口袋找禮物。辛德雷已經是個十四歲的大男孩了，可是當他從大衣裡拉出那把被壓成碎片的小提琴，竟然嚎啕大哭起來。而凱蒂呢，當她發現主人只顧著照料這個陌生孩子而弄丟她的馬鞭時，就對那笨小子齜牙咧嘴啐了一口，以發洩心中怒氣。這樣的舉動卻換來父親一記響亮的耳光，教訓她以後要規矩點。兩人完全拒絕與他同床，甚至不肯讓他留在房裡。我也沒比他們好多少，我把他丟在樓梯口，希望他隔天就會自己走掉。不知是湊巧呢，還是他聽見主人的聲音，他爬到恩蕭先生房門口，所以主人一出房門就看見他。老主人自然要追問怎麼一回事，我只好招認了。由於我的怯懦和狠心，我受到懲罰，被主人趕出家門。

這就是希斯克里夫剛到家裡的情況。幾天後我回來了（因為我不認為自己會被永遠逐出家門），發現他們已經幫他取了個名字叫做「希斯克里夫」。那原本是他們一個夭折兒子的名字，自此就成為他的名，也是他的姓。凱蒂小姐這時跟他相當親暱，可是辛德雷恨死他了。說實話，我也是，於是我們可恥地耍些小手段折磨他。當時我並未意識到自己有多不厚道，而女主人看到他受欺負時，也從來沒幫他說過一句話。

他看起來是一個鬱鬱寡歡、很能忍耐的孩子，或許應該說是在受盡虐待後，變得更為頑強了。他能忍受辛德雷的拳頭，眼睛眨都不眨一下，也不掉一滴眼淚。我擰他時，他也只是吸一口氣，睜大眼睛，就好像是他不小心傷了自己，誰也不能怪似的。當老恩蕭發現自己的兒子這樣虐待他眼中這位可憐的孤兒時，可真是大發雷霆。他就是特別寵愛希斯克里夫，相信他所說的一切（關於說話，他其實難得開口，開口了就只說實話），寵他的程度可遠多過凱蒂。因為凱蒂實在太頑皮搗蛋了，讓人無法寵到心坎裡。

因此，打從一開始，他就給這家人負面的印象。不到兩年時間，恩蕭夫人過世，這時小主人老早把他父親視為暴君，而不是朋友，更打從心裡認定希斯克里夫就是奪走父親關愛和他的特權的傢伙；只要越想到這些損害，心裡越氣不過。有一陣子我還很同情他，但當孩子們都出麻疹，由我擔負起女僕的責任來看護他們時，我的想法就改變了。希斯克里夫病得很嚴重，他在最難受時，總要我在他枕邊陪著。我想他可能覺得我很照顧他，並不知道其實我是逼不得已的。無論如何，我得說：他是我看護過最溫順的孩子，跟其他孩子比起來，讓我不得不偏心。凱蒂和她哥哥眞是太折磨人了，他卻溫順得像隻綿羊，毫無怨言。雖說他不大麻煩人多半是由於倔強，而非出於溫柔。

他撐過來了，醫生說這眞是多虧我，並稱讚我看護得好，讓我得意不已，於是我也對這個讓我受到讚賞的孩子軟化了，辛德雷同時失去了他最後一名盟友。不過，我還是無法打從心底喜歡希斯克里夫。我常覺得奇怪，主人到底是喜歡這陰沉的孩子哪一點？在我記憶中，他從未對主人的寵愛表示過任何感激。他對恩人的態度並非無禮，只是無動於衷。雖然他完全知道自己在主人心中的地位，而且也很明白，只要自己一開口，全家就得順著他的心意。

舉個例子來說吧，我記得有一次恩蕭先生在教區的市集買了一對小馬，給男孩們一人一匹。希斯克里夫挑了漂亮的那匹，可是那匹馬的腳不久就瘸了。當他一發現，就對辛德雷說：「你得跟我換馬，我不喜歡我的馬了。否則我馬上去告訴你父親，這星期你打了我三次，讓他看看我的手臂已經瘀青到肩膀的樣子。」

辛德雷吐吐舌頭，又甩了他一個耳光。

「你最好馬上跟我換，」希斯克里夫這麼堅持。他們當時在馬廄裡，他逃到門廊上又說：「你非跟我換不可，否則我就去告狀，到時你可要連本帶利挨一頓打。」

「滾開！你這惡狗！」辛德雷大叫，並用一個秤馬鈴薯和乾草的鐵秤嚇唬他。

「扔啊，」他回道，站在那兒一動也不動，「我還要告訴他，你怎麼誇口說等他一死，就要把我趕出家門，看他會不會馬上把你趕出去。」

辛德雷眞的扔了，直接打在他胸口上，讓他不支跌倒在地。但他馬上又踉蹌地站起來，整個臉色蒼白，氣都透不過來了。當時要不是我出面阻止，他眞要跑到主人面前，讓他看看自己身上的傷。只要說出是誰惹的，馬上就可以報這個仇啦。「你這吉普賽人，把我的馬牽去吧！」小恩蕭說：「但願這匹馬摔斷你的脖子。牽走吧！該死的，你這要飯的討厭鬼，把我父親的一切都騙走吧！只是以後別讓他看出你的眞面目，小惡魔。看著吧，我希望牠把你的腦袋踢爆！」

希斯克里夫去解開韁繩，要把小馬牽到自己的馬槽裡。當他走到馬匹後面，辛德雷冷不防把他推倒在馬蹄下，來結束他的咒罵，接著便一溜煙地跑走了，也不停下腳步看看自己的希望是否成眞。我驚訝地看著這孩子冷靜地掙扎著站起來，繼續做自己要做的事，像是換馬鞍之類的。在他要進屋之前才坐到乾草堆上，挨過這重重一擊所引起的噁心感。我很快說服他把那些傷歸罪到馬身上，而既然他已經得到他想要的了，也就不在乎那些小事了。他確實很少拿這些事去告狀，我眞以爲他並不想報復，可是我完全受騙了，您繼續聽下去就會知道。

譯註：

1 杜鵑，又稱為布穀鳥，這種鳥自己不會孵蛋，所以總是將蛋下在別種鳥的鳥巢裡，等小鳥孵出後，便把別種小鳥丟出鳥巢。

2 意指英國的英格蘭、蘇格蘭及愛爾蘭。

Chapter 5

第五章

光陰荏苒，恩蕭先生的身體也開始衰老了。他本來是個健康又有活力的人，精力卻好像突然從他身上消失似的。當他只能困守在壁爐邊，脾氣變得十足暴躁，令人難以忍受。一點點小事就會惹惱他，而且每當他疑心別人輕蔑他的威信了，他就氣得不能自已。如果有人企圖爲難或欺壓他寵愛的希斯克里夫，這樣的情況就更爲明顯，他總是疑神疑鬼地猜忌，唯恐有人對那孩子口出一句惡言。他的腦子裡好像有這麼一個想法：就是因爲自己寵愛希斯克里夫，所以大家都討厭他、想害他。但這對那孩子可沒什麼好處。因爲我們這些較心軟的，不想讓主人煩心，便順著他的偏愛，這樣的遷就卻大大滋長了這孩子的傲慢、乖僻之氣。不過，就某個程度來講，他也非這樣不可。因爲大概有兩、三次，辛德雷當著父親的面，表現出鄙視那孩子的神氣，讓老人家大爲光火，抓起手杖要打辛德雷，卻又因爲力不從心而讓自己氣得渾身發抖。

最後，我們的助理牧師（當時還有個助理牧師，靠著自己的一塊地，以及教導林頓和恩蕭兩家孩子讀書爲生）建議把這年輕人送去上大學。恩蕭先生儘管同意了，心裡卻仍十分不放心，因爲他認爲：「辛德雷是個沒用的廢物，不管他遊蕩到哪兒，一輩子都不會有出息。」

我衷心希望我們從此以後天下太平。只要一想到主人明明是行善，卻反而弄得全家不得安寧，我心裡就很難過。我認爲他晚年多病、抑鬱寡歡，都是因爲家庭不和樂所引起的。事實上，他自己也這麼認爲。您知道，先生，這日漸衰老的骨子裡，就藏著這塊心病。要不是凱蒂小姐和傭人約瑟夫這兩個人，我們仍可湊合著過日子。您在山莊那邊應該看到約瑟夫了。他以前是個討人厭、自以爲是的僞君子，現在還是一樣，只會一直翻著聖經，把所有福報留給自己，禍害都丟給別人。約瑟夫憑藉滿口仁義道德和道貌岸然的虔敬，把恩蕭先生騙得團團轉；而主人越是衰弱，他的蠱惑力就越大。約瑟夫毫無憐憫之心地折磨主人，大談他的靈魂救贖，以及如何嚴加管束孩子。他慫恿主人把辛德雷看作無可救藥之人，晚上則一直在主人面前編派希斯克里夫和凱瑟琳的壞話。而且爲了迎合老主人，總不忘把最大的過錯怪罪到凱瑟琳身上。

確實，凱瑟琳的脾性也很怪，那是我在別的孩子身上從未見過的。一天之內，她總能讓我們所有人失去耐心不下五十次，從她甫下樓那一刻起，到上床睡覺爲止，不斷地調皮搗蛋，弄得我們一刻不得安寧。她總是那麼興致勃發，嘴巴動個不停——唱呀、笑的，誰不附和她，她就糾纏不休。眞是個又野又壞的小丫頭！可是她有我們教區裡最漂亮的眼睛、最甜美的笑容、最輕巧的步伐。話說回來，我相信她心眼並不壞，因爲一旦她眞把你惹哭了，最後往往會落得陪你掉淚的結局，讓你反而還得停下來安慰她。她非常喜歡希斯克里夫，我們發現若要治她，最有效的辦法就是把他倆分開。爲了他，她挨的罵可比我們任何一個都還多。玩遊戲的時候，她特別喜歡當小主婦，任性地支使人做這做那。對我也是這樣，但我可受不了老聽她差遣，所以我也會明白告訴她。

只不過，恩蕭先生無法理解孩子們的玩笑嘻鬧，跟他們在一起時，總是那麼嚴肅。對凱瑟琳而言，她不明白父親怎麼年紀越長，脾氣反而比年輕時還要暴躁、沒耐性。他的暴躁和責備反倒挑起她的調皮興致，故意去激怒父親。她最喜歡我們一起罵她，總是擺出一副滿不在乎的神氣，機靈地反脣相譏，甚至把約瑟夫虔誠的詛咒編成笑料、捉弄我，淨做她父親最痛恨的事——炫耀她那假裝出來的傲慢對希斯克里夫的影響力，比她父親對此的慈愛還要大，恩蕭先生卻信以爲眞。凱瑟琳總是炫耀她能讓這孩子對自己唯命是從，而對他的命令，卻只有愛做時才去做。有時候，她一整天做盡調皮事，晚上又來撒嬌求和。「不行，凱蒂，」老人家會這麼說：「我沒辦法疼你，你比你哥哥還壞。去，禱告去，孩子，去求上帝饒恕你。我想你母親一定和我一樣，後悔生養了你！」一開始，這話還會讓她哭上一場，久而久之就沒感覺了。要是我跟她說要爲自己的過錯而羞愧，去求父親寬恕，她反倒會大笑起來。

恩蕭先生結束塵世煩惱的時辰終於到了。十月的某一晚，他坐在爐邊的椅上安靜地辭世了。狂風繞屋狂哮，在煙囪裡怒吼，聽起來雖然狂暴猛烈，天卻不大冷。我們全都坐在一起——我坐得離爐火稍遠一點，正忙著織毛線，約瑟夫則湊在桌邊讀他的聖經（那時候傭人們做完事常聚在屋裡）。凱蒂小姐病了，這才讓她安靜點。她靠在父親膝前，希斯克里夫則躺在地板上，頭枕在她腿上。我記得主人打盹之前，還撫摸她那漂亮的頭髮——看她這麼溫順，難得欣慰地說：「你爲什麼不能總是這麼乖乖地做個好女孩呢，凱蒂？」

她揚起臉，看著父親笑答：「你爲什麼不能總是乖乖地做個好男人呢，父親？」

凱蒂一看見他又惱了，立刻親親他的手，說要唱首歌幫他入眠。她開始輕聲唱著，直到父親的手從她手裡滑落，頭垂在胸前。這時我要她安靜，也別亂動，免得吵醒她父親。整整半個鐘頭，我們像耗子般安靜無聲。本以爲可以待得更久一點，但約瑟夫讀完一章經文，站起來說他得喚醒主人，讓主人做完禱告好就寢去。他走上前叫喚主人，又碰碰他的肩膀，可是主人一動也不動，於是他拿根蠟燭看看他。當他放下蠟燭時，我覺得出事了。他一手抓著一個孩子的手，小聲跟他們說：「快上樓去，別出聲。今晚你們自己禱告，我還有事要忙。」

「我要先跟父親道晚安。」凱瑟琳說。我們沒來得及攔住她，她已經伸手摟住他的脖子了。這可憐孩子馬上發現自己失去父親，尖叫道：「啊！父親死啦，希斯克里夫！父親死啦！」接著他們倆一齊放聲大哭，教人聽了心碎。

我也和他們慟哭起來，哭得又響又悲慘。約瑟夫卻責罵我們說，對一位已經升天的聖人，怎麼能哭成這樣？他要我穿上外衣，趕緊到吉默屯請醫生和牧師過來。當時我不懂請這兩個人來有什麼用，不過還是冒著風雨去了，結果只請回醫生，牧師說他明早才過來。約瑟夫留在那裡跟醫生說明狀況，我跑去孩子們的房間看看。門還開著，雖然已經半夜了，但他們都還沒躺下，不過倒也平靜些了，不需要我安慰。這兩個小靈魂正在用我所想像不到的美善思想互相安慰；世上沒有哪一位牧師，能把天堂描畫得像他們天真話語中所描畫的那樣美麗。當我一邊啜泣，一邊聆聽，不由得真心希望我們大家都能平平安安地一塊兒到天堂去。

Chapter 6

第六章

辛德雷少爺回來奔喪了，而且，有一件事讓我們大吃一驚，也惹得左鄰右舍議論紛紛——他帶回來一位太太。她是什麼人、哪裡人，辛德雷從來沒告訴我們。大概是因爲她既沒有錢，也沒有什麼顯赫家世，否則他也不至於要對父親隱瞞這門婚事。

她倒不是那種爲了自己而弄得全家不得安寧的人。從跨進門檻那一刻起，除了準備葬禮和不斷有人來弔唁外，似乎她所見到的每樣東西和每件事情，都讓她興致勃勃。從這段時間的觀察，我覺得她的舉止有點神經質：她跑進自己臥室，要我也跟著進去，儘管我當時還在幫孩子們穿喪服，她卻坐在那兒直發抖，緊握住雙手反覆問道：「他們走了沒有？」接著又開始歇斯底里地說黑色對她有什麼影響，瞪大眼睛顫抖著，最後竟然哭起來。問她是怎麼回事，她又回答不知道，只是對死亡相當恐懼！我想她和我一樣，不至於說死就死。雖然說她相當瘦削，但還很年輕，氣色也挺好的，一雙眼睛像寶石般炯炯有神。確實，我注意到她上樓時的呼吸較急促，只要突然有一丁點聲音，就會讓她嚇得渾身發抖，有時候也會咳得緩不過氣來。可是我不知道這些是什麼病兆，也不會想同情她。洛克伍德先生，我們這裡的人一般不大主動跟外地人親近，除非他們先跟我們親近。

一別三年，小恩蕭有了很大的轉變。他瘦了點，臉上沒什麼血色，談吐跟衣著也與從前大不相同。他回來那天，就叫約瑟夫和我搬到後廚房去，把大廳騰出來給他們用。其實，他本想鋪上地毯、貼上壁紙，裝修成客廳用，可是他太太對大廳那片白色地板和溫暖的大壁爐、白鑞盤子和白釉藍彩陶具，還有狗窩，以及他們常用的寬敞起居空間，是那麼地喜愛。因此他想，既然太太覺得舒服，就不需再大費周章另外布置一間客廳，便打消了這個念頭。

恩蕭夫人也因爲多了個小姑而興奮不已。一開始她總跟凱瑟琳說個沒完沒了，又親又吻，跟著小姐轉來轉去，還給了她好多禮物。不過沒多久興致就淡了，而且當她一鬧起彆扭，辛德雷就變得相當暴躁。只要她對丈夫抱怨希斯克里夫幾句，就足以勾起辛德雷對這孩子的舊恨。他把希斯克里夫趕到傭人那兒去，不許他再到助理牧師那兒聽課，硬要他在外面幹活，跟田莊裡其他小伙子一樣幹粗活。

遭到這樣的貶抑，剛開始這孩子還頗能忍受，因爲凱蒂會把她的所學都教給他，陪他在田裡幹活或玩樂。他們倆很可能變得跟野人一樣沒教養。少爺完全放任他們不管教，他們也樂得躲得遠遠的。他甚至不管他們星期天是否上了教堂做禮拜，只有約瑟夫和助理牧師發現他們沒出席，才會來責備他的疏忽。這就提醒了他下令給希斯克里夫一頓鞭打，讓凱瑟琳餓上一頓午餐或晚餐。但是他們最大的樂趣是一大早跑到曠野去耗上一整天，之後的懲罰對他們來講根本無關痛癢，反倒可笑。儘管凱瑟琳可能會被助理牧師留下來多背誦幾個章節，約瑟夫會把希斯克里夫抽到自己手臂痠痛，但只要他倆湊在一起，或至少當他們想出什麼頑皮的報復計畫，就什麼都忘了。眼看他們一天比一天胡來，我暗地裡不曉得哭了多少回，偏偏我一句話也不敢說，唯恐自己對這兩個舉目無親的小傢伙最後那麼一點影響力也失去。一個週日晚上，他們碰巧又因爲太吵或是這類的小過失，被攆出客廳。當我去叫他們吃晚餐時，哪兒也找不著他們，我們搜遍整幢屋子，樓上樓下、院子、馬廄，都不見他們蹤影。最後，辛德雷一氣之下，命我們把所有門都鎖上，嚴令誰也不許開門讓他們進來。全家都去睡了，我則急得躺不住，便把窗戶打開，探出頭來靜靜傾聽，雖然外頭正在下雨，但我決定只要他們一回來，就不顧禁令讓他們進屋。過了一會兒，我聽見路上傳來腳步聲，一盞提燈閃爍著盪進大門。我連忙披上圍巾跑出去，免得他們敲門吵醒恩蕭先生。那是希斯克里夫，只有他一個人回來。我見到這情形時，可眞嚇了一大跳。

「凱瑟琳小姐呢？」我急忙問道：「應該沒出什麼事吧。」

「在畫眉田莊，」他回答：「本來我也想待在那兒的，可是他們太沒禮貌了，竟沒留我。」

「好呀，你要倒楣啦！」我說：「你就是要等到人家趕你走才甘心。怎麼跑到畫眉田莊去啦？」

「先讓我換掉這身濕衣服，再詳細告訴你吧，奈莉。」他回答。

我叫他當心別吵醒主人。就在他換衣服，我等著熄燈時，他又說：「凱蒂和我從洗衣房溜出去，想自由自在隨便逛逛。後來我們瞧見田莊的燈火，就想去看看林頓家的孩子星期天晚上是否也站在牆角發抖，而他們的父母卻坐在爐火邊又吃又喝，又唱又笑，烤火烤得眼珠都要冒火了。你想，林頓家會是這樣嗎？還是在讀經書，而且得受男僕的拷問，要是沒答對的話，還要罰背一長串聖經上的名字？」

「大概不是吧，」我回答：「他們八成是好孩子，不像你們因爲愛搗蛋而受罰。」

「別假正經了，奈莉，」他說：「胡扯！我們從山莊最高處一路跑到田莊，一步也沒停下來——凱瑟琳在這場比賽中完全輸慘了，因爲她後來光著腳跑。你明天得去泥沼裡找她的鞋。我們爬過一道破籬笆，沿著小徑摸索前進，爬到客廳窗戶下的花壇。燈光從那兒照出來，他們還沒有拉上百葉窗，窗簾也只是半掩著。我們倆站在牆角，趴在窗台上就能瞧見裡面。我們瞧見——啊！可眞漂亮——多麼富麗堂皇的地方，鋪著紅色地毯，桌椅也都罩著紅色套子，純白色的天花板鑲著金邊，一大串玻璃墜子用銀鍊從天花板中間垂掛下來，讓許多柔和的小蠟燭照得閃閃發亮。林頓老夫婦都不在那兒，只有艾德加和他妹妹霸佔整個大廳。他們還不該高興嗎？若是換成我們，眞會以爲自己到了天堂啦！可是哪，你猜猜看，你口中那兩個好孩子在做什麼？依莎貝拉——我想她應該十一歲了吧，比凱蒂小一歲——躺在屋裡一頭尖聲大叫，叫得好像巫婆用燒紅的針刺進她身體似的。艾德加則默默站在爐邊流眼淚，桌子中間坐著一隻小狗，抖著爪子，汪汪叫著。從他們倆的爭吵聽來，我們才明白他們差點兒把小狗扯成兩半。眞是白癡！竟把這當作消遣！兄妹倆爭執著誰該抱那團暖融融的毛球，後來又全都哭成一團，因爲他們爭奪了一陣子後又都不想要了。我們看著這兩個寶貝蛋，不禁笑出聲來。我們眞瞧不起他們！你何時瞧見我想搶凱瑟琳要的東西來著？或是看見我們一人站一邊，又哭又叫，躺在地上打滾？就是讓我再活一千次，我也不要拿我在這兒的地位，和艾德加在畫眉田莊的地位交換——就是允許我把約瑟夫從最高的屋頂扔下來，或者把辛德雷的血塗滿牆面，我也不幹！」

「噓！噓！」我打斷他，「希斯克里夫，你還是沒告訴我凱瑟琳怎麼留下來了？」

「我之前跟你說我們笑啦，」他回答：「林頓兄妹聽見我們的笑聲，就一起像箭一樣衝到門口，先是不吭聲，接著大叫起來，『啊，媽媽，媽媽！爸爸！啊，媽媽！來呀！爸爸，啊！』他們眞的就這麼亂叫。我們便故意裝出可怕的聲音，狠狠嚇唬他們，接著我們從窗台上下來，因爲有人拉開門栓，我們想還是趕快溜掉才好。我抓起凱蒂的手，拉著她跑，她卻忽然跌倒了。

「『快跑，希斯克里夫，快跑，』她小聲說：『他們放出惡狗，咬住我啦！』這惡魔咬住她的腳踝！奈莉，我聽見牠那討厭的噴鼻聲。但她沒有叫出聲來——不會的！她就是被瘋牛角刺到了，也不會叫的。可我開始破口大罵啦，用足以咒死基督教世界裡所有惡魔的咒罵聲叫著，還撿起一塊石頭塞到牠嘴裡，竭盡所能想把石頭塞進牠喉嚨。有個畜生般的僕人提著燈過來了，嘴裡還叫道：『咬緊，賊頭，咬緊啦！』可是，當他看見賊頭的獵物後，音調就變啦。狗被掐住了，牠那紫色的大舌頭掛在嘴巴外約有半呎長，下垂的嘴唇流著帶血的口水。那僕人把凱蒂抱起來。她昏過去了，我敢說，絕不是嚇昏，而是痛暈的。他把凱蒂抱進屋裡，我則跟在後面，嘴裡罵罵咧咧，嚷著要報仇之類的話。『你逮到什麼啦，羅伯特？』老林頓從門口那兒喊著。『賊頭逮到一位小姐了，先生。』他回答。『這兒還有個小子，』他又說道，一把抓住我，『他倒像個內行哩！八成是強盜要他們等大家睡著了，爬進窗開門放那一幫傢伙進來，然後輕鬆地把我們全都幹掉。閉嘴！你這滿嘴不乾不淨的小賊，你！就要爲這事上絞架啦。林頓先生，先別把槍收起來。』那個老混蛋說：『不，羅伯特，這些壞蛋知道昨天是我收租的日子，他們想趁機打劫。進來吧，讓我好好招待他們。約翰，把鍊子扣好。珍妮，拿點水給賊頭喝。竟敢動到地方長官頭上來啦，而且還選在安息日！簡直就是無法無天！啊，我親愛的瑪麗，瞧這兒！別害怕，只是個毛頭小子——不過他一臉凶神惡煞的樣子，趁他們還沒有做壞事前，立刻把他絞死，這也算是爲鄉里做一件好事，不是嗎？』他把我拉到吊燈底下。林頓太太把眼鏡架回鼻梁上，嚇得舉起雙手。那兩個沒膽的孩子也湊近些，依莎貝拉口齒不清地說：『眞是可怕的東西！把他關到地窖裡去吧，爸爸。他不就是那個算命的兒子，偷我馴雉的那位呀？不就是他嗎，艾德加？』

「當他們瞪著我看時，凱蒂正好醒過來。她聽見最後這番話，大笑了起來。艾德加・林頓好奇地瞪著她，還算不笨，總算認出她來了。你知道，他們在教堂看過我們，雖然我們很少在別的地方碰面。『那是恩蕭小姐！』他低聲對母親說：『瞧瞧賊頭把她咬成什麼樣，她的腳上流了多少血呀！』

「『恩蕭小姐？胡扯！』那位太太嚷著，『恩蕭小姐怎麼會跟個吉普賽人到處亂晃！可是，親愛的，這孩子還在服喪，是啦——她也許一輩子都要殘廢啦！』

「『這都怪她哥哥太不負責任了！』林頓先生嚷道，從我這兒又轉過去看凱瑟琳。『我從助理牧師希爾德斯那兒聽說，他完全放任她在沒有教養的環境下長大。可這又是誰呢？她打哪兒撿來這麼一位同伴？喔！我敢說他，肯定是我那位已故鄰居去利物浦時帶回來的那個奇怪收穫。一個東印度小水手，或是哪個美國人或西班牙人的棄兒。』

「『無論如何，反正是個野孩子，』那位老太太說：『而且根本不適合待在一個體面人家家裡！你聽到他說話沒有，林頓？只要一想到我的孩子聽到這些不堪入耳的話，就要把我嚇壞啦。』我又開始咒罵起來——別生氣，奈莉——於是他們吩咐羅伯特把我帶走。凱蒂不走，我也堅決不走。他就把我拖到花園去，把提燈塞進我手裡，還說一定要讓恩蕭先生知道我的所作所為。說完命令我馬上離開，又把大門關上了。窗簾還是拉開在一邊的窗角，我就在那兒又看了一下。因為，如果凱瑟琳想要回來，我就打算把他們的大玻璃窗砸個粉碎，非教他們讓她出來不可。她安靜地坐在沙發上，林頓太太幫她脫掉我們出來玩時跟擠牛奶女傭借來的外套，搖著頭跟她說話，我猜是在勸她。她是一位小姐，他們對待她的方式，跟對待我的完全不一樣。女僕端來一盆溫水幫她洗腳，林頓先生調了一大杯熱甜酒，依莎貝拉送她滿滿一盤餅乾，而艾德加則站得遠遠的，目瞪口呆地看著。後來他們把她美麗的頭髮擦乾，梳理好，給她一雙大拖鞋，把她推到爐火邊。我就丟下她了，因為她正高高興興地把她的食物分給小狗和賊頭吃——凱蒂在吃餅乾時，賊頭的鼻子一直湊過來。這一切讓林頓一家呆滯的藍眼睛泛起一絲光采，那是她迷人的臉蛋所引出的一絲絲反映。我看到他們一個個滿臉愚蠢的豔羨之情，她可比他們好一百倍，遠超過世上的任何一個人，不是嗎，奈莉？」

「這件事會比你想的要嚴重許多。」我回答，幫他蓋好被子，熄了燈。「你這下沒救啦，希斯克里夫。辛德雷先生一定會採取相當激烈的手段，你等著瞧吧。」

眞沒想到我的話如此靈驗。這次闖的禍，讓辛德雷先生大發雷霆。爲了解決這件事，林頓先生隔天早上親自登門拜訪，還跟少爺說了一番大道理，要他開導大家走上正途，說得他眞的心動了。希斯克里夫並沒有挨鞭子，可是主人告誡他：只要再跟凱瑟琳小姐說上一句話，就要把他攆出去。等凱瑟琳回到家裡，恩蕭夫人便擔起管教小姑的責任，而且只能用軟的，絕不能來硬的，她知道硬逼她是行不通的。

Chapter 7

第七章

　　凱蒂在畫眉田莊住了五星期，直到聖誕節。那時候，她的腳踝已經痊癒了，行爲舉止也文雅多了。在這期間，女主人經常去探望她，並開始她的改造計畫，試圖以一些漂亮衣服和讚美來提高她的自尊心，凱瑟琳也欣然接受了。因此，當她回來時，不再是個不戴帽子、蹦蹦跳跳，莽撞地衝過來摟得我們喘不過氣的小野人，而是從一匹漂亮小黑馬上走下來的端莊少女，棕色的鬈髮從插上羽毛的海狸皮帽裡垂落，身著一件長長的布質騎馬裙裝。她得用雙手提起衣裙，才能雍容華貴地走進來。

　　辛德雷扶她下馬時，欣喜地驚叫：「唉呀，凱蒂，你簡直是個小美人啦！我都快認不得你了。你現在像個千金小姐了。依莎貝拉·林頓根本比不上她！是吧，法蘭西絲？」

　　「依莎貝拉沒有她的天生麗質，」他太太回答：「可是她要謹記在心，可別一回到這裡，又變成野小姐啦。艾倫，幫凱瑟琳小姐脫外衣。別動，親愛的，你會把頭髮弄亂的。讓我幫你解開帽帶吧。」

　　我幫她脫下騎馬服，裡面露出一件華麗的方格長絲袍、白褲，還有一雙閃閃發亮的皮鞋。那幾條狗跳上來歡迎她時，即使她眼裡閃爍著快樂的光芒，卻不敢去摸牠們，生怕狗會撲上來弄髒她漂亮的衣服。她溫柔地親親我，我當時正在做聖誕節蛋糕，滿身麵粉的，也無法給我一個擁抱。接著，她就四下張望，尋找希斯克里夫。恩蕭夫婦焦切地觀望他們會面的情況，因爲這多少可以讓他們判斷，將這倆孩子拆開的機率有多大。

一開始，我們都找不著希斯克里夫。若說他在凱瑟琳不在家之前，就已經邋裡邋遢、沒人管教的話，那麼，現在可要糟上十倍了。除了我以外，沒有人肯罵他一聲「髒孩子」，叫他一星期去洗一次澡。像他這樣大的孩子，很少會天生喜歡肥皀和水的。因此，別說他那身穿了三個月、沾滿泥巴和塵土的衣服，還有那頭蓬亂的濃髮，就連他的臉和手，都蒙上一層黑黑的污垢。當他看到走進屋來的是這麼一位嬌豔優雅的淑女，而非他期望中跟他一樣蓬頭垢面的同伴，他只好躲到高背椅後去了。

「希斯克里夫不在這兒嗎？」她問道，一面脫下手套，露出她那雙因爲待在屋裡不做事，顯得特別白皙的雙手。

「希斯克里夫，你可以走過來，」辛德雷先生喊道，幸災樂禍地看他如此狼狽，見他現在勢必以這副令人憎惡的小流氓模樣出場，感到得意不已。「你可以過來，跟其他傭人一樣歡迎凱瑟琳小姐。」

凱蒂一瞧見她的朋友躲在那兒，便飛奔過去抱住他，一秒鐘就在他臉上親了七、八下。然後她停下來，往後退，放聲大笑地嚷嚷：「怎麼啦，你怎麼滿臉不高興！而且多滑稽又一副正經八百的樣子！不過這應該是我看慣了艾德加和依莎貝拉．林頓啦。好呀，希斯克里夫，你是不是把我忘了呀？」

她問這話不是沒道理的，因爲他臉上同時蒙上羞恥和傲氣的雙重鬱悶之情，重得他動彈不得。

「握握手吧，希斯克里夫。」恩蕭先生一副施恩的樣子說：「偶爾一次，是允許的。」

「我才不要呢，」那孩子終於開口：「我才不要站在這裡讓人笑話，我才不要受這種屈辱！」

他想走出人群，凱蒂小姐把他拉住了。

「我並不是有意要笑你，」她說：「我剛才只是忍不住才笑出來的。希斯克里夫，至少握握手吧！你在生什麼氣呢？你不過看起來有點怪罷了。要是你洗洗臉，梳梳頭髮，就好啦，可是瞧你多髒啊！」

她在意地盯著握在自己手中的髒手，又看看自己的衣裳，生怕會讓他的手碰髒了。

「用不著碰我！」看到她的眼神後，他這樣說道，接著把手抽回來。「我高興要多髒就多髒。我就喜歡髒，而且我還要一直髒下去。」

他一說完，便直往屋外衝出去，這讓恩蕭夫婦看了大為開心。可是凱瑟琳卻惶恐不安，無法理解自己這一番話，怎會惹得他大發脾氣。

當我侍候完這位剛返家的小姐，又忙著把蛋糕放進烤爐裡，在大廳與廚房生起暖烘烘的爐火，弄出聖誕夜氣氛。接著，我打算坐下來唱幾支聖誕歌自娛，也不管約瑟夫會說什麼我所選的歡樂曲調，根本和流行歌謠差不多。約瑟夫回房禱告去了，恩蕭夫婦正在用那些幫她買來送給小林頓兄妹的漂亮玩意兒吸引凱瑟琳注意，以答謝他們的盛情款待。他們已經邀請小林頓兄妹隔天來咆哮山莊玩，對方也接受了，不過有個條件：林頓太太特別要求別讓她的寶貝和那個「頑皮、愛罵人的孩子」接觸。

因此，就剩下我一個人待在這裡。我聞到烤熟香料發出的濃郁香味，欣賞著那些擦得晶亮的器皿、用冬青葉精心裝飾的大鐘，以及整齊排放好的銀杯，準備晚餐時斟上麥酒。我尤其欣賞自己用心整理、擦得亮潔無瑕的地板。當我暗自對每樣東西讚美一番後，隨即又想起過去恩蕭老爺總會在一切收拾妥當時，走進來說我是位勤快的小姐，然後把一個先令塞進我手裡當作聖誕禮物。想到這兒又讓我想起他對希斯克里夫的寵愛，老是擔心自己死後沒人照顧希斯克里夫，而這自然又讓我想到這可憐孩子現在的處境。我唱著唱著，忽然悲從中來地哭了起來。然而我又突然領悟到，與其在這兒徒傷悲，不如實際做點事，來彌補這孩子所受的委屈。於是我起身到院子裡找他，他沒跑遠，我看到他就在馬廄裡幫新買的小馬刷著一身亮澤的鬃毛，跟往常一般餵養其他牲口。

「快來啊，希斯克里夫！」我說：「廚房裡挺舒服的，約瑟夫也上樓去了。快過來，讓我在凱蒂小姐出來之前把你打扮得漂漂亮亮的，那你們就可以一起霸佔整個火爐，長談到夜深就寢前啦。」

他繼續幹他的活，怎麼也不肯轉過頭來看我。

「來呀，你來不來呀？」我接著說：「我幫你們倆一人留一塊小蛋糕，差不多夠你們吃了。不過你得在半個鐘頭內打扮好才行。」

我等了五分鐘，他還是不吭一聲，我只好走開了。凱瑟琳和她的哥哥嫂嫂一塊兒吃晚餐。約瑟夫則和我一起吃了一頓不怎麼融洽的晚餐，一個直發難，另一個毫不客氣地回嘴。希斯克里夫的蛋糕和起司就擺在桌上一整夜，留給神仙享用了。他一直工作到九點鐘，才悶聲不響地回房休息。

凱蒂待到很晚，爲了接待她的新朋友，有一大堆事情要吩咐。她來過廚房一次，想跟她的老朋友說說話。可是他已經回房了，凱蒂只問了一聲他是怎麼回事，又走出去了。第二天早上希斯克里夫起得很早，那天正好是假日，他帶著鬱悶的心情到曠野去，直到全家都上教堂了才回來。經過飢餓和思考之後，彷彿讓他振作些了。

他跟我待了一會兒，突然鼓起勇氣大聲說：「奈莉，把我打扮得體面些，我要振作啦！」

「該是時候啦，希斯克里夫，」我說：「你已經惹凱瑟琳傷心啦，我敢說，她都要後悔回家來了！看來好像是你在嫉妒她似的，就因爲大家都只關注她，而冷落了你。」

這嫉妒凱瑟琳的說法，他無法理解；可是惹她傷心這件事，他可是相當清楚。

「她說她傷心啦？」他追問道，一臉嚴肅的樣子。

「今天早上我跟她說你又跑掉時，她哭啦。」

「唉，我昨天晚上也哭了，」他回答：「我比她更有理由哭呢。」

「是啊，你是有理由帶著一顆驕傲的心和空肚子上床的。」我說：「驕傲的人，只會自討苦吃。可是，如果你爲自己鬧彆扭而羞愧的話，記住，等她進來時，你得鄭重地道歉。走過去請求親親她，而且要說——你應該很清楚該說些什麼。只要誠心誠意，不要認爲她穿了漂亮衣服，就變成陌生人啦。雖然現在我得準備午餐，不過還是能抽空幫你打扮一下，好讓艾德加・林頓站在你旁邊就像一隻娃娃——他的確如此。你雖然年紀比較小，但我敢說，你長得比他高一些，肩膀也比他寬一倍，一下子就可以扳倒他了，不是嗎？」

希斯克里夫聽了，臉色爲之一亮，隨即又黯淡下來，嘆了口氣說：「可是，奈莉，就算我把他打倒二十次，也不會讓他變得難看些，或者讓自己變得更好看些。眞希望我也有一頭淡色的頭髮和白皙的皮膚，穿著舉止也像他那樣體面，將來也有機會變得跟他一樣有錢！」

「而且動不動就哭著喊媽媽。」我添上一句，「要是有哪個鄉下小孩跟你拳頭相向，就會嚇得渾身顫抖，一下雨就整天躲在家裡。啊，希斯克里夫，你眞是沒志氣！到鏡子這兒來，我要讓你明白，你應該對自己有什麼期望。看到你兩眼中間那兩條紋路了沒有？還有那兩道濃眉，中間不是突起來，而是凹下去。還有那雙黑眼珠，埋得那樣深，彷彿從來不敢大膽地打開來，總是隱藏在後，就像魔鬼的密探似的。你應該試著讓這些抑鬱的紋路舒展開來，堂堂正正地抬起雙眼，把惡魔變成自信又純潔的天使。不要亂猜疑，對於不確定是否爲仇敵的人，永遠都要當朋友看待。不要顯露出窮凶惡極的模樣，總認爲自己活該被踢，但又因爲吃足了苦頭，恨透全天下的人。」

「也就是說，我應該希望自己有艾德加・林頓的藍色大眼睛和平坦的額頭才行。」他回答：「我眞心希望，但憑這又不可能眞的讓我得到那些。」

「面由心生啊，我的孩子，」我接著說：「哪怕你是個徹徹底底的黑人。如果沒有好心腸，就算擁有最漂亮的臉蛋，也會變得醜陋不堪。好啦，現在我們臉也洗啦，頭髮也梳啦，脾氣也都發完啦。告訴我，你是不是覺得自己也挺好看的？我告訴你，我覺得你簡直可以喬裝成王子了呢。誰知道呢？說不定你父親是中國皇帝，母親是印度皇后，他們倆隨便哪個人，只要用一星期的收入，就可以一口氣買下咆哮山莊和畫眉田莊。而你是被惡毒的水手拐騙到英國來的。換成是我，我可要想像自己的出身有多高貴，只要一想到自己曾是什麼樣的人，就有足夠的勇氣和尊嚴，來忍受一個小農場主人的壓迫！」

我就這樣絮絮叨叨地說，希斯克里夫緊皺的雙眉終於慢慢舒展開，顯得快活多了。這時我們的談話突然被一陣從大馬路轉進院子的轆轆馬車聲打斷，他跑到窗邊，我也趕到門口，剛好看到林頓兄妹從家用馬車走下來，身穿斗篷皮襖，恩蕭一家也從馬背上跳下來（冬天時，他們常騎馬去教堂）。凱瑟琳一手牽一個孩子，帶他們進屋，讓他們坐在爐火前，兩張蒼白的臉很快就泛起血色。

我鼓勵希斯克里夫趕緊過去，而且態度要和氣點，他欣然順從了。可是倒楣的是，當他一打開廚房的門，辛德雷剛好也從另一頭推門進來。他們就這樣撞上了。主人一看見他又乾淨又快活的樣子，就火冒三丈，又或是要信守對林頓太太的承諾，猛然把他推回去，還怒氣沖沖地把約瑟夫叫過來：「別讓這傢伙進屋！把他關到閣樓去，等午餐過後再說。要是讓他跟客人待上一分鐘，他準要把手指塞進水果蛋糕裡，還要偷水果吃了呢。」

「不會的，先生，」我忍不住搭腔，「他什麼也不會碰的，他不會的。而且我想他該和我們一樣，也有自己的點心。」

「要是天黑以前讓我在樓下看到他，他就會聽到我響亮的巴掌聲！」辛德雷吼道：「滾！你這流浪漢！怎麼，打算當個公子哥了嗎？等我揪住那一頭漂亮的鬈髮，瞧我會不會再把它們拉長些！」

「那已經夠長啦，」林頓少爺這時從門口偷瞧進來，還說：「我正奇怪這一頭長髮怎沒讓他頭疼，就像馬鬃似的垂到他眼睛上呢！」

林頓少爺說這話並沒有侮辱的意思。但希斯克里夫火爆的性子，哪容得下這位早已被他視為情敵痛恨之人所表現出來的無禮。他順手抓起一碗熱呼呼的蘋果醬，這是他能抓到的第一樣東西，朝說話的人的臉和脖子潑過去。那個人立刻發出一聲慘叫，依莎貝拉和凱瑟琳連忙跑過來。恩蕭先生馬上抓住這肇事者，硬拖進房裡。毫無疑問的，他一定採取了粗暴手段來平息自己心中的怒火，因為他回來時滿臉通紅、氣喘吁吁的。我拿起抹布，沒好氣地擦著艾德加的鼻子和嘴巴，說他是咎由自取，誰教他多嘴。他妹妹開始哭著說要回家，凱蒂站在那裡一副驚慌失措的樣子，為這一切而羞得滿臉通紅。

「你不該跟他說話的！」她訓著林頓少爺，「他脾氣不好，現在你把這一趟拜訪弄砸啦。他會挨鞭子打的，我可不願意他挨打！我吃不下東西啦。你為什麼要跟他說話呢，艾德加？」

「我沒有，」這個年輕人抽抽噎噎地說，從我手裡掙脫開來，自己用他的細紗手帕清理我沒擦到的地方。「我答應過媽媽不跟他說話的，我沒有跟他說話。」

「好啦，別哭了，」凱瑟琳輕蔑地回道：「你又沒被人殺了。別鬧啦，我哥哥來了，安靜點！別哭了，依莎貝拉！有人傷著你了嗎？」

「好了，好了，孩子們，回座吧！」辛德雷匆忙走進來叫道。「那個小畜生讓我的身子暖和不少啊。艾德加少爺，下一回就用你自己的拳頭懲治他吧，那會讓你胃口大開的！」

一瞧見香味四溢的大餐，這一小夥人隨即平靜下來。他們騎馬後也餓了，而且那點小風波本來就很容易安撫，因為他們並沒有眞正受到什麼傷害。恩蕭先生切了一盤又一盤的肉，女主人談笑風生，逗得孩子們又高興起來。我站在她的椅後侍候，痛心地看著凱瑟琳兩眼乾澀、一臉漠然地切著她眼前的鵝翅。「這沒心肝的孩子，」我心想，「怎麼這麼輕易就忘了老朋友在挨痛啦，眞沒想到她竟然這麼自私。」她拿起一口食物放到嘴邊，然後又放下來，突然滿臉漲紅，眼淚湧了出來。她讓叉子滑落到地上，趕緊鑽到桌下掩飾內心波動。這會兒，我可不能再說她沒心肝啦，因為我看得出來，她一整天都在受罪，只想找機會自己待著，或是去看看被主人關起來的希斯克里夫。這是當我想偷偷送點吃的去給他時發現的。

那天晚上我們有場舞會。依莎貝拉・林頓缺舞伴，凱蒂便懇求少爺放希斯克里夫出來，她的請求根本是白費力氣，我奉命來補這個缺。這種熱絡的活動，眞能讓人忘卻一切煩憂。吉默屯樂隊的到來更是炒熱了氣氛，這樂隊共有十五人之多，除了歌手之外，還有小號、長號、幾支豎笛、低音管、法國號及一把低音提琴。每年聖誕時節，他們總是輪流到各個體面人家家裡表演，賺點小費。而我們可是把他們的演奏當作頭等樂事來看待，等照慣例唱完聖誕頌歌，我們便請他們演唱些民歌和重唱曲。由於恩蕭夫人很喜歡音樂，所以請他們演奏了不少曲子。

凱瑟琳也很喜歡音樂，可是她說在樓梯頂聽最是動聽。於是，她便摸黑上樓，我也跟著走上去。他們把樓下大廳的門關上，屋裡擠滿了人，根本沒人注意到我倆離開。她並沒有在樓梯口停下，而是繼續往上爬，爬到希斯克里夫被關的閣樓才停下來叫喚他。一開始他固執地不理不睬，凱瑟琳繼續叫喚，終於打動對方，隔著牆板跟她說話。我讓這兩個可憐的孩子說說話，不去打擾他們，直到我覺得歌唱快結束了，那些歌手要停下來休息時，才爬上樓去催她。我在外面沒見到她的人，卻聽見她的聲音從裡面傳出來。這小猴子從閣樓的一扇天窗爬到屋頂，再沿著屋頂爬進另一扇天窗。我費了好大勁才把她叫出來。她出來時，希斯克里夫也跟著露面了。她堅持要我帶他去廚房，因為我那位夥伴約瑟夫，為了躲避他所謂的「魔鬼頌」，已經到鄰居家去了。我跟他們說，我不想扯進他們的把戲中，但是因為這位囚犯從昨天下午就沒吃過東西，我就默許他瞞著辛德雷這一回。他下樓了，我搬個凳子讓他坐在爐火邊，給他一大堆好吃的東西，可是他病懨懨的吃不下。我本想好好款待他的，卻白忙一場。他兩隻手肘支在膝上，手托著下巴，悶聲不響地沉思。

我問他在想什麼，他嚴肅地回答：「我在想——要怎樣報復辛德雷。我不在乎要等多久，只要最後能報復成功就行了，希望他不要在我還未報仇之前就死掉。」

「虧你說得出口，希斯克里夫！」我說：「懲罰壞人是上帝的事，我們應該學著寬恕。」

「不，上帝做不到我要的那種痛快，」他回道：「但願我能找到最好的報復方式！讓我自個兒待著吧，我得好好想一下。這樣想的時候，我才不會覺得那麼痛苦。」

可是，洛克伍德先生，我倒忘記這些故事並無法讓您解悶。真是的，我怎麼嘮嘮叨叨這麼久。您的粥都涼啦，也該睡了吧！我本來三言兩語就可以講完希斯克里夫的身世的。

＊　＊　＊

——管家這麼打斷自己的話，站起身來要放下她的針線活兒，但我覺得自己現在還離不開壁爐，而且一點睡意也沒有。「再坐會兒吧，狄恩太太，」我叫道：「坐吧，再半個鐘頭！你這樣慢慢地說故事正合我意，就這樣繼續說下去吧。我對你提到的每個人，多多少少都很感興趣呢。」

「但已經十一點了，先生。」

「沒關係，我不習慣十二點前上床休息。對一個睡到十點才起床的人，一、兩點睡已經夠早啦。」

「您不應該睡到十點的，早上最好的時光是在十點以前。一個人要是到了十點還沒有做完一半工作，剩下的那一半，多半也做不完啦。」

「無論如何，狄恩太太，還是再坐下來吧，因爲我打算一覺睡到明天下午。我覺得自己可能要得場重感冒了。」

「但願不會才好啊，先生。好吧，不過您得允許我跳過三年。在那期間，恩蕭夫人——」

「不，不，別這麼做！你瞭不瞭解那種感覺？當你一個人坐著時，一隻母貓在你面前的地毯上舔拭小貓，你是那麼聚精會神地看顧每個動作，當你發現有一隻耳朵漏掉了，一定會覺得渾身不對勁的。」

「我想那一定是懶散得可怕的心情。」

「正好相反，那是一種相當討人厭的緊張情緒。現在，我的心情正是如此，所以請繼續，仔仔細細講下去吧。跟城裡那些形形色色的人比起來，我看待這一帶的人，就像地窖裡的蜘蛛見著茅舍裡的蜘蛛一樣。這並不完全因爲我是個旁觀者，才對這裡的人感興趣，而是因爲他們確實生活得更認眞、更執著於自我，不太看重那些表面變化和外在瑣事。我能想像在這兒，眞可能存在一種永恆不渝的愛；而我過去卻打死不相信，有什麼愛情能維持一年的。這種情況就像是把一個飢餓的人，放在僅有的一盤菜前，他可以專注地享用這盤菜，毫不輕慢；另一種情況是，把他領到法國廚師準備的一桌豐富筵席上，他或許也能盡情享受這一整桌菜餚，但是每一盤菜在他心裡和記憶裡，卻僅僅只是極小的一部分而已。」

「啊！等您跟我們熟了以後，就知道我們這兒的人跟別的地方沒兩樣。」狄恩太太說，顯然並不是很理解我說的這番話。

「請原諒我，」我回答：「我親愛的朋友，你就是你那句斷言的明顯反證。你身上除了帶有點鄉土氣之外，你們這一階層人們慣有的習性，我在你身上並沒有看到。我敢說你一定比一般僕人想得更多些，一定認眞訓練了自己的思考能力，不讓自己把生命浪費在愚蠢的瑣事上。」

狄恩太太笑起來，再度述說——

＊　＊　＊

我確實認爲自己是較爲沉著、理智的人，這倒不一定是因爲我終年住在山林鄉野中，老是看到那幾張面孔和相同的事情而已，而是因爲我受過嚴格的訓練，讓我學到些智慧。而且我讀過的書，比您想像的還要多些，洛克伍德先生。在這座圖書室裡，您可能找不到有哪本書我沒看過，再說我從每一本書，多多少少都學到點東西，除了那些希臘文、拉丁文以及法文書外，而那些書我也能分辨得出是什麼語文。對一個窮人家的女兒，也只能期待這麼多了。只是，如果您希望我以閒聊的方式，繼續詳細述說整個故事，那我最好趕快接著說下去。與其跳過三年，不如讓我們從第二年夏天繼續講起吧，那是一七七八年夏天，差不多二十三年前。

Chapter 8
第八章

六月的一個晴朗早晨，古老恩蕭家族的最後一位成員，也是由我照顧的第一個漂亮娃兒誕生了。我們當時正在遠處的田裡忙著除草，平常負責幫我們送早餐的女僕，提早一個鐘頭就跑過來。她穿過草地，跑上小路，邊跑邊叫我。

「啊，多可愛的一個娃兒啊！」她喘著說：「我從來都沒看過這麼可愛的小傢伙！可是醫生說夫人可能不行了，他說她已經患了好幾個月的肺癆。我聽到他這麼告訴辛德雷先生的：她是保不住啦，可能挨不過這冬天。奈莉，你得趕快回去，當孩子的保母，餵他喝糖和牛奶，白天夜裡都要看顧他。我要是你就好了，等夫人走了，那孩子就全歸你啦！」

「可是，夫人病得很嚴重嗎？」我問道，同時丟下耙子，戴上帽子。

「我想是的，不過她看起來還挺好的。」那女僕回答：「而且聽她說話的樣子，好像仍很想活著看孩子長大成人呢。她是高興得糊塗啦，那麼俊俏的孩子！我要是她，也捨不得死呢。光是瞧他一眼，可就要好起來了，才不管肯尼斯怎麼說。我真氣肯尼斯，奧徹太太把這小天使抱到大廳給主人看，他臉上才剛露出喜色，那滿嘴不吉利的老傢伙竟走上前說：『恩蕭，夫人能為你留下這孩子，你真是福氣啊。她來的時候，我就覺得我們留不了她多久。現在，我得告訴你，她恐怕挨不過這冬天啦。別太難過，別為這件事太過憂煩，沒救了。再說，你當初應該理智些，不應該挑選這麼虛弱的年輕女孩！』」

「主人怎麼說呢？」我問。

「我想他是咒罵來著，我當時正忙著看孩子，根本沒去注意。」接著她又眉飛色舞地描述起孩子。我也跟她一樣高興，興高采烈地跑回去看寶寶。雖然我也爲辛德雷感到難過，但他心裡只容得下兩個人——他太太和他自己。他兩個都愛，但只傾慕一個，我無法想像他將如何承受失去愛妻的傷痛。

當我們趕回咆哮山莊時，他正站在門前。我進去問道：「孩子怎麼樣？」

「都快能滿屋子跑啦，奈兒！」他回答，露出愉快的笑容。

「那夫人呢？」我大膽地問：「醫生說她——」

「該死的醫生！」他打斷我的話，氣得滿臉通紅，「法蘭西絲還好好的哩！下星期這時候，她就完全好啦。你要上樓嗎？你告訴她，只要她答應不說話，我就過來。我走開是因爲她一直說個不停，她得……你告訴她，肯尼斯醫生說她得安靜休養才行。」

我把這話轉達給恩蕭夫人，她似乎高興得有點昏頭啦，愉快地回答：「艾倫，我根本沒說什麼話，他倒哭著跑出去兩次啦。好吧，告訴他，我答應不說話，可是那也無法讓我忍住不笑他呀！」

可憐的人！直到她臨死前一個星期，仍一直保持那顆快樂的心。她丈夫固執地——不，死命地認定她的身體會日益好轉。當肯尼斯警告他，病到這個程度，藥也沒用了，不必再請醫生過來看她、浪費錢了。他卻反駁道：「我知道你不必再來了——她好啦，你不用再來幫她看病了。她從沒得過肺癆，只是發燒而已。現在，她的燒也退了，脈搏也跳得跟我一樣平緩，兩頰的溫度都跟我一樣啦。」

他也這麼告訴夫人，而她似乎深信不疑。可是有一天夜裡，她依偎在先生的肩膀，正說著明天應該就可以下床時，突然一陣輕咳攫住她的話語。那是一陣極輕的咳嗽，恩蕭把她抱在懷裡，夫人的雙手則摟在他的脖子上，她的臉色突然一變，就這麼走了。

正如那位女僕所說，她留下的這個孩子哈里頓，完全歸我管啦。恩蕭先生對他的關心，僅止於看他健健康康的，不要聽見他哭鬧就好了。至於他自己呢，已經是徹底絕望了。他的哀傷是那種痛徹心扉的絕望，既不哭泣也不禱告，只有詛咒並蔑視一切，憎恨上帝與人類，過著放蕩不羈的生活。僕人們都受不了他的暴虐脾氣，不久便全離開了。只剩下約瑟夫和我還願意留下來。我不忍心拋下託付給我照顧的孩子，再說您也知道，我跟恩蕭一同長大，總是比陌生人更能諒解他的所作所爲。而約瑟夫留下來是爲了能繼續欺壓那些佃農和雇工，待在一個有許多惡事可以任他罵個沒完的地方，根本就是他的天職。

主人的那些壞習氣和他的狐群狗黨，可眞是給凱瑟琳與希斯克里夫立了好榜樣。他對待希斯克里夫的方式，足以讓聖徒變成惡魔。說眞的，那段時間，那孩子彷彿眞中邪似的，他幸災樂禍地看著辛德雷墮落到無可救藥的地步，自己也一天天變得更蠻橫固執、更凶惡。我簡直不知該如何跟您形容那個家有多像地獄了。助理牧師也不再上門了，最後，連個願意跟我們打交道的體面人都沒有。只有艾德加·林頓常來看望凱蒂小姐，算是唯一的例外。她十五歲時，已經是我們那裡的皇后了，沒人比得上她，她變成一個傲慢又任性的小美人！我承認，自她告別童年後，我就不怎麼喜歡她了。爲了要挫挫她那妄自尊大的驕氣，我常常惹毛她，儘管她從不記恨。因爲她對以前的事物，懷有一種說不出的戀戀不捨。就連希斯克里夫，也始終是她的最愛；儘管艾德加·林頓一切條件俱比他優越，仍難以眞正擄獲她的芳心。艾德加·林頓是我後來的主人，掛在壁爐上的那幅畫就是他的肖像。本來另一邊掛的是他夫人的畫像，不過後來被拿走了，否則您也可以看看她的模樣。您看得清楚那幅肖像嗎？

＊　＊　＊

狄恩太太將蠟燭舉高，我看見一張溫文儒雅的面孔，像極了山莊裡那位年輕夫人，但是他的神情較爲沉著、和藹。那是一幅相當優美的畫像，淺色的長髮微鬈在鬢邊，一雙清亮而嚴肅的眼睛，身形顯得斯文無比。凱瑟琳‧恩蕭會爲了這麼一個人，而忘了老友，我一點也不覺得奇怪。但讓我納悶的是，若是他的內涵和外貌相稱，又怎會鍾情於我心目中的凱瑟琳‧恩蕭呢？

「非常討人喜愛的一幅肖像，」我對管家說：「跟他本人相像嗎？」

「是的，」她回答：「他精神好時要更好看些。畫像那是他平常的模樣，一般精神都不是很好。」

＊　＊　＊

凱瑟琳自從在林頓家住了五星期後，就一直跟他們保持往來。跟他們在一起時，她也不想表現出粗魯的那一面。她所接觸到的都是些溫文爾雅的舉止，因此，她也不好意思太過粗野。她憑著自己的機靈和熱誠，騙住了那對老夫婦，贏得依莎貝拉的仰慕，也征服了艾德加‧林頓的心；剛開始她還頗爲得意，因爲她是位野心勃勃的人。而這也讓她養成了雙重性格，雖然她並不是故意要去騙什麼人。但凡是在曾經批評希斯克里夫爲「下賤的小流氓」、「比個畜生還不如」的地方，她就會刻意小心不讓自己的行爲舉止跟他一樣。可是一回到家，她就沒什麼心思講究禮節了，因爲那只會招來訕笑而已。她也無意管束自己那放浪不羈的天性，畢竟這樣也不會爲她帶來威望和讚美。

艾德加先生很少有勇氣公開造訪咆哮山莊。恩蕭的名聲教人不敢恭維，他生怕會遇上。但是每次他來訪，我們總盡量客客氣氣招待他。主人清楚知道他來訪的目的，因此盡量不去冒犯他，如果他當時不能文文雅雅地見客，就乾脆避開。我倒認爲凱瑟琳並不是很喜歡他來山莊。因爲她既不喜歡耍心機，也不喜歡賣弄風騷，因此非常介意她的兩位朋友碰在一起。原因是當希斯克里夫當著艾德加的面表現出輕蔑的樣子，她不能像私底下那樣附和他幾句；而當艾德加對希斯克里夫表示厭惡、一副水火不容的樣子時，她又不敢對他的情緒置之不理，好像人家看輕她朋友，和她沒什麼關係似的。我總取笑她那些爲難又說不出口的煩惱，她怎麼也躲不過我對她的嘲笑。聽起來好像我很壞，但那是因爲她太驕傲了，讓人難以去同情她的煩惱，除非她能更謙虛恭和些。不過最後她還是忍不住向我訴苦了，因爲除了我之外，她還能找誰商量呢？

有一天下午，辛德雷先生出去了，希斯克里夫想趁機放自己一天假。我記得，他當時已經快十六歲了，相貌不差，智力也不低，可卻偏要擺出一副令人討厭的樣子。當然，現在的他已看不到以前的樣子了。首先，他早年所受的教育，已經蕩然無存。每天早起晚睡辛苦的工作，讓他完全失去求知欲，以及對書本或學識的興趣。童年時因恩蕭老爺的寵愛而養成的優越感，這時也已消失殆盡。他一直努力想讓自己的學業與凱瑟琳並駕齊驅，但如今只能默默帶著沉痛的遺憾，完全放棄了，而且是徹徹底底地放棄。當他發覺自己必然會墮落到比以前還不如的地步，誰也無法再激起他的上進心。之後，他的外表跟著內心一起墮落，他學會了一套懶散的走路方式和惹人嫌惡的鄙陋模樣。而天生沉默寡言的性情，更是變本加厲，變成一種不近人情的乖僻。對於極少數的幾位熟人，也只想激起大家對他的反感，而不是想贏得我們對他的尊重，他卻彷彿可從這得到一種苦中作樂的樂趣似的。

在他工作閒暇之餘，凱瑟琳仍經常與他作伴。可是他已不再對她說些甜言蜜語來表示對她的喜歡，對她那女孩子氣的撫摩，也總是帶著憤恨猜疑的神情避開，好像覺得人家對他濫用感情，不是什麼值得高興的事。我之前提到的那一天，他進屋來說他不想幹活時，我正在幫凱蒂小姐梳妝打扮。她沒有想到他會突然想要偷閒，本以爲自己可以霸佔整個客廳，而且也已經想辦法通知艾德加先生，說哥哥不在家，因此正準備接待他。

「凱蒂，你今天下午有事嗎？」希斯克里夫問：「你要到什麼地方去嗎？」

「沒有，外頭正在下雨呢。」她回答。

「那你何必換上這件絲綢上衣呢？」他問：「我希望，應該沒人要來吧？」

「我不知道有沒有人要來，」小姐結結巴巴地回答：「可是你現在應該在田裡工作才是，希斯克里夫。已經餐後一個鐘頭啦，我以爲你早就走了。」

「辛德雷總是不嫌煩地找我們碴，難得能讓我們自由喘口氣，」這少年說：「我今天不想工作了，要跟你待在一起。」

「啊，可是約瑟夫會去告狀的，」她拐著彎兒說：「你還是去吧！」

「約瑟夫到盤尼斯敦岩那裡挖石灰，可能要忙到天黑，他不會知道的。」說著，他就懶懶地走到爐火邊坐下來。凱瑟琳皺眉沉思了一會，覺得應該爲即將來訪的客人鋪個路。「依莎貝拉和艾德加．林頓今天下午可能會過來，」她沉默了一下又說：「既然下雨了，我想應該不會來了。不過他們還是有可能過來。要是他們眞的來了，你說不定又要無辜挨罵了。」

「叫艾倫去通知說你有事就好了，凱蒂，」他堅持著，「別爲了你那兩位可憐巴巴的蠢朋友，要把我趕出去！有時候，我眞想抱怨他們……算了，還是不說了——」

「說他們什麼來著？」凱瑟琳叫道，一副怏怏不樂的神情盯著他。「啊，奈莉！」她發脾氣嚷道，突然從我的兩手間探出頭來，「你要把我的鬈髮梳直啦！算了，我自己來。希斯克里夫，你到底想抱怨什麼？」

「沒什麼——看看牆上的日曆吧。」他指指窗邊一張加框的日曆，繼續說：「打上叉叉的，就是你跟林頓兄妹一起消磨的夜晚，打圈的是跟我一起度過的夜晚。你看見沒有？我每天都做記號的。」

「是啊，眞無聊，好像我會注意似的！」凱瑟琳怨聲怨氣地回答：「那又怎麼樣呢？」

「表示我很在意。」希斯克里夫說。

「難道我就應該一直跟你乾坐著嗎？」她惱火地反問。「這對我有什麼好處？你都說了些什麼？你跟我說過什麼話，或是做過什麼事來逗我開心啦？你簡直就像個啞巴，或是像個娃娃似的！」

「你以前從來不會嫌我話太少，或者不喜歡跟我作伴，凱蒂！」希斯克里夫異常激動地叫道。

「那根本就談不上作伴，什麼都不知道、什麼話也不說的人。」她嘟噥著。

她的同伴站起來，可他沒有時間再進一步表白自己的感覺了，因爲石板路傳來一陣馬蹄聲，艾德加・林頓輕輕敲了敲門便進來了。這次意外的邀請，讓他整張臉充滿喜悅之情。毫無疑問，凱瑟琳在這一個人走進來，另一個人走出去的當兒，看出這兩個朋友截然不同的氣質。這樣的對比就像你剛從一個荒涼崎嶇的礦區，一下子移轉到一座美麗肥沃的山谷地一般。林頓的聲音和問候，剛好和希斯克里夫截然相反。他的語氣悅耳又溫和，遣詞用字也跟您一樣文雅，先生，不像我們這麼粗聲粗氣。

「我太早到了嗎？」他說，看了我一眼。我已經開始擦盤子，清理櫥櫃上那幾個抽屜。

「不會啊，」凱瑟琳回答：「奈莉，你在那兒忙什麼呢？」

「打掃啊，小姐。」我回答。（辛德雷先生特別囑咐過我，只要林頓少爺私自拜訪，我就得找個理由在場。）

她走到我背後，氣呼呼地低聲說：「帶著你的抹布離開。有客人來訪時，僕人不該當著客人的面前做打掃！」

「剛好這會兒主人出去了，正是好時機，」我大聲回答：「他最討厭我在他面前收拾這些東西。我相信艾德加先生會諒解我的。」

「可是我討厭你在我面前瞎忙。」小姐蠻橫地嚷道，不容她的客人開口說話。看來她還未從和希斯克里夫的那場小爭執中平靜下來。

「我很抱歉，凱瑟琳小姐。」這是我的回答，仍繼續埋頭做我的事。

她以爲艾德加看不到她，一把搶走我手裡的抹布，然後狠狠在我胳膊上擰了一下，久久不放。我之前說過我不喜歡她，且常常故意挫挫她的妄自尊大爲樂，更何況她現在眞的擰痛我了。我本來是蹲著的，馬上跳起來大叫道：「啊，小姐，這眞是太卑鄙了！你沒有權利捏我，我可不想受這罪！」

「我沒有碰你呀，你這撒謊精！」她喊道，抽回她的手指，想要再來一次，她的耳朵都氣紅了。她是那種一來氣就無法控制自己情緒的人，所以總是憋得滿臉通紅。

「那麼，這是什麼？」我回嘴，指著手臂上一塊紅紫來反駁她。

她跺腳掙扎一下，終究壓抑不住她的暴戾脾氣，狠狠甩了我一巴掌，打得我兩眼淚水直流。

「凱瑟琳，親愛的！凱瑟琳！」艾德加·林頓過來干涉，眼看自己仰慕的人竟然犯下欺騙與粗暴雙重過失，他大爲震驚。

「馬上離開，艾倫！」她再次叫道，渾身顫抖著。

小哈里頓老是跟在我後頭轉，他當時坐在我旁邊的地板上，一見到我的眼淚也開始哭起來，哭著罵道「壞凱蒂姑姑！」這讓她的怒火遷怒到這不幸的孩子身上。她抓住他的肩膀死命地搖，搖得這可憐孩子臉色發青。艾德加想也沒想便抓住她的手，好讓她放開哈里頓。剎那間，其中一隻手掙脫開來，這位年輕人嚇得還沒來得及反應，這隻手已結結實實賞了他一耳光。這力道之狠，怎麼也不可能再誤以爲對方是鬧著玩的。他驚愕地往後退一步，我趕緊抱起哈里頓，帶他到廚房裡去，不過仍讓門開著，因爲我很好奇他們要如何解決這場紛爭。這位受侮辱的客人走到他放帽子的地方，臉色煞白，嘴唇直打顫。

「那就對了！」我喃喃自語，「記住教訓，趕快走吧！你總算看到她的眞面目了，這是好事呢。」

「你要到哪兒去？」凱瑟琳走到門口追問。

他偏過身子，打算走過去。

「你不能走！」她執拗地叫嚷。

「我非走不可，而且現在就要走！」他壓低了聲音回答。

「不行，」她堅持道，緊抓住門把，「現在還不能走，艾德加．林頓。坐下！你不能帶著這樣的情緒離開我，否則我要難過一整夜的，而我並不想爲你難過！」

「你打了我，我怎麼還能留下來？」林頓問。

凱瑟琳啞口無言。

「你讓我害怕，也爲你感到羞愧，」他接著說：「我不會再到這兒來了！」

她的雙眼開始含著淚光，眼皮直眨著。

「而且你還想撒謊！」他說。

「我沒有！」她喊道，終於又開口說話了，「我不是故意的。好，你走吧，你想走就走吧。走呀！現在我要哭啦，要哭到半死不活！」

她當眞跪在一張椅子前，開始哭得肝腸寸斷。艾德加狠下心走到院子，但是到了那兒，卻又躊躇起來。我決定推他一把。

「小姐是非常任性的，先生，」我大聲叫道：「壞得跟所有被慣壞的孩子一樣。你最好還是趕快騎馬回家，否則她就要鬧得死去活來，惹得大家跟著受罪而已。」

這個沒志氣的人往窗裡瞥一眼，根本抬不起腳步離開，就像一隻貓無法離開一隻半死的耗子或被咬得半死的鳥兒。我當時心想，唉，他是沒救啦，命中注定，插翅也難飛啦！果然，他突然轉過身，急忙走回屋裡關上門。過了一會兒，我進去告訴他們，恩蕭喝得酩酊大醉地回來了，準備鬧得這個家翻天覆地啦（他喝醉時通常都這樣）。這時我察覺到，這場爭吵反而讓他們更加親密，已經讓他們越過年輕人羞怯的屏障，拋開友誼的僞裝，做起情人來了。

一聽說辛德雷先生回來的消息，林頓少爺急忙跳上馬背，凱瑟琳也趕緊逃回房裡。我則去把小哈里頓藏起來，再把主人獵槍裡的子彈取出來，這是他發酒瘋時最喜歡把玩的東西，誰要招惹到他，或甚至太惹他注意，就要有生命危險啦。於是，我想到取出子彈的法子，如果他眞鬧到開槍的地步，起碼會少闖點禍。

Chapter 9

第九章

辛德雷進來了，叫嚷著不堪入耳的咒罵，剛好撞見我把他兒子往廚房碗櫃裡藏。無論對他那野獸般的疼愛，或者瘋人似的狂怒，哈里頓都害怕不已，畢竟之前差點被壓得半死，或被親得透不過氣來，也曾經差點被丟進火堆，或者摔在牆上。因此，無論我把孩子藏在哪裡，這可憐的小傢伙總會安安靜靜地待著。

「好啊，到底還是讓我發現啦！」辛德雷大叫，一把抓住我的脖子，像拖隻狗似的拖著我。「你們一定對著上天和地獄發誓過，串通好要謀害這孩子！現在總算讓我發現啦，怪不得我老是看不到他！我現在要藉撒旦之力，讓你吞下這把切肉刀，奈莉！你用不著笑，我剛才讓肯尼斯四腳朝天地跌進黑馬沼地去，殺掉兩個跟殺掉一個一樣——我要殺掉你們幾個，否則我就不得安寧！」

「可是我不喜歡這把切肉刀，辛德雷先生，」我回答：「這把刀剛切過燻青魚。要是你願意，我倒寧願一槍被打死。」

「你這天殺的！」他說：「的確是該如此。英格蘭沒有哪一條法律禁止人把他家裡收拾得像樣些，可是我家卻亂七八糟的！張開你的嘴！」

他手握刀子，把刀尖往我牙縫裡戳。但我從來就不太怕他胡鬧。我唾了一口，說味道太噁心了，我怎麼也吞不下去。

「啊！」他放開我，說：「我現在看到那討厭的小流氓根本就不是哈里頓——請原諒我，奈兒——要是他的話，就該活活剝掉他的皮，竟敢不來歡迎我，而且還大聲尖叫，好像我是個怪物似的！你這不孝的兔崽子，過來！我要好好教訓你，你竟敢欺騙你善良的父親。唉呀，你不覺得把這小伙子的耳朵剪短會好看些嗎？狗這樣看起來總是比較凶狠一點，我喜歡凶狠的東西。給我一把剪刀，鋒利一點的！再說，愛惜什麼耳朵，那是惡魔的狂妄！我們人有耳朵，也夠像笨驢的啦。噓，孩子，噓！好啦，我的乖寶貝！別哭啦，擦乾你的眼淚——這才是好寶貝，親親我。什麼！不要？親親我，哈里頓！該死的，親我！天啊，我怎麼好像養了個怪物似的！我非要扭斷這臭小孩的脖子不可！」

可憐的哈里頓，在他父親懷裡拚命地又喊又踢，當他被父親抱上樓，舉到欄杆外時，叫得更厲害了。我一邊對辛德雷嚷著他會把孩子嚇壞的，一邊跑去搶救哈里頓。當我剛走到他們那兒，辛德雷正靠在欄杆上，探身向前聽樓下有什麼聲音，幾乎忘了手裡還抱著什麼。

「誰在那兒？」他聽到有人走近樓梯時問道。

我也探向前，聽出那是希斯克里夫的腳步聲，想暗示他不要再走過來了。就在我的眼睛離開哈里頓的那一瞬間，那孩子猛然一竄，從那漫不經心的父親懷中掙脫開來，跌落下去。

在我們還來不及恐懼前，就看見這個小可憐蟲平安無事了。希斯克里夫剛好在緊要關頭走到樓下，下意識地接住他，把他安放在地上，然後抬頭看是誰闖的禍。他一見是恩蕭先生，臉色隨即變了。即使是一個守財奴為了五先令放棄一張幸運彩票，隔天發現自己因而損失了五千鎊，也不會出現希斯克里夫看見樓上的人是恩蕭先生時那副悵然若失的表情。那個神情，是任何言語都無法形容的，那是多麼地痛心疾首啊，因為他竟然壞了自己復仇的良機。我敢說，當時要是天黑的話，他肯定會把哈里頓的頭往階梯撞個粉碎，來彌補這失誤。但是我們都看到孩子得救了。我立刻跑下樓，把我的寶貝緊抱在胸前。辛德雷慢條斯理地走下來，酒也嚇醒了，這才開始覺得羞愧。

「這都怪你，艾倫，」他說：「你應該把他藏在我看不到的地方，該把他從我手裡搶過去的。他有沒有什麼地方受傷了？」

「受傷！」我生氣地叫道：「他要是沒被摔死，也要變白癡啦！啊！正奇怪他母親怎麼不從墳裡鑽出來，瞧瞧你是怎麼對待他的。你簡直就是禽獸不如，竟然這樣對待自己的親骨肉！」

他想摸摸孩子。這孩子一發現是我抱著他，只是低聲抽泣，不再那麼害怕。但當他父親的手一碰到他，他又尖叫起來，比剛才還要大聲，死命地掙扎，就像要抽搐似的。

「你不要碰他！」我接著說：「他恨死你了，他們全都恨你……這是實話！你有個幸福的家庭，卻把它弄到這麼美妙的地步！」

「我還會讓它更美妙呢，奈莉！」這誤入歧途的人大笑著，恢復了他嚴峻的一面。「現在，把他抱走。另外，你聽著，希斯克里夫！你也滾開，滾得越遠越好！我今晚若是不殺你，應該是我一把火燒了這房子，不過那要看看我有沒有那個興致。」

在說這話的同時，他從櫥櫃裡拿出一小瓶白蘭地，倒了一些到杯子裡。

「別，別再喝了！」我懇求著，「辛德雷先生，請聽聽我的勸告吧。你不爲自己想的話，那也可憐可憐這孩子吧！」

「任誰來照顧他，都比我強些。」他回應道。

「那就可憐可憐你自己的靈魂吧！」我說，努力想從他手裡搶過杯子。

「我才不要呢，正好相反，我要讓它繼續沉淪下去，來懲罰它的造物主。」這褻瀆神明的人嚷道：「爲靈魂自甘永入地獄——乾杯！」

他喝下酒，不耐煩地叫我們走開，並用一串咒罵來結束他的命令。那些話眞是不堪入耳，根本不值得重述一遍或記住。

「可惜他不會醉死。」希斯克里夫說。門關上後，他也開始回罵一番：「他是豁出性命啦，可是他的身體還頂得住。肯尼斯先生拿自己的馬打賭，在吉默屯這一帶，辛德雷會比任何人都要長壽，而且會像個白髮罪人似的走進墳墓，除非他遇上什麼美麗的意外。」

我走進廚房，坐下來哄我的小寶貝入睡。我以爲希斯克里夫去穀倉那兒了。後來才知道原來他只是走到屋子另一端，躺在牆邊一條長椅上，離爐火遠遠的，悶聲不響地躺著。

我正把哈里頓放在膝上，一邊搖著一面哼起一首歌，那首歌是這樣唱的——

> 夜深了，孩子在啼哭。
> 墳裡的媽媽聽見了——[1]

這時凱蒂小姐在她房裡也聽到了這場騷動，探頭進來小聲問：「就你一個人嗎，奈莉？」

「是啊，小姐。」我回答。

她走進來，走到壁爐前。我想她是想跟我說些什麼話，便抬頭看向她。她臉上的表情似乎很煩憂，微張著嘴，好像想說些什麼似的。她吸了一口氣，然後這口氣又化爲一聲嘆息，並沒有吐出話來。我繼續哼著我的歌，還沒忘記她下午是怎麼待我的。

「希斯克里夫呢？」她打斷我問道。

「應該在馬廄裡忙吧。」這是我的回答。

希斯克里夫並未出聲糾正我，也許他當時已經睡著了。接著又是一陣漫長的沉默，我看見兩滴淚從凱瑟琳臉上落到地板上。她是因爲自己可恥的行爲而懊悔嗎？我自問道，那可新鮮了，不過她想不想說就由她吧，我是不會去慫恿她的！不，除非是關乎自己的事，否則她是不會煩心的。

「啊，天呀！」她終於喊出來，「我好難受啊！」

「眞是的，」我說：「你還眞難取悅啊！身邊有這麼多朋友，又沒什麼牽掛，你還不知足呀！」

「奈莉，你能幫我保守祕密嗎？」她跪在我身旁繼續說，同時抬起她迷人的雙眼看著我。她那神情，即使你有再大的理由生氣，也會教你怒氣全消。

「値得保密嗎？」我問，語氣已不再那麼衝了。

「是的，這件事讓我心煩不已，非說出來不可！我得知道該怎麼做才好。今天，艾德加・林頓向我求婚了，而我也給了答覆。現在，在我透露我是接受還是拒絕之前，你先告訴我該怎麼回答才對。」

「眞是的，凱瑟琳小姐，我怎麼會知道？」我回答：「當然，想想你今天下午在他面前表現出來的行爲，我覺得，拒絕他才是明智之舉。他竟然在那件事後還向你求婚，他要不是個蠢得沒得治的笨蛋，就是個愛冒險的傢伙。」

「你再這麼說，我就不跟你多說了，」她氣呼呼地回答，站起身來。「我接受了，奈莉。快說，我是不是做錯了！」

「你接受了！那討論這件事還有什麼意義呢？既然你已經許下承諾，就無法收回啦。」

「可是，你說說看我這麼做對不對——說說看吧！」她激動地嚷，摩擦著雙手皺緊眉頭。

「在好好回答那個問題之前，有許多事情要先考慮清楚，」我開口，彷彿說教一樣。「首先，而且最重要的是，你愛不愛艾德加先生？」

「誰能不愛呢？我當然愛他。」她回答。

我接著繼續問她。以一個二十二歲的小姐來說，這些問話算是挺有見識。

「你爲什麼愛他呢，凱蒂小姐？」

「無聊，我就是愛啊，那就夠了。」

「不行，你得說出個理由。」

「好吧，因爲他長得好看，而且跟他在一起很愉快。」

「糟糕！」這是我的評語。

「他又年輕又開朗。」

「還是糟糕。」

「因爲他愛我。」

「這一點，毫不相干。」

「他將來會很有錢，我想成爲這附近最尊貴的女人。有這樣的丈夫，我應該會引以爲傲。」

「這是最糟糕的！現在，說說看你是怎麼愛他的？」

「跟每個戀人一樣啊。你眞傻，奈莉。」

「才不是呢，回答我。」

「我愛他腳下的地、他頭上的天，愛他碰過的每一樣東西，他說的每一個字。我愛他全部的表情、全部的舉動，他整個人、所有的一切。這樣可以了吧！」

「為什麼呢？」

「唉呀，你是在開玩笑吧，真是太過分了！這件事對我來講可不是鬧著玩的！」小姐皺眉說道，轉過臉面向爐火。

「我才不是在開玩笑呢，凱瑟琳小姐！」我回道：「你愛艾德加先生是因為他英俊、年輕、開朗、有錢，而且愛你。不管怎麼樣，最後這一點也算不上什麼理由，就算他不愛你，你也許還是會愛他；即使他愛你，若非他具備了前面四點，你也不會愛他的。」

「是啊，當然。如果他生得醜，而且是個粗人，也許我只會可憐他，甚至可能討厭他。」

「可是這世上還有許多英俊有錢的年輕人，可能比他更帥氣、更有錢。你怎麼不去愛他們呢？」

「就算有，我也遇不上他們！我從沒有遇過像艾德加這樣的人。」

「你會遇到的，而且他不可能永遠都這麼年輕、英俊，也不見得永遠這麼有錢。」

「他現在是就好啦，我只管眼前所看到的。我希望你說點合情合理的話。」

「好啦，那就得了。如果你只管眼前所看到的，那就嫁給林頓先生好啦。」

「我並不需要你的許可。我是要嫁給他。可是你還沒有告訴我，我這麼做到底對不對。」

「如果人們只顧眼前是對的便結婚，那就得啦。現在讓我們來聽聽你為什麼不開心。你哥哥會很高興的……我想那對老夫婦也不會反對。你可以從一個烏煙瘴氣的家，逃到一個富裕又體面的人家。加上你愛艾德加，艾德加也愛你。這一切看來都滿好呀，沒有問題。你的問題到底出在哪兒呢？」

「在這兒！還有這兒！」凱瑟琳回答，一隻手敲著自己的額，一隻手搥著胸口說：「所有靈魂存在的地方：在我的靈魂及我的心裡，都覺得自己做錯了！」

「這可就奇啦！我不明白。」

「這就是我的祕密。要是你不嘲笑我，我就解釋給你聽。我無法說得很清楚，不過我會讓你感覺到我心裡眞正的想法。」

她又在我身邊坐下來，神情變得更爲憂傷、嚴肅，一雙緊握的手顫抖著。

「奈莉，你從沒作過奇怪的夢嗎？」她沉思幾分鐘後，忽然這麼問道。

「有時候會的。」我回答。

「我也是。我這輩子作過的夢，有些會一直縈繞心中，左右我的想法，老在我心中揮之不去，好像酒流進水裡，改變了我心中的顏色。而這就是其中一個，我要講了，但記住，你可別隨便笑我。」

「啊，別說啦，凱瑟琳小姐！」我喊道：「我們已經夠慘啦，用不著再招神惹鬼來糾纏自己。得了，得了，還是高高興興的，像你原來的樣子！看看小哈里頓，他夢中才不會有什麼傷心事呢。你看他在夢中笑得多甜啊！」

「是啊，他父親百般無聊時，也咒罵得多甜啊！你應該還記得，他和那個胖嘟嘟的小東西一樣大時也是這麼天眞無邪。不過，奈莉，我得請你聽聽，不會太久。再說我今晚是怎麼也高興不起來啦。」

「我不要聽，我不要聽！」我急忙反覆地說。

我當時對夢很迷信，現在也還是如此。凱瑟琳臉上有一種異於平常的愁容，這讓我害怕她的夢會讓我看到什麼預兆，預見什麼可怕的災禍。她有點惱了，可沒有繼續講下去。停了一會兒，她換了個話題繼續說。

「如果我在天堂，奈莉，我一定會非常痛苦的。」

「因爲你不配到那兒去，」我回答：「所有罪人在天堂都會感到非常痛苦的。」

「才不是這樣呢。我有一次夢見自己在天堂。」

「我跟你說過我不要聽你的夢，凱瑟琳小姐！我要上床睡覺啦。」我又打斷她的話。

她笑了，當我要起身離開時，她又把我按下。

「這夢根本沒什麼！」她喊道。「我只是要說，天堂看起來並不像我的家，所以我哭得很傷心，鬧著要回人間。天使一怒之下，便把我扔回曠野中，咆哮山莊的屋頂上。我就在那兒高興得哭醒過來。這就可以解釋我的祕密，以及另一個祕密了。說到嫁給艾德加·林頓，就像我不該上天堂一樣。要不是家裡這個壞蛋把希斯克里夫貶得這麼低賤，我就不會想到要嫁給林頓。但是現在我嫁給希斯克里夫，會貶低我的身分。他將永遠不會知道我有多愛他。而這，並不是因爲他英俊，奈莉，而是因爲他比我更像我自己。不論我們的靈魂是什麼做的，他的和我的是一樣的，和林頓的靈魂天壤地別，猶如月光之於閃電，或者霜之於火。」

這番話還沒有說完，我發現希斯克里夫就在這兒。我聽到一個輕微的聲響，回過頭去，看見他從長椅上起身，一聲不響地溜出去。他聽到凱瑟琳說嫁給他會貶低自己的身分後就不再聽下去了。我的同伴坐在地上，正好讓高背椅的椅背擋住，沒看見他在屋裡，也沒瞧見他離開。可我卻嚇了一跳，趕緊叫她別出聲。

「怎麼了？」她問道，緊張地看看四周。

「約瑟夫來了，」我回答，碰巧聽見他的馬車從路上發出的隆隆聲，「希斯克里夫會跟他一起進來，說不定他現在已經在門口了。」

「啊，他該不會在門口聽見我們的談話吧！」她說。「把哈里頓交給我，你去準備晚餐，準備好了叫我跟你一塊兒吃吧。我想讓我這不安的良心好過點，相信希斯克里夫應該還不懂這些吧。他還不懂，對吧？他不知道什麼叫做愛吧？」

「我看不出他為什麼不能跟你一樣瞭解什麼是愛。」我回道：「要是你就是他所認定的人的話，那麼他就是全天下最不幸的人了。一旦你變成林頓夫人，他就要失去朋友、愛情以及所有一切！你可曾想過，你要如何忍受這種分離，而他又將如何獨自一人孤伶伶活在這世上？因為，凱瑟琳小姐——」

「他會孤伶伶的！我們會分開！」她喊道，帶著憤怒的語氣。「請問，誰會把我們分開？誰就要遭到米羅[2]的下場！只要我還活著，艾倫，誰也不能這麼做。世界上所有的林頓都可以化為烏有，但我絕對不能放棄希斯克里夫！啊，那可不是我的本意，那不是我的打算！若是要付出這樣的代價，我可不想當林頓夫人！他這一輩子對我來講，都是最珍貴的。艾德加必須消除他對希斯克里夫的厭惡，至少要能容忍他。當他知道我對他的真正感情後，就會這麼做的。奈莉，現在我明白了，你以為我是個自私自利的壞女人，可是，難道你從來沒想過，如果我和希斯克里夫結婚，我們就得去當乞丐了嗎？然而，要是我嫁給林頓的話，就可以幫助希斯克里夫往上爬，讓他脫離我哥哥的魔掌了！」

「用你丈夫的錢嗎，凱瑟琳小姐？」我問道。「你會發現他可不像你想的那麼容易受擺布。而且，雖然我不應評論什麼，但我認為那是你想當林頓夫人最糟糕的理由了。」

「不是的，」她反駁道：「那是最好的！其他的動機都只是爲了滿足我自己的貪念，而且也是爲了艾德加，滿足他的願望。但這個理由卻是爲了另一個人，因爲在他身上，有著我對艾德加和我自己的情感。我也說不清楚，可是你跟所有人應該都可以瞭解這點：除了你自己之外還有——或者說應該還有——另一個你存在。如果我只有我，那麼上帝創造我又有什麼用呢？我在這世界上最大的悲痛，就是希斯克里夫的悲痛，而且我從一開始就看到，也切身感受到他的悲痛了。在我的生命中，他就是我最深刻的牽掛。假如所有一切都毀了，但他還存在，我就能繼續活下去；可是如果其他一切都還存在，而他卻不在了，這世界就會成爲一個完全陌生的地方，我再也不屬於這個世界的一部分！我很清楚，我對林頓的愛，就像林中的葉子，會隨時節移轉，像冬天時樹葉會凋零。而我對希斯克里夫的愛，就好像樹下永恆不朽的堅石：雖然它看起來無法給你太多的愉悅感，但卻是不可或缺的。奈莉，我就是希斯克里夫！他永遠存在我心中，那並不是一種樂趣，就像我帶給自己的並非全然都是樂趣一樣，而是自我的存在。所以別再說我們會分離了，那是不可能的。而且——」

她停住了，把臉藏進我的裙子，可是我一把推開她。我已經沒有耐心聽她那些荒唐的傻話了！

「如果我還能從你的胡言亂語中找出一點意義的話，小姐，」我說：「那就是讓我瞭解到，你完全不清楚自己結婚應該要承擔的責任。要不然，你就是一個沒有品德的小姐。不要再拿什麼祕密來煩我了，我不會幫你保守祕密的。」

「你會幫我守住這個祕密吧？」她焦急地問。

「不，我不會答應。」我重複道。

她還想繼續纏著我，這時約瑟夫進來了，我們的談話也就此打住。當我開始準備晚餐，凱瑟琳把椅子搬去角落照顧哈里頓。晚餐準備好了，我的同伴開始跟我吵起誰該幫辛德雷送餐去。直到餐點都快涼了，還是爭不出個什麼結果。最後我們決定，等他想吃的時候自己來要吧。因爲當他自己一個人待著時，我們都很害怕到他跟前去。

「都這時候了，那個沒出息的傢伙怎麼還不回來？他跑哪去啦？又到哪邊偷懶去啦？」那老頭子問道，東張西望找著希斯克里夫。

「我去叫他，」我回答：「我看他準在穀倉裡。」

我去找他了，可是四處都不見希斯克里夫的蹤影。我回來時，低聲和凱瑟琳說，我想他可能聽到她的告白了。我也告訴她，當她正在抱怨她哥哥怎麼虧待他時，我看見他溜出廚房。她驚慌失色地跳起來，把哈里頓往高背椅一扔，飛奔出去找她朋友了，也沒有好好想想自己爲何這麼激動，或是他聽了那番話會有什麼反應。她跑出去很久，約瑟夫說不要再等了，壞心地猜測他們一定是故意在外逗留，以便逃過他冗長的禱告。他一口咬定，「他們壞得只會做壞事而已。」他通常只做一刻鐘的餐前禱告，那天晚上爲了他們，又特別做了一段，本來還想再追加一段，不過他的小女主人忽然衝進來，急急忙忙地命他到大路上去找希斯克里夫，不管人跑去哪兒了都要找到，馬上帶他回來！

「我得跟他說話，上樓之前，非得先跟他說說話不可！」她說：「柵門是開著的，他跑到聽不見喊叫聲的地方啦。我剛才在農場最高處拚命地喊，他就是不搭理我。」

約瑟夫起初還不肯去，但她實在太著急，根本不容許人拒絕。最後，他只得戴上帽子，嘴裡嘟嘟噥噥地走出去。

這時，凱瑟琳一直在屋裡踱來踱去，不停地嚷：「不知道他到哪兒去了——他能跑哪兒去呢！我說了些什麼啦，奈莉？我都忘啦！他是在氣我今天下午跟他發脾氣嗎？親愛的，告訴我吧，我說了些什麼讓他難過的話啦？我眞希望他能趕快回來，眞希望他趕快回來呀！」

「你眞是愛瞎嚷嚷！」我喊道，雖然我自己也有點擔心。「這麼點兒小事就把你嚇著啦！有什麼好大驚小怪的，說不定希斯克里夫又跑到曠野遊蕩去啦，或者躺在乾草堆裡鬧彆扭，不想跟我們說話呢。我敢說他一定是躲到那兒，看我不把他揪出來才怪！」

於是我又出去找了一遍，結果還是令人失望，約瑟夫同樣一無所獲。

「這傢伙眞是越來越不像話！」他一進門就這麼說道。「他讓柵門開著，小姐的小馬都跑了，還踏倒兩排麥子，直衝往牧場去了！主人明早肯定要大發一頓脾氣，等著看吧！他太縱容這兩個廢物啦，太縱容他們了！不過他不會老是這樣。你們等著瞧吧，你們大家！眞惹他生氣的話，就有得瞧啦！」

「你找到希斯克里夫了沒？你這笨驢！」凱瑟琳打斷他。「有沒有按照我的吩咐去找他？」

「我倒情願去找馬，」他回答：「那還比較有意思。可是在這樣的夜晚，黑得像煙囪似的，不管是人還是馬，都沒得找啦！再說希斯克里夫也不是聽我一叫就來的人，沒準你叫他，他還聽得入耳些呢！」

以夏夜來講，那天晚上確實非常陰暗。烏雲密布，好像要下大雷雨了，我提議道我們還是都坐下來吧，大雨一下，就會把他帶回家啦，用不著費事。然而，無論我怎麼說，還是無法讓凱瑟琳平靜。她焦急不安地一直徘徊於柵門與門口之間，一刻也不肯靜下來休息，最後乾脆停在靠近馬路邊的牆上不動了，怎麼都不聽我勸，也不管那隆隆作響的雷聲。滂沱大雨開始在她身周傾洩而下，她還是一直待在那兒，不爲所動。不時喊叫一聲，然後聆聽一會兒，接著又放聲大哭。她嚎啕大哭的勁兒，可是連哈里頓或任何孩子都比不上的。

大約午夜時分，我們都還在那兒等著沒睡，暴風雨來勢洶洶地在山莊上咆哮，又是狂風又是雷電的，不知是這哪陣狂風或雷電，把屋角一棵樹劈倒在地。一根大樹幹倒下來壓在屋頂上，把東邊的煙囪敲下一塊，一堆石頭和煤灰掉到廚房灶火裡。我們還以爲閃電落在我們這裡了呢，約瑟夫嚇得趕緊跪下來，祈求上主不要忘記諾亞和羅得[3]，要跟以前一樣秉持公正，嚴懲對神不敬之人，赦免正直無辜之人。我當時也有點覺得，這一定是我們的報應。我心裡暗自認爲約拿[4]就是恩蕭先生。於是我去搖搖他房門的手把，想確定他是不是還活著。他有氣無力地應聲，那口氣可讓約瑟夫叫得更起勁了，好像這樣才能把他自己這樣的聖人跟他主人這樣的罪人清楚劃出界限似的。不過，二十分鐘後，這場暴風雨就平息了，我們全都安然無恙。除了凱蒂之外，因爲她固執地不肯進屋躲雨，全身淋得濕透，既不戴帽子也不披上披肩，就站在那兒，任憑雨水打在她的頭髮和衣服上。她走進來了，渾身就像泡過水，躺倒高背椅上，臉向著椅背，雙手掩住臉。

「好啦，小姐！」我撫著她的肩膀輕喊：「你這不是不要命了嗎？你知道現在都已經幾點啦？十二點半了。來吧，上床睡覺去吧，不用再等那個傻小子啦，他一定是去吉默屯了，現在應該就待在那兒。他一定想，我們不可能這麼晚了還在等他；至少他可能猜想，若是這個時候回來，應該只有辛德雷先生會起來幫他開門，這他寧死也不願意的。」

「不，不，他不會在吉默屯的。」約瑟夫說：「我看他肯定是掉到泥沼裡去啦！這場天降之禍不是沒來由的，你們要當心點啊，小姐——沒準下一回就是你啦。這一切都要感謝上帝！一切的一切都是要降福給那些從這渾世裡挑選出來的好人！你們知道聖經上是怎麼說的……」接著他又開始引述好幾段經文，告訴我們分別是哪些章節，要我們去查。

我懇求這位執拗的小姐站起來換掉這身濕衣服，卻是白費口舌，只好讓約瑟夫繼續在那兒講道，留她在那兒直打哆嗦，我自己則帶著小哈里頓睡覺去了。小哈里頓睡得可香甜了，好像他身邊所有人都睡著了。那之後，我聽到約瑟夫又念了一會兒經，接著就是他蹣跚上樓的腳步聲，然後我就睡著了。

隔天早上，我下樓的時間比平時還要晚些，藉著百葉窗透進來的光線，我看到凱瑟琳小姐仍舊坐在壁爐旁。大廳的門也還半開著，陽光從那沒關上的窗戶照進來。辛德雷已經出來了，站在廚房壁爐邊，看起來既憔悴又睏倦。

「你怎麼啦，凱蒂？」我進來時他正在詢問：「你看起來淒慘得像隻落水狗，怎麼全身濕答答的，臉色這麼蒼白呢，孩子？」

「我淋濕了，」她勉強回答：「全身冷得發抖，就這麼回事。」

「啊，她又不乖啦！」我大聲說道，看出來主人還算清醒，「她昨天晚上在大雨下淋個濕透，又坐在那兒通宵，怎麼勸也勸不動她。」

恩蕭先生驚訝地瞪著我們。「通宵？」他重複道，「什麼事讓她不去睡覺？應該不可能是怕打雷吧？幾個鐘頭前就沒聽到雷聲啦。」

我們誰也不想提希斯克里夫失蹤的事，能瞞多久就瞞多久，於是我回答他，不知道小姐怎麼心血來潮想坐著不去睡，而她也沒說什麼。早上的空氣多麼清新舒爽，我把窗戶打開，屋裡立刻充滿花園裡飄進來的香甜氣息。

可是凱瑟琳卻沒好氣地對我叫道：「艾倫，關上窗戶，我都快凍死啦！」她的牙齒直打顫，又向那幾乎熄滅了的灰燼挪近些，整個人縮成一團。

「她病啦，」辛德雷抓起她的手，「我想這是她不上床睡覺的原因。眞是的！我可不願這兒再有人生病添麻煩了，你沒事爲何去淋雨呢？」

「還不是一樣，追男孩子去啦！」約瑟夫嘶啞地叫道，趁我們還在猶豫不知如何回答時，抓住機會嚼起舌根來，「我要是您的話，主人，才不管他們是貴是賤，全都要讓他們吃閉門羹！有一天您不在家時，那個貪嘴貓林頓就偷溜進來啦。還有奈莉小姐呀，這丫頭也很了不得！她就坐在廚房把風，您才剛從這道門進來，林頓就從另一道門溜出去。還有，我們家這位大小姐可眞會勾搭男人！都過了大半夜了，還跟那個吉普賽人生的野種希斯克里夫鬼混！他們當我是瞎子，我才不瞎呢！一點也不瞎！我瞧見小林頓進來，也瞧見他離開，我還看到你（他指著我說），你這沒出息的臭丫頭！一聽見大馬路上傳來主人的馬蹄聲，就趕緊跳起來去報信。」

「住嘴，你這愛偷聽的傢伙！」凱瑟琳嚷道：「不准你在我面前放肆！辛德雷，艾德加・林頓昨天是碰巧過來的，是我叫他走的，因爲我知道你不想遇到他。」

「你在說謊，凱蒂，一定是這樣。」她哥哥回答：「你眞是個該死的笨蛋！不過現在先別管林頓吧。告訴我，你昨天晚上有沒有跟希斯克里夫在一起？現在跟我說實話，不用擔心我會傷害他，雖然我一直都很恨他，不過不久前他爲我做了件好事，讓我下不了手扭斷他脖子。爲了防止這種事再發生，我決定今天早上要把他趕走。等他走了之後，我勸你們都當心點，我可要對你們不客氣啦！」

「我昨天夜裡根本沒見到希斯克里夫，」凱瑟琳回答，然後傷心地哭起來。「你要是眞把他攆出門，我就要跟他一塊走！不過，你恐怕永遠都沒有這個機會啦！他應該已經走了。」說到這兒，凱瑟琳又悲從中來地放聲大哭，根本聽不見後面的話。

辛德雷冷嘲熱諷地臭罵她一頓，叫她立刻回房去，要不然就不會讓她白哭一場！我要她聽話回房去。我永遠都忘不了她回房後鬧得有多厲害，眞把我嚇壞了。我以爲她要發瘋了，便要求約瑟夫趕快去請醫生過來。果不其然，這是熱病發作的症狀，肯尼斯先生一看見她，就宣布她病情危急，正在發高燒。醫生幫她放血後，又吩咐我只能讓她吃些乳漿和稀粥，還得特別小心別讓她墜樓或跳窗，然後才離開。因爲他在這教區夠忙的了，在這一帶，農莊之間相隔兩、三英里是常有的事。

雖然我算不上是個體貼的看護，不過總比約瑟夫和主人好。而且儘管我們這位病人是所有病人中最麻煩任性的，但她總算脫險了，日漸好轉。當然啦，林頓老太太來探望過好幾次，把所有事情都打理過一番，也把我們臭罵、支使了一頓。當凱瑟琳病快好時，堅持要接她到畫眉田莊住。這眞是謝天謝地啊，眞是讓我們如釋重負，終於解脫了。但是這可憐的太太眞該爲自己的好心後悔才是，因爲她和丈夫都感染上熱病，幾天之內相繼過世了。

我們小姐回來後，比以前更加任性、暴躁，也更加盛氣凌人了。自從那個雷雨夜後，希斯克里夫就音訊全無。有一天眞是倒楣，她眞惹惱我啦，我就把希斯克里夫的失蹤歸罪於她。這事確實該由她負責，她自己也明白。自那之後，她有好幾個月的時間都不跟我說話，僅維持主僕關係。約瑟夫也遭到冷眼對待。儘管他還是自顧自地嘮叨，把她當小丫頭來教訓她，她卻把自己當作是大人啦，是我們的女主人，且認爲自己剛生過一場大病，大家都得多順著她才是。況且醫生也說過，她不能再多受刺激，要順著她的性子才行。如此，在她眼裡，誰要是膽敢跟她作對，就是在謀害她。她總是避得恩蕭先生和那群狐群狗黨遠遠的，她哥哥聽了肯尼斯的告誡，又看到她狂怒就會出現癲癇症狀，也對她百依百順，盡量不去惹惱她。說到一味遷就她的反覆無常，其實並不是出於疼愛，而是出於虛榮心。因爲他一心巴望凱瑟琳能嫁到林頓家，以光耀門楣。再說，只要她不去打擾他，才不管她要怎麼把我們當奴隸一樣蹂躪呢！艾德加・林頓，就像自古至今的所有戀人一樣，完全被迷得昏頭轉向。他父親過世三年後，當他將凱瑟琳帶進吉默屯教堂的那天，他覺得自己是全世界最幸福的人。

儘管我百般不願意，還是被迫離開咆哮山莊，跟她一塊到這兒來了。小哈里頓當時差不多五歲了，我才剛開始教他認字。我們的分離真是令人肝腸寸斷，但是凱瑟琳的眼淚比我們的更有威力：當我拒絕跟她一起過來，而且她發現自己的請求根本動搖不了我時，就到她丈夫和哥哥跟前哭訴。她丈夫說要給我優渥的薪水；她哥哥則命我打包走人，說現在這裡沒有女主人啦，不再需要女傭人。至於哈里頓，不久就會由助理牧師來照顧他。因此我只剩下一條路可走啦，只得照辦。我跟主人說，他把所有正派人都打發走了，只會讓他墮落得更快而已。我親了親哈里頓跟他道別。自此之後，他就與我形同陌路，想起來可真傷感，他一定把艾倫・狄恩全忘了，忘了他曾是艾倫在這世上最寶貝的人，而她也曾是他最重要的人！

＊　＊　＊

——管家的故事講到這裡時，她無意間瞥見煙囪上的時鐘，驚訝地看到時針已指到一點半了。她一刻也不肯再多待，老實說，我自己也有意讓她先擱下後來的故事。

現在她人走了，我又沉思了一、兩個鐘頭，雖然我的頭和四肢還是痛得讓我不想動，不過還是勉強站起身來去睡覺了。

譯註：

1這是丹麥民謠《鬼魂的警告》，後來蘇格蘭詩人華特・司各特（Walter Scott, 1771-1832）將之翻譯成蘇格蘭語，放在敘事長詩《湖上的女人》（*Lady of the Lake*）的註釋中。

2米羅是古希臘的大力士，據傳他要將一棵大樹連根拔起，雙手卻不小心夾在樹縫中，掙脫不開來，而被野獸吃掉了。

3諾亞：《舊約聖經・創世紀》第六、七、八、九章提到，上帝降下洪水淹沒大地之前，諾亞受到神諭指示建造方舟，將其家人及家禽置於舟中，逃過這場災禍。羅得：《舊約聖經・創世紀》第十九章中，羅得為亞伯拉罕之姪。在現今的死海邊曾有一個城市名為索頓，因城內居民罪孽深重，因此上主降下大火燒掉這座城，只有虔誠的羅得受天使拯救，倖免於難。

4出自《舊約聖經・約拿書》第一章。約拿因違抗上帝，想乘船逃走。上帝以巨風將他吹落海，被巨魚所吞，並困在魚腹中三天三夜。

Chapter 10

第十章

以一個隱士的生活來講，這樣的開始實在太精采了！四星期的折磨，臥病在床、輾轉難眠！啊，這冷冽的寒風、嚴酷的北方天空、寸步難行的道路、拖拖拉拉的鄉下醫生！

啊，還有，難得能看到一個人影。而且更糟糕的是，肯尼斯跟我說，春天之前我別想出門！

希斯克里夫先生剛才過來看我。大概七天前，他還送來一對松雞，是這季節捉到的最後兩隻了。這無賴！我這場病他可不是完全沒有責任，我眞想這麼告訴他。可是，唉！我怎麼忍心責備一位在我床邊足足坐了一個鐘頭，而且能談談除藥啊、藥水啊、藥膏和療用水蛭[1]以外話題的好心人？這倒是非常愜意的休養時間，我的身體仍十分虛弱，無法看書，不過我覺得自己應該還能享受點什麼有趣的事。何不讓狄恩太太上來講完她的故事呢？我還記得她講到的主要情節。是啊，我記得她說到男主角跑掉了，三年來全無音訊，女主角卻結婚了。我要來拉鈴了，她要是看到我又能愉快地聊天，一定會很高興的。

狄恩太太來了。

「先生，還要二十分鐘才吃藥呢。」她說。

「別，別管這個！」我回答：「我是想要——」

「醫生說您不用再服藥粉了。」

「樂意之至！別打斷我的話。過來，坐在這兒。別去碰那一堆苦藥瓶。把你的針線活兒從口袋裡拿出來。這就對啦——現在繼續講講希斯克里夫先生的故事吧，從你上次打住的地方開始講到現在。他是在歐洲大陸受教育，變成一位紳士回來啦？還是他在大學取得了公費生的機會？或是逃到美洲，從他的第二祖國那兒吸取膏血而獲得功名[2]？或者更乾脆些，在英國公路上打劫發財了？」

「也許這些行當他都幹過呢，洛克伍德先生，可是我也不清楚到底是怎麼一回事，我說過，我並不知道他是怎麼發財的！也不明白他是用了什麼方法，拯救自己原已墮入野蠻無知的心靈。不過，如果您不介意，而且認爲那樣的方式有趣、不覺得無聊，我可以繼續說下去。今天早上您覺得好些了嗎？」

「好多了。」

「這眞是令人欣慰的好消息。」

狄恩太太於是開始另一段述說——

* * *

我跟凱瑟琳小姐一起來到畫眉田莊，雖然心裡仍有些失望，不過令人欣慰的是，她的表現出乎預料地好。凱瑟琳看起來幾乎有點太過喜歡林頓先生了，甚至對他妹妹非常親熱。當然，他們兄妹倆也很關心她住得習不習慣。這並不是荊棘倒向忍冬，而是忍冬擁抱荊棘。不是什麼雙方互相讓步的情況，而是其中一個人站得挺直，使得其他人非得依順她。要是既沒有人跟她作對，她也沒受到冷落，誰還能使壞性子、發脾氣呢？我發現艾德加先生總是小心翼翼地深怕惹她生氣，即使他努力想掩飾這份恐懼，不讓她發覺。可是當她有什麼不講理的要求、聽見我老大不客氣的回答，或是看到其他僕人不聽她的話時，他就會皺起眉頭表示不滿，卻從未因自己的事而沉過臉。他曾多次嚴肅地跟我談過我的態度，還說就算是拿一把刀子戳他，也不比看見夫人煩心來得難受。爲了不讓我這位仁慈的主人難過，我也就盡量克制自己一點。大約有半年光景，這火藥因爲根本沒有火種湊近來引爆它，也就像沙土似的毫無殺傷力地擺在那兒。凱瑟琳有時也會沉悶不語，而她丈夫總能體貼她的沉默，靜靜地陪伴她。他認爲這是那場大病引起的變化，因爲心情鬱悶這種事以前從未出現在她身上。當她再度露出喜色，他也以同樣的歡喜擁抱這份歡樂。我眞覺得他們是幸福的，而且與日俱增。

然而，好景不長啊，唉，人終究還是自私的。那些溫和慷慨的人，也不過比專橫跋扈的人，自私得稍微公平一點而已。當種種情況都讓兩人感覺到，自己在對方的心裡並不是最重要的存在時，幸福便結束了。九月天一個祥和的傍晚，我剛從花園裡採了一大籃蘋果返回。那時天色快黑了，月光從院子的高牆外照進來，將這房子許多凹凹凸凸的角落映照出一片片模糊的陰影。我把這一大籃東西放在廚房門口的台階上，停下來歇一會，多吸幾口柔和甜美的空氣。當時我抬頭看著月亮，背向大門，這時忽然聽見背後有個聲音說道：「奈莉，是你嗎？」

那是個深沉的聲音，還帶著外地口音，但是那叫我名字的聲音，聽起來又挺熟悉的。我驚慌失措地轉過來看看到底是誰在說話。因爲門是關著的，而且當我走近台階時，也沒看見台階上有任何人。門廊裡有個什麼東西在動，並朝我走過來。他走得更靠近了，我發現那是個高個子的人，穿著一身黑衣，有一張黑黑的臉和一頭黑髮。他斜靠在門邊，手握門栓，好像打算自己開門進去。

「會是誰呢？」我心想，「恩蕭先生嗎？不，不是！那不像他的聲音。」

「我已經等了一個鐘頭啦，」當我還在瞪著他發楞，他又說：「在我等的這段時間，四周一片死寂，我不敢自己進去。你不認識我了嗎？看哪，我並不是陌生人呀！」

一道月光照在他身上：兩頰偏黃，一半給黑髯遮住了，銳利的雙眼深陷在兩道濃眉下。我想起這雙眼睛了。

「什麼！」我叫道，不知他到底是人還鬼，驚訝地舉起雙手。「什麼？你回來了嗎？眞的是你嗎？是嗎？」

「是啊，正是希斯克里夫。」他回答，抬頭看了一下窗戶，只見那兒映照出燦爛的月光，卻沒有燈光照出來。「他們在家嗎？她在哪兒？奈莉，你不高興呀？用不著這麼驚慌！她在這兒嗎？說話呀！我想要跟她說說話，跟你的女主人說。去吧，說有個人從吉默屯來看她了。」

「她會有什麼反應呢？」我喊道：「她會怎麼做呢？這驚喜眞讓我不知該怎麼辦才好，她會受不了的！你眞的是希斯克里夫嗎？可眞是不一樣啦！唉呀，簡直不可思議，你加入軍隊了吧？」

「去吧，快去幫我通報。」他不耐煩地打斷我的話。「你不去，就是讓我繼續在地獄裡受煎熬！」

他轉動門栓讓我進去，可是當我走到林頓夫婦所在的客廳時，怎麼也無法提起勇氣再往前走。最後，我決定藉故問他們要不要點上蠟燭，這才打開門進去。

他們一起坐在窗前，窗子貼牆開著。除了花園裡的林木和野外蒼翠的樹林外，遠處的吉默屯山谷環繞著一條長長的白霧，幾乎盤繞到山頂（當您一走過教堂，也許就會注意到，從沼澤地流過來的一道小水渠，匯入一條順著山谷蜿蜒流轉的小溪流），這般景致全都映在窗外。咆哮山莊就聳立在這道銀色的霧氣上，但是從這兒其實看不到我們那幢老房子，因爲它坐落在山的另一頭。這屋子和屋裡的人，以及他們所眺望的景色都顯得十分祥和，我躊躇著不想傳話，問過要不要點上蠟燭後，幾乎就要掉頭離開了，這時才意識到自己的愚蠢念頭，又走回來低聲說道：「吉默屯來了個人想見你，夫人。」

「他有什麼事嗎？」林頓夫人問。

「我並沒有問他。」我回答。

「好吧，放下窗簾，奈莉，」她說：「把茶端過來，我馬上就回來。」

她離開這屋子，艾德加先生不經意地問是誰來了。

「是夫人意想不到的訪客，」我回答：「是希斯克里夫。您還記得他吧，先生，之前住在恩蕭先生家的那個。」

「什麼！那個吉普賽——那個野小子嗎？」他喊道，「你爲什麼不告訴凱瑟琳呢？」

「噓！千萬別這麼叫他，主人，」我說：「要是讓夫人聽到，會讓她難過的。他跑掉時，她的心都快碎了。我猜他這次回來，夫人一定很高興。」

林頓先生走到屋子另一端可以望見院子的窗口，打開窗戶往外探出身去。我想他們就在下面，因爲他馬上喊道：「別站在那兒，親愛的！如果是貴客的話，就把他帶進來吧。」

沒多久，我聽見開門聲，凱瑟琳飛奔上樓，上氣不接下氣，激動得不知該如何是好。確實，若只是看她的臉色，還會以爲大難臨頭了呢。

「啊，艾德加，艾德加！」她氣喘吁吁地嚷道，摟住他的脖子。「啊，艾德加，親愛的！希斯克里夫回來啦——他回來啦！」她拚命地摟住他。

「好啦，好啦。」她的丈夫悻悻然地說：「別爲了這點事把我勒死了！我從來就不覺得他是什麼寶貝，用不著歡喜成這個樣子！」

「我知道你不喜歡他。」她回答，稍微克制一下她那欣喜若狂的情緒。「可是爲了我，你們現在非得成為朋友不可啦。我叫他上來好嗎？」

「這裡？」他說：「到客廳裡來？」

「不然要到哪兒呢？」她問。

他顯得有些不悅，提議說廚房可能較適合些。

林頓夫人用一種滑稽的表情瞅著他看，對於他的苛求感到又好氣又好笑。

「不！」過了一會兒，她說：「我不能坐在廚房裡。在這兒擺兩張桌子吧，艾倫。一張給你的主人和依莎貝拉小姐，他們是上流人士；另一張給希斯克里夫和我，我們屬於下等階級。這樣你總該滿意了吧，親愛的？或是我得另外生個爐火呢？如果是這樣的話，請下命令吧。我要下樓陪我的客人了，我眞怕這天大的喜事不是眞的！」

她正要再跑出去，卻被艾德加攔住了。

「你去叫他上來吧。」他對我說：「還有，凱瑟琳，你可以高興，但別太過分了！用不著讓全家看見你把一個逃走的僕人當作兄弟般款待。」

我走下樓，發現希斯克里夫正在門廊等，顯然早預料到會請他進來。他沒有多說便隨我進來了，我將他領到主人和女主人面前時，他們倆都漲紅著臉，一副剛爭論過的樣子。但是當朋友出現在門口了，夫人的臉馬上流露出另一種情感。她跳上前，拉起他的雙手，把他帶到林頓面前，然後抓起林頓不甘不願伸出來的手，硬塞到他手裡。這時藉著爐火和燭光，我驚訝地發現希斯克里夫完全脫胎換骨了。他已經變成一位高大健壯、體型健美的人。主人站在他身旁，顯得有點太過瘦弱、缺乏男子氣概。他挺拔的身形讓人想到他一定從軍過，臉上的神情比林頓先生老成果斷許多，看起來頗有智識，根本沒有從前卑賤的跡象。而從他緊蹙的雙眉和眼裡黑色的火焰可看出，其內在仍潛伏著半開化的蠻性，但被謹慎地抑制住了。他的舉止莊重，毫無半絲粗野樣子，儘管有點太過嚴峻，而顯得不夠文雅。主人的訝異跟我不相上下，或甚至比我更驚訝，他失神地愣了一會，不知該如何招呼他口中的野小子。希斯克里夫放下他那瘦削的手，冷冷站在那兒盯著他，等他先開口。

「坐下吧，先生。」主人終於說話：「林頓夫人仍顧念舊情分，要我誠心誠意接待你。當然，凡是能讓她開心的事，我都願意去做。」

「我也是，」希斯克里夫回答：「特別是那種我可以參與的事。我很樂意待上一、兩個鐘頭。」

他在凱瑟琳對面的椅子上坐下，她則一直盯著他看，唯恐眼睛一轉開，他就會消失了似的。希斯克里夫倒不大抬頭看她，只偶爾瞥她一眼。但每回看一眼，都像要極盡所能地汲取她眼中那份毫不掩飾的喜悅，且一次比一次更加大膽。他們太過沉浸於彼此的喜悅中了，一點也不覺得尷尬。可艾德加先生就不是這樣了，他氣得臉色發白，當夫人站起來走過地毯，又抓住希斯克里夫的手笑得燦爛不已，真是讓他氣到極點了。

「明天我要以爲這是一場夢啦！」她叫道：「我眞不敢相信又能見到你、碰到你，還能跟你說說話。可是，狠心的希斯克里夫！你不配受到這樣的款待。一去三年音信全無，從沒想過我！」

「比你思念我可要多一點呢。」他低語：「凱蒂，不久前，我才聽說你結婚了。我在下面院子等你時，心裡是這樣打算的：只要見你一面，也許會看到你驚訝的神情，假裝高興一下，接著我就動身去找辛德雷算帳，然後自殺，以免受到法律制裁。你的熱情歡迎讓我打消了這些念頭，可是當心下一回可別用另一種神態與我見面啊。不，你不會再趕走我了。你曾經眞心爲我難過，是吧？是啊，應當如此。自從我最後一次聽到你的聲音，我總算熬過來了，你必須原諒我，因爲我是爲了你才活下來的！」

「凱瑟琳，如果我們不想喝冷茶，那請到桌子這邊來吧。」林頓打斷他們的話，努力維持平日的聲調及應有的禮節。「無論希斯克里夫先生今晚要在哪兒落腳，都還得走上一段路呢，再說我也渴了。」

凱瑟琳走到茶壺前的位子坐下，依莎貝拉小姐也被鈴聲喚過來了。我把他們的椅子往前挪到桌邊，接著退出那房間。這頓茶持續不到十分鐘。凱瑟琳的茶杯始終沒斟過茶——她吃不下，也喝不下。艾德加倒了些茶水到他的茶杯碟[3]裡，卻也是幾乎一口茶都沒喝。那天晚上，客人逗留不到一個鐘頭，臨走時我問他是不是要到吉默屯去？

「不，到咆哮山莊去。」他回答：「今天早上我過去拜訪時，恩蕭先生邀請我過去住。」

恩蕭先生邀請他！他去拜訪恩蕭先生！他走後，我苦苦思索這兩句話。他變得有點深不可測，是喬裝來鄉間害人的嗎？我靜靜地想著，心底有種預感——他最好還是走遠些得好。

大約是半夜，我剛睡沒多久，就被林頓夫人叫醒了。她溜進我房坐到床邊，拉拉我的頭髮喚醒我。

「我睡不著，艾倫，」她說話的口吻像在道歉。「我需要有個人跟我分享這份快樂！艾德加正在鬧彆扭，因爲我爲一件他不感興趣的事而高興。除了說些賭氣的傻話外，他什麼也不想說，而且說我在他這麼不舒服、困倦的時候，還硬要纏著他說話，眞是殘忍又自私。他只要有一點不稱心，就想著要生病，我才說幾句話稱讚希斯克里夫，他不知是因爲頭痛還是吃醋，居然哭了起來，我便起身走了。」

「你在他面前稱讚希斯克里夫做什麼呢？」我回答：「他倆從小就水火不容，要是希斯克里夫聽你稱讚主人，也會一樣痛恨——那是人性呀。別在林頓先生面前提起他，除非你希望他們大吵一架。」

「那不是顯得太差勁了嗎？」她追問。「我才不會吃醋呢。我對依莎貝拉那頭漂亮的金髮、白皙的皮膚、端莊的風采，還有全家對她的偏愛，從來都不嫉妒呀。甚至你，奈莉，每當我們起爭執，你總是向著依莎貝拉，而我就像個傻媽媽似的讓步。我叫她寶貝，把她哄得開開心心。她哥哥看見我們和睦就開心，這也讓我很高興。但他們眞是太像了，都是被慣壞的孩子，總認爲這世界是爲他們而存在。雖然我總依著他們，有時又想狠狠教訓他們一頓，或許會讓他們變得好些呢。」

「你錯了，林頓夫人，」我說：「是他們在忍讓你。我清楚知道他們要是不讓你，該會鬧成什麼樣子！只要他們盡量迎合你，你就算稍微忍耐一下他們一時的小脾氣亦無妨。然而，總有一天，你們會爲了雙方都不想讓步的事情鬧翻的。到時候你口中那個懦弱的人，也會跟你一樣倔強。」

「難道我們就該爭個你死我活嗎，奈莉？」她笑著回道：「才不會呢！我告訴你，我對於林頓的愛很有信心。我相信就算我要殺了他，他也不會想報復的。」

我勸她念及他的愛，應該更珍惜他一點。

「我很珍惜他啊。」她回答：「可是他犯不著爲了這麼點小事就哭鬧，眞是幼稚。而且，也不用因爲我說希斯克里夫如今值得受人尊重了，即使是鄉里最受尊重的紳士，也會以跟他結交爲榮，就哭得那麼傷心。他本該替我說這話的，也應該因爲贊同而感到高興。他應該接受他，甚至喜歡他。想想吧，希斯克里夫才有理由討厭他，可希斯克里夫的表現眞是太有風度了！」

「你對於他去咆哮山莊有什麼看法？」我問道。「顯然他在各方面都改變了，簡直像個基督徒，向四周的敵人伸出友好之手！」

「他解釋過了。」她回答：「我一開始聽到也跟你一樣感到奇怪。他說他以爲你還住在那裡，便想去咆哮山莊向你打聽我的消息。約瑟夫告訴辛德雷後，走出來問他最近幾年都做了些什麼、怎麼過活的，後來還邀請他進去。當時剛好有幾個人在那兒打牌，希斯克里夫也加入。我哥哥輸了點錢給他，發現希斯克里夫還滿有錢的，便邀請他今晚再過去，他也答應了。辛德雷眞是荒唐得不會愼選朋友，也不知道要仔細想想，不該相信曾被他傷害過的人。不過希斯克里夫也明說了，他之所以想跟這個曾踐踏過他的人再來往，主要是因爲想住在一個離田莊不遠的地方，再說他也很懷念我們一起住過的房子。他住在那裡的話，我也比較有機會去看他，比他住在吉默屯方便得多。他打算出個優渥的價碼住進山莊。毫無疑問，以我哥哥貪財的個性，肯定會立刻接受他的條件。辛德雷就是那麼貪財，儘管他總是一手抓進來，另一手又馬上丟出去。」

「那倒是年輕人的好落腳處！你當眞不擔心有什麼後果嗎，林頓夫人？」我說。

「我倒不擔心我的朋友，」她回答：「他聰明的頭腦，會讓自己遠離危險的。我倒有點擔心辛德雷，不過他在道德方面應該無法比現在更糟糕了。若是身體方面的傷害，我一定會挺身制止。今晚的事讓我又跟上帝和人類言歸於好了！啊，我曾經憤怒地怨恨上帝，曾經忍受過多麼悲慟的哀傷啊，奈莉！如果那個人知道我曾經那麼痛苦，就該覺得自己無聊的耍性子很羞恥才是。我是爲了他，才一個人忍受著痛苦。如果我跟他說我常感到的悲痛，他也會跟我一樣急切地想從悲傷中解脫才是。不過，這一切都過去啦，我也不想再跟他的愚蠢計較。從今以後，我什麼苦都忍受得了啦！即便是世上最糟糕的人給我一巴掌，我不但要轉過另一邊讓他打，還要請他原諒我惹他生氣。而且，爲了證實我的決心，我現在就要去跟艾德加言和啦。晚安！我眞是個天使！」

她就這麼自我陶醉地離開了。從第二天的情況看來，她顯然已成功實現了自己的決心。林頓先生不僅不再生氣（雖然他的心情還是受凱瑟琳興高采烈的情緒影響），而且居然不反對她下午帶著依莎貝拉一起去咆哮山莊。凱瑟琳也盡心盡力地用甜言蜜語來回報他，讓全家人有好幾天的時間就像處於天堂似的，主僕們都沉浸在這片燦光中。

希斯克里夫——以後我得尊稱他爲希斯克里夫先生了——起初，他仍以相當謹慎的態度來訪「畫眉田莊」，彷彿在試探田莊主人對他的來訪抱持什麼樣的態度。而凱瑟琳呢，自己也覺得在接待他時還是克制點好，別那麼喜形於色。於是，他漸漸贏得到此拜訪的權利。希斯克里夫從小就沉默寡言，至今依然如此；不過，這樣的個性眞爲他帶來不少好處，讓人摸不透他的情緒。我的主人總算暫時不再那麼不安，只是後來事態的發展，讓他的焦慮轉到另一方面去了。

依莎貝拉．林頓，就是他意想不到的新煩惱。當時她已是亭亭玉立的十八歲少女，出落得那麼楚楚動人。雖然舉手投足間依稀還可見到一點孩子氣，但她的思想敏捷、熱情如火，且一生起氣來，那脾氣也是非同小可。不幸的是，她竟然對希斯克里夫這位勉強被接受的客人產生了愛慕之情，一向非常疼愛她的哥哥，震驚地發現妹妹竟荒唐地愛上這個人，先不論跟這樣一位毫無來頭的人結婚有損門風，更別提日後自己若無男嗣繼承人，財產可能就要落入這傢伙手中。最重要的是，他太瞭解希斯克里夫的個性了。他知道，雖然外表改變，但是本性難移，這人永遠都不可能改變的。對於希斯克里夫的性情，他總有一種莫名的恐懼感，一想到要把依莎貝拉交付給對方，他就不禁害怕起來。如果他知道這其實只是妹有情、郎無意的情況，定要更加坐立不安了。由於他還不知道事情眞相，所以當他發現後，只是一味地怪罪希斯克里夫心懷不軌地勾引他妹妹。

有一段時間，我們都可以看出林頓小姐總是無緣無故地心煩意亂，一副心事重重的模樣，喜怒無常，時而悶悶不樂，時而暴跳如雷，淨找凱瑟琳的麻煩，眼看就要耗盡她嫂嫂原本就很有限的耐性。我們就當她身體不適，盡量容忍、遷就她，但也只能眼睜睜看著她日復一日地憔悴下去。

然而有一天，她異常地任性，既不肯吃早餐，又抱怨僕人不聽她的話，女主人放任她不被僕人當一回事，哥哥也不管管妻子，僕人還忘了關門害她著涼、讓客廳爐火熄了、存心跟她作對等等，簡直牢騷滿腹。這時，林頓夫人嚴厲地斥責她一頓後，令她立即上床休息，嚇唬她若不馬上去休息，就要請醫生來看病了。一提起肯尼斯，她立刻說自己一點病痛也沒有，全是因爲凱瑟琳太凶而惹她不快罷了。

「你怎麼說我對你太凶呢，你這淘氣的小寶貝？」女主人笑嚷著，對這沒來由的指控感到好笑。「這太沒道理了，我什麼時候對你凶啦？你說啊！」

「昨天，」依莎貝拉啜泣地說：「還有現在！」

「昨天？」她嫂嫂問：「什麼時候？」

「昨天我們在野外散步的時候，你淨想把我支開，自己卻跟希斯克里夫先生膩在一起！」

「這樣就說我對你太凶啦？」凱瑟琳笑著說：「這不表示我們覺得你是累贅。其實，我們並不在意你是否在我們身邊。我只是覺得你對希斯克里夫的談話應該不感興趣罷了。」

「才不是呢！」依莎貝拉哭道。「你希望我走開，因爲你知道我喜歡留在那裡！」

「她是不是神智不清了？」林頓夫人對我說道。「依莎貝拉，我可以一字不漏地重述我們的談話內容，請指出哪一句話是你感興趣的。」

「我才不在乎你們談些什麼，」她回答：「我只是要跟……」

「嗯？」凱瑟琳看她有點不好意思說下去的樣子。

「跟他在一起，我不想老是被人支開！」她心情頗爲激動地說：「你是馬槽裡的狗，凱瑟琳，除了你自己之外，不希望別人也獲得他的愛！」

「你簡直是隻無理取鬧的小猴子！」林頓夫人大吃一驚：「你知不知道自己在做什麼蠢事？簡直令人難以置信！竟然想得到希斯克里夫的愛，認爲他是不錯的人！但願是我誤解你啦，依莎貝拉？」

「沒有，你並沒有誤解我的意思，」這位墜入情網的女孩說：「我愛他的程度勝過你對艾德加的愛！只要你肯放手，他也會愛上我的！」

「那麼，就算送我一個王國，我也不願換成你！」凱瑟琳斷然說道，似是出於眞心。「奈莉，請幫我勸勸她，讓她明白自己有多瘋狂。告訴她希斯克里夫是個什麼樣的人！他是個生性狂放，沒有教養、粗鄙不堪的人，簡直是一塊布滿荊棘、砂石遍地的荒野蠻地。我寧可把小金絲雀放到冬天的林子裡，也不願將你的心交給他！你太不瞭解他的本性了，孩子，就是因爲你的荒唐無知，才會讓自己產生這樣的癡夢。別夢想他冷冽的外表下能滿懷無限柔思！他並不是未經雕琢的璞玉、含珠之蚌，而是凶狠無情，像狼一樣殘忍的男人。我不會跟他說：『放過這個或那個仇人吧，這麼做是很不厚道、殘忍的。』而會這麼跟他說：『饒了他們吧，我不忍心看到他們無辜受害。』依莎貝拉，哪天他若發現你是他的絆腳石，他會把你當成麻雀蛋一樣地踩碎。我知道他不會愛上任何林頓家的人，除非他看上的是你們的財產。伴隨他成長的是貪婪的欲望，這是他擺脫不了的原罪，這就是我所認識的他！照理說，我是他朋友，要是他眞打算把你誘騙到手，我應該保持緘默，讓你自投羅網才是。」

林頓小姐怒視她嫂嫂。「羞恥！眞是羞恥！」她憤怒地叫道：「你簡直比二十個敵人還可惡，你這惡毒的朋友！」

「看來，你不肯相信我了？」凱瑟琳說：「你認爲我是出於狡詐的私心才這麼說的？」

「我確定你是的，」依莎貝拉反譏道：「只要一想到你，就讓我渾身發顫！」

「那好吧！」凱瑟琳叫道，「你要這麼想，那就自個兒去試試看吧！我該說的都說了，不想再跟你這蠻不講理的人多費唇舌！」

「就因爲她的自私，我可有罪受了！」林頓夫人離開後，依莎貝拉啜泣著說：「這一切的一切，都在跟我作對，把我唯一的希望也毀了。可是她明明是在說謊啊，對不對？希斯克里夫才不是這麼壞的人，他有著高貴的靈魂、眞誠的心，否則怎麼還會對她念念不忘呢？」

「快忘了希斯克里夫吧，小姐。」我說：「他是不祥的惡鳥，不配做你伴侶。林頓夫人雖然說得有些過火，但我無法反駁她。她比我或其他任何人都要瞭解他。而且她並沒有言過於實，誠實的人不會隱埋自己的事。我們都不知道他那一段日子是怎麼過的，又是怎麼致富的？爲什麼要回到咆哮山莊？那房子的主人可是他深惡痛絕之人啊！他們說自從他來了後，恩蕭先生就更加墮落了，只知道通宵玩樂、打牌喝酒，什麼事也不做。辛德雷輸得很慘，已經在抵押土地了。這些情況，是我一星期前在吉默屯遇到約瑟夫時聽說的。他說：『奈莉，我們這個家裡的人，看來得請個驗屍官來驗屍了。一個狠下心來要尋死，一個爲了攔住他，竟像個笨蛋似的往自己手上扎一刀。我說的就是我家主人恩蕭先生啊。他就要去受最後審判了。審判席上的判官哪，他一個都不怕，什麼保羅、彼得、約翰、馬太[4]，他一點也不害怕！還有那個好小子希斯克里夫，你可得當心呀，他是個不能小覷的人物！哪怕是最可怕的魔鬼來了，他也能笑著把牠埋掉。他去畫眉田莊拜訪時，都沒有跟你們提起這邊的悠哉生活嗎？他的日子是這樣過的——太陽西下時才起床，接著關上百葉窗、點上蠟燭，開始喝酒、擲骰子，一直到隔天中午，這兩個傻蛋才滿嘴酒話，跌跌撞撞地回房睡覺。任何正經人看了他們的糊塗樣，都要羞得捂住自己的耳朵。希斯克里夫那個壞蛋呢，點清贏得的錢，有時酒足飯飽後，還會不知羞恥地跑到鄰居家，跟別人的老婆打情罵俏。當然囉，他會到凱瑟琳小姐面前告訴她，她老爸的錢是如何轉到他口袋，她老爸的兒子如何在毀滅之路上狂奔，他又是如何趕到前頭幫忙打開一道道的柵欄的！』聽著，林頓小姐，約瑟夫雖然是個老混蛋，但不是個會說謊的人。如果希斯克里夫眞如他所說，你還要找這樣的丈夫嗎？」

「你跟那些人都串通好了，艾倫！」她回答：「我才不會聽信你這些謠言。你眞是壞心眼，竟然要我相信這世界上沒有幸福可言！」

若是讓她自己去想，她會從這些癡夢中清醒過來，還是會一直執迷不悟呢？這我可說不準呀。不過，她也無暇想這些了。第二天，我家主人得出席隔壁鎭的一場聽判會。希斯克里夫知道他會外出，就登門拜訪了，且比平常都還要早一些。凱瑟琳和依莎貝拉那時坐在書房中，互相賭氣，誰也不吭聲。依莎貝拉想到她最近的行為實在有點魯莽，昨天還在盛怒之下不小心洩露了自己的祕密，所以感到有點惶恐不安。而她嫂嫂呢，越想越覺得這個小姑實在有些過分，如果她膽敢再如此無禮，非得要好好修理她一番不可。當凱瑟琳看到希斯克里夫從窗前走過，她笑了。我當時正在清掃爐子，注意到她嘴角掛著一抹不懷好意的微笑。而依莎貝拉，不知是在專心看書，還是想事情想出神了，一直到門被推開時，還呆呆地坐著。這下子她想躲也來不及了，如果有機會的話，難道她會不逃嗎？

「進來，你來得正好呢！」女主人笑容滿面地喊道，並挪了一把椅子放在爐火邊。「我們這兒剛好有兩個人，正愁著沒人來化解我們之間的僵局。而你正是我們選中之人。希斯克里夫，我好高興啊，終於可以向你介紹一位比我還愛你的人了。我希望你聽後會感到無比榮幸才是。喔，不，不是奈莉，別這樣看她！是我那可憐的小姑，她正苦苦愛戀著你健美的外表、高尚的品德，就看你願不願意當艾德加的妹婿啦！不，不，依莎貝拉，你可別想逃走。」她接著說，假裝在鬧著玩，一把抓住那剛從椅子上忿然起身、滿臉驚慌失措的女孩。「我們倆為了你，吵得像兩隻張牙咧嘴的貓，希斯克里夫。我完全被她深情款款的愛慕之心打敗啦。尤其，對方還明明白白告訴我，只要我識相些別阻礙，這位自命是我情敵的人，就要射出愛情之箭，從此佔據你的心，徹底把我趕出去啦！」

「凱瑟琳！」依莎貝拉終於恢復她平常的鎮定，不屑再掙扎地說：「如果你能不誇大其實、不毀謗我，我會很感激的，哪怕只是開玩笑！希斯克里夫先生，請你叫你這位朋友放開我，她忘了我跟你並不熟。她認為挺有趣的事，對我來說可是痛苦萬分呢。」

誰知我們這位客人，似乎壓根不想知道她對他懷有什麼樣的情愫，並沒有做出任何回應，反而漠不關心地坐下來。於是她只好轉過身，苦苦哀求起抓住她不放的人。

「要放開你，可沒那麼容易！」林頓夫人嚷著回答：「我可不想再被人罵是馬槽裡的狗！給我老老實實待著。希斯克里夫，你聽到這個好消息怎麼會不高興呢？依莎貝拉信誓旦旦地對我說，艾德加對我的愛，跟她對你的愛比起來，簡直微不足道。我記得她確實是這麼說，你說是不是啊，艾倫？自從前天散步回來後，她就不吃不喝，又怨又艾地認為我從中阻擾呢。」

「我想你是冤枉她了，」希斯克里夫轉過椅子來，面對她們說：「至少她現在最想做的就是趕快離開我身邊。」

接著他緊盯住依莎貝拉，那神情好似在打量一隻猙獰的野獸，或是一隻來自印度的蜈蚣，儘管牠的樣子很噁心，但基於好奇還是要仔細觀察一下。然而這可憐的小東西可經不住他這樣瞧，只見依莎貝拉的臉一陣紅、一陣白，淚水不爭氣地流了下來。她用她纖細的手指，拚命想拉開凱瑟琳的手。可是當她剛掰開一隻手指，另一隻又馬上掐過來，根本無法把五隻手指全拉開。她只好出動指甲，用那尖利的指緣在對方手上劃出一道鮮紅的新月形印子。

「好一隻厲害的母老虎！」林頓夫人大喊著放開她，痛得直甩手。「看在上帝的分上，快滾吧！把你這張潑婦般的臉藏起來！你眞愚蠢，竟在他面前露出尖爪！你想他會怎麼看你？看哪，希斯克里夫，這就是她的武器，你可得當心你的眼睛啊。」

「要是她敢這樣對我，看我不把她的指甲從手指上拔起來！」希斯克里夫凶狠地說道。這時，依莎貝拉已經跑出去，門也關上了。「可是你何必要這樣取笑她呢？你是在開玩笑吧，凱蒂？」

「我是說眞的，」她回答：「她想你都快想瘋了。今天早上又為了你大鬧一場，把我給罵慘了。就只因我坦白以告你的缺點，好教她死了這條心。不過現在沒關係了，我只是想挫挫她的銳氣罷了。我太喜歡她啦，親愛的希斯克里夫，怎麼捨得讓你把她給吃了呢？」

「我才不喜歡她呢，哪會打她的主意？」他說：「除非我不怕倒胃口。要是讓我跟那討人厭的蠟像臉生活在一起，你可就有新鮮事可聽了。我會每隔一、兩天就叫她把她那張白臉塗得像彩虹一樣，藍眼睛也要讓它變成黑眼睛。那雙可惡的眼睛，簡直跟林頓一模一樣。」

「胡說！」凱瑟琳說：「那是雙鴿子的眼睛——天使的眼睛。」

「她是她哥哥的繼承人，是吧？」他沉默了一下問道。

「說到這個，眞是令人難過，」凱瑟琳回答：「只要老天爺喜歡，會有半打姪子跑過來搶奪她的繼承權！所以，請不要打這件事的主意。你太貪圖鄰居的財產啦。記住，這財產是我的。」

「要是這財產歸了我，那還不是一樣嘛。」希斯克里夫回應：「可是，依莎貝拉．林頓或許有點傻，但她不瘋啊。算了，總之聽你的話，我們不要再談這件事了。」

這件事，他們果眞沒再提起。凱瑟琳或許早已將這件事抛諸腦後，可是另一位呢，我敢說他一定在夜深人靜時，不斷地琢磨這件事。每當林頓夫人有事離開這屋子，我就看見他自己坐在那裡發笑——不，應該說是在獰笑——然後陰沉地陷入沉思，帶著滿臉的狡詐。

我決定要好好注意他的一舉一動。我的心始終是向著我家主人，而非凱瑟琳這邊。因爲我認爲他是仁慈寬厚、値得尊敬的人；而她呢，雖然不能說是完全相反，但她總是那麼隨心所欲，很難讓我信任，對她的情感就更難起同情心了。我眞希望能發生什麼事，讓咆哮山莊跟我們田莊擺脫希斯克里夫的陰影，靜靜地回到之前的寧靜日子。對我來說，他每次登門造訪就像一場沒完沒了的夢魘，我想這對於主人來講也是如此。他在咆哮山莊長住下來，總給人一種說不出的壓迫感，我覺得上帝已經抛下依莎貝拉這隻迷途羔羊，任她獨自去徬徨、遊蕩，卻不知有一頭野獸已經虎視眈眈地在她附近徘徊，等待時機一成熟，就要撲過去把她吞掉。

譯註：

1 傳統醫療認為水蛭可淨化血液治病。

2 這裡指的是參加美國獨立戰爭。

3 茶杯碟（saucer），傳統西式飲茶是將杯裡少量飲料移進碟中飲用，所以茶杯碟會做出一定深度，演變至今已作為單純承托茶杯之用。

4 保羅、彼得、約翰、馬太皆是耶穌的使徒。

Chapter 11

第十一章

有時候，當我獨自尋思這些事情，就會突然嚇得站起，戴上帽子，想到山莊看看情況怎麼樣。我的良心告訴我，我應該有責任去警告少爺，大家是怎麼在議論他的行為的。接著，我又想到他積習已深，說了也無濟於事，便又停下腳步，不願再走進那悲慘的房子，心想我的忠告少爺未必聽得進。

有一回我去吉默屯，特別繞到老柵門那兒。那個時間，大概就是我故事剛講到的那個時期——那是個晴朗但寒冷的午後，地面光禿禿的，路面又硬又乾。我來到一塊大石頭前，這是幾條馬路的交會處，往左通往荒原。那裡有根粗糙的沙石柱，北面刻著 **W.H.**，東面是 **G.**，西南面則是 **T.G.**[1]，是往田莊、山莊和村子的路標，太陽把石柱的灰頂照得黃燦燦的，讓我想起了夏天。我也說不上是什麼原因，只覺得在那一瞬間，孩童時期的種種突然湧上心頭。我佇立在那裡許久，緊盯那塊受盡風雨吹打的石柱，那是二十年前辛德雷和我最愛的地方。我蹲下來，看到柱腳邊的洞裡依然塞滿蝸牛殼和小石頭。小時候，我們最喜歡將這些玩意兒跟一些容易腐壞的東西藏在那兒。當下，我彷彿又看到童年玩伴活靈活現地出現在我眼前，坐在那塊乾枯草皮上，那黑漆漆的方正腦袋往前傾，小手拿著一片石板在挖土。

「可憐的辛德雷！」我不禁喊出聲來，嚇了自己一跳。眼前突然一陣恍惚，彷彿看見這孩子抬起頭來，看向我這裡！轉眼間，那張臉又消失了。但是，這讓我產生一股無法抑制的渴望，我得去山莊看看。就是這樣的迷信，催促我按照自己的心意行事：他若死了可怎麼辦？我想——或者快死了？——難道這是死前的預兆嗎？我越靠近那房子，心裡就越激動。當我一看到它，我的四肢直發抖。那個幽靈已經趕在我前頭，站在那兒，隔道柵門望著我。那是我看到那個鬈髮的棕眼男孩時所想到的第一個念頭，他紅通通的臉蛋靠在柵門橫木上。等我再仔細想想時，才想到，那是哈里頓啊，我的寶貝哈里頓！自從我們分開十個月後，他並沒有太大的改變。

「上帝保佑，寶貝！」我喊道，馬上拋開我愚蠢的恐懼。「哈里頓，是奈莉呀！你的保母奈莉！」

他往後退，讓我碰不到他，還揀起一大塊石頭。

「我是來找你父親的，哈里頓。」我又說道，從這舉動猜出，即使奈莉還活在他的記憶中，他也認不得我就是那個奈莉了。

他舉起石頭要扔向我。我開始好言相勸，但還是阻止不了他出手。石頭擲中我的帽子，緊跟著是從這小傢伙結結巴巴的嘴裡所吐出的一串咒罵，也不知他到底懂不懂自己在罵些什麼，不過他罵人的樣子十分老練，語氣也相當凶狠，娃娃臉扭曲成一種令人吃驚的狠樣。您應該可以想像，雖說他這模樣讓我很生氣，但更讓我傷心，幾乎都要哭了。我從口袋裡拿出一顆橘子，遞過去安撫他。他猶豫著，突然從我手中搶過去，好像以為我只是想逗他玩，讓他拿不到而已。我又拿出一顆，這次卻讓他拿不到。

「誰教你說這些好話的，孩子？」我問：「是助理牧師嗎？」

「去他的助理牧師，還有你！給我那個。」他回答。

「告訴我，你在哪兒讀書的，我就給你這個。」我說：「誰是你的老師？」

「臭爸爸。」這是他的回答。

「你從你爸爸那兒學了些什麼呢？」我繼續問。

他跳起來想搶水果，我舉得更高了。「他都教了些什麼？」我問道。
「什麼也沒教，」他說：「只叫我離他遠些。爸爸才受不了我呢，因爲我會臭罵他。」
「啊！那是魔鬼教你亂罵爸爸啦？」我說。
「嗯——不是。」他慢吞吞地說。
「那麼，是誰呢？」
「希斯克里夫。」
我問他喜歡不喜歡希斯克里夫先生。
「嗯。」他又回答了。
我想知道他爲什麼喜歡他，卻只聽到這些話：「我不知道——爸爸怎麼對付我，他就怎麼對付爸爸——爸爸罵我時，他就會罵爸爸。他說，我應該想做什麼，就去做什麼。」
「那麼助理牧師也不教你讀書寫字了嗎？」我追問。
「不教了。他要是敢跨進門檻一步，就要——把他打得——滿地找牙，希斯克里夫說的！」
我把橘子放在他手中，叫他去告訴爸爸，有一個叫奈莉・狄恩的女人在門口，等著要跟他說話。他順著小路走去，進到屋裡。但是，辛德雷並沒有出來，倒是希斯克里夫出現在門口的石階上。我立刻轉身就走，沒命地往大馬路跑，一步也沒敢停地直跑到路標那兒，嚇得像是見到鬼似的。這跟依莎貝拉小姐的事並沒有什麼關係，只是讓我更下定決心，一定要提高警覺，竭盡所能地遏止這禍害蔓延到田莊來，哪怕會因此惹得林頓夫人不高興而引出一場家庭風波。
當希斯克里夫再次來訪，小姐正好在院子裡餵鴿子。這三天來，她沒跟嫂嫂說過一句話，可是她也不再那麼煩躁地抱怨一堆了，這讓我們感到很欣慰。我知道，希斯克里夫向來就沒正眼看過林頓小姐。這一次，當他一看見她，第一個動作就是謹慎地掃視一下四周。我當時站在廚房窗前，不過我連忙閃開，沒讓他瞧見。接著他走上小徑，來到她跟前，不知道對她說了些什麼，小姐似乎有點不好意思，很想趕快逃開。但希斯克里夫卻抓住她的手臂，不讓她走。小姐別過臉去，顯然對方提了個她不想回答的問題。他迅速掃了房子一眼，以爲沒人看見他後，這無賴，竟然厚顏無恥地摟住小姐！

「猶大[2]！叛徒！」我突然叫出聲。「你這個僞君子，不是嗎？一個居心叵測的騙子。」

「你在說誰呀，奈莉？」凱瑟琳的聲音突然在我身邊響起。我只顧著看窗外的兩個人，竟沒有注意到她走進來了。

「你那卑鄙的朋友！」我激動地答：「就是那邊那個鬼鬼祟祟的流氓！啊，他瞧見我們啦——他要進來啦！既然他跟你說不喜歡小姐，卻又向小姐求愛，我倒要看看他怎麼自圓其說，幫自己開脫？」

林頓夫人看見依莎貝拉掙脫開來跑向花園，不一會兒，希斯克里夫打開門。我忍不住想發洩一下心中怒火，可是凱瑟琳氣呼呼地不准我出聲，並且威嚇我，若敢多嘴出言不遜，就要命令我離開廚房。

「人家要是聽見你的話，還以爲你才是女主人哩！」她嚷道：「你要安分守己一點——希斯克里夫，你這是在做什麼，惹起這樣的事？我不是告訴過你，別去招惹依莎貝拉！我求你別這樣，除非你已經不想再來這兒了，想讓林頓把你轟出去！」

「上帝絕不容許他這麼做！」這惡棍回答道。這時我眞是恨透他了。「上帝讓他溫順、有耐心！我卻一天比一天想送他上天堂！」

「噓！」凱瑟琳說，關上裡面的門。「別氣我了。你爲什麼不聽我的請求呢？是她故意來找你嗎？」

「這干你什麼事？」他吼道：「如果她願意的話，我就有權吻她，而你並無權反對。我不是你丈夫，你用不著吃醋！」

「我不是在吃醋，」女主人回答：「我是擔心你。開心點，別對我板著臉！要是你喜歡依莎貝拉的話，那就娶她。但你是眞的喜歡她嗎？說實話，希斯克里夫。看吧，你不肯回答。我就知道你不是眞心喜歡她的！」

「再說，林頓先生會同意他妹妹嫁給這個人嗎？」我插嘴問道。

「林頓先生會同意的。」我那夫人斷然回答。

「他用不著操這個心，」希斯克里夫說：「即使他不同意，我還是照辦不誤。至於你，凱瑟琳，既然我們談到這個，我倒想說幾句話。你要知道，我還清清楚楚記得，你過去對我有多狠心——眞是太狠心了！你聽到了嗎？如果你以爲我沒看出來，那你就是傻瓜。如果你以爲吐出幾句甜言蜜語便可以安撫我，那你就是笨蛋。如果你妄想我會忍氣吞聲，不加以報復，我告訴你，你很快就會明白事實並非如此！另外，謝謝你告訴我你小姑的祕密，我發誓，我一定會好好利用的。你就安靜站在一邊看著吧！」

「他心裡到底在想什麼啊？」林頓夫人驚愕地叫道。「我過去對你太狠心——你要報復！你要怎麼報復，你這個忘恩負義的畜生？我怎麼待你壞啦？」

「我並不是要報復你，」希斯克里夫回答，不再那麼粗聲粗氣了。「那不是我的計畫。暴君壓迫奴隸，但奴隸不會反抗他，而是欺壓他們下面的人。爲了讓你自己開心，可以把我折磨到死，我心甘情願。只是，請容我以同樣方式回報，也讓我心裡覺得舒坦些。而且，你不要太侮辱人。你既已鏟平了我的宮殿，就不要妄想搭一間茅草屋賞給我，還那樣得意地欣賞自己的仁慈。要我以爲你眞心希望我娶依莎貝拉的話，我寧可抹脖子自盡。」

「啊，問題在於我並沒有吃醋，對吧？」凱瑟琳喊道：「好吧，我絕不會再提這件親事啦，那簡直就跟把一個迷失的靈魂獻給撒旦一樣糟。你的快樂，就跟魔鬼一樣，在於讓人痛苦。你證實了這點，艾德加對你的出現發了一頓脾氣，這才平靜下來，我剛能清靜點。但是你，一見我們這兒平安無事就不安了，好像非要惹場風波不可。要吵的話，就跟艾德加吵去吧。希斯克里夫，去誘拐他妹妹吧！你這就可以找到最有效的方法來報復我了。」

他們倆都不再作聲，林頓夫人在爐火邊坐下來，氣得滿臉漲紅。那原本任憑她使喚的人，現在已經如脫韁一匹野馬了，既無法壓服、也無法掌控。希斯克里夫叉著雙臂站在爐火邊，滿肚子壞水地陰沉著臉。就在這樣情況下，我離開他們去找主人，他正納悶凱瑟琳怎麼在樓下耽擱這麼久。

「艾倫，」當我進去時，他問：「你有看到女主人嗎？」

「她在廚房裡，先生。」我回答：「她被希斯克里夫先生的舉動惹得很不高興。說實話，我認為該好好思量以後要怎麼接待這位客人了。太客氣反而不好，現在竟然落到這——」我接著說了院子裡發生的事，最後乾脆壯大膽子，把後來的爭執也全說了。我認為只要夫人不一直袒護她的客人，對她不會有什麼影響的。艾德加．林頓好不容易聽完我的話。他頭幾句就表明，他不認為夫人沒有錯。

「這簡直教人忍無可忍！」他叫了起來。「她竟然把他當朋友，還強迫我和他往來，眞是不像話！幫我叫兩位男僕過來，艾倫。凱瑟琳不能再留在那兒跟那無恥的流氓爭論，我已經太容忍她了。」

主人下樓了，吩咐僕人在走廊等著，便朝廚房走去，我則跟在後面。廚房裡的兩人還在激動地爭辯。至少，林頓夫人仍激動地罵著，希斯克里夫這時已走到窗前，垂著頭，顯然有點被她的怒氣嚇到。

他先看到主人，連忙作勢要她別再作聲，她一發現主人的到來，立刻住嘴了。

「這是怎麼一回事？」林頓對她說：「那個惡棍對你說了這些奇怪的話，你怎麼還待在這兒不走？究竟是在講究哪門子的禮節？我想，應該是他平常就這麼說話，你才不覺得有什麼吧！你對他的無賴行徑早就習以爲常，或許還以爲我也能習慣吧！」

「你在門口偷聽嗎，艾德加？」女主人問道，故意以一種會激怒主人的聲調說話，以表示自己一點都不在乎，或對他的憤怒不屑一顧。主人剛開始說那番話時，希斯克里夫還抬頭看了幾眼，可聽到最後這句話時，竟然發出一聲冷笑，似乎是故意要引起林頓先生的注意。他成功了，艾德加卻無意對他發什麼脾氣。

「我一直在容忍你，先生。」他平靜地說：「並非因爲我看不到你那令人難以忍受、卑鄙無恥的性格，而是我覺得你對這件事情，只應負部分責任。而凱瑟琳要跟你往來，我也默許了——我眞傻。你的存在是一種道德上的毒素，即使是最純潔的人，也會被玷污的。因此之故，亦爲了避免更嚴重的後果，今後我不許你再踏進這個家，而且我現在要鄭重地請你馬上離開。若再耽擱三分鐘，就要讓你難堪的離開這裡。」

希斯克里夫帶著嘲謔的眼神，上上下下打量說話的人。

「凱蒂，你這隻小綿羊嚇唬起人來，倒是氣壯如牛哩！」他說：「只怕他碰上我的拳頭，可要遭殃了。看在上帝的份上！林頓先生，我眞的很抱歉，你根本不值得我動手！」

主人朝走廊看了一眼，暗示我去叫人過來——他可不想自己動手。我會意地往外走，但是林頓夫人疑心有什麼事，就跟了過來。我剛要叫他們時，她把我拖回來，把門一關，並鎖上門。

「眞是正大光明啊！」她對丈夫憤怒又驚訝的神情說道。「要是你沒有勇氣打他，那就道歉，或者認輸挨打，這可以改掉你愛裝硬漢的毛病。不，你要拿這把鑰匙，我就把它吞下去！我對你們倆一片好心，反而得到這樣的回報！一個天性軟弱，另一個則本性惡劣，我一再縱容你們，到頭來，卻得到這樣不知好歹的結果！眞是忘恩負義，愚蠢得可笑！艾德加，我一直在保護你和你的家人，你竟敢把我想得這麼壞，現在我眞希望希斯克里夫狠狠揍你一頓！」

並不需要眞的被打，主人就已經一副受挨的模樣了。他試圖從凱瑟琳手裡奪過鑰匙，爲了保險起見，她把鑰匙丟進爐火中燒得最旺的地方。一看到這樣的情況，艾德加先生開始神經質地發抖，臉色煞得一片死白。再怎麼也克制不了這份激動之情，痛苦與恥辱交織，徹底打倒他了。他靠在一張椅背上，手捂著臉。

「啊，天呀！若是在古代，這都可以讓你贏得騎士勛章啦！」林頓夫人嚷道：「我們被打敗啦！被打敗啦！希斯克里夫就要對你動手啦！就像一位國王領著他的軍隊，去打一窩老鼠。放心吧，你不會受傷的！你這樣子並不是一隻綿羊，而是一隻正在吃奶的小兔子！」

「眞心祝福你能從這個懦夫身上得到快樂啊，凱蒂！」她的朋友說：「我眞佩服你的眼光。你不要我，寧願要這個淌著口水、渾身發抖的傢伙！我不用我的拳頭打他，只要用腳踢他，就能讓我心滿意足了。他這是在哭嗎？還是嚇得要暈過去了？」

這傢伙走過去，往林頓靠的椅子一推。他眞應該站遠些，因爲主人猛地站起身，結結實實地朝他喉頭一擊。希斯克里夫若是個瘦弱一點的人，早就被打倒了，但這舉動卻也讓他突然喘不過氣來。在這當兒，林頓先生從後門走出去，繞到院子，再從那兒走到前面的大門。

「看吧！你是不能再到這兒來啦！」凱瑟琳叫道：「快走吧——他就要帶一對手槍、半打幫手回來了。如果他眞的聽見我們的話，他當然不會原諒你的。你剛才的行爲眞是害慘我了，希斯克里夫！可是，走吧——快走吧！我寧可看見艾德加陷入絕境，也不願目睹你遭殃。」

「你以爲，在我的喉頭挨了那火辣辣的一拳後，可以就這麼一走了之嗎？」他大發雷霆地說：「我向地獄發誓：絕不！在我跨出門檻之前，要把他的肋骨揍得像爛榛果一樣碎！如果我現在不揍得讓他倒地不起，總有一天要殺了他！所以，你若是珍惜他，就讓我去揍他一頓吧！」

「他不會來了，」我插嘴說，撒了個小謊。「外面有馬夫和兩個園丁，你不是要等著讓他們把你扔到外面去吧！他們個個都拿著大木棍。主人可能就站在客廳窗前，監視著他們執行命令。」

園丁和馬夫是在那兒，可是林頓也跟他們一起。他們已經走進院子來了。希斯克里夫轉念一想，決定不跟這三位僕人打鬥。他抓起火鉗，敲開內門的鎖，等他們進來時，他已經溜走了。

林頓夫人非常激動，叫我陪她上樓。她並不曉得我對這場風波有責任，我也刻意隱瞞不讓她知道。

「我快瘋啦，奈莉！」她嚷道，整個人撲上沙發。「就好像有一千個鐵匠的錘子在我腦袋裡敲打！叫依莎貝拉離我遠遠的，這場風波都是因她而起！這時若是她或任何人再惹我生氣，我就要發瘋啦。而且，奈莉，如果你今晚再碰到艾德加，跟他說我可能要害一場大病了。但願眞會如此。他把我嚇著了，讓我難過極了！我也要嚇嚇他。再說，他或許又要來亂罵或是抱怨一通，我肯定會回嘴的，天曉得我們會鬧到什麼程度！我的好奈莉，你願意這麼做嗎？你知道這件事不能怪我。什麼鬼使神差讓他想到來偷聽啦？你離開後，希斯克里夫說了一些很荒唐的話，我本來馬上就可以把他的話岔開，只要不提依莎貝拉，那就沒什麼關係了。現在，一切都沒救啦，就因爲這傻子鬼迷心竅來偷聽人家說他壞話！如果艾德加沒聽到我們的話，也不會鬧成這樣。眞的，我爲了他而臭罵希斯克里夫，罵得聲嘶力竭，他卻以那種口氣跟我無理取鬧，這會兒我根本不在乎他們怎麼對待彼此了。特別是，無論這一場鬧劇會怎麼結束，我有預感，我們一定會被迫分開，誰知道這次會分開多久啊！好吧，如果我無法保住希斯克里夫這個朋友——如果艾德加要這麼小心眼，我就要心碎斷腸，好讓他們也跟著心碎。當我被逼著走上絕路，倒是個乾脆的結局！不過這要等走上絕路時才用，我也不想讓林頓受到太大打擊。在這方面，他一直小心翼翼的，唯恐惹惱我了。你一定要讓他明白惹惱我的下場，並提醒他，我這暴躁的脾氣只要一上來，就會一發不可收拾。我眞希望你別再擺出這種冷漠無情的樣子了，稍微對我表示點關心吧！」

她這麼嚴肅地向我說出這一段話，看來我那漠不關心的神氣，可眞是惹惱她了。但是我認爲，一個能事先計劃好要怎樣利用她這暴躁脾氣的人，當眞爆發時，也能憑自己的意志控制自己。再說我也不願意爲了滿足她自私的目的，而去『嚇唬』她丈夫，增添他的煩惱。因此當我碰到主人往客廳走來時，一句話也沒說，但我又折回來，去聽聽他們湊在一起時，是否又會鬧得不可開交。

他先開口了。

「你就待在那兒吧，凱瑟琳，」他說道，口吻毫無憤怒之氣，卻充滿悲傷和沮喪。「我不會待太久的。我不是來跟你吵架，也不是來求和的。只想知道，經過今晚的事後，你是否還打算親近你那——」

「啊，仁慈點吧，」女主人跺腳打斷他的話，「行行好，別再提這件事了！你的冷血是無法變熱的，血管裡流的盡是冰水。但是我的血在沸騰著，看見你這副冷冰冰的模樣，我的血都在翻騰啦！」

「要我走開，那就回答我的問題。」林頓先生堅持道：「先回答我的話，你那暴躁的脾氣嚇唬不了我。我發現你平常時，是可以跟其他人一樣冷靜處事的。往後，你是要放棄希斯克里夫，還是要放棄我？若是想同時當我的朋友，又要當他的朋友，那是不可能的。我必須知道你要選哪一邊。」

「我誰也不選！」凱瑟琳怒氣沖沖地叫道：「我求求你們！你沒看到我連站都站不穩了嗎？艾德加，你——走開！」

她拚命拉鈴，鈴都快拉斷了。我慢吞吞地走進來，這麼不理智、狂暴的脾氣，連聖徒也會受不了！她躺在那兒，頭直往沙發扶手撞，牙齒咬得咯咯作響，讓人以為她都要把牙咬碎了。林頓先生站在那兒看著她，頓時覺得既後悔又害怕，要我趕快去拿點水來，凱瑟琳說不出話了。我端來滿滿一杯水，但她不肯喝，我便把水往她臉上一潑。忽然之間，她挺直身體，兩眼一翻，雙頰一陣白、一陣青的，就像要死了似的。這簡直把林頓嚇壞了。

「根本沒事的。」我低聲說道，儘管我自己心裡也有點害怕，但我不希望他讓步。

「她嘴唇上有血！」他顫抖著說。

「不要緊的！」我刻薄地回答。還告訴他，在他來之前，她是怎麼決定要發一陣瘋的。我沒留意說得太大聲，讓她聽見了。她突然站起身來——披頭散髮，兩眼簡直要冒出火來，脖子和手臂上的青筋也都凸出來。我本以為這次肯定要斷幾根骨頭不可了，可是她卻只向四周瞪視一下，便衝出房門。主人要我跟著她，我就一直跟到她房門口。她關上門，把我關在門外。

翌日早上，她不肯下樓吃早餐，我去問她要不要送點吃的上來。「不用！」她斷然回答。午餐、午茶時也一樣，次日還是得到相同回應。

而林頓先生呢，則一直待在書房裡消磨時間，對夫人的事不聞也不問。他跟依莎貝拉談了一小時，試圖探問希斯克里夫對她的追求，會不會讓她感到害怕。可是從她閃爍的回答中，根本聽不出個所以然，他只好草草結束這場談話。最後也只能鄭重加上一句嚴肅的警告，如果她真的瘋到去鼓勵那個卑鄙的追求者，那麼他們的兄妹之情就此斷絕。

譯註：

1 **W.H.** 是咆哮山莊（Wuthering Heights）的縮寫，**G.** 為吉默屯（Gimmerton），**T.G.** 則是畫眉田莊（Thrushcross Grange）的縮寫。

2 猶大，耶穌十二門徒之一。他背信棄義，將耶穌出賣給敵人，耶穌因此被釘上十字架而死。

Chapter 12
第十二章

林頓小姐終日在庭院裡轉來轉去，整個人悶不作聲，眼眶幾乎一直含著淚。她的哥哥則整天讓自己埋在書堆裡，不過我想，他肯定一本書也看不下，八成是在苦苦巴望凱瑟琳能悔省自己的行爲，主動過來請求原諒、和解——而她卻固執地繼續絕食，大概以爲艾德加每頓餐看不見她時，也會嚥不下任何東西，唯礙於面子才沒來跪到她跟前懺悔。我照樣忙碌於日常家務，認爲這田莊牆裡，只剩下一個清醒的靈魂，那就在我身體裡。我既沒浪費唇舌去安慰小姐，也不想枉費心思去勸導夫人，更不去理會主人的哀嘆。因爲，既然他聽不到夫人的聲音，心裡就渴望能聽到她的名字，但我打定主意，就由他們去吧。雖然這是一個令人厭煩的緩慢過程，可是正如我當初所想，最後還是在這過程中出現一線曙光。

第三天，林頓夫人總算開了門，因爲她房裡的水都喝光了，要我再幫她裝滿，另外還要了一碗粥，因爲她認爲自己快死了。我想這話是故意說給艾德加聽的，我根本就不信有這種事，所以也沒說什麼，只幫她端點茶和乾麵包過來。她狼吞虎嚥地吃飽喝足，又躺回枕頭上，手握拳頭大聲呻吟。

「噢——我要死啦！」她喊道：「反正又沒人來關心我，剛才不應該吃那些東西才是。」過了好一會兒，她又呢喃：「不，我不能死，否則可就便宜他了——他根本不愛我——永遠都不會想念我！」

「夫人，你還有什麼吩咐嗎？」表面上，我仍保持相當的冷靜態度問道，儘管她的臉色蒼白如紙，行爲舉止也十分古怪誇張。

「那個沒心肝的東西在做什麼？」她問道，用力把她糾結在一起的亂髮，從她憔悴的臉上往後一撥。「他是得了昏睡症，還是死啦？」

「都不是，」我回答：「如果你指的是林頓先生，我想他的身體還挺好的，只是花太多時間在書本上了。既然沒有其他人可以跟他作伴，他也只能一直埋首書堆了。」

如果我知道她的實際情況，就不會這麼說了，可是當時我無法擺脫這樣的念頭：我認為她的病有一半是裝出來的。

「埋在他的書堆裡！」她不可思議地喊道：「我都快死了！我現在簡直就是走在墳墓邊上了！我的天啊！他知道我變成什麼樣啦？」她瞪著掛在對面牆上的鏡中倒影，接著說：「那是凱瑟琳·林頓嗎？他還以為我是在鬧彆扭——鬧著玩的！你就不能告訴他，我現在病得很嚴重嗎？奈莉，現在還不算太遲，只要我一弄清楚他心裡怎麼想的，就能在這兩者之間做出抉擇。要不就是馬上餓死——但那算不上是什麼懲罰，除非他還有良心——要不就是恢復健康，離開這裡。你說的都是實情嗎？認真點說！他對我的生命真的是這麼漠不關心嗎？」

「哎呀，夫人，」我回答：「主人根本不知道你氣瘋了，當然也不擔心你會把自己餓死。」

「你以為不會嗎？你就不能去告訴他我就要餓死了嗎？」她回嘴：「勸他去！說這是你自己的想法，說你覺得我肯定要餓死啦！」

「不會的。你忘啦？林頓夫人，」我提醒道：「你今天晚上已經津津有味地吃了點東西啦，明天肯定就會好轉的。」

「只要我能確定我死後，他也活不成的話，」她打斷我說道：「我就馬上自殺！這三個可怕的夜晚，我壓根就沒闔眼過……啊，我眞是受盡折磨啊！被鬼纏住啦！奈莉，我開始懷疑你並不喜歡我。眞是太奇怪了！我本來想，雖然每個人都會互相憎恨、鄙視，可他們不能不愛我！誰料才幾個鐘頭工夫，就全變成冤家啦。全都變啦！我肯定，這兒的人全都變啦。要我在這一張張冷漠的面孔之間死去，該有多悲慘啊！依莎貝拉嚇壞了，根本不敢過來，眼看凱瑟琳就要死去，那是多可怕的事啊。而艾德加則無動於衷地站在一旁看著事情結束，然後向上帝禱告，感謝他家恢復平靜，他又可以回到他的書堆裡啦！在我跟死神打交道之際，他還混在書堆裡，到底存的什麼心啊？」

我跟她說這是林頓先生哲人般聽天由命的達觀態度，但凱瑟琳根本無法接受這個說法。她在床上翻來覆去，整個人燒得迷迷糊糊，甚至到了精神錯亂的地步，用牙齒撕扯起枕頭，又渾身燒得滾燙地挺起身，直要我打開窗戶。那時正值寒冬，東北風刮得正猛，我不肯照她的話做。她臉上掠過的種種神情和情緒上的變化，可眞把我嚇著了，不禁讓我想起她上次生病的情況，醫生告誡過千萬不可再惹她生氣。一分鐘之前，她還在大吵大鬧，現在卻撐起手臂，也不管我不肯聽她的話，便又自己找到孩子般的解悶方法：從她剛咬開的枕頭裂縫中，拉出一根根羽毛來，一一分類排放在床單上。她的心思早就遊蕩到別的地方去了。

「那是火雞的，」她喃喃自語，「這是野鴨的，這是鴿子的。啊，他們把鴿子毛放到枕頭裡啦，難怪我死不了[1]！我躺下時，可要記得把它們扔到地上去。這是雄紅松雞的，而這個——就是夾在一千種羽毛堆裡，我也認得出來——這是田鳧的。多漂亮的鳥兒啊。在荒野裡，總是在我們頭上盤旋。牠想回窩裡去，因爲雲層變厚啦，牠知道就快下雨啦。這根羽毛是從石楠叢生的荒地裡撿來的，這隻鳥兒沒被打中。我們冬天時看過牠的窩，裡面全是些皮包骨的小鳥。希斯克里夫在上面裝了個捕鳥器，大鳥都不敢過來了。我要他答應，從今以後不可以再打這種鳥，他眞的就沒再打過了。瞧，這裡還有！他打死過我的田鳧嗎？奈莉，是不是紅色的？這些羽毛中還有沒有紅色的？讓我瞧瞧！」

「別再像孩子似的玩這些啦！」我打斷她道，拿開枕頭，將破洞貼向被褥那頭，免得她繼續大把大把將裡面的東西往外掏。「躺下，閉上眼睛，你燒得神智不清啦。眞是弄得一團糟！羽毛像雪片般在屋裡亂飛。」我四處撿起羽毛來。

「奈莉，我看你呀，」她迷迷糊糊地繼續說：「眞是老啦！頭髮白了，背也駝了。這張床是盤尼斯敦岩底下的仙洞，而你正在撿拾矮精靈用的石鏃，來傷害我們的小牝牛[2]。當我靠近時，這些石鏃就會變成羊毛，那就是你五十年後的模樣。我知道你現在還不是這樣，我沒有神智不清。你弄錯啦，否則我眞要以爲你是那個乾巴巴的老巫婆啦，而我自己眞是在盤尼斯敦岩底下了。我清楚知道，現在是晚上，桌上有兩支蠟燭，把那只黑櫃子照得像烏玉一般閃閃發亮。」

「黑櫃子？在哪兒？」我問道。「你是在說夢話吧！」

「就靠在牆邊，一直都在那兒。」她回答：「這櫃子可眞是古怪——我看到那裡面有張臉！」

「屋裡並沒有什麼黑櫃子，從來都沒有過。」我說著，又坐回原來的座位上，並拉起床帳，好清楚地看看她。

「你沒看到那張臉嗎？」她追問，一面認眞地盯著鏡子瞧。

不管我怎麼說，還是無法讓她明白，那就是她自己的臉。於是，我站起身來，用圍巾蓋上鏡子。

「還在那後面呢！」她憂慮不安地說道：「它動啦！那是什麼？它可別在你離開後跑出來才好！啊！奈莉，這屋子鬧鬼啦！我不敢自己一個人待在這兒了！」

我握住她的手，要她鎮靜點，因爲她的身體一陣陣地痙攣抽搐，卻還要死盯著那面鏡子。

「這兒沒有別人！」我堅定地說道。「那是你自己，林頓夫人，你剛才還知道的。」

「我自己！」她喘息著說：「鐘打十二下啦！那麼，這是眞的了！太可怕啦！」

她雙手緊抓衣服，把衣服拉起來蒙住眼。我正想偷偷走到門口去叫她丈夫，可一聲刺耳的尖叫又讓我連忙走回來。圍巾從鏡框上掉下來了。

「哎呀，又怎麼了？」我叫道：「現在誰是膽小鬼啦？清醒點！那是玻璃，是一面鏡子，林頓夫人。你在鏡子裡看到的是你自己，我也在裡面，就在你身旁。」

她又是發抖，又是一臉驚恐，把我抱得緊緊的。不過恐懼終於慢慢從她臉上消失，那蒼白的臉轉而出現羞臊的紅暈。

「啊，親愛的！我以爲自己是在老家呢，」她嘆息道：「我還以爲自己躺在咆哮山莊的房裡。都是因爲我全身無力，腦袋也跟著糊塗了，才會不知不覺叫出來。什麼也別說，就這麼陪著我吧。我不敢睡覺，怕作那些讓人害怕的夢。」

「好好睡一下就好，夫人，」我回答：「我希望你受過這一場罪後，不會再想要餓死自己了。」

「啊，我要是躺在老家自己的床上就好了！」她心酸地繼續說，一面絞著雙手。「啊，窗外在樅樹間咆哮的狂風。讓我吹一下吧！這是直接從曠野吹過來的風，讓我好好地吸一口吧！」

爲了讓她平靜下來，我將窗子打開幾秒鐘。一陣冷風灌進來，我趕緊又把窗子關上了，再回到我的座位。現在她終於願意靜靜躺著了，淚流滿面。身體的疲乏已經完全打垮她，我們頑強的凱瑟琳，現在不比一個哭哭啼啼的娃兒好多少。

「我把自己關在這兒有多久啦?」她振作一下精神問道。

「那天是星期一晚上,」我回答:「而今天是星期四晚上,或者可以說是星期五凌晨了。」

「什麼!還在同一週嗎?」她叫道:「才這麼點時間而已?」

「只靠冷水和拗脾氣過活,這也算夠長的了。」我說。

「唉,我好像過了無數個月了似的,」她懷疑地喃喃自語,「應該不止這麼幾天時間才是。我記得他們爭吵後,我還在客廳,艾德加又狠心地惹我生氣,才讓我不顧死活地跑回來這裡。我一關上門,只覺得眼前一片黑,就昏倒在地上了。我不知道要怎麼讓艾德加明白。我真的覺得,假如他繼續惹我生氣,我肯定要發病或氣瘋了!可惜當時我的舌頭和腦袋已經不聽使喚,他也許沒想到我有多痛苦,我只想躲開他和他的聲音。在我還沒完全聽得清楚或看得清楚前,天就亮了。而且,奈莉,我要告訴你,我當時想了些什麼,還有哪些想法一直在我腦海裡打轉,弄得我都快要瘋了!我躺在那兒想著,頭倚在桌腳上,眼睛只能模模糊糊看到暗濛濛的窗格,我還以為自己是躺在老家的橡木嵌板床上。一股沉甸甸的悲傷壓在我心頭,讓我感到痛苦萬分,但是我剛醒過來時,又想不起是什麼傷心事了。我苦苦思索,絞盡腦汁想知道到底是什麼事。而最奇怪的是,我過去整整七年的生活,竟然變成一片空白,什麼也想不起來!我還是個孩子時,父親才剛下葬,辛德雷便硬生生將我和希斯克里夫拆開,讓我開始感受到何謂悲痛。那是第一次,我一個人被孤伶伶地抛下,哭了一整夜後,我在悲傷中睡著了。醒來時,伸手想把嵌板推開,我的手卻碰到桌面!我便順著毯子撫摸下去,記憶也跟著回來了。我原本的悲痛,被突如其來的絕望吞沒了。我也弄不清楚自己為何會如此悲傷,一定是一時神經錯亂,因為根本就沒什麼原因。然而,假如我十二歲時就被迫離開山莊,離開我幼時的一切、所有的一切——就像希斯克里夫當時那樣，一下子就變成了林頓夫人、畫眉田莊的女主人、一個陌生人的妻子，成了個離鄉背井的浪人，從此離開我原本的世界。你可以想像，我是沉淪到什麼樣的深淵嗎！你要搖頭，就儘管搖吧，奈莉，這眞是雪上加霜，弄得我不得安寧！你應該去跟艾德加說，眞該去跟他說，要他別來惹我！啊，我的心就像有一把火在灼燒似的！我眞想跑到外面去！眞想再回到從前那個粗野、大膽、自由不拘的女孩……受到任何傷害了也只會瀟灑地一笑置之，而不是被逼得發瘋！我怎麼會變得這麼多呢？怎麼幾句話就把我弄得血脈賁張？啊，我敢肯定，只要再回到山上的石楠叢裡，我就能回復成原來的自己。再把窗戶打開吧，打開一下再關上！快啊，你怎麼坐著不動呀？」

「因爲我不想讓你凍死。」我回答。

「你的意思是，不肯給我一個活下去的機會。」她氣呼呼地說：「不過沒關係，我又不是無法動彈的廢物，我自己來。」

在我還來不及阻止前，她已經從床上溜下來，整個人搖搖晃晃走到屋子那頭的窗邊，一把推開窗戶，還探出身去，也不在乎冷風像把利刀割花她的臉。我懇求她回床上休息，最後乾脆硬拉她回來。可是我立刻發現，她精神錯亂時的力氣，可比我大多了（她當時確實是精神錯亂了，後來的舉止和胡言亂語讓我肯定了這一點）。外頭沒有一絲月光，萬物都沉浸在朦朧的黑暗中，方圓百里之內，看不見任何一棟房舍透出亮光——所有燈光早就熄了。而咆哮山莊的燈光，打這兒是從來也瞧不見的，她偏要堅稱自己看見那兒的燈光還亮著。

「瞧！」她興奮地喊道：「那就是我的房間，蠟燭還亮著呢，樹在屋前搖晃著……還有一支蠟燭是在約瑟夫的閣樓裡……約瑟夫總是睡得晚，不是嗎？他在等我回家，好鎖上大門。唉呀，他還得再等一會兒呢。這段路可不好走，走在這路上的人還帶著一顆憂傷的心。而且要走那段路，得經過吉默屯教堂墓地！我們經常一塊兒走在那裡，一點也不怕那邊的鬼，還要互相比膽量，看誰敢站在那裡叫鬼出來……不過，希斯克里夫，要是我現在跟你挑戰，你還敢嗎？要是你敢，我就奉陪到底。我不要一個人躺在那兒。他們會把我埋到十二呎深的地底下，再把教堂壓在我身上，可是我不會安息的，除非你跟我一起，否則我是絕對不會安息的！」

她停頓一下，接著又帶上一種奇怪的笑容開始說：「他還在考慮——想讓我去找他！我會去的！那就另外找條路呀！別讓我穿過那片教堂墓地……你太慢了！該滿意了吧，你老是跟著我的呀！」

她就這麼瘋瘋癲癲的，看來跟她爭論也是白費力氣。我開始想著要怎麼能在不鬆手的狀態下拿件衣服幫她披上，因爲窗戶開著，我不放心讓她一個人站在那兒。這時，我嚇了一跳，因爲門軋的一聲響起，林頓先生走進來了。他剛從書房出來，經過走廊時聽到我們說話，不知是好奇心使然或是出於擔心，決定進來看看我們深更半夜了還在做什麼。

「啊，先生！」我叫道，他一見到屋裡的情況，以及這淒慘的氣氛時，剛要張口驚叫出聲，卻被我制止住。「可憐的夫人病啦，我完全拿她沒轍！根本管不住她了。求求您趕快過來，勸她回床休息吧。別跟她生氣了，因爲她根本聽不進別人的話。」

「凱瑟琳病了？」他說，趕緊走了過來。「艾倫，關上窗子！凱瑟琳！怎麼——」

他沉默了。林頓夫人憔悴的模樣讓他難過得說不出話來，只能驚恐地瞧瞧她，又瞧瞧我。

「她正在鬧脾氣呢，」我繼續說：「根本就沒吃什麼東西，也不抱怨。她不准任何人進房，一直到今晚才開門讓我進來，所以無法告訴您她的情況，因爲我們也不清楚，不過看來應該沒什麼大礙。」

我覺得自己解釋得很笨拙，主人皺起眉頭。「沒什麼，是嗎，艾倫．狄恩？」他嚴峻地說：「你應該告訴我實情的，爲什麼要瞞著我！」他拉起夫人的手，難過地看著她。

一開始她看了看他，好像不認識他似的。在她茫然的目光裡，他根本就不存在。不過，精神錯亂的情況並沒有持續下去，她不再凝視外頭的漆黑，漸漸把注意力集中到他身上，終於認出是誰摟著她。

「啊！你來啦，是你嗎？艾德加．林頓？」她又氣憤又激動地說：「你就是那種最不需要你的時候就出現，但需要你的時候，卻怎麼也不來的人！我看我們現在只剩下無限傷悲啦……我看我們是……可是再怎麼悲傷，也攔不住我回到我那狹小的家，我安息的地方。春天還沒有結束前，我就要到那兒去啦。記住，不是在教堂屋簷下的林頓家族裡，而是在曠野中，豎著一塊墓碑。你想到他們那兒去，還是到我這兒來，隨你便！」

「凱瑟琳，你怎麼啦？」主人說道：「我在你心裡什麼也不是了嗎？難道你愛那個無賴希斯——」

「住口！」林頓夫人喊道：「馬上住口！你再提起那個名字，我就馬上從窗戶跳下去，結束這一切！你現在能碰到的，還可以佔有，可是當你再把手放到我身上之前，我的靈魂早已飛到那山頭上啦。我不要你了，艾德加。我需要你的時間，已經過去了，回去你的書堆裡吧。我很高興你還可以在書堆裡找到慰藉，因爲你在我心裡可什麼都沒啦！」

「她神智不清了，先生。」我插嘴道：「她整個晚上都在胡言亂語，讓她靜靜休養吧，只要好好照顧她，就會好起來的……從現在起，我們得當心不要再惹她生氣了。」

「我不要再聽你出什麼主意了。」林頓先生回答：「你很清楚夫人的脾氣，卻還慫恿我去惹她生氣。她這三天來是怎麼過的，竟然一點消息都沒跟我說！眞是沒良心！就是病上幾個月，也不會有這麼大的轉變！」

我開始爲自己辯解，不甘心自己要因爲別人的任性而受到責罵。「我知道林頓夫人的性子任性又霸道，」我喊道：「可是我不知道您甘心任她胡鬧！我不知道爲了要順著她，就應該裝作沒看見希斯克里夫先生。我盡了忠實僕人的本分告訴您，現在卻得到這種忠僕的回報。好啊，這讓我知道下次要小心點，您以後想知道什麼，還是自己去打聽吧！」

「下次你再到我面前嚼舌根，我就把你辭退，艾倫．狄恩。」他回道。

「那麼，林頓先生，我想您應該寧可不知道這件事吧？」我說：「您是允許希斯克里夫來向小姐求愛的，而且每當您不在家，他就溜進來挑撥您跟女主人不和啊？」

凱瑟琳雖然精神錯亂，但還是很注意聽我們談話。

「啊！奈莉可眞是內奸，」她激動地叫道：「原來奈莉是隱藏在我背後的敵人！你這巫婆！一定是你找矮精靈用的石鏃來傷害我們的！放開我，我要教她後悔！我要讓她哭喊著大聲認錯！」

她眉毛底下的怒火就要爆發出來，拚命掙扎著，想從林頓先生的懷裡掙脫開來。我無意惹出任何亂子，便決定離開，去找醫生過來。

當我穿過花園走上大馬路，看到牆上繫馬轡用的鐵鉤旁，有樣白白的東西在晃動，顯然不是風吹的，而是另一個什麼東西在晃動它。儘管我當時有點急，不過還是決定停下來仔細瞧瞧，免得日後又胡思亂想，以爲是陰間的什麼鬼魂呢。我用手一摸，比我剛才看到時更加驚恐。那是依莎貝拉小姐的小狗凡尼！被一條手絹吊在那兒，幾乎奄奄一息。我趕緊放下小狗，把牠拎到花園裡去。依莎貝拉上樓睡覺時，我還看到牠跟著小姐上樓，怎麼這會兒會跑到這裡來，到底是哪個壞蛋幹的？當我解開鉤子上的結，好像聽見遠處有馬蹄奔跑的聲音。可是我當時腦子裡亂糟糟的，根本無法好好思考這情況。那時候是清晨兩點鐘，出現這馬蹄聲，還眞是有點奇怪。

我走上街時，正好遇到肯尼斯先生從他家裡出來，要去村裡看一個病人。我跟他說了凱瑟琳的情況，他馬上就陪我往回走。他是個坦率質樸的人，直接就說：他擔心夫人可能無法安然度過這一次打擊，除非她能老老實實地聽他指示，不要再像上次那樣。

「奈莉·狄恩，」他說：「我不得不懷疑這場病另有其因，田莊裡發生什麼事啦？我們這兒聽到些奇怪的傳言。像凱瑟琳這麼健壯活潑的女人，不應該因爲一點小事就病倒的。而且這種人也不該生病。要讓她從這熱病中安然脫險，並不是件容易的事。這病是怎麼引起的？」

「主人會告訴你的，」我回答：「你很瞭解恩蕭家暴躁的脾氣，而林頓夫人更是他們家族中最凶悍的一個。這一切可說是從一場爭吵開始的。她發過一頓脾氣後，就像發癲似的。她就是這樣，鬧到最厲害的時候，突然轉身跑掉，把自己鎖在房裡，接著便開始絕食，現在有時胡言亂語，有時則陷入半昏迷狀態。雖然還認得周遭的人，心裡卻盡是些奇怪的念頭與幻覺。」

「林頓先生一定很難過吧？」肯尼斯帶著詢問的口氣說。

「難過？若眞發生什麼事，他的心可要碎啦！」我回答：「沒有必要的話，盡量別嚇唬他吧。」

「唉，我囑咐過他要小心的，」醫生這麼說道：「他要這麼無視於我的警告，現在就得自食後果了。他最近跟希斯克里夫先生不還挺好的嗎？」

「希斯克里夫三天兩頭就跑到田莊來，」我回答：「不過大部分是因爲夫人的緣故，他們是幼時玩伴，並不是因爲主人喜歡他。如今他也不用再過來拜訪了，因爲他竟然對依莎貝拉小姐有非分之想。我想他是不會再來了。」

「依莎貝拉小姐應該不會理睬他吧？」醫生又問。

「她不會跟我講這些事。」我回答道，不想繼續談這件事。

「不，她可機靈了，」他搖著頭說：「總把事情藏在心裡！唉，眞是個小傻瓜。我從一位可靠人士那兒聽說，昨晚（多糟糕的一夜呀！）她和希斯克里夫在你們屋後的曠野上散步了兩個多小時。他要她別再進屋，乾脆騎上馬跟他一起走掉算了！據那位可靠人士轉述，小姐最後只得說她需要準備一下，下次見面再說，才讓他暫時罷手。至於下次是哪天，他並沒有聽到，你要提醒林頓先生多注意點！」

這個消息讓我心裡充滿新的恐懼。我趕在肯尼斯前面，幾乎一整路都是跑著回家。小狗還在花園裡汪汪叫，我稍微停了一下，好幫牠開門，可是牠卻不肯進去，在草地上來來回回地嗅。要不是我把牠抓進屋裡，牠準要溜到大馬路上去了。我一上樓走到依莎貝拉房裡，就證實了我的疑慮，房裡果然沒有人。要是我早來一、兩個鐘頭，告訴她林頓夫人的病，也許能阻止她這莽撞的行動。可是現在還能怎麼辦呢？即使我現在立刻追上去，也不見得能追上他們。無論如何，我不能去追他們。再說我也不敢驚動全家，讓這裡陷入一片混亂。我更不敢將這件事告訴主人，眼前的問題已經夠他受的了，怎經得了另一次打擊！我想不出有什麼辦法，只好默不作聲、聽其自然。肯尼斯到了，我強打起精神去爲他通報。凱瑟琳已經睡下，但整個人輾轉不安地翻覆。她丈夫總算讓她從狂亂的情緒中平靜下來，此刻正坐在她枕邊，專注地留心她痛苦面龐上每一個細微變化。

醫生仔細檢查過後，樂觀地跟他說，只要能繼續讓她安靜休養，病情就會好轉。但他又對我說，她所面臨的危險，並不是死亡，而是精神永遠錯亂。

那一整夜我根本沒闔過眼，林頓先生也一樣，我們兩人沒睡。僕人也都比平常早起，每個人在家裡都是躡手躡腳地走動。若是因為工作碰到一起，也都輕聲細語地交談，每個人都在忙碌，除了依莎貝拉小姐。一開始他們以為她睡得很沉，她哥哥也問她起床了沒有，彷彿急著找她似的，且對她這麼不關心嫂嫂顯得有點失望。我提心吊膽，生怕他會要我去叫她。不過我逃過了這份苦差事，不用我第一個宣布她私奔的消息。

有位女僕——一個愣頭愣腦的女孩子，一早被差去吉默屯辦事，這時上氣不接下氣地跑上樓，衝進屋裡喊著：「啊，不得了，不得了啦！我們還要鬧出什麼亂子啊？主人，主人，我們家小姐——」

「別嚷嚷！」我連忙喊道，氣她這麼大聲嚷著。

「小聲點，瑪麗。怎麼了？」林頓先生問：「小姐怎麼啦？」

「她跑啦，她跑啦！她跟希斯克里夫私奔啦！」這女孩氣喘吁吁地說。

「這不是真的！」林頓叫道，激動地站起來。「不可能是真的。你腦子裡怎麼會冒出這種想法？艾倫・狄恩，趕緊去看看。令人無法置信！這不可能是真的！」

他一面說，一面把僕人帶到門口，盤問她到底是怎麼一回事。

「唉，我在路上遇到那個來這兒取牛奶的孩子，」她結結巴巴地說：「他問起我們田莊是不是出了什麼事。我以為他指的是夫人生病的事，所以我回答說，是啊。他接著說：『我想應該有人去追他們了吧？』我愣住了。他看出我根本不知道這件事，便告訴我昨天半夜，有位先生和一位小姐在離吉默屯兩英里處的鐵匠鋪釘馬釘！那鐵匠的女兒偷偷躲起來看他們是誰，她馬上認出他們兩個，還注意到那個男的——是希斯克里夫，她敢肯定是，沒有人會認錯他——他還將一金鎊放在她父親手裡。那位小姐本來用斗篷遮住臉，當她想喝水時，斗篷落到後面去，才看清楚是誰。他們騎馬往前走，希斯克里夫抓住兩隻馬的轠繩，掉頭離開村子，沿著崎嶇不平的路奔馳而去。那女兒當時沒跟她父親多嘴，可是到了今天早上，便把這事傳遍整個吉默屯了。」

爲了虛應一下，我跑到依莎貝拉的房裡看看，回來準備證實僕人的話。林頓先生木然坐在床邊椅子上。我進門時，他抬起頭來看我一眼，從我茫然的神情中看出端倪，便又垂下眼睛不吭一聲。

「我們要不要去追她回來呢？」我問：「我們該怎麼辦呢？」

「是她自己要走的，」主人回答：「她有權利愛上哪兒，就上哪兒。別再拿她的事來煩我了。從今以後她只是我名義上的妹妹，並不是我不認她，而是她不認我這個哥哥。」

這就是他對這件事所下的結語，之後再也沒問過一句，也沒提起過她。只是吩咐我說，知道她的落腳處後，不管是在哪兒，把家裡她所有的東西都送過去。

譯註：

1英國的一種迷信說法，只要身邊放一袋鴿子羽毛，靈魂就暫時不會離開身體。垂死的病人會一直等親人趕到，將羽毛拿掉後，才安心地過世。

2傳說矮精靈很喜歡惡作劇，拿石鏃傷害牲畜。

Chapter 13

第十三章

兩個月來，那兩位私奔者音訊全無。在這段時間裡，林頓夫人遭受腦膜炎的摧殘，總算平安脫險。任何一位看護自己獨生子的母親，也比不上艾德加照顧她這麼盡心。他日日夜夜守在她身邊，耐心地忍受各種因精神脆弱、失去理智所產生的折磨，儘管肯尼斯說，即使他把妻子從死亡邊緣救回，亦只是爲自己留下無窮後患而已——是啊，他犧牲了自己的健康與精力，就只爲了保住一個沒用的人。無論如何，當醫生宣布凱瑟琳脫離危險時，他心裡仍充滿了無限的感激與喜悅。他總是能夠不厭其煩地坐在她身旁，一個鐘頭又一個鐘頭，看著她逐漸恢復健康，且滿心幻想她的心理狀態也能恢復正常，不久就會跟以前完全一樣了。他就靠著這樣的幻想安慰自己。

凱瑟琳第一次離開臥房的時間，是隔年的三月初。那天早上，林頓先生在她枕邊放了一束金色藏紅花。在此之前，她的雙眼彷彿已有好久一段時間沒出現過半點快樂的光輝，當她醒來一看見這些花，眼神頓時露出喜色，興高采烈地拿起花束。

「這些花是山莊那邊最早開的花！」她叫道：「讓我想起輕柔的暖風、和煦的陽光，還有快融化的殘雪。艾德加，外面在刮南風了嗎，雪是不是快融完了？」

「我們這裡的雪融得差不多了，親愛的。」她的丈夫回答：「整片曠野中，我只看見兩個白點：天空是湛藍色的，百靈鳥在唱歌，小溪裡漲滿了流水。凱瑟琳，去年春天這時候，我正滿心歡喜地期待著把你迎進家門，現在，我卻希望你還待在一、兩英里外的山莊上。那裡的風吹得那麼甜美，我覺得應該可以治好你的病。」

「我只會再去那兒一次，」病人說：「然後你就要離開我，把我永遠留在那兒啦。明年春天這時候，你又要渴望我再回到這屋裡來。當你憶起過去時，會認爲今天的自己是快樂的。」

林頓以最溫柔的方式撫摸她，毫不吝惜地用最甜蜜的話語讓她快樂起來。然而，她卻茫然看著花，任眼淚凝聚在睫毛上，順著雙頰流下。我們確知她是眞的好些了。因此，我們認爲她會如此憂鬱，定是由於長期悶在同一個地方的緣故，若是換個地方，也許會好些。

於是主人要我在那好幾星期沒人進出的客廳生起火來，搬一把舒適的椅子放在陽光燦爛的窗邊，然後他抱她下樓來。她在那兒坐了許久，享受愜適的和煦陽光。正如我們所料，四周的景物讓她恢復了生氣；雖然一切仍是她所熟悉的事物，卻能讓她忘卻臥房裡病懨懨的沉悶氛氛。到了傍晚，即使她看起來精疲力竭，但怎麼也無法勸她回房休息，在另一間房尚未布置好的當下，我只好先把客廳沙發鋪成床讓她休息。爲了免除上下樓的勞累，我們收拾出了這間房，也就是您現在躺著的這間，這裡跟客廳同一層。很快地，她的身子又更強健些，可以扶著艾德加的手，從這間房走到另一間房。啊，我自己心裡這樣想著，受到這樣的服侍，當然是要復元的，還有另一層原因要她趕快恢復健康——她的肚子裡有了新的小生命。我們都滿懷希望，不久後林頓先生便會再度快活起來。一旦有了繼承人，他就不消擔心財產落到陌生人手中了。

現在我應該講講別的。依莎貝拉離開後六個星期左右，給她哥哥捎來一封短箋，說她跟希斯克里夫結婚了。信寫得有點平淡，但在信末用鉛筆草草寫了些道歉話語，還寫道，如果她的行爲讓哥哥生氣的話，懇求他能念在過去情分上原諒她。且說她當時沒有其他辦法，如今木已成舟，已經無法挽回了，我想林頓並沒有回這封信。又過了兩個多星期，我收到一封長信，我真不敢相信，這封信竟是出自一位剛渡玩蜜月的新娘所寫的。現在讓我來念念這封信，我還留著它。但凡死者生前珍惜的遺物，都是寶貴的。信是這樣寫的——

親愛的艾倫：

我昨晚抵達咆哮山莊了，這才聽到凱瑟琳一直病得很嚴重，且到現在亦未痊癒。我想我最好還是別寫信打擾她，我哥哥那邊不是太生氣就是太難過了，才不回覆我的信。可是，我得寫封信給某個人，唯一對象就只剩下你了。

請告訴艾德加，只要能再見上他一面，就是離開這人世也無憾。我才離開畫眉田莊不到二十四小時，心就回到那兒了，直到現在，我的心仍在那兒，深深地愛著他和凱瑟琳。雖然我不能隨我的心意行事（這行字底下特別劃線強調）——他們不需要再對我有所期待，可以隨他們的心意下任何結論……可是，請不要歸罪於我薄弱的意志或冷漠無情。

這下面的話全是寫給你看的。我想問你兩個問題：

第一個是，你當初住在這兒時，是怎麼讓自己還能保持著對人類的愛？我跟周遭的人，似乎怎樣也找不到共同的情感。

第二個問題，也是我最關切的，那就是：希斯克里夫是個人嗎？如果是的話，他是不是瘋了？如果不是，他是不是一個魔鬼？我不想告訴你問這問題的原因。但如果可以的話，我求你解釋一下，我到底是嫁給了什麼樣的東西？關於這點，等你來看我的時候再告訴我吧。艾倫，你一定得趕快過來看我。不要寫信，直接過來吧，也請從艾德加那兒帶點什麼話過來吧。

現在，我來跟你說說我到這個新家受到怎樣的款待了。（我現在不得不認為咆哮山莊是我的新家）若是我跟你抱怨一些外在生活不夠舒適的瑣事，也只是在哄哄我自己而已。我從來就不在意這些，除非我真的感到極為不便。要是我發現自己的苦痛全然由於外在環境不夠舒適所致，其他一切都是不真實的怪夢，那我可要高興得手舞足蹈了。

當我們走到曠野時，太陽已經落到山莊後面，我猜當時應是六點鐘左右。希斯克里夫在那裡逗留了半小時，仔細查看果園、花園，還有，也許可說就是整座山莊本身，盡可能不放過任何一個地方。當我們踏上山莊的石板地院子，從馬背上跳下來時，天色也黑了。你的老同事，也就是傭人約瑟夫，打著燭光出來迎接我們。他以一種自抬身價的禮節來接待，第一個動作就是把燭火往上舉得跟我的臉齊高，惡狠狠地斜睨我一眼，撇了撇嘴便轉身走開。接著他牽兩匹馬到馬廄裡去，又回來把外面的大門鎖上，彷彿我們是住在一座古堡似的。

希斯克里夫留在那兒跟他說話，我便走進廚房，一個又髒又亂的黑洞。我敢說你一定認不得那兒了，已經完全不像你當管家時的樣子。爐火邊站著一個惡狠狠的孩子，身子骨相當健壯，但全身髒兮兮的，眼睛和嘴角都帶點凱瑟琳的神氣。

「這是艾德加的姪子吧，」我心想，「那也算是我的姪子。我得跟他握握手，而且，是呀，我得親親他，最好從一開始就建立起好關係。」

我走近他，想去握他那圓鼓鼓的小拳頭，並說：「親愛的，你好嗎？」

他回了一句我聽不懂的粗話。

「我可以跟你做朋友嗎，哈里頓？」我再次嘗試跟他說話，卻又得到一聲咒罵，而且他威脅我說，再不「滾蛋」，就要叫大狗來咬我了，這便是我一再釋出善意所得到的回報。

「喂，好狗兒，夥計！」這小惡棍低聲叫嚷，把一隻雜種鬥牛犬從牆角的窩裡喚出來。「現在，你還走不走？」他威風十足地命令。

出於我對自身生命的愛惜，我聽從了，接著便邁過門檻，等待其他人進來。但我四處找不到希斯克里夫的人影。而約瑟夫呢，我跟他走到馬廄，請他陪我進屋裡去，他先是瞪著我，又對自己咕噥一番，才皺起鼻子回答：「咪！咪！咪！哪個基督徒聽過人這樣說話？扭扭捏捏，拿腔拿調的！我怎麼知道你在說些什麼？」

「我說，我希望你能陪我進屋裡去！」我喊道，以爲他聾了，也十分厭惡他無禮的態度。

「才不管你呢！我還有別的活要幹。」他回答後繼續幹他的活，同時抖動他那瘦長的下巴，用輕蔑的神氣打量我的衣著和神情（衣服顯然有點太過華麗，至於神情，我想他一定是認爲太過悲傷了）。

我繞過院子，穿過一道邊門，來到另一道門前。我大膽地敲了敲門，希望會出現個較有教養的僕人出來開門。過了一會兒，一位模樣可怕的高大男人開了門，他沒打領巾，整個人邋遢不已，一頭亂髮垂在肩上，遮頭蓋臉的；他的眼睛長得很像凱瑟琳，但見不著半點優美。

「你到這兒有何貴幹？」他冷酷地問：「你是誰？」

「我是依莎貝拉．林頓，」我答：「先生，您以前見過我的。我剛和希斯克里夫先生結婚了，他帶我到這兒來。我想應該已經得到您的允許了。」

「那麼，他回來了嗎？」這位隱士問道，一副要吃了人的餓狼樣。

「是的，我們才剛到，」我說：「可是他把我留在廚房門口就不見蹤影了。我想進門時，您的孩子像位哨兵似地守在那兒，叫來一隻鬥牛犬，把我嚇跑了。」

「這該死的流氓倒是挺講信用的，幹得好！」我未來的房東吼道，朝我背後的黑暗搜尋起希斯克里夫的身影。然後他自顧自地咒罵一通起來，並威脅說那「惡魔」如果敢騙他就走著瞧。

我眞後悔自己竟然想從這第二道門進屋，他還沒罵完，我已經想溜走了，可是在我能這麼做之前，他就命我進去，把門鎖上。房裡的爐火燒得很旺，是這間大房裡僅有的亮光，地板全變成灰色了。那曾經光亮無潔的白鑞盤子，當我還是小女孩時，總能吸引我的目光，如今也已被污垢和灰塵染得黯淡無光。我問他能否請位女僕帶我到房間去？恩蕭先生卻不作回答。他兩手插在口袋，來回踱步著，顯然完全忘了我的存在。這時他已經沉浸在自己的沉思中，一臉憤世嫉俗的樣子，嚇得我不敢再打擾他。

艾倫，你對我這糟透的感覺應該不會感到奇怪吧？我坐在那冷漠的爐火邊，比孤獨還要悲慘，想到四英里外就有我自己溫暖的家，住著我在這世上最愛的人，現在我們中間卻像隔著大西洋，而不止那四英里路，我怎麼也跨不過它！我捫心自問：我該往哪兒尋求安慰呢？而且（千萬不要告訴艾德加或凱瑟琳），撇開我上面所提的各種悲傷，這點是最讓我感到痛心的：我絕望地發現，沒有人能夠或願意跟我一起對抗希斯克里夫！我還曾經爲了要到咆哮山莊來住，高興過一陣子呢，因爲這麼一來，我就不需要獨自面對他過日子。但是他很清楚知道，他根本不消擔心這些人會多管閒事。

我坐在那兒自怨自艾地想。鐘敲過八下、九下，辛德雷仍是頭垂在胸前，默默不語地來回踱步，只偶爾蹦出幾聲呻吟或苦澀的嘆息。我側耳細聽，想聽聽屋裡有沒有女人的聲音。與此同時，我的心裡滿是無限懊悔與對未來的失望，終於忍不住嘆出聲，哭了出來。我本來還沒意識到自己竟然當著別人面前傷心哭泣，直到恩蕭停止他那有節奏的踱步，站在我面前，並以如夢初醒的訝異神情看著我。

我趁他回神大聲說：「我一路走來累了，想上床休息！女僕在哪？既然她不來，帶我去找她吧！」

「我們沒有女僕，」他回答：「你得伺候你自己。」

「那麼，我該睡哪兒呢？」我抽泣道，疲累與憂傷早把我弄得身心俱疲，顧不得自尊心了。

「約瑟夫會帶你到希斯克里夫房裡去。」他說：「打開那扇門，他就在裡面。」

我正要照做，他忽然叫住我，十足怪裡怪氣地說：「你最好把門鎖上，插緊門栓。別忘了！」

「好吧。」我說：「可是，恩蕭先生，爲什麼呢？」我從沒想過要跟希斯克里夫一起鎖在房裡。

「瞧這裡！」他回答，從背心拔出一把構造相當奇特的手槍，槍管上還安著一把雙刃彈簧刀。「對一個絕望的人來講，這是充滿誘惑力的東西，不是嗎？我每天晚上都想帶這個上樓，到他的房門去試試看。如果哪一次讓我發現門是開的，他就完蛋了！哪怕一分鐘前，我還想得到一百個要克制自己的理由，我仍會不斷試下去：有個魔鬼一直逼著我打亂自己的計畫，去幹掉他！你想出於愛，要反抗那魔鬼多久，就反抗多久吧。只要時間一到，即使是天上所有天使也救不了他！」

我好奇地盯著那武器，心裡突然冒出個可怕的念頭：我要是有這麼一把武器，就不用怕任何人了。我把它從恩蕭的手裡拿過來，摸了摸刀鋒。他被我臉上瞬間流露出的神情嚇到了，那神情不是恐懼，而是貪婪。他猜忌地把手槍奪回去，闔上刀刃，又把它放回原處。

「我不怕你跟他告密。」他說：「讓他提高警戒，看好他。現在你應該清楚瞭解我們的狀況了，不過我看得出來，他的危險處境並沒嚇著你。」

「希斯克里夫對你做了些什麼？」我問：「他哪裡得罪你了，讓你這般憎恨他？讓他離開這個家，不是更明智的作法嗎？」

「不行！」恩蕭大發雷霆地吼：「要是他想離開我，就死定了！你若是敢勸他離開，就成了殺人凶手啦！難道我就活該失去一切，毫無翻本的機會嗎？難道哈里頓就該去當乞丐？啊，天殺的！我一定要奪回來。我要先奪回他的錢，然後是他的血，最後讓地獄收留他的靈魂！收了這位客人後，地獄可要比以前黑暗十倍啦！」

艾倫，你跟我提過你前主人的習性。他顯然已經在瘋狂邊緣了，至少昨天晚上他是如此。我只要一靠近他，就嚇得渾身發抖，相較之下，那位無禮惡僕暴躁的脾氣，反倒讓人覺得好受些。他現在又開始那陰沉的踱步，我拉起門栓，逃到廚房裡去。約瑟夫正彎身在爐火前，盯著架在火上的大鍋子，旁邊的高背椅上放著一碗麥片。鍋裡的東西滾了，他轉過來把手往碗裡伸。我想他大概是在準備我們的晚餐吧，那時我也餓了，我想至少也要煮點吃得下的東西才行，便尖聲叫道：「我來煮粥！」說著把碗挪到他拿不到的地方，然後脫下我的帽子和騎馬服。「恩蕭先生叫我自己伺候自己，」我繼續說：「我就這麼照辦吧。我不想在你們這兒當少奶奶，以免自己餓死。」

「老天爺！」他咕噥地坐下來撫摩著他的長襪，從膝蓋到腳踝。「又來個新人啦——我才剛習慣兩位東家，現在又來個女主人騎到我頭上，看來是我離開的時候啦。我從沒想過有一天我得離開這裡另起爐灶，不過眼看這一天是近啦！」

我沒去理會他的哀嘆，繼續忙著做我的事，感嘆地想起以前自己動手下廚是多麼快樂有趣的事，可是我馬上拋開這些回憶，一想起過去的歡樂，只會讓自己更加難過而已。過去快樂的回憶出現得越多，我手裡攪粥的速度就越快，將一把一把麥片丟進水裡的速度也越快。約瑟夫看到我這種煮粥方式，越看火氣就越上來。

「瞧！」他大叫道：「哈里頓！今天晚上你可沒麥片粥喝啦，粥裡沒別的，只有像我拳頭那麼大的麵糊而已。看啊，又來啦！我要是你的話，就連碗都扔下去啦！你看看，把粥都倒光，就算了事啦。砰，砰！鍋底沒給你敲掉，還眞是萬幸啊！」

我承認，當我把粥倒進碗裡時，簡直是一團糟，總共倒出了四碗。剛好有人從農場送來一加侖鮮奶，哈里頓一把搶過來，張大嘴巴喝了起來，邊喝邊漏。我建議他還是用杯子喝牛奶，說他把牛奶弄得這麼髒，我都沒辦法喝牛奶了。那位愛發牢騷的老頭對我這般講究大爲光火，連聲對我說「這孩子每個小地方都跟我一樣好」、「每個小地方都乾淨得很」，奇怪我怎麼這樣小看人。與此同時，那野孩子繼續喝牛奶，還一邊往罐子裡流口水，一邊挑釁地看著我。

「我要到其他房間吃晚餐。」我說：「你們沒有一間稱得上客廳的地方嗎？」

「客廳！」他輕蔑地學我說話，「客廳！沒有，我們沒有什麼客廳。要是你不喜歡跟我們待在一塊兒，就找主人去；要是你不喜歡主人，那還有我們吶。」

「那我只好上樓去了。」我回答：「帶我到臥室去吧。」

我把碗放上托盤，自己又去拿了點牛奶，那老傢伙嘴裡罵罵咧咧地站起來，走在我前面帶我上樓。我們走上閣樓時，他不時打開一間間房門，瞧瞧所有我們經過的房間。

「這兒有間房，」他說，終於用力推開一扇搖搖晃晃的破木板門。「在這裡頭喝粥夠好的啦。角落有堆稻草，就在那兒，挺乾淨的。你要是怕弄髒你那身華麗的綢緞衣服，就鋪塊手絹在上面吧！」

這「房間」簡直就是儲藏室，一股濃濃的麥子和穀物味道撲鼻而來。四周堆著一袋袋的糧穀，中間則有一大片空地。

「眞是的，你這個人！」我生氣地叫道：「這不是睡覺的地方。我要到我的臥房去！」

「臥房？」他用譏諷的聲調重複道，「你看過所有房間啦——那是我的。」

他指了指第二間閣樓，跟這一間唯一的差別只在於牆角沒堆那麼多東西，裡邊有一張又大又矮、沒掛蚊帳的床，另一頭放著一床深藍色的被子。

「我要你的臥房做什麼？」我回罵。「希斯克里夫先生總不會住在閣樓上吧？」

「喔！你是想到希斯克里夫先生的房間呀？」他叫道，好像這才有了新發現似的。「你怎麼不早說呢？我也用不著這麼大費周章，直接跟你說就好啦。不過那偏偏是你進不去的房間。他總是把門鎖上，除了他自己，誰也進不去。」

「你們這個家也眞是夠好的了，約瑟夫。」我忍不住說道：「這一家人未免也太好相處啦。我想，當我的命運跟他們繫在一起的這天起，這世界上所有瘋狂的念頭，全都鑽進我腦子裡了！不過，現在說這些話也無濟於事了——還有別的房間嗎？看在老天的分上，快點，讓我在什麼地方安頓下來吧！」

他並沒有搭理這個要求，仍是逕自拖著沉重的步伐慢慢走下木梯，停在一間房門口。從那屋裡考究的家具看來，應該是最好的一間了。地上鋪著地毯，是上好質料的那種，可是紋路已經被灰塵蒙得看不清楚，壁爐上的壁紙也已剝落。一張漂亮的橡木床上掛著深紅色的大帷帳，布料不錯，樣式也很時新，不過使用的人顯然過於粗心，因爲原本掛成花綵狀的帷帳都脫鉤了，鐵桿一邊也彎成弧狀，帷帳都拖到地上了。椅子也壞得七零八落，其中好幾把根本是慘不忍睹。牆上的幾塊嵌板也深陷下去。我正準備走進去，我那位蠢嚮導卻大聲嚷道：「這是主人的臥房。」這時，我的晚餐已經冷了，胃口盡失且耐心也耗盡。我要他馬上幫我找個安身之處，以及可以讓我休息的用具。

「到哪個鬼地方去找呀？」這位虔誠的老頭子開口說話了。「願主保佑我們！願主寬恕我們！你想鑽到什麼鬼地方去呢！你這被寵壞的麻煩廢物！除了哈里頓的小屋子，你全都看過了，這宅裡可沒其他洞可鑽啦！」

我眞是氣壞了，把托盤和粥往地上一摔，坐在樓梯口捂著臉大哭起來。

「哎呀！哎呀！」約瑟夫叫道：「好樣兒呀，凱蒂小姐[1]！好樣兒呀！凱蒂小姐！不過，要是主人摔在這些碎片上，我們就等著看好戲吧，看主人要怎麼跟你算帳。你這沒出息的瘋婆娘！居然一生氣，就糟踏上帝珍貴的恩賜，應該罰你從現在起餓到聖誕節才是！我就不相信你能一直這麼任性下去，你以爲希斯克里夫受得了你這驕縱的脾氣？我眞希望他能看到你現在的樣子，我還眞希望如此！」

他就這麼一路咒罵地走回他的窩，連蠟燭也帶走了，把我一個人留在黑暗中。做了這傻事後，我冷靜下來想一下，覺得現在應該先收起驕傲、忍住怒火，振作起精神來收拾殘局。就在這時，竟然出現個意外幫手，那就是大狗兒，我現在認出牠就是我們田莊那隻老賊頭的兒子：小時候住在田莊裡，後來我父親把牠送給了辛德雷先生。我猜牠認出我來了，因爲牠用鼻尖頂頂我的鼻子，算是跟我打招呼，然後趕緊狼吞虎嚥地舔起粥。這時我一步一步慢慢摸索，收拾碎片，用我的手絹擦拭濺在欄杆上的牛奶。我們才剛忙完，就聽見走廊上傳來恩蕭先生的腳步聲。我的幫手趕緊夾著尾巴，緊貼住牆，我則悄悄挨到最近的門口去。狗兒想躲開他，可應是沒有躲成，我聽見牠慌張奔下樓的腳步和一聲可憐的長嗥。我的運氣則比較好些，他走過去，進了房間並關上門。

緊接著，約瑟夫帶哈里頓上樓，送他上床睡覺。我才發現自己是躲在哈里頓的房裡，這老頭一見到我就說：「我想現在大廳應該容得下你和你的氣派了。那兒沒人啦，你可以自己獨霸大廳。碰到這麼壞的人，我想上帝祂老人家應該會派個魔鬼來跟你作伴的。」

我欣然聽從了這個暗示。才一坐上爐邊的椅子，我馬上打起瞌睡入眠。我睡得又香又沉，可惜沒睡多久，希斯克里夫就把我叫醒了。他剛進屋裡來，用他那親切的態度問我在那兒做什麼。我告訴他，我這麼晚還沒去睡覺，是因爲他把我們房間的鑰匙放在他口袋裡了。「我們」這個字眼，可眞是惹惱他了。他狠狠地說那房間本來就不是，也永遠不會是我的，而且他要——我不想再重述他的話，也不想再描述他平常的行徑。他竭盡所能地想激起我對他的憎惡！我有時覺得他眞是太不可思議了，反而讓我忘了內心的恐懼。不過，我跟你說，一隻老虎或毒蛇給我的恐懼，也比不上我對他的恐懼。他告訴我凱瑟琳病倒了，說這全是我哥哥的錯，並揚言在他未能對他報復成功之前，要先讓我代替艾德加贖罪。

我眞是恨透他了！我怎麼會如此不幸——根本就是個傻瓜！千萬別把這件事告訴田莊裡任何人。我每天都在盼望著你的到來，請別讓我失望！

依莎貝拉

譯註：

1當約瑟夫對依莎貝拉大叫凱蒂小姐時，意思是這時依莎貝拉的脾性跟凱瑟琳過去在山莊時一樣，約瑟夫看到這種耍性子的情況，一生氣便脫口喊出「凱蒂小姐」了。

第十四章

Chapter 14

我一讀完這封信，便馬上去見主人，告訴他依莎貝拉已經入住山莊了，並且捎來一封信，提到她對林頓夫人的病相當掛念，很希望能見見主人，盼他能盡快讓我捎封信給她，以表寬恕。

「寬恕？」林頓說：「我沒有什麼好寬恕她的，艾倫。如果你想的話，今天下午就可以去咆哮山莊，告訴她我並沒有生氣，只是很惋惜失去了她，特別是，我絕不相信她會幸福的。要我去見她，那是不可能的事——我們是永遠分開了。如果她真為我好，就讓她勸勸她嫁的那個無賴離開這裡吧。」

「您真的不想寫幾句話給她嗎，先生？」我懇求地問。

「不必了，」他回答：「也用不著。我和希斯克里夫家的往來，就像他和我家一樣，越少越好，而且最好老死不相往來。」

艾德加先生冷淡的態度讓我感到非常難過。走出田莊後，我一路上苦苦尋思要怎麼在傳達主人的話時，多加進一點情感，委婉地說出他拒絕寫幾句話安慰依莎貝拉這件事。我敢說，她一定從早上起床就開始盼著我了。我剛走上花園小徑，就看見她從窗裡往外張望。我向她點點頭，可是她很快就縮回去，生怕被人看見似的。我沒敲門就直接進去了，這棟曾經充滿歡樂的房子，從來沒有像現在這樣淒慘過！我必須承認，如果我是這位年輕夫人，至少也會掃掃壁爐、用雞毛撢子清清桌子。但她似乎已感染了幾分周遭那種懶散的氣息，原本姣好的面容，如今變得蒼白而無精打采，頭髮也沒有上捲子，有些鬈髮頹然垂掛下來，有些則隨便盤在頭上。她大概從昨天晚上起就沒有梳洗過了。辛德雷人不在那兒。希斯克里夫坐在桌邊，翻閱他的小筆記本。當我一出現時，他便站起身來，很友善地問候我，還請我坐下來。他是那裡唯一看起來比較體面的人，而且我覺得他從未如此體面過。環境是如何扭轉了他們的地位啊！要是陌生人看到，肯定會以為他是個天生有教養的紳士，而他的妻子則是個十足的懶婆娘！依莎貝拉熱切地迎上前招呼我，並伸出一隻手來索取她所盼望的信件。我搖搖頭，她沒懂得這個暗示，見我在餐具櫃那兒放帽子，便又跟過來，低聲催促我趕快把帶來的東西交給她。

希斯克里夫猜出她的舉動，便說：「奈莉，你一定帶了什麼東西要給依莎貝拉。如果有的話，就交給依莎貝拉吧。用不著這麼神祕，我們之間是沒有祕密的。」

「噢，我沒帶什麼來。」我回答，我想最好還是實話實說。「我家主人要我轉告他的妹妹，不必期望他會來信或是來訪。他叫我向你問好，夫人，並且祝你幸福，也原諒了你讓他難過的事。但是他認為從現在起，兩家應該斷絕往來，因為再維持連繫也沒有什麼意義。」

希斯克里夫太太的嘴唇微微顫抖，走回窗前座位上。希斯克里夫則站到我旁邊的壁爐前，開始問起凱瑟琳的病況。我盡量告訴他一些我認為可以透露的情況，他卻不斷刨根究底地盤問我，最後幾乎所有事情都被他打探出來了。我責怪凱瑟琳自找苦吃、自作自受，最後我希望他能跟林頓先生一樣，以後無論如何，都不要再跟他們家往來。

「林頓夫人現在正恢復當中，」我說：「即使永遠不如以前那樣，不過命算是保住了。如果你真的關心她，就別再去打擾她了。不，你應該完全搬離這一帶才是。為了讓你徹底死心，我要告訴你，現在的凱瑟琳．林頓，已跟你的老朋友凱瑟琳．恩蕭判若兩人，正如那位年輕夫人跟我完全不一樣。她的外貌已大爲改變，性格變得更多。而那個不得不陪伴她的人，往後也只能憑藉過去的回憶，以及世俗的道德與責任，來維持他的愛了！」

「那倒是挺有可能的，」希斯克里夫強作鎮定地說：「你家主人除了世俗的道德與責任外，應該就沒什麼可倚仗的了。可是你以爲我會就這麼把凱瑟琳交給他的責任與道德嗎？你怎能拿我對凱瑟琳的感情跟他的相比？在你離開這屋子之前，你得答應我，安排讓我見她一面。無論你答應也好，拒絕也罷，我一定要見見她！你怎麼說？」

「我說，希斯克里夫先生，」我回答：「你萬萬不能去，也永遠別想要我幫忙安排讓你們見面。你要是再跟我家主人遇上一次，凱瑟琳的命肯定保不住啦。」

「有你幫忙的話，就可以避免這樣的情況。」他接著說：「如果眞有這樣的風險，如果他敢再讓她出一點差錯的話，那就別怪我採取極端手段了！我希望你老老實實告訴我，凱瑟琳若是失去他的話，會不會難受？要不是怕她難過，我早就對他下手啦！你這會兒應該看出我們兩人在情感上的差別了。如果他處於我的位置，而我處於他的位置，即使我對他恨之入骨，也絕不會動他半根手指。你要是不信，那也由你！只要她還想跟他在一起，我就絕不會把他從凱瑟琳身邊趕走。一旦她不再關心他，我就要挖出他的心、喝乾他的血！可是，在那之前——你要是不相信我，那你就太不瞭解我了——在那之前，我寧可慢慢受盡折磨地死去，也不會去碰他哪怕一根頭髮！」

「可是，」我打斷他的話：「你這是不顧後果地想毀掉她完全康復的希望，在她快要忘記你時，卻硬要讓自己闖進她的記憶裡，讓她再度陷入新的煩惱和苦痛之中。」

「你以爲她快把我忘了嗎？」他說：「啊，奈莉！你明知道她沒有忘記！你跟我一樣清楚，她每想林頓一次，就要想我一千次！在我生命最悲慘時，我曾經有過這樣的念頭，去年夏天我回到這一帶時，這念頭仍在我心中旋繞不去。但是，除非聽她親口說，否則我不會接受這可怕的念頭。到那時候，林頓根本算不得什麼，辛德雷也是，就連我作過的所有夢也是。我的未來只剩下——死亡和地獄，失去她，就是讓我活在地獄裡。不過，我眞傻，竟然曾經一時糊塗，以爲她把艾德加・林頓的愛看得比我還重。即使他用那孱弱的身體竭盡全力地愛她八年，也抵不上我一天的愛。而凱瑟琳有一顆和我一樣深沉的心。如果林頓可以獨佔她的愛，那麼海水也可以輕易裝進馬槽裡了。呸！他在凱瑟琳的心裡，根本比不上她的狗或馬！艾德加跟我差遠了，哪有什麼可以讓她愛的？她怎麼能愛他原本就沒有的東西呀？」

「凱瑟琳和艾德加就像任何一對夫婦那樣相愛！」依莎貝拉突然精神大振地叫道：「誰也沒有權利那麼說，我無法默不吭聲地任人毀謗我哥哥！」

「你哥哥也非常疼愛你，不是嗎？」希斯克里夫語帶譏諷地說：「他以令人驚奇的轉變，任你漂泊在這世上。」

「他不曉得我受了什麼罪。」她回答：「我什麼也沒告訴他。」

「那麼你是告訴他別的小事啦？你寫信給他了，是吧？」

「我是寫了，告訴他我結婚了。那封信你也看過的。」

「之後就沒再寫過了嗎？」

「沒有。」

「我家小姐換新環境後，憔悴了許多，」我說：「顯然，有人並不珍愛她。是誰，我也猜得出來，但或許我不該多嘴。」

「我倒認為是她自己不愛自己，」希斯克里夫說：「看她現在變成一個懶婆娘！老早就放棄討我歡心了。你可能無法相信，我們結婚的隔天早上，她就哭著要回家啦。不過，若是她不要那麼挑剔的話，跟這房子倒是滿相配的。只是我得注意別讓她隨便跑到外面去，免得讓我失了顏面。」

「唉呀，先生，」我回嘴道：「我希望你能想到，希斯克里夫太太從小就習慣讓人照顧侍候。她是像獨生女那樣被帶大的，總有人無微不至地照顧她。你得派個女僕幫她收拾東西才是，也應該好好對待她。無論你對艾德加先生持有什麼看法，都不該懷疑她對你的一片深情，否則她也不會放棄原本所擁有的優雅舒適和親友，甘願跟你住進這麼一個淒涼的地方。」

「她是在錯覺下放棄那些的，」他回答：「浪漫地把我美化成英雄，企盼從我豪俠氣概的柔情中得到無盡的寵愛。我簡直無法把她視為有理智的人，自顧自地對我的性格懷有無限幻想，全憑自己的錯覺行事。不過，我想她現在終於開始瞭解我了：我不再看到當初那種令人厭煩的傻笑和怪模樣，而且當我鄭重其事地告訴她我對她的癡戀和她本人的看法時，也不再冥頑不靈地以為我是在說瞎話了。我好不容易才讓她明白我根本就不愛她。我一度以為，怎樣也無法讓她明白這點！不過現在總算是勉強學乖了，因為今天早上，她宣布一項驚人的消息，說我成功地達到目的，讓她恨透我了！我跟你保證，這可是費了九牛二虎之力才辦到的！如果眞是這樣，那我得好好感謝她才是。我能相信你的話嗎？依莎貝拉？你確定自己眞的恨我了嗎？如果我好半天都不理你，你會不會又唉聲嘆氣地走過來跟我撒嬌呢？我敢說，她肯定希望我能在你面前表現出百般溫柔的樣子；戳穿事實，可能會傷了她的虛榮心呢。可是我才不在乎讓人知道這根本是單方面的迷戀！何況我從沒在這方面對她說過一句假話，她可不能怪我曾對她表示過半點虛情假意。離開田莊後，她看到我做的第一件事，就是把她的小狗吊起來。當她求我放了牠，我直接挑明跟她說，我恨不得把她全家人都吊死，除了一個之外，而她可能以為那個例外就是她自己了。我想，只要她自己的嬌貴之身不受到傷害的話，什麼殘忍的行為對她來講都無關緊要，說不定她天生就喜歡這些殘忍手段呢！是啊，真是荒謬到極點，這條可憐、盲目、愚蠢的母狗，竟然妄想我會愛她——簡直就是白癡！去告訴你家主人，奈莉，說我一輩子也沒遇過像她這麼無恥的東西，真是讓林頓家名聲掃地啦。每次我要試試她有多大能耐時，她竟然都能夠不知羞恥地爬回來。有時候我實在是沒轍，想不出什麼新方法了，這才會讓我大發慈悲！不過你也告訴林頓，念在他的手足之情和素有的法官威望，我會嚴守法律規定的。到目前為止，我也盡量避免給她任何要求離婚的權利；而且，不僅如此，誰要想拆開我們，她才不會感謝那個人呢。她要是想走，儘管走好啦。她在我跟前讓我感到的厭惡程度，已經超過我折磨她所得到的滿足感了。」

「希斯克里夫先生，」我說：「瘋子才會這麼說話。你夫人大概以為你瘋了，才會容忍到現在。既然你現在說她可以走了，她一定會照辦的。夫人，你應該不至於被迷昏了頭，還想跟他在一起吧？」

「當心說話，艾倫！」依莎貝拉回答，眼裡閃爍著怒火。從這對眼睛可以看出，她的丈夫竭盡所能地讓她厭恨他，毫無疑問，他完全成功了。「你不要相信他所說的任何一句話。他是一個撒謊的惡魔！是個怪物，根本不是人！他之前就跟我說過可以離開，我試過了，可我不敢再試了！不過，艾倫，答應我，千萬別向我哥哥或凱瑟琳說他那些無恥狂妄的話。無論他怎麼裝腔作勢，都只是要讓艾德加跟他拚命而已。他說他娶我，就是要打倒他。他絕不會得逞的——因為我會先死！我只希望，只祈求他哪天能忘了那該死的謹慎，把我殺了！我現在所能想像得到的唯一快樂，就是死去，要不就是看他死！」

「好啦，現在夠了！」希斯克里夫說：「奈莉，你要是被傳上法庭作證，可要牢牢記住她的話啦！

好好瞧瞧她那張臉，都快跟我不相上下了。不，依莎貝拉，你現在還不適合做你自己的監護人。而我，既然是你合法的監護人，就得好好監護你才是，儘管這項義務是多麼讓人倒胃口。上樓去，我有話要跟艾倫・狄恩私下說。不是往那裡走，我跟你說上樓去！怎麼，這才是上樓的路啊，孩子！」

他一把抓住依莎貝拉，把她推往屋外，回來時還喃喃著說：「我才不會可憐你呢，才不會可憐你！蟲子要是扭動得越厲害，我就越想擠出牠們的內臟！這是一種心理上的出牙[1]，越是疼痛，我就磨得越起勁。」

「你懂得什麼叫可憐？」我說，趕緊戴上帽子。「你這一輩子有過一絲一毫的憐憫之心嗎？」

「放下帽子！」他看我想離開了，口氣強硬地說。「你還不能走。到這裡來，奈莉。我一定要說服你，或強迫你讓我見到凱瑟琳，且半刻不能再耽擱了。我發誓我絕無意傷害任何人，不想惹出任何風波，也不想激怒或侮辱林頓先生。我只想聽凱瑟琳親口說說她的情況，怎麼生病了？問她有沒有什麼我可以幫她做的。昨天夜裡，我在田莊的花園裡待了六個鐘頭，今晚我還會再去的。我每天每夜都要到那兒去，直到找到機會進去為止。如果艾德加・林頓撞見我，我會毫不遲疑地一拳打倒他，狠狠揍他一頓，確保我在那兒的時間裡，他都無法再起來打擾我們。要是他的僕人敢阻攔我，我就要用這對手槍嚇走他們。可是，要是我不必碰到他們或他們的主人，豈不是更好嗎？你輕而易舉就可以辦到的。我到的時候會先通知你，等她一個人獨處，再悄悄地放我進去，幫我們把風，直到我離開就好。你盡可以安心辦這件事，因為你是在防止我惹出任何事端來。」

我堅持不肯在我家主人的屋裡做出這種背信的事，同時我竭力告訴他，這種為了滿足自己願望而不惜破壞夫人平靜的行徑，是多麼地殘酷且自私。「一點點小事都能把她嚇得心驚膽跳的，」我說：「她已經夠神經質了，我敢肯定，她會受不了這刺激的。別再堅持了，先生！否則我不得不把你的計畫告訴我家主人，讓他採取必要的措施，保護他家及家人的安全，防止任何不速之客闖入！」

「若是如此，我就先採取必要措施來保護你，你這女人！」希斯克里夫叫了起來，「明天早上之前，你別想要離開咆哮山莊。如果你想用凱瑟琳見了我就會承受不住的胡話來糊弄我，那簡直是愚蠢至極！再說，我也不想嚇唬她，你先讓她有個準備，問她我可不可以過去看她。你說她從來沒提起過我的名字，也沒有人跟她提起過我。如果我在那個家是被禁止談論的話題，那她又能跟誰提起我呢？她一定認爲你們全都是她丈夫的耳目！啊，我毫不懷疑，她置身你們之間，根本就是在地獄裡受罪！從她的沉默裡，我能讀出她心中的苦。你說她經常心神不寧、一臉憂煩，這難道是心情平靜的樣子嗎？你說她心神不定，她處於那可怕的孤獨中，又怎能心神安定呢？而那個枯燥乏味又沒用的傢伙，只是出於責任和道德來照顧她！出於憐憫和仁慈！凱瑟琳要在他那膚淺的照顧下完全康復，就像把一棵橡樹種在小花盆裡，還巴望著橡樹能茁壯長大一樣！讓我們趕快做個決定吧：你是想要待在這兒，讓我跟林頓和他的僕人們打一架再去看凱瑟琳呢？還是要跟以前一樣當我的朋友，照我的請求去做？下決定吧！如果你仍繼續頑固地堅持下去，我也不想再耽擱任何一分鐘了！」

*　　*　　*

「唉，洛克伍德先生，無論我怎麼爭辯、抱怨、斬釘截鐵地拒絕他五十次，最後還是逼得我不得不同意，答應幫他帶封信給女主人。如果她肯見他的話，下一次林頓不在家時，我便要跟他報個信，放他進屋，而且我跟其他僕人也都會避開。這樣做，到底是對，還是錯呢？只怕這並不是什麼明智之舉，但當時也只有這個權宜之計了。我認爲這麼做可以免除一場亂子，同時我也認爲，這或許有助於減輕凱瑟琳的心病。我隨即又想起，艾德加先生之前曾嚴厲斥責我搬弄是非。爲了消除心中的不安，我不斷告訴自己，即使這次的行爲，當眞要揹上背信的惡名，也是最後一次了。儘管如此，我走在回家的路上，卻比來時更感心情沉重，在我能說服自己把信交到林頓夫人手上之前，心中眞是百般憂慮。

「不過，肯尼斯來啦，我得下去跟他說您已經好多了。我的故事，照我們說故事的方式，也眞是夠受的了，還可以再消磨一個早上呢。」

「夠受，而且沉悶！」這個好心的女人下樓去招呼醫生時，我這樣想著。這絕不是我想聽來解悶的那種故事。不過沒關係！我要從狄恩太太的這帖苦藥中吸取有益的藥性。首先，我得當心凱瑟琳・希斯克里夫明眸裡的那股魅力。要是我拜倒在那位年輕少婦的石榴裙下，肯定要陷入難以想像的煩惱中，那個女兒簡直就是她母親的翻版啊！

譯註：

1 指長出牙齒的生理狀況，通常會引起敏感反應。

Chapter 15

第十五章

又過了一星期，我向健康與春天又邁進了幾步！管家只要一有空就會過來跟我講講故事，幾次下來，總算讓我聽完鄰居的故事了。我盡量用她說話的口氣來敘述，只稍微省略一點。整體來說，她算是個說故事高手，我不認爲自己能以更好的方式敘述。她是這樣說的——

＊　＊　＊

那天晚上，就是我去山莊那天晚上，我知道希斯克里夫就在這附近，彷彿可以看到他本人那樣確定。但我躲著不敢出去，因爲他的信還放在我的口袋裡，我不想再讓他來威脅或捉弄我。我決定主人沒出門之前，絕對不交出這封信，畢竟我不知道凱瑟琳收到這封信會有什麼反應。於是，三天過去了，這封信才交到她手裡。第四天是星期天，等全家都上教堂後，我才把信帶進她房裡。當時只有一個男僕留下來陪我看家。做禮拜時，我們通常會把門鎖上，可是那天天氣那麼和煦宜人，於是我把門開著，尤其我清楚知道有誰要來。爲了履行我的諾言，我告訴那位男僕說女主人非常想吃橘子，要他跑腿到村裡去買一些回來，隔天再付錢。他走了之後，我便爬上樓去。

林頓夫人和往常一樣，穿一件寬鬆的白衣服，肩上披著一條薄薄的披肩坐在窗邊。她那頭濃密的長髮在剛生病時剪掉了一些，現在則簡單地梳理一下，自然披在雙鬢和脖頸上。正如我和希斯克里夫講的那樣，她的外表有了極大轉變，但當她平靜的時候，在這變化之中仍舊散發一種脫俗之美。她那雙原本神采奕奕的眼睛，呈現出一種朦朧淒楚的溫柔之情；眼睛似乎不是在看身邊的東西，總是凝視著遠方，一個遙遠的地方——你也可以說，是這世界之外的地方。她蒼白的面容（在她日益恢復氣色之後，不再那麼憔悴了），和由心境引起的特殊神情，雖然讓人痛心地想起箇中原因，卻讓她顯得格外惹人憐愛。但這些看似逐漸康復中的跡象，對於我，或者任何看到她的人來說都一定會認爲：她並不是在康復中，而是要香消玉殞了。

在她面前的窗台上，攤著一本書，絲毫不見翻閱的跡象。我想那應該是林頓放的，因爲凱瑟琳從不看書，也沒有其他嗜好，而林頓總會不厭其煩地用凱瑟琳曾經感興趣過的事物來吸引她注意。她也瞭解林頓的用意，心情好時就安靜地順著他，但有時壓抑不住的一聲嘆息，總會讓人看出這些都是無用的，到最後只得用最悲苦的微笑和親吻來讓他停止。其他時候，她會突然轉過身，雙手掩住臉，或甚至生氣地將他推開。林頓這時只能小心翼翼地讓她獨自待著，因爲他覺得自己也無能爲力了。

吉默屯教堂的鐘聲迴盪著，山谷裡的溪流漲滿溪水，傳來悅耳的潺潺流水聲，這是夏日枝葉開始低吟前的美妙樂音。等夏天一到，樹上長滿葉子，樹葉的颯颯聲就會蓋過潺潺流水聲。每當雪融或雨季過後的寧靜日子，總能在咆哮山莊附近聽到這樣的溪流聲。凱瑟琳一面聽著，一面想著咆哮山莊，若她眞是在思考或傾聽的話。但她帶著那種我之前提過的迷茫神情，這就表示她的耳朵或眼睛，根本聽不到或看不到她身邊的東西。

「林頓夫人，有一封給妳的信，」我開口道，輕輕把信塞入她擺在膝上的手裡。「你得馬上看看，還等著回信呢。我幫你把信打開好嗎？」

「好吧。」她回答，眼睛依然注視著遠方。

我打開信——內容很短。「現在，」我接著說：「看看信吧。」她縮回手，任憑信掉落在地，我又把信放回她膝上，站起來等她高興時往下看看。她卻久久毫無動靜，於是我忍不住又出聲：「夫人，要我念出來嗎？是希斯克里夫先生給你的信。」她的臉上掠過驚訝的神情，隨即露出一種因回憶而痛苦的神色，極力想整理自己的心思。她拿起那封信，彷彿正在閱讀，當她往下看到簽名後嘆了一聲。但我覺得她依舊沒看懂信裡的內容，我焦急地等待她的回覆，她卻只是指著署名，帶著悲傷但急切的詢問眼神盯著我看。

「唉，他想見見你，」我說，心想她可能需要有個人跟她解釋，「他現在應該在花園裡等著，急著想知道我會給他什麼樣的答覆。」

當我說話時，看到樓下一條躺在和煦陽光下的大狗豎起耳朵，像要開始吠叫，隨即又垂下耳朵，搖搖尾巴算是宣布有人來了，看來並不把這個人視爲陌生人。林頓夫人往前傾，屏息靜聽著，接著大廳傳來一陣腳步聲。看來這敞開大門的房子，對希斯克里夫的誘惑力實在太大了，無法克制自己想走進來的欲望。他大概以爲我並不打算履行諾言，便擅自決定大膽闖進來。凱瑟琳急切地盯著房門。他並沒有馬上走對房間，於是她要我去接他過來，可是我還沒走到門口前，他就已經找到這裡，三步併兩步地奔到她身前，將她擁入懷中。

足足有五分鐘之久，他一句話也沒說，也沒鬆開擁抱，只是一股勁地吻她。我敢說，他有生以來應該沒吻過這麼多次。不過我看得清清楚楚，是我家女主人先吻他的，希斯克里夫實在太心痛了，根本無法直視她的臉！他一看見她，就跟我一樣明白，她是沒有復元的希望了——她難逃死神的召喚了。

「啊，凱蒂！啊，我最重要的寶貝！我怎麼能受得了？」這是他迸出的第一句話。那聲調並不想掩飾他的絕望，他現在兩眼直盯著她看，凝視是如此熱烈，我以爲他就要哭了。然而，他眼裡燃燒的痛苦，並沒有化爲淚水。

「現在要怎麼樣呢？」凱瑟琳說，身子往後一靠，突然沉下臉來回看他。她的性子本就喜怒無常，讓人捉摸不透。「你和艾德加眞是傷透我的心了，希斯克里夫！你們倆一副哭喪樣來找我，好像你們才是該被憐憫的人！我不會可憐你的，絕不會。你害慘我到這地步，我看你倒活得挺好的，多強壯啊！我死後你還打算活多少年呢？」

希斯克里夫本來跪著一腿摟住她。他想站起來，凱瑟琳卻抓住他的頭髮，又把他壓下去。

「我眞希望能一直抓著你不放，」她繼續嘲諷地說：「直到我們兩個都死了！我不想管你受了什麼罪，不管你的痛苦。你怎麼不該受苦呢？反倒是我在受罪！你會忘了我嗎？等我入土後，你會快樂嗎？二十年後你會不會說：『那是凱瑟琳．恩蕭的墳墓，我很久以前曾愛過她，也因爲失去她而難過，但這一切都已成過去啦。那之後我又愛過不少人，跟她比起來，我更愛我的孩子。而且，等我死後，才不會因爲要去她那兒而高興，我會因爲要離開我心愛的人而難過！』你會不會這麼說呢，希斯克里夫？」

「別把我折磨得跟你一樣瘋掉吧！」希斯克里夫扭開頭，咬著牙喊道。

以一個冷靜的旁觀者看來，這眞是既奇怪又可怕的畫面。凱瑟琳很可能把天堂視爲流放之地，除非她能拋開自身的心魔及塵世的軀體。她現在兩頰蒼白、嘴唇毫無血色、雙眼閃爍，滿臉都是狂野的報復神情。她的雙手握得緊緊的，指間還留著剛才抓下的一撮頭髮。希斯克里夫則一手撐住自己，一手握著她的手。以她現在的健康狀況，根本就承受不了他的熱情，因此當他一鬆手，我看到她慘白的皮膚上留下四道清楚的紫痕。

「你是不是著魔了？」他沉痛地追問道，「你都快死了，還這樣跟我說話？你可有想過，在你丟下我之後，這些話會永遠烙在我心中，慢慢地啃噬我嗎？你明知道，說我害慘了你根本是瞎說的！再說，凱瑟琳，要我忘了你，就像要我忘了我活在這世上一樣！等你安息了，我卻要忍受地獄般的折磨，這難道還無法滿足你那狠毒的自私心嗎？」

「我不會安息的。」凱瑟琳悲傷地哭著，由於情緒過於激動，讓她整顆心砰砰亂跳，激動得甚至可以看得到、聽得見心臟的起伏，這才讓她意識到身體虛弱不支。

她好半天說不出話，直到這陣激動平復下來，才接著說下去，語氣也稍微緩和些了。「希斯克里夫，我並不希望你比我還要痛苦。我只希望我們永遠不分離，如果有哪句話讓你今後想起會難過的話，想想在地下的我也會同樣難受的。看在我的份上，原諒我吧！過來這裡，再蹲下來！你這一生從沒傷害過我。是啊，如果你真的生氣了，以後回想起自己的憤怒，會比想起我那些刻薄話還要難受！你不肯再過來了嗎？來呀！」

希斯克里夫走到她的椅子背後，俯下身來，不讓她看到自己因過度激動而發青的臉。她回過頭來看他，但他不想讓凱瑟琳瞧見自己，便趕緊轉過身去，走到壁爐邊背對我們，就這樣沉默地站在那兒。林頓夫人用一種疑惑的眼神望著他，他的一舉一動在她心裡喚起一種新的情感。

在久久的凝視與沉默之後，凱瑟琳再度開口了，以一種氣惱的失望語氣對我說：「啊，你瞧，奈莉，他還不肯發發慈悲，讓我別那麼快進墳墓。原來他是這麼愛我的啊！好吧，沒關係。那不是我的希斯克里夫。我還是愛著我的希斯克里夫就好，我要永遠帶著他。他就在我的靈魂裡。而且，」她沉思了一會兒又說：「最讓我厭煩的還是這座破牢房，我已經累了，不想再被關在這兒了。我多想躲進那個極樂世界，永遠待在那兒。不再淚眼婆娑地看著它，不再心痛地渴望它，而是眞的待在那兒，在那個世界裡。奈莉，你以為你比我好，也比我幸運些吧？生得健康又結實，你現在正為我難過……但是再過不久就不同啦，反倒會是我為你們難過。我將超越你們所有人，在你們所有人之上。奇怪，他怎麼不肯過來呢？」她自言自語地續道：「我以為他想親近我的。希斯克里夫，親愛的！別再生氣啦，到我這兒來呀，希斯克里夫。」

她急著想站起來，扶住椅子的把手。希斯克里夫聽了那眞摯的懇求後轉過身來，一副狂命之徒的樣子。他睜大眼睛，兩眼含著淚水，竭力盯著凱瑟琳，胸口劇烈起伏著。他們本來各據一邊，我還沒來得及看清楚前，他們兩個又貼在一起了。只見凱瑟琳往前一撲，希斯克里夫一把接住她，兩人緊緊擁抱在一起，我一度以為女主人可能無法留口氣地被放開。事實上，在我眼裡，她當時馬上就不省人事了。希斯克里夫整個人跌坐到最近的椅子上，我趕緊走上前看她是否昏厥過去。希斯克里夫便咬牙切齒地瞪著我，猶如瘋狗般口吐白沫，滿臉貪婪嫉妒地把她抱得死緊。我簡直覺得自己在這兒沒有同類，看來，即使我現在跟他說話，他也聽不懂我說什麼，因此我只好噤不作聲、不知如何是好地站在一旁。

過了一會兒，凱瑟琳動了一下，這才讓我放下心來。她伸出手摟住希斯克里夫的脖子，讓他抱住她，把臉緊貼他的臉，希斯克里夫則瘋狂地回吻她，同時狂亂地說：「你現在才讓我明白你有多殘酷——殘酷又虛僞。你以前為什麼瞧不起我？為什麼要欺騙自己的心呢，凱蒂？我一句安慰的話也不想跟你說，是你自作自受，害慘了自己。是的，你可以吻我，可以哭泣，逼著我吻你、為你傷心掉淚。可是我的吻和眼淚要來摧殘你、詛咒你。既然你曾愛過我——那又有什麼權利離開我呢？有什麼權利——

回答我！就因爲你對林頓存著點可憐巴巴的幻戀？貧賤、名聲和死亡，甚至上帝或撒旦，都分不開我們。而你，卻心甘情願自己將我們拆開。我並沒有讓你心碎，是你讓自己心碎的。你讓自己心碎的同時，也讓我的心跟著碎了。就因爲我強壯，便這麼殘忍地折磨我嗎？我還活得下去嗎？那會是什麼樣的生活啊，當你——啊，上帝！當你的靈魂進了墳墓，還能讓我帶著這空蕩蕩的軀體活下去嗎？」

「別再折磨我了，別再折磨我了，」凱瑟琳抽泣著，「如果我曾犯過什麼錯，眼下就要受懲罰而死了。這就夠了！你也拋棄過我，我並不想責怪你！我原諒你，你也寬恕我吧！」

「說原諒是很難的，看看這雙眼睛、這雙削弱的手。」他回答：「再親親我吧，別讓我看到你的眼睛！我原諒你對我做過的事。我害了我愛的人——可是害了你的人，要我怎麼饒恕他呢？」

他們沉默著，臉緊緊貼在一起，用彼此的眼淚洗著面龐。至少，我想兩人都哭了，碰到這麼令人心碎的情況，就連希斯克里夫好像也哭了。

這時，我心裡越發焦急。因爲時間過得很快，我支開的人已快辦完事回來了，而且在山谷的夕陽餘暉下，越來越多人走出吉默屯教堂了。

「禮拜結束了，」我宣布道：「再過一會兒，主人就到家了。」

希斯克里夫哼地咒罵一聲，把凱瑟琳抱得更緊，凱瑟琳則一動也不動。

不久，我看到一群僕人走過馬路，往廚房那邊走來。林頓先生就跟在後面不遠處。他自己開了門，緩步走進來，大概是在享受這和煦、宛如夏天的午後吧。

「他這就快到了，」我大叫起來。「看在老天的分上，快下去吧！你走前面的樓梯下去，就不會遇到任何人。快點，先在林子裡待著，等他進來後再走。」

「我得走了，凱蒂。」希斯克里夫說，想從他的伴侶手臂中掙脫開來。「可是，只要我還活著，在你入睡之前，我還會再來看你的。我不會離開你的窗口五碼遠。」

「你不能走！」她回答，用盡全力緊緊抓住他。「我告訴你，你不能走！」

「就一個鐘頭。」他誠摯地懇求。

「一分鐘也不行！」她回答。

「我非走不可。林頓馬上就要來了。」這位驚慌的闖入者堅持道。

他想站起來，以便順勢鬆開她的手。但她急促地喘氣，緊緊摟住人，臉上展露出一種瘋狂的決心。

「不！」她尖叫：「啊！別！別走！這是最後一次了，艾德加不會傷害我們的！希斯克里夫，我要死啦！我要死啦！」

「該死的混蛋！他來了。」希斯克里夫喊道，跌坐回他的椅子上。「噓，親愛的！別作聲、別作聲，凱瑟琳！我不走了。要是他就這麼開槍打死我，我也會帶著祝福死去的。」

他們倆又緊緊抱在一起。我聽見主人上樓的聲音，冷汗直流，簡直嚇壞了。

「你就這麼聽她的胡話嗎？」我激動地說：「她自己都不知道自己在說什麼。就因爲她神智不清、胡言亂語，你就想毀了她嗎？起來！馬上離開這裡，否則這就是你做過最惡毒的事。我們主僕三人可都要被你毀啦！」

我絞著雙手，大叫起來。林頓先生一聽見聲音，便加快腳步，在我倉皇失措之時，我高興地看到凱瑟琳的手終於鬆垂下來，頭也垂下來了。「她是昏迷過去，還是死了？」我心想，「這樣倒好，與其這樣半死不活地拖累大家，倒不如死了也好。」

艾德加衝向這位不速之客，臉色因爲驚愕與憤怒而變得慘白。他想怎麼做呢，我也不知道；可是，對方把那看似毫無生命跡象的軀體往他懷裡一放，立刻制止了所有紛亂。

「聽著！」他說：「除非你是惡魔，否則就先救救她吧——然後你再來跟我算帳！」

他走進客廳坐下來。林頓先生則叫我過去，我們費了好大的勁，用盡各種方法，好不容易才讓她甦醒過來。可是她已完全神智不清了，只是一味地哀嘆呻吟，誰也認不得。艾德加一心繫在她身上，早就忘了她那位可恨的朋友。但我可沒忘，一逮到機會便趕緊過去勸他離開，說凱瑟琳人好些了，我明天早上會告訴他今晚的情況。

「我會走出這家門的，」他回答：「不過我會待在花園裡。奈莉，記得明天要遵守諾言，我就待在那落葉松下等。記住！否則不管林頓在不在家，我會再闖進來的。」

他迅速往臥房半開的門裡看了一眼，證實過我說的是實話，這不祥之人才離開屋子。

Chapter 16

第十六章

那天夜裡十二點左右，您在咆哮山莊看到的那位凱瑟琳出生了：長了七個月大就被生出來的瘦小娃兒。兩個鐘頭後，她的母親就過世了，凱瑟琳的神智始終沒有恢復過來，既不知道希斯克里夫已經離開，也認不得艾德加。艾德加的喪妻之慟說來眞是令人心酸，我就不再細述了，從日後情況也能看出他的心裡有多悲痛。在我看來，還有一件事情更令他遺憾，那就是凱瑟琳並沒有幫他生下一位繼承人。當我看著這位瘦弱的孤女時，心裡就是在哀嘆這件事，並在心裡暗罵著老林頓，就因爲他自己的偏愛，只把財產傳給女兒，而不傳給他兒子的女兒。唉，可憐的小東西！眞不是個討人喜歡的新生兒，她剛出生的頭幾個鐘頭，就算哭死了，也沒有人會稍微過問一下。雖然後來我們試著彌補這樣的冷落，但是她一生下來就註定孤苦伶仃，說不定最後的結局也是如此呀。

隔天早上，外頭一片歡樂明媚，晨曦悄悄穿過窗簾，透進這寂靜無聲的屋子，一道柔和溫暖的陽光灑落上床鋪和睡在其上的人。艾德加・林頓枕著枕頭，雙眼緊閉，他那年輕英俊的容貌，幾乎跟躺在他身旁的那具屍體一樣，如同死去一般紋絲不動。不過，他的臉是極度悲慟後的木然，凱瑟琳的臉則是完全的安詳，眉頭平順地舒展開來，雙眼閉合、嘴角含笑，就是天上的天使也不及她美麗。連我也被她那安寧的氣息所感染，當我凝視這聖潔的安息者無牽無掛的面容時，心裡從沒覺得如此神聖過。我不由得想起她在幾小時前說出的話，「我將超越你們所有人，在所有人之上！」無論她還在人間，或是已經在天堂，她的靈魂現在已與上帝同在了！

不知是否只有我特別奇怪？當我守靈時，要不是身旁有個悲痛欲絕的人，否則我傷心的時間其實是很少的。我看見一種無論人間或地獄都驚擾不了的安寧，同時覺得眞有一種永無止境、絕對純淨的安樂：他們進入永恆之境，在那兒，生命永無止盡，愛是如此和諧，歡樂是如此完滿。在這樣的情況下，就連我看到林頓先生的愛，也覺得那是何等自私，因爲他竟然如此痛惜凱瑟琳完滿的超脫！當然，有人可能會懷疑，她過完了這麼任性又不安的一生，最後是否還配得上這樣平和的安息之地。遇上冷靜思考的人，可能持有這樣的懷疑；但是，只要走到她的靈前，就無法如此懷疑了。因爲她的遺體散發出一股安詳感，彷彿她生前就是如此安詳。

*　　　　*　　　　*

「先生，您覺得像這樣的人，在另一個世界也會快樂嗎？我眞想知道。」

我覺得這問題有點奇怪，所以並沒有回答狄恩太太。她接著又道：「回想凱瑟琳．林頓的一生，我們恐怕無法說她是快樂的，但就讓我們把她交給上帝吧。」

*　　　　*　　　　*

主人似乎是睡著了。天一亮，我大膽地走出屋外，偷偷去吸一口新鮮空氣。僕人們以爲我守了一夜，睏了，才想出去透透氣。其實，我主要是想出去找希斯克里夫。如果他整夜都待在落葉松林裡，便聽不到田莊裡的騷動。除非他聽見送信人飛奔到吉默屯的馬蹄聲。如果他走近些，大概會從閃爍的燈火以及門開開關關的聲響中，察覺屋裡一定出事了。我想去找他，但又怕找到他。我覺得自己應該馬上告訴他這個可怕消息，盡快了結這件事，可是應該怎麼做呢？我不知道。他在那兒，在至少有幾碼遠的林子深處，身靠在一棵老楊樹上，他沒戴帽子，露水凝聚在抽了芽的枝頭上，把他的頭髮淋濕了，周圍的露水還在滴滴答答個不停。他應該就這麼站了許久，因爲他雖然就站在附近，但我看到不遠處有一對烏鶇竄來竄去的忙著築巢，顯然已經把他當成一塊木頭而已了。我一走近，牠們就全飛走了。

「她死了！」他抬起頭來說道。「不用你來告訴我，我就知道了。手帕收起來，別在我眼前一把鼻涕一把眼淚，你們都該死！她才不需要你們的眼淚！」

我哭，是因爲凱瑟琳，也是因爲他。有時候，我們還眞會憐憫那些對自己或對別人毫無半點憐憫心的人。當我一看到他的臉，就明白他已經得知這個噩耗了。我忽然愚蠢到以爲他的心早已平靜下來在祈禱著，因爲他的嘴唇不停地呢喃，眼睛一直凝視著地面。

「是的，她死了！」我回答，忍住哭泣擦乾眼淚。「我希望，她是上天堂了。如果我們能接受告誡，改邪歸正，我們都可以去那兒，跟她在一起的。」

「那麼她接受告誡了嗎？」希斯克里夫問道，一副譏嘲的神氣。「她是像個聖徒般死去嗎？來，跟我說說到底是怎麼一回事。到底——」

他努力想說出那個名字，卻說不出口。他緊閉雙唇，默默和內心的悲痛交戰，同時又以毫不妥協的狠戾眼神，蔑視我的同情。

「她是怎麼死的？」他終於又開口了——即使他很堅強，還是忍不住想在背後找個可以支撐的地方。在內心激烈的掙扎後，他渾身不由自主地顫抖，連手指也是。

「可憐的人！」我心想，「原來你的心和神經也跟其他人一樣！爲什麼一定要把這些情感隱藏起來呢？你的驕傲蒙蔽不了上帝！祂才會如此折磨你的身心，直到逼你發出屈服的喊饒聲爲止。」

「像綿羊一樣安靜！」我高聲回答：「她嘆了一口氣，欠身一下，像剛醒過來的孩子一樣，隨後又睡著了。五分鐘後，我覺得她的心有微微跳了一下，然後就此不再跳動了！」

「那麼……她有沒有提到我？」他猶豫不決地發問，好似生怕會聽到一些他無法承受的答案。

「她一直沒有恢復知覺。打從你離開她後，就誰也認不得了！」我說：「她帶著甜美的微笑躺著，最後的思緒似乎回到童年的快樂時光，在溫柔夢境裡結束她的生命。願她在另一個世界也能平和地醒來！」

「願她在痛苦中醒來！」他帶著可怕的激動情緒喊著，一面跺腳，一面因爲一陣無法克制的激動而呻吟起來。「唉，她到死了都還在撒謊！她在哪兒？不在那裡——不在天堂——沒有毀滅——在哪兒呢？啊！你說過不管我的痛苦！我只祈禱一件事——就這麼一直祈禱著，直到我的舌頭僵硬爲止——凱瑟琳．恩蕭，只要我還活著，你就不得安息！你說我害慘了你，那麼就繼續纏著我吧！被害的人總是纏著凶手不放的。我相信——我知道鬼魂會一直在人間遊蕩，那就永遠地跟著我吧——無論你要以什麼樣的方式，把我逼瘋吧！只要別把我撇在這深淵裡，教我找不著你！啊，上帝！我該怎麼辦！沒了我的寶貝，要我怎麼活下去！沒有了靈魂，要我怎麼活下去！」

他把頭往那凹凸不平的樹幹猛撞，抬起頭來沒命地吼，簡直不成人樣，就像一頭快被刀和矛刺死的野獸。我看到樹幹上有好幾塊血跡，他的手和額頭也沾滿了血。我現在所看到的景象，或許在昨天夜裡就已經上演過好幾次。看到這樣的情況，並不會讓我同情他，反倒讓我感到膽戰心驚，儘管我還是不忍心就這麼離開他。然而，當他一平靜下來，看到我正盯著他，就大發雷霆地要我離開。我聽他的話走了，畢竟我可沒有讓他安靜下來或者安慰他的能耐！

林頓夫人的葬禮訂在她過世後那個星期五舉行。出殯以前，她的靈柩一直放在大廳裡都沒蓋上，裡面撒滿了鮮花香草。林頓先生日日夜夜守在那兒，不眠不休的守護著，另外（這事情除了我之外，誰也不知道），希斯克里夫也是每晚都守在外面，同樣也是個不眠不休的守靈人。我從那之後便沒有再跟他接觸，但我知道，可能的話，他是多麼地想進來。星期二，天才剛黑不久，主人實在是因爲太過疲累，回房去休息了一、兩個鐘頭。我走去打開一扇窗戶，因爲我被希斯克里夫堅毅的愛情所感動，想給他一個機會，向他心中那位香消玉殞的珍寶做最後的告別。他沒有錯過這個機會，謹愼敏捷地走進來，謹愼得未曾發出一點聲響，沒讓人知道他進來過。說眞的，要不是蓋在死者臉上的布有點亂掉，地板上留了一綹綁著銀線的淡色鬈髮，我也看不出來他曾經來過。仔細一看，我才發現那頭髮應該是從凱瑟琳脖子上的項墜裡拿出來的。希斯克里夫想是打開了那小飾盒，把裡面的東西扔出來，換進自己的黑髮。我把這兩綹頭髮搓在一起，一同放進小盒中。

恩蕭先生當然被邀請來參加妹妹的葬禮，但他不僅未捎來任何託辭，亦始終都沒出現。因此，除了她丈夫之外，送殯的全是佃農和僕人。依莎貝拉並沒有受到邀請。

村裡的人覺得很奇怪，凱瑟琳安葬的地點既不在教堂裡林頓家族的墓碑下，也不在外面她娘家的墳墓旁，卻是埋在教堂墓園外一塊青草坡上。那裡的圍牆很矮，荒野中的長青灌木叢和覆盆子都爬了過來，泥煤土丘幾乎要把矮牆埋沒了。現在她丈夫也葬在同一個地方，墳上各樹立一塊簡單的墓碑，墓碑下只簡單地放了一塊平灰石，以做爲墳墓的標誌。

Chapter 17

第十七章

那週五是這一個月裡最後一個晴朗日子，晚上就開始變天了，風向從南風轉爲東北風，先帶來了雨，然後是霜雪。很難想像過去三個星期是晴空萬里的夏天，隔天早上的櫻草和藏紅花就全部躲到積雪下，百靈鳥寂寥無聲，小樹上甫冒出頭的嫩芽受到風雪襲擊，也被打黑了。那天早晨就在這麼淒涼、寒冷、慘淡的氣息中悄悄來到！主人把自己關在房裡，我則自己一人霸佔整個冷冷清清的客廳，把它變成了育嬰房。我坐在那兒，把嚎啕大哭的嬰兒放在膝上慢慢搖著，一面看看漫天飛舞的雪片，在沒掛上窗簾的窗外堆積。這時門打開了，有人走進來，一面喘氣、一面笑著！我當下的怒氣，遠多過驚訝，我以爲是哪個女僕，就喊道：「得了！怎敢在這兒胡鬧！若是被林頓先生聽到，他會怎麼說？」

「請原諒我！」一個熟悉的聲音回答：「雖然我知道艾德加還沒起來，但我實在忍不住。」

說話的人一面說，一面往壁爐這兒走來，氣喘吁吁地把手撐在腰上。

「我一路從咆哮山莊跑來！」她喘了口氣，繼續說：「有時簡直是用飛奔的，根本數不清摔了多少次。啊，眞是渾身痠痛！別驚慌！等我緩過氣來再慢慢跟你解釋！不過請先行好，去準備馬車送我到吉默屯去，再叫僕人從衣櫥裡幫我找幾件衣服來吧。」

闖進來的是希斯克里夫太太。看她狼狽的樣子，應該不是在鬧著玩的：一頭亂髮披散在肩上，任風雪打得濕漉漉，身上穿著她以前還是小姐時穿的衣服，雖然以她的年齡看來不算奇怪，但與她的身分並不相稱。她身著短袖低領上衣，頭上和脖子上什麼也沒戴。上衣是薄綢料，濕透了黏在身上，腳上只穿了一雙薄薄的便鞋，一隻耳朵下還有一道深深的傷痕，還好天氣冷，才沒有鮮血淋漓地流著。一張白淨的臉蛋，不是這裡被抓傷，就是那裡被打得青腫，身子累得都快站不住了。您應可想像，等我靜下心來仔細打量她時，那驚恐的程度，不比我剛看到她時減了多少。

「我親愛的小姐！」我叫道：「在你換掉這一身濕透的衣服，換上乾衣服之前，我哪兒也不去，我什麼也不想聽！而且，你今晚肯定不能去吉默屯，因此也不需要準備什麼馬車了！」

「我一定得去！」她說：「無論是走路，還是坐車，不過我並不反對讓自己穿得體面些。再說，瞧，血開始順著脖子流下來啦！現在火一烤，可眞是痛得火辣辣的啊。」

她堅持要我先做完她吩咐的事，才允許我碰她。當我吩咐馬夫備好車，又喚女僕收拾衣服後，她才願意讓我幫她包紮傷口、換衣服。

「現在，艾倫，」當我將一切收拾妥當了，她坐進爐邊一張安樂椅上，拿起面前的茶說：「你坐到我對面來，先把凱瑟琳那可憐的孩子放在一旁，我不想看到她！你可別因爲我進來時那副蠢樣，就以爲我一點也不關心凱瑟琳。我也哭了，傷心地哭了——是的，比任何人都更有理由哭。你還記得吧？我們是鬧翻分開的，我怎麼也無法原諒我自己。但是，儘管如此，我也不打算同情他——那個畜生！啊！把火鉗給我！這是我身上最後一件屬於他的東西！」她從指間拿下那枚金戒指，丟在地板上。「我要砸碎它！」她接著說，像個孩子般洩憤，「然後我要燒掉這戒指！」她拾起那個被砸壞的東西，丟到爐火裡去。「瞧！他要是再把我帶回去的話，就得再買一個啦！他可能會來找我，好折磨艾德加，所以我不敢待在這兒，免得他滿腹壞水又在想著要怎麼使壞。況且，艾德加也不再念什麼兄妹之情了，不是嗎？我不要求他幫忙，也不想帶給他更多麻煩。我是迫不得已，才到這兒暫時躲躲的。不過，要不是我知道他不在這兒，我只會在廚房耽擱一會兒，洗洗臉，暖和一下身子，等你把我要的東西都準備好了就離開，到那該死的魔鬼找不到的地方！啊，他是如此憤怒！幸虧他沒捉到我！可惜恩蕭的力氣根本比不上他，要是能打倒他，不看到他被打得半死，我才捨不得跑走呢！」

「好了，別說得這麼快啊，小姐！」我打斷她的話道：「你會把我紮在臉上的手絹弄鬆的，傷口又要流血了。喝點茶，緩口氣，別笑啦。你的笑聲根本就不適合現在這個家以及你自己的處境啊！」

「這倒是眞的，」她回答：「聽聽那孩子吧！一直哭個不停——先把她抱走，讓我清靜一個鐘頭吧。我不會待太久的。」

我拉鈴把孩子交給一位僕人照顧，然後問她發生了什麼事，讓她這麼狼狽地逃出咆哮山莊。況且，她不想待在這裡，那又打算要上哪兒去呢。

「我應該也是想留下來的。」她回答：「好好陪陪艾德加，照顧那孩子，一舉兩得，再說這裡才是我眞正的家。可是我敢說，那傢伙不會讓我如願的！你以爲他能看著我寬心快樂地過日子？能讓我們平靜度日，不來破壞我們安樂的生活？現在，讓我得意的是，他應該恨透我了，而且痛恨到只要一聽到我或看到我，就會氣得渾身發抖。我注意到，每當我走到他面前，他臉上的肌肉就會不由自主扭曲成憎惡的表情。一方面是他知道我有充分的理由恨他，另一方面是他本來就很厭惡我，這足以讓我確信，倘若我設法逃走，他不會跑遍全英國來抓我。因此，我一定得跑得遠遠的。我原本想讓自己被他殺死，現在完全打消這個念頭了，我寧願讓他殺死自己！他已經讓我對他的愛消失得蕩然無存了，因此我心裡也踏實了。我還記得當初自己是如何愛著他，也糊塗地想像自己還會愛他，倘若——不，不，即使他喜歡過我，那魔鬼般的天性終究會暴露出來。凱瑟琳完全瞭解他，卻又無法自拔地愛著他。眞是怪物！眞希望他能從人間、從我的記憶中完全抹去！」

「別說啦，別說啦！他還是個人啊，」我說：「仁慈點，還有比他更壞的人呢！」

「他根本不是人！」她反駁道：「根本沒資格要我對他仁慈。我把心交給了他，他卻把它捏碎了，再丟回給我。人們是用心交流的，艾倫。既然他毀了我的心，我就無法再同情他，即使他從此以後會哀痛至死，爲凱瑟琳哭出血來，我也不會同情他。不，不會，不會，我不會的！」說到這兒，依莎貝拉開始哭起來，不過，立刻又抹掉眼睛上的淚水，述說起這段日子的種種。

＊　　＊　　＊

艾倫，你問我，到底是發生了什麼事，逼得我逃跑了？我不得不這麼做啊，因爲我激怒了他，讓他的怒火遠超過他的惡毒本性。用燒紅的鉗子拔掉神經，確實比敲打腦袋需要更多冷靜。連他一向最得意的惡魔般的謹愼，都被氣得拋在腦後，想要暴力行凶了。一想到能激怒他，就讓我得意不已，正是這種快樂，喚醒了我保護自己的本能，所以我才會逃跑。要是我再落進他手裡，他肯定會狠狠報復我的。

你知道，昨天恩蕭先生原本要來送葬的。他還特地讓自己保持清醒——完全清醒，不像平常那樣早上六點瘋瘋癲癲地上床睡覺，十二點才醉醺醺地爬起來。也因爲如此，當他起床時，情緒低落得想自殺，自認不論是舞會或是教堂都不適合出席。因此他只是坐在爐邊，將一杯又一杯的杜松子酒跟白蘭地往肚子裡灌。

希斯克里夫——只要一提起這個名字就讓我渾身發抖！從上星期日到今天，在家裡就像個陌生人一樣。不知是天使，還是地獄裡的同類養活了他，幾乎有一個星期的時間，他沒跟我們一起吃過半頓餐。他總是天亮才回家，一回到家馬上直接上樓回房，把自己鎖在裡頭，倒像有人稀罕跟他作伴似的！他一直待在裡面，像個虔誠教徒般祈禱，只不過他所祈求的神明是無知無覺的灰塵罷了。而當他提到上帝時，似乎奇怪地把上帝跟他的黑人父親混在一起了！做完這些神聖的禱告——他通常禱告到嗓子沙啞、發不出聲音才停住——然後又出門了，且總是直奔田莊！我覺得很奇怪，艾德加怎麼不找個警察把他抓起來！雖然我也爲凱瑟琳傷心，但在長期受欺壓的日子裡，這段時間算是難得的假期。

當我重打起精神，聽約瑟夫那些沒完沒了的說教，就不再那麼難受了，也不再需要像以前那樣，總是躡手躡腳活像個小偷在屋裡走動。你可別以爲約瑟夫隨便說什麼都會把我弄哭，可是他跟哈里頓眞是討人厭的同伴。我寧願跟辛德雷坐在一起，聽他那些可怕的話，也不願意跟那個「小主人」和他忠實的手下，那個令人作嘔的糟老頭在一起！希斯克里夫在家時，我不是到廚房跟他們待一起，就是在那些潮濕的空屋裡挨餓。他不在家時，像這星期，我就可以逍遙地在大廳爐火邊擺張桌椅，也不用管恩蕭先生，他從不干涉我。只要沒人惹他，他比以前更安靜，更沉悶憂鬱，火氣也小了些。約瑟夫說他改過自新了，說上帝感動了他的心，他得救了，「像被火燒煉過一樣」，我也對這樣的改變感到有點詫異，不過那並不關我的事。

昨天晚上，我坐在角落看幾本舊書，一直看到十二點。外面大雪紛飛，我的思緒不斷轉到墓園和那新修的墳上，帶著這樣的思緒上樓似乎太悲慘了！我的眼睛不敢離開書本，因爲只要一從書裡抬起頭，那幅淒楚的景象就會立刻映入我眼中。辛德雷坐在我對面，手托著頭，似乎也在想同一件事。他還沒完全喝醉之前就停下了酒杯，兩、三個鐘頭裡一動也不動，也不吭一聲。整棟屋子寂然無聲，只有悲號的淒厲風聲不斷敲打著窗戶，煤炭發出輕微的爆裂，還有我每隔一段時間，剪斷長燭芯時所發出的喀嚓聲。哈里頓和約瑟夫大概都上床睡著了，四周是那麼地淒涼！我一面看書，一面嘆息，覺得這世上所有歡樂彷彿盡已消失殆盡，永遠不會再有歡樂。

終於，這淒慘的寂靜，被廚房的門栓響聲打破了，希斯克里夫守夜回來了，比平常還要早一點。我想，應該是這場突如其來的風雪的緣故。那道門拴上了，我們聽見他繞到另一扇門要走進屋裡。我站起來，情緒不自主流露在嘴上，引得那個原本死盯著門的同伴轉過頭來看我。

「我要讓他在外面多待個五分鐘。」他說：「你不會反對吧？」

「不會，為了我，你甚至可以讓他在外面待上一整夜。」我回答：「就這樣辦吧！把鑰匙插在鑰匙孔上，拴上門。」

在他的客人還沒走到門口前，恩蕭就辦完了這件事。然後他走過來，把椅子搬到我的桌子對面，探身向前，雙眼燃燒著憤恨怒火，想從我眼裡找到同樣的憤恨。無論是他的樣貌，還是他心裡所想，活脫脫都像個殺手。他沒有在我眼裡尋得同樣的憤恨，不過他找到一些足以鼓勵他繼續說下去的東西。

「你和我，」他說：「跟外面那個人都有一大筆債要算！如果我們倆都不是膽小鬼，可以聯手一塊兒合作。或者你跟你哥哥一樣軟弱？打算要吞忍到底，一點也不想報仇？」

「我現在已經受夠了，」我回答：「如果能來一場不會傷害到自己的復仇行動，當然最好。但是陰謀和暴力是兩頭尖的矛，揮矛者也會被刺傷，而且會傷得比敵人還重。」

「陰謀和暴力，正是對付陰謀和暴力最公正的回報！」辛德雷叫道：「希斯克里夫太太，我不要求你做什麼，只要坐著別動、別作聲就好。現在告訴我，你做得到嗎？我保證，你會親眼看到這惡魔被終結掉，得到跟我一樣的快感。除非你先下手，否則他會害死你，也會毀滅我。這該死的惡棍！你聽，他敲門的樣子，好像自己是這兒的主人似的！答應我別作聲，鐘響之前——還差三分鐘，等到那時候——你就會是個自由的女人了！」

他從胸前取出我在信裡跟你提過的那把槍，他正想吹熄蠟燭，我卻一把奪過來，抓住他的手。

「我才不會默不吭聲！」我說：「你不可以動他。就讓門這麼關著，安靜別作聲！」

「不！我已經下定決心了，而且我對上帝發誓，我非這麼做不可！」這亡命之徒喊道：「不管你自己怎麼決定，我會幫你做件好事，還哈里頓一個公道！你用不著擔心我，凱瑟琳已經死了。即使我現在死掉，也不會有任何活著的人替我惋惜、為我感到羞愧！是時候結束一切了！」

我還不如跟熊搏鬥，或是跟瘋子講道理。當時我所能做的，就是跑到窗前，警告那個即將被襲擊的人，要他當心了。「你今晚還是到別的地方去吧！」我以一副勝利者的口吻叫道，「如果你硬要闖進來，恩蕭先生就要拿槍殺了你！」

「你最好把門打開，你這——」他回應道，奉贈一個我不想再重述的高貴字眼叫嚷。

「我才不想捲進這場糾紛，我回答：「你高興的話，就進來挨子彈吧！我已經做了我該做的了。」

說完我便關上窗子，回到爐邊的位置。我虛假不了，無法因他所面臨到的危險而裝出焦急樣。恩蕭激動地咒罵我，硬說我還愛著那個無賴，罵我實在太卑劣，將各種惡名冠到我身上。我卻暗自想著（我的良心一點都不覺得內疚），如果希斯克里夫能幫他脫離苦海，對他來講，是何等的幸福啊！而如果他能把希斯克里夫送入地獄，對我來講又是何等的幸福！就當我坐著想這些事情時，背後的窗戶突然砰一聲，被希斯克里夫一拳打破了，他那張殺氣騰騰的黑臉往裡看。由於窗子的欄杆太密，他的肩膀根本擠不進來。我還得意地笑著，自以爲平安無事。他的頭髮和衣服都積了一層雪，而他那食人魔般的利牙，也因爲寒冷和憤怒而齜露出來，在黑暗中閃閃發亮。

「依莎貝拉，放我進去，不然我就要教你後悔」』他就像約瑟夫說的那樣，「猙獰」地叫著。

「我可不想捲入謀殺事件，」我回答：「辛德雷先生正拿著一把刀和上膛的手槍在那兒等著。」

「讓我從廚房的門進去。」他說。

「辛德雷會趕在我前頭的，」我回答：「你的愛情怎會如此薄弱？竟受不了一場大風雪！夏夜的月光明媚時，你還讓我們安安穩穩地睡覺，可是冬天寒風一颳，你就回來了，非得找個地方躲避風雪不可！希斯克里夫，如果我是你，我會雙腳一伸躺在她墳上，像條忠狗般死去。現在當然不値得再活在這個世界啦，不是嗎？你明明讓我覺得凱瑟琳是你生命中唯一的快樂，我還眞弄不懂，怎麼失去她之後，你還在想著要怎麼活下去。」

「他在那兒，是吧？」我的同伴大叫著，衝到窗前。「如果我能伸出手臂，就能打到他！」

艾倫，你恐怕會說我很惡毒，那是因爲你根本不瞭解當時情況，所以請不要妄下斷言。即使有人想謀害他，我怎麼也不會去幫忙或煽動的。我只是巴不得他死掉，我應該如此才是。因此當他撲向恩蕭的手槍，並從恩蕭手中奪過去時，我心裡有說不出的失望，而且當我想起之前那番奚落他的話會招致何種下場時，簡直嚇壞了。

槍響了，槍上的彈簧刀卻反彈回去，扎進主人的手腕。希斯克里夫用力往回一拉，就在手臂上切開一條長口子。他把那血淋淋的武器塞進口袋，然後撿起一塊石頭，砸掉兩片窗玻璃中間的窗框跳進來。劇烈的痛楚加上大量出血，讓辛德雷不支倒地昏了過去，那個惡棍狠狠踢他踩他，又抓住他的頭不斷往石板地上撞，同時騰出另一隻手抓住我，免得我跑去叫約瑟夫。

這惡魔使出全力克制自己，才沒殺死恩蕭。最後他終於累得喘不過氣而罷手，把那已奄奄一息的身體拖到高背椅上，從恩蕭的外套袖子上撕下一塊布，粗魯地幫他包紮傷口，包紮時仍在唾罵詛咒，就跟剛才踢他時一樣凶狠。我一掙脫開來，便趕緊去找那個老僕人。約瑟夫好不容易聽懂我慌亂的敘述，趕緊氣喘吁吁、一步跨兩階地往樓下跑。

「這可怎麼辦呀？可怎麼辦呀？」

「什麼怎麼辦！」希斯克里夫大吼：「你的主人瘋了！他要是再這樣瘋一個月，我就要把他送到瘋人院去了！你們竟敢把我關在門外，你這沒牙的窩囊廢？不要站在那兒嚷嚷咧咧的，過來！我可不想照顧他，你把那灘東西擦乾淨，小心你手上的燭火，那裡有一半是白蘭地！」

「你殺了他嗎？」約瑟夫大叫，嚇得舉起手來，兩眼往上翻。「我可從來沒見過這麼淒慘的情況呀，願主——」希斯克里夫推了他一下，剛好讓他跪落在那灘血上，然後扔了一條毛巾給他，可是約瑟夫並沒有動手去擦那灘血，反而合起雙掌開始祈禱。他那古怪的禱詞可真把我逗笑了，我當時可說是天不怕地不怕。事實上，那還真有點像犯人死到臨頭，已經不顧一切了。

「啊，我都忘了還有你。」這個暴君說：「這該由你來做才是。跪下去！你竟敢跟他聯合起來對抗我，對吧？你這蛇蠍般的女人！去，這才是你該做的事！」

他抓住我猛搖，搖得我牙齒咯咯作響，再用力把我推到約瑟夫旁邊。約瑟夫鎮靜地念完他的禱詞後站起身，信誓旦旦地說他現在要動身到田莊去。林頓先生是地方法官，他就是死了五十個妻子，也得追究這件事。他的心意是如此堅決，讓希斯克里夫覺得有必要逼我把事情始末重述一遍。當我支支吾吾地敘述整件事的經過時，他凶神惡煞地死盯著我看。要讓那老傢伙相信並非希斯克里夫下的毒手，本來就很不容易，加上我的說詞是如此勉強，那就越發不容易了。好在不久後恩蕭先生有了點動靜，讓那老傢伙相信人還活著。約瑟夫趕緊讓恩蕭喝了杯酒，酒一下肚，他的主人終於可以動彈，慢慢恢復知覺了。希斯克里夫知道對方完全不曉得自個兒昏迷時受到什麼樣的待遇，便聲稱他發酒瘋，還說不想再看到他凶惡的行爲，勸他趕快上床睡覺。讓我感到慶幸的是，他說完這番道貌岸然的話後，便離開我們了。辛德雷直挺挺地躺在爐火邊，我也回到自己的房間，心想這麼容易就逃過一劫，簡直令人無法置信。

今天早上我下樓，大概還有半小時就要中午。只見恩蕭先生坐在爐火邊，一副病懨懨的樣子。而那個惡魔的化身，則倚在壁爐旁，臉色幾乎和恩蕭一樣憔悴慘白。看來這兩人都不想吃東西，我一直等到桌上的食物都涼了，才自個兒開始吃起來。我吃得痛快極了，心裡油然產生一種快感與得意。當我不時朝那兩個沉默的同伴瞥一眼，心裡覺得心安理得，相當舒坦。等我吃完後，便大膽走近爐邊，繞過恩蕭的椅子，跪在他旁邊的角落烤火。

希斯克里夫並沒有看向我這邊，我便抬起頭，靜靜打量他的面貌。他的臉好像變成化石了，而我曾覺得頗有男子氣概的前額，現在卻變得十足凶狠，就像烏雲壓頂似的；他那蛇怪[1]般的眼睛，可能因爲缺乏睡眠，可能還因爲哭過（因爲眼睫毛猶濕未乾）而顯得黯淡無光，不再出現凶狠獰笑的雙唇，呈現出一種無與倫比的悲苦。若是另一個不認識的人露出這麼悲傷的神情，我一定會掩上臉不忍再多看一眼，然而因爲眼前的人就是他，所以讓我感到相當滿足得意。儘管侮辱一個落難敵人是有點卑鄙，但我可不想失去這個能反擊的機會。他軟弱的時候，正是我能嘗到復仇快感的唯一機會。

「呸，呸，小姐！」我打斷她的話說道：「人家可能會以爲你一輩子沒打開過聖經呢。如果上帝折磨你的敵人，你就應該感到知足才是。若是再落井下石，那豈不是既卑劣又狂妄嗎？」

她接著說下去。

＊　＊　＊

一般來說，我也同意你的話，艾倫。可是對於希斯克里夫，除非我親自下手，否則，無論他遭受到多大折磨，我都不會感到心滿意足。如果我能讓他痛苦，而且他也知道我就是這痛苦的根源，那我倒情願他少受點苦。啊，他眞是讓我吃盡苦頭。只有在一個情況下，才能讓我原諒他，那就是我能以眼還眼、以牙還牙。每當他擰痛我一次，我也要回他一次，讓他也受受同樣的罪。既然是他先傷害我，那就得讓他先求饒才是，然後……到那時候，艾倫，我也許就可以讓你看到一點我的寬宏大量。但是我根本報不了仇，因此，我無法原諒他。

辛德雷這時要了點水喝，我端過一杯給他，順便問他覺得身體現在怎麼樣。「不像我想的那麼嚴重。」他回答：「可是除了我的手臂疼痛外，我渾身上下都疼痛得好像被一大群小鬼打過似的。」

「是啊，一點都不奇怪，」我說：「凱瑟琳生前經常誇口說要保護你，不讓你受到傷害。她的意思是，有些人可能因爲怕惹她生氣而不傷害你。幸好死人不會眞的從墳墓裡爬出來，否則昨天夜裡，她可要親眼目睹一場令她厭惡的好戲呢！你的胸部和肩膀都沒有被打傷吧？」

「我也不知道。」他回答：「可你這話是什麼意思？難道我失去意識時，他還打了我嗎？」

「他踩你、踢你，抓著你的頭猛往地板撞，」我小聲說：「他嘴邊淌著口水，恨不得用牙齒撕碎你。因爲當時他只有一半還是人，另一半恐怕不那麼像個人了。」

恩蕭先生和我一樣，抬起頭看著我們的共同敵人。這傢伙正沉浸在他的悲傷中，對周圍視若無睹；他站得越久，流露在他臉上的悲鬱之情就更明顯。

「啊，只要上帝能在我最後的苦痛時，賜予我力量把他掐死，我就能滿足地下地獄啦。」這忍不住氣的人呻吟道，掙扎著想站起來，但又頹然倒回椅子上，知道自己無力跟他拚命了。

「不，他害死你們其中一個就已經夠了。」我高聲說道：「在田莊那邊，大家都知道，要不是因爲希斯克里夫先生，你妹妹至今或許仍活著。說到底，被他愛，還不如被他恨呢。我一想到我們過去快樂的日子——在他來之前，凱瑟琳曾經是多麼快樂——我眞想詛咒他到來的那一天。」

大概是希斯克里夫只注意到這番話的眞實性，而不大注意說話者的語氣。我發現這番話終於觸動了他，因爲他的眼淚如雨點般從睫毛滴落到灰燼裡，在一聲聲哽咽的嘆息中，困難地呼吸著。我死盯著他，輕蔑地大笑起來，那兩扇陰沉如地獄之窗的雙眼朝我閃爍一下。不過，那平常射出來的凶惡眼神，竟變得如此黯淡無光，讓我又大膽地發出一聲嘲笑。

「起來，滾開，別出現在我眼前！」這個悲痛的人說——我猜他應該是這樣說的，因爲他的話語含糊不清。「很抱歉，」我回答，「但我也愛凱瑟琳，她哥哥需要人照顧，看在凱瑟琳的份上，就由我來代勞吧。如今她已經死了，我在辛德雷身上可以看到她的身影。辛德雷的那雙眼睛，要不是你曾想把它們挖出來，弄得這樣又黑又紅的，倒是跟她一模一樣；而且她的——」

「你這該死的可憐蟲，在我把你踩死之前，起來！」他叫道，同時移動腳步，嚇得我也跟著移動。

「可是啊，」我繼續說著，悄悄地準備逃跑，「如果可憐的凱瑟琳曾經相信過你，接受了希斯克里夫太太這可笑、卑賤又可恥的頭銜，她很快也會落到這樣的地步！她才不會默默忍受你那惡劣的行徑，她一定會毫不保留地將所有的厭惡和憎恨爆發出來的！」

我和他之間隔著一把高背椅和恩蕭先生，因此他並沒有走到我面前，而是直接從桌上抓起一把餐刀，往我頭上猛擲過來。刀子擊中我的耳朵下方，打斷了我的話。當我拔出刀子奔到門口時又說了一句，我想這句話的殺傷力應該比他的飛刀還要厲害，傷他更深些。我看到的最後一眼是，他猛衝過來，卻被辛德雷攔腰一抱，兩人扭倒在爐火邊。我飛奔到廚房，叫約瑟夫趕快過去他主人那裡，還撞倒了哈里頓，他正在門口把一窩小狗吊到椅背上。我就像逃出煉獄的靈魂，連跑帶跳，飛也似地順著陡坡衝下來。我捨棄彎曲的馬路，直接穿過荒原，滾下堤岸，涉過沼澤。事實上，我當時驚慌不已，只是一味地往田莊的亮光直奔。我寧可被打入地獄永不見天日，也不願在咆哮山莊再待上一夜。

*　*　*

依莎貝拉就此打住，啜了一口茶。然後她站起來，叫我幫她戴上帽子，披上我拿來的一條大披巾。我一再懇求她再待一個鐘頭，但她就是不聽，隨後又爬上一張椅子，親親艾德加和凱瑟琳的肖像，也親了親我，便帶著凡尼上馬車。這條狗因爲又見到主人，高興得直吠。依莎貝拉就這麼走了，再也沒回來過這帶。不過等到事情稍微平靜後，她和主人又開始保持書信往來。我想她後來是定居在南方，靠近倫敦。她逃走後沒幾個月，就在那裡生了一個兒子，取名爲林頓，而且從一開始，她就說那是個體弱多病又任性的小傢伙。

有一天，希斯克里夫在村子裡碰到我，向我問起她住在哪裡，我不肯告訴他。他說那也沒什麼關係，只是要她當心，別到她哥哥這兒來。只要他還是她丈夫，她就不可以跟艾德加相聚。雖然我沒跟他透露任何訊息，但他還是從其他僕人口中打聽到她的去處，並得知那孩子的存在。不過他也沒有去騷擾她。我想，光是針對這點，或許依莎貝拉該感謝他對自己的厭惡呢。

他每次遇到我，總會問起那孩子的情況。一聽到孩子名字，他就冷笑道：「他們是想讓我也恨他，是吧？」

「我想他們並不想讓你知道這孩子的任何事。」我回答。

「可是我終究會得到他的，」他說：「等我需要他的時候。他們等著瞧吧！」

幸虧孩子的母親沒等到那時候就過世了。那是凱瑟琳死後約十三年左右的事情，林頓才十二歲，或許年紀更大一些。

依莎貝拉突然到訪那天，我一直沒機會跟主人說起這件事。他當時並不想見任何人，也沒心思談論任何事情。當我總算能告訴他這件事時，我看得出他很慶幸自己的妹妹決定逃離她丈夫。他對這位妹夫眞是厭惡到極點，像他這麼溫和的個性，實在很難憎惡到這樣的地步。他是如此深惡痛絕及敏感，任何可能看到或聽到希斯克里夫的地方，他就絕不涉足。悲痛，再加上這種憎恨，讓他成爲一位不折不扣的隱士。他辭去地方法官的職務，連教堂也不去了，不參加村裡任何活動，只在自己的園林裡，過著一種與世隔絕的隱士生活。唯一的例外是，有時他會獨自散步到曠野，到夫人的墳前看看，而且大部分選在晚上或清早，罕有人在外走動的時候。但是他太和善了，不會長久如此悶悶不樂，也不祈求凱瑟琳魂牽夢縈地伴隨他。而且隨著時間的流逝，會昇華成一種比世上的歡樂還要甜美的憂傷。他以無盡的柔情思念、緬懷她，衷心希望她到更美好的世界去。他毫不懷疑，凱瑟琳是到那兒去了。

況且，他也在這塵世間找到新的慰藉和寄託。我之前說過，剛開始幾天，他好像並不關心亡妻留下的小女兒，然而這樣的冷漠就像四月雪，很快便消融了。這小傢伙還不到牙牙學語或蹣跚學步前，就已完全佔據林頓先生的心。這孩子被取名為凱瑟琳，可是他從不叫她的全名，就像他也從不叫她媽媽的小名一樣，這大概是因為希斯克里夫總是那麼叫她。他總是叫這個小傢伙凱蒂，對他來說，這不但可以跟她母親有所區別，同時又有所連結。而他對她的寵愛，與其說是因為她是自己的骨肉，還不如說因為她是凱瑟琳的親生女兒。

我總拿他和辛德雷・恩蕭比，他們的處境這麼相似，表現出來的行為卻是迥然相異；關於這一點，我怎麼也找不到讓自己滿意的答案。他們都是深情款款的丈夫，也都相當疼愛自己孩子，但我不明白，為何不論是善是惡，最後都落得這般下場。而且我自己心裡其實是這樣想的：辛德雷算是比較堅強的個性，但令人遺憾的是，最後卻表現得比另一個較軟弱的人更糟糕。當他的船觸礁時，船長選擇棄守，而全體船員沒有試著想挽救這艘船，反是驚慌失措、亂作一團，導致這艘不幸的船毫無獲救希望。相反的，林頓表現出一個忠誠的靈魂所具有的真正勇氣：他相信上帝，上帝也給他安慰。一個懷抱希望，另一個則陷入絕望之境。他們各自選擇了自己的命運，理所當然也該各自承受。可是，洛克伍德先生，您應該不想聽我說教吧？您會跟我一樣對這一切作出判斷的。至少，您會認為您可以，那也就行了。恩蕭的死是預料中事，繼妹妹之後，他也過世了，相隔不到六個月。我們田莊這邊，一直都不清楚恩蕭臨死前的情況。我現在所知的，都是後來去幫忙料理後事時才聽說，還是肯尼斯來跟主人報告這件事的。

「唉，奈莉，」有天早晨他騎馬進院子時叫住我。因爲他來得實在太早了，不由得讓我馬上有一種不祥的預感。「現在該輪到你跟我去奔喪了。你想這回是誰不告而別啦？」

「是誰？」我驚慌地問。

「唉，猜猜看呀！」他回答，下了馬把馬韁掛上門邊的掛鉤。「撩起你的圍裙吧，你肯定需要它來擦眼淚的。」

「該不會是希斯克里夫先生吧？」我嚷道。

「什麼！你會爲他掉眼淚嗎？」醫生說：「不，希斯克里夫壯得像個年輕小伙子，他今天氣色好得很哪，我剛才還看到他。自從他跑掉太太後，很快又胖起來啦。」

「那麼，是誰呢，肯尼斯先生？」我焦急地追問。

「辛德雷・恩蕭！你的老朋友，辛德雷，」他回答：「也是我那位誤入歧途的朋友。雖然他已經放蕩太久了。看吧！我們總還是會爲他流下眼淚的。不過振作點！他死得完全像他一貫的作風：喝得酩酊大醉。可憐的傢伙，我也很難過。人難免要思念老朋友，儘管他可說是做盡壞事，也對我耍過一些流氓手段，不過他好像才二十七歲吧，跟你同年。誰會想到你們是同年生的呢？」

我承認，這個打擊對我來說，比林頓夫人過世還要大些。昔日種種縈繞我心頭，讓我坐在門廊上，哭得像自己親人過世一樣，只能請肯尼斯先生另外找個僕人帶他去見主人。我忍不住思索起一個問題：「他可曾受到公平的對待？」無論我做什麼事，這個問題總在我心中徘徊不去，一直糾纏我，讓我決定請假前往咆哮山莊幫忙料理後事。林頓先生原本很不想讓我去，不過我說死者無親無故，很懇切地請求他，還說亡者也曾是我的雇主，又是我的乳兄弟，理當去盡點心力。此外，我又提醒林頓先生，哈里頓那個孩子是夫人的姪兒，既然已經沒有更親近的親人，主人理當作他的監護人才是。而且也該去關心一下遺產的處理狀況，幫忙料理妻舅的身後事。他當時不想過問這些事，不過有吩咐我去找他的律師，最後終於答應讓我去咆哮山莊。

主人的律師同時也是恩蕭的律師，我去村裡拜訪他，請他陪我一塊兒去山莊。他搖搖頭，勸我別去惹希斯克里夫，並斷定大家一旦知道眞相，就會發現哈里頓其實跟個乞丐差不了多少。「他的父親生前負債累累，」他說：「所有財產都抵押了。現在這位合法繼承人唯一的機會，就是讓他的債權人能激起一點憐憫心，對他寬厚些。」

當我抵達山莊，我說我是來看看一切有否辦理妥當的。約瑟夫滿臉哀傷地走出來，對我的到訪表示滿意。希斯克里夫先生則說，他看不出來這裡有什麼地方需要我幫忙，倒是如果我想的話，也可以留下來幫忙料理出殯事宜。

「照理說，」他說：「那個蠢蛋的屍體應該埋在十字路口，根本不需要舉辦什麼葬禮。昨天下午，我才離開他十分鐘，他就趁這個機會鎖上大廳的兩扇門不讓我進去，然後喝了整晚的酒，故意要喝個酩酊大醉而死。今天早上，我們聽到他哼得像匹馬似的，才破門而入，他就躺在那兒，那張高背椅上，你就算狠狠打他、剝他的皮，也搖不醒他。我派人去請肯尼斯，他來了，但爲時已晚，那畜生早就沒氣了，死了、冷了，也變僵硬了。因此我們不得不承認，一切都沒救啦。」

老僕人證實了這段話，可是卻嘟噥地說：「我倒希望是他去請醫生哩！我侍候主人一定比他好一點——我走時，主人還沒死，一點死的樣子也沒有！」

我堅持要把喪禮辦得體面些。希斯克里夫先生說這方面可以由我作主，只是，他要我記住這場葬禮的錢是從他口袋裡掏出來的。他擺出一副冷酷、漠不關心的模樣，看不出半點高興或悲哀的表情。如果眞有什麼情緒的話，只有一種順利完成一項艱鉅任務時得意的冷酷。有一次，我確實在他眼裡看到一種掩不住的得意神情，那是在靈柩抬出屋時，他假惺惺地跟在後面，在哈里頓跟著走出去前，把這不幸的孩子舉起來放在桌上，別有意味地說：「現在，我的好孩子，你是我的了！現在我們要來看看，用同樣的狂風吹這棵樹的話，它會不會跟另一棵樹一樣長得歪七扭八的！」

那個天眞無邪的小傢伙，聽了這段話竟然挺高興的。他摸摸希斯克里夫的臉，撥弄起他的鬍子玩。然而我深知話裡含意，便嚴厲地說：「那孩子得跟我回畫眉田莊去，先生。在這世上，你要什麼都可以，但這孩子絕對不行。」

「是林頓這麼說的嗎？」他質問。

「當然，他叫我來帶他回去。」我回答。

「好吧，」這惡棍說：「現在不是爭辯這件事的時候，可是我很想自己養個孩子。所以回去告訴你家主人，如果他打算帶他走，就拿我的孩子來交換。我不可能默不作聲地放哈里頓走，而且我很有保握，一定可以把另一個要回來的！記得，告訴他。」

這一招可夠狠的，眞讓我們束手無策。我回去後轉達了這番話，艾德加．林頓本就對此沒多大興趣，從此也就不再干涉了。再說，就算他想干涉，他也毫無辦法。

原本的客人，現在反成爲咆哮山莊的主人了。他牢牢握住所有權不放，並請律師證實——他反倒過來請律師向林頓先生證明：恩蕭已經押出他名下的每一分土地來抵換賭金，而他，希斯克里夫，就是那個承抵人。

這麼一來，原本該是這一帶一流紳士的哈里頓，卻落到完全得靠他父親多年的仇人來養活他的地步。他住在自己家裡，卻過得像個僕人似的，甚至連領取工錢的權利都沒有；他翻不了身，因爲他無親無故，而且根本不知道自己受人欺侮。

譯註：

1 蛇怪，據傳有隻蛇從公雞蛋孵出來，只要有人接觸到牠血紅的雙眼，便會死掉。

Chapter 18

第十八章

過了那段最悲慘的日子後，接下來十二年，是我這一生中最快樂的時光。在那些年裡，我最大的煩惱也只是我們家小姐一些無關緊要的小毛病而已，那是所有孩子，無論是貧是富，都會經歷的。除此之外，她出生六個月後，就像一棵落葉松似的長大，在林頓夫人墓前的石楠還沒開第二次花以前，她就能用自己的方式走路和說話了。她是最能將陽光帶進這所淒涼田莊的小傢伙——她有一張非常迷人的臉蛋，有著恩蕭家漂亮的黑眼睛、林頓家白皙的皮膚、秀氣的五官及金黃色鬈髮。她總是活力十足，但並不粗野，還有顆情感豐富、熱烈的心。這點總讓我想起她母親，又不全然像她，因為她也能像鴿子一樣溫順柔和，且擁有溫柔的聲音和沉靜的氣質。她生起氣來從不暴跳如雷，愛人也從不過於熾烈，而是既深切又溫柔。然而，必須承認的是，她也有些缺點來襯托她的優點：淘氣就是其中一個缺點，還有脾氣倔強。不論孩子的本性如何，只要是被慣壞的孩子，一定有這個缺點。要是有哪個僕人不小心惹她生氣，她總會說：「我要告訴爸爸！」要是爸爸責備她，就算只瞧她一眼而已，你也會以為是什麼令人心碎的事呢，儘管我不相信主人曾對她說過一句重話。主人親自擔起教育她的責任，並樂在其中。幸運的是，這女兒不但好學又聰慧，還是個好學生。她學得又快又用心，顯示主人教得有多好。

她到了十三歲，還未自己出過田莊。林頓先生偶爾會帶她到外面走上一英里路，可是他從不放心把她交給別人。在她聽來，吉默屯是個虛幻的名字，除了自己家外，教堂是她唯一一棟曾經接近或踏進去過的建築。對她來說，咆哮山莊和希斯克里夫先生並不存在，她徹底隱居在田莊內，而且，她顯然非常滿足於這樣的生活。

的確，有時候當她從育嬰室的窗口往外眺望山野時，也會說：「艾倫，我還要過多久才能爬上那些山峰呢？不知道山的那邊是什麼——是海嗎？」

「不，凱蒂小姐，」我會回答說：「還是山，就跟這些山一樣。」

「當你站在那些金色的石頭底下，那是什麼樣子呢？」她有一次問道。

盤尼斯敦岩的陡坡尤其引她注意，特別是當其他景色皆隱沒在黑暗中，只剩峭壁和山頂映照在落日餘暉下時。我向她解釋，那只是一大片光禿禿的石頭，石縫裡的土根本連一棵小樹都養不活呢。

「那為什麼這裡都已經暗了，那些石頭還那麼亮呢？」她追問。

「因為那裡比我們這兒高多了，」我回答：「你可沒辦法爬上去，那兒太高、太陡了。冬天時，那裡總是比我們這兒早下霜，就連盛夏，我也曾在東北面那個黑洞裡看過白雪呢！」

「啊，你去過那裡啦！」她高興得叫起來。「那麼等我長大也可以去啦！艾倫，爸爸去過沒有？」

「爸爸會告訴你，小姐，」我急忙回答：「那地方不值得去。你陪爸爸散步的曠野，可比那兒好多了，而且畫眉田莊就是世界上最好的地方啦。」

「可是我很瞭解田莊了，卻不知道那些地方，」她自言自語地說：「要是我有機會從最高峰眺望四周，該有多好啊！我的小馬敏妮總有一天會帶我去的。」

有位女僕曾說起仙人洞的故事，令她動心不已，一心想要實現這項計畫。她一直纏著林頓先生答應這件事，最後只得答應等她大些再讓她去。可是凱瑟琳小姐是以月分來計算她的年齡的，「現在，我大到可以去盤尼斯敦岩了嗎？」這是她最常掛在嘴邊的問題。到那裡的路途曲折蜿蜒，而且相當靠近咆哮山莊，艾德加並不想經過那裡，因此她最常得到的答案是：「還不行，寶貝，還不行。」

我說過希斯克里夫太太離開她丈夫後，多活了十二年左右。他們一家人體質都很虛弱：她和艾德加都缺乏您在這一帶看到的紅潤氣色。她最後到底是得到什麼病過世的，我也不大清楚。不過我想，他們應該都是死於同一種病，也是一種熱病；發病初期發展得很慢，可是無法醫治，末期時很快就把生命耗盡了。她寫信告訴哥哥，說她已經病了四個月，可能會有什麼樣的結果，並懇求他可能的話，到她那兒去一趟，因爲她還有很多事情要安排。而且她也希望能跟他告別，並把小林頓安全交到他手上。她希望能把林頓託付給他，就像他以前跟她在一起一樣。她自己也情願相信，這孩子的父親根本不想擔負起養育的責任。我家主人毫不猶豫答應她的請求。儘管一般事情無法讓他離開家，這次他卻飛快地趕去了。他把凱瑟琳交託給我，要我在這段期間特別照顧她，並一再叮嚀，說即使有我陪著，也不能讓她跑到林子外面去。他當然想都沒想過，沒有人陪的話，她會自己跑出去。

主人離開了三星期。頭一、兩天，那個託付給我照顧的小傢伙，難過得坐在書房裡一個角落，既讀不下書也沒心情玩，就這樣安安靜靜地，沒給我添什麼麻煩。可是接下來幾天她就開始煩躁不安了，再加上我太忙，而且也老了，沒辦法一直跑上跑下地逗她玩，我便想出一個辦法，讓她自己去玩。我總是叫她出去走走——有時在園裡轉一轉，有時騎騎小馬。等她回來後，我就當個耐心的聽眾，隨她講述各種眞實和想像的冒險故事。

當時正值盛夏，她很喜歡自己這樣到處遊蕩，經常是早餐過後就跑出去，一直玩到吃茶點時才趕回來。到了晚上便開始講她那些充滿幻想力的故事。我並不擔心她跑出園外，因爲大門通常是鎖上的，而且我想，即使大門開著，她一個人應該也不敢跑出去。不幸的是，我錯了。有天早上八點，凱瑟琳跑過來跟我說，她這天是個阿拉伯商人，要帶著她的商隊越過沙漠，我得幫她和牲口準備足夠的糧食，牲口就是一匹馬和三隻駱駝，而三隻駱駝則以一條大獵犬和一對小獵犬代表。我準備了好多吃的，都放進掛在馬鞍上的籃子裡。她高興得像精靈般縱身上馬，戴上寬邊帽和面紗遮擋七月的烈陽。我叮囑她要小心，別騎得太快，並且要早點回來。她就在快樂的笑聲中騎馬飛奔而去了。這淘氣的小傢伙到了茶點時間還不見蹤影。不過其中一位「旅行者」，就是那隻大獵犬，那隻貪圖安逸舒適的老狗先回來了。然而，無論是凱瑟琳、小馬，或是那兩隻小獵犬，到處都不見蹤影。我趕緊派人沿著馬路四處尋找，最後我自己也跑出去找她，田莊邊上有個工人在一塊林地外圍搭籬笆，我問他有沒有看見我們家小姐。

「我是早上看見她的，」他回答：「她要我砍一根榛樹枝當鞭子，接著便騎上小馬跳過那邊的矮樹籬，跑得無影無蹤了。」

您可以猜到，當我得知這消息時有多著急。我立刻想到，她一定是跑到盤尼斯敦岩去了。「她會不會出了什麼事？」我突然喊一聲，衝過那個人正在修補的缺口，直往大馬路跑。我像跟人賭氣似的走，走了一英里又一英里，直到轉了個彎看到山莊，卻仍遍尋不著凱瑟琳。山岩距離希斯克里夫的住處約一英里半，也就是說，距離田莊足足有四英里遠。因此，我開始擔心當我抵達那兒時，天就要暗了。

「要是她爬上岩石時滑下來，」我想著，「還是摔死了，或者摔斷骨頭，那可怎麼辦啊？」我一顆心懸在那裡，可眞是急壞了。當我慌慌張張跑過農舍，看到我們家那隻最凶猛的獵犬查理正趴在窗下，頭都腫了、耳朵也淌著血，我這才慢慢放下心來。我打開柵門，跑到門口拚命敲門。來應門的是我認識的女人，以前住在吉默屯，恩蕭先生死後，她就過來這兒當女僕。

「啊，」她說：「你是來找你家小姐的吧！別擔心，她在這兒很平安。還好不是主人回來了。」

「這麼說他不在家囉？」我氣喘吁吁，因爲走得太快，一路上又擔心受怕，累得我上氣不接下氣。

「不在，不在。」她回答：「他和約瑟夫都出去了，我想一時半刻不會回來。進來歇會兒吧。」

我走進去，看見那隻迷途羔羊坐在爐火邊，坐在一張她母親小時候用過的椅子上搖著，帽子掛在牆上，看起來自在得像在家裡，興高采烈地跟哈里頓有說有笑。哈里頓現在已經是個十八歲的健壯小伙子了，用驚奇的眼神直盯著她看，對她滔滔不絕的談話和問題，聽得懂的部分，應該是少之又少吧。

「好呀，小姐！」我叫道。其實我心裡是很高興的，卻得裝出一副生氣的表情。「在爸爸回來之前，你可別想再騎一次馬了。我再也無法相信你，讓你跨出大門一步啦，你這淘氣又頑皮的小姑娘！」

「唉呀，艾倫！」她歡喜地叫著，跳起來跑到我身邊。「我今天晚上可有精采無比的故事可講啦——你到底還是找到我了。你以前來過這裡嗎？」

「戴上帽子，我們馬上回家。」我說：「你讓我擔心死了，凱蒂小姐，眞是太不像話了。噘嘴和哭鬧都沒有用的，那也彌補不了我吃的苦頭，爲了找你，我跑遍整個鄉野。想想林頓先生是怎麼囑咐我要讓你待在家裡的？你竟然偷偷溜出來！這表明你根本是隻狡猾的小狐狸，沒有人會再相信你啦！」

「我怎麼啦？」她開始哽咽，不過馬上又忍住了。「爸爸並沒囑咐我什麼。他不會罵我的，艾倫，他從來不會像你這樣對我發脾氣！」

「算了，算了！」我又說：「我來幫你繫好帽帶。現在，我們別在這兒鬧脾氣啦。啊！眞羞呀，你都已經十三歲啦，還像個小孩子似的！」我說這句話是因爲她把帽子推開了，還退到壁爐那邊去，讓我抓不到她。

「別這樣，」那女僕說：「狄恩太太，別對這位漂亮的小姑娘這麼凶嘛。是我們叫她停下來的，她想騎馬往前走，又怕你擔心。於是哈里頓提議陪她去，我也認爲他應該這麼做，那山路可眞不好走，翻山越嶺的。」我們說話時，哈里頓雙手插在口袋站在一旁，窘得說不出話來，不過看樣子，他好像不願意看到我跑來打擾他們。

「我還得等多久呢？」我接著說，不顧那女人的勸告。「再過十分鐘就要天黑啦。小馬呢？凱蒂小姐，鳳凰在哪兒呢？你再不快點，我就要自己走，不管你啦。」

「小馬在院子裡，」她回答：「鳳凰關在那邊，牠被咬傷了，查理也是。我本來要告訴你所有事情的，可是你的脾氣這麼壞，我不想跟你講了。」

我拿起她的帽子，走上前想再幫她戴上。可是她看到屋裡的人都站在她那邊，便開始滿屋子跑。我一追她，她就像耗子似的在家具間鑽上鑽下，弄得我追她這個舉動反而變得很滑稽。哈里頓和那女僕都笑了起來，她也跟著他們笑，舉動更加放肆了，直到我大發雷霆地嚷：「好吧！凱蒂小姐，要是你知道這是誰的房子，你就巴不得想趕快出去啦！」

「這是你父親的，不是嗎？」她轉身問哈里頓。

「不是。」他回答，眼睛盯著地板，滿臉通紅。

他受不了她兩眼直盯著自己，儘管那雙眼睛活像他自己的。

「那麼，是誰的呢？你主人的嗎？」她問。

他的臉更紅了，但那是出於另一種心情，他低低咒罵一聲便轉過身去。

「那麼，他的主人是誰呢？」這糾纏不休的小姑娘又問：「他一直說『我們家的房子』和『我們家人』，我還以為他是屋主兒子呢。但他又一直沒叫我小姐，如果他是僕人，應該要這麼叫的，不是嗎？」哈里頓聽完這番幼稚的發言，一張臉陰沉得像烏雲壓頂。我悄悄地搖一搖追問不休的小姐，最後總算讓她穿戴好準備走人。

「現在，去把我的馬牽過來吧。」她渾然不知對方是自己親戚，跟他說話的口氣像在吩咐田莊裡的馬夫似的。「你可以跟我一塊兒走，我想看看沼澤地裡的『獵妖者』是在哪兒出現的，還要聽聽你說的『小仙子』，可是要快點才行。怎麼啦？我叫你把我的馬牽過來。」

「在我還沒當你的僕人之前，可要先看你下地獄！」那個小伙子吼道。

「你要看我什麼？」凱瑟琳驚訝地問。

「下地獄呀，你這傲慢的小巫婆！」他回答。

「好啦，凱蒂小姐！瞧你可真碰上好夥伴啦，」我插嘴說道：「對一個小姐，怎麼可以用這樣的字眼說話！別跟他吵了。來，我們自己去找敏妮，走吧。」

「可是，艾倫，」她瞪大眼喊著，驚愕不已。「他怎麼敢這樣對我說話！難道他不該照我的吩咐去做嗎？你這壞蛋，我要把你說的話都告訴爸爸，瞧著吧！」

這樣的威嚇對哈里頓來講似乎不痛不癢，惹她氣得都要流出眼淚了。

「你把馬牽過來。」她又轉身對那女僕叫嚷：「也馬上把我的狗放出來！」

「客氣些，小姐，」那女僕回答：「客氣點，你不會吃虧的。雖然哈里頓先生不是主人的兒子，可是他是你的表哥，而且我也不是僱來伺候你的。」

「他！是我的表哥？」凱瑟琳叫道，鄙夷地笑出一聲。

「是的，的確是啊。」指責她的女僕答道。

「啊，艾倫！別讓他們再說這種事了，」凱瑟琳一臉苦惱地說：「爸爸到倫敦接我的表弟，他可是是上流家庭的兒子呀。而我的——」她停下話頭，大聲哭了起來。一想到和這樣粗鄙的人有親戚關係，令她不由得感到難過。

「噓，噓！」我低聲說：「人可以有很多表親和各種各樣的親戚，凱蒂小姐，這沒什麼大不了的。要是他們令人討厭或者品行不好，不要和他們往來就好啦。」

「艾倫，他不是——他不是我表哥！」她接著說，想一想又悲從中來，撲進我懷裡想躲開這念頭。

我聽見她和女僕各自洩露的消息，感到心煩不已。毫無疑問，小姐說出林頓即將到來的消息，定會傳到希斯克里夫那裡；而等林頓先生一回來，凱瑟琳定會馬上跟她爸爸問清楚這位粗魯的親戚是何方神聖。哈里頓似乎被凱瑟琳傷心的情緒所影響，慢慢從他被誤認爲僕人的怒火中平靜下來。他把小馬牽到門口，爲了討好她，又從狗窩裡抓出一隻漂亮小狗塞在她手裡，叫她別哭了，解釋道他並沒有惡意。凱瑟琳不再哭泣，只用一種畏懼的眼光打量他，隨後又哭了起來。

看到她如此討厭那可憐的孩子，我就忍不住想笑。其實，那孩子體格挺拔而健美，相貌也挺好看的，只是那一身穿著，僅適合在田裡幹活，或者在曠野裡追逐野兔、獵物。即使如此，我還是可以從他的相貌看出，他的心地要比他父親善良許多。當然，好禾苗若淹沒在一片野草中，茂盛的野草當然會長得比沒受照顧的禾苗還高。不過，儘管如此，還是可以證明這是塊肥沃的土地，只要在有利的環境下，仍可以結出豐碩的果實。我相信希斯克里夫先生並沒有在肢體上虐待他——多虧他天生那一副天不怕地不怕的個性，才沒讓人想虐待他。根據希斯克里夫的說法，他沒有那種怯懦的神經質，故不會讓人想施加虐待。希斯克里夫只是壞心地想把他養成一位野蠻人：從來沒有人教過他讀書寫字，只要沒有什麼會惹到新莊主的壞習慣，就不會有人管教他。從來沒有人引領他走向良善之道，或者給他一句管教壞行爲的斥責。而且根據我所聽到的，他之所以變成這樣，約瑟夫也要負很大的責任。出於一種狹隘的偏愛，約瑟夫從小就捧他、寵他，說他是這古老家族的傳人。

當凱瑟琳・恩蕭與希斯克里夫還小的時候，約瑟夫老是喜歡數落他們「可怕的行爲」，惹得老主人煩心不已，只得借酒澆愁。現在，他又把哈里頓走上偏路的所有責任，全都歸罪於剝奪其家產的人身上。若是這孩子罵髒話，他不會出口糾正；無論這孩子表現得再怎麼不對，他也都放任不管。顯然，目睹哈里頓壞到極點的模樣，約瑟夫就會有一種滿足感。他承認這孩子是徹底沒救了，靈魂也沉淪了，但是他又會想，這都是希斯克里夫的錯：哈里頓變成這樣，都是那壞蛋一手造成的。一想到這裡，他又能心安理得起來。約瑟夫一直跟哈里頓灌輸對自己家族的驕傲，要是膽子更大一些的話，恐怕就要挑撥他憎恨這山莊的新主人了。只是老傢伙自己對這位新主人實在恐懼到迷信的地步，就算心裡怨恨，也只敢嘟囔嘲諷，或暗地裡咒罵幾句而已。

我無法說自己很瞭解咆哮山莊現在的生活方式，我所知道的全都只是聽來的，非我親眼所見。村裡人都說希斯克里夫很「吝嗇」，對佃農來講也是個殘酷無情的地主。不過房子那邊有女僕打理後，終於恢復了以前的舒適樣貌，不再像辛德雷在的時候那麼髒亂。過去的主人抑鬱得不想和任何人來往，不論是好人或壞人，而現在的主人也是如此。

瞧我扯到哪兒去了？淨說些不相關的話。凱蒂小姐拒絕掉那隻用來跟她講和的小狗，只要回了自己的查理和鳳凰。牠們一跛一跛垂著頭走過來，我們每一個，就這麼垂頭喪氣地出發回家。我怎麼也無法從小姐口中探問出她這一天是怎麼度過的。我只能自己猜測，她這次探險的目標是盤尼斯敦岩。她一路平安地抵達農舍門口，哈里頓剛好走出來，後面也跟了幾隻狗，襲擊了她的商隊。肯定是在雙方主人沒來得及制止前，先發生了一場惡鬥，才讓兩位主人有機會互相認識。凱瑟琳告訴哈里頓自己的身分，要到哪兒去，並請他告訴她要怎麼走，最後還慫恿他一起去。哈里頓把仙人洞及其他二十個怪地方的祕密全跟她講了。但是，我已經失寵了，沒有這份榮幸聽她講述這段有趣歷程。不過，我看得出來：在她喚他僕人傷了他的自尊，山莊管家又提起他是她表哥傷了她的心之前，這位嚮導頗得她的歡心。後來他對她所用的字眼，又刺痛了她的心。因爲在田莊裡，每個人都叫她「親愛的」、「寶貝兒」、「皇后」、「天使」之類，現在卻被一個陌生人如此侮辱！那是她無法理解的。

我費了好大勁才讓她答應不到她父親那兒告狀去。我解釋說，她的爸爸相當討厭山莊那一家，要是他發現自己女兒去過那裡，肯定會很難過。而且更重要的是，如果她說出這件事，主人就會發現我沒有盡責做好他交代的事情，他也許會氣得把我趕出去。凱蒂說什麼也受不了這樣的情況發生，因此保證看在我的份上信守諾言，絕不會洩漏風聲。噢，她畢竟是個相當惹人愛的小姑娘。

Chapter 19

第十九章

一封帶黑邊的信捎來主人的歸期。依莎貝拉過世了，主人寫信來吩咐我幫他女兒穿上喪服，並幫他的小外甥準備一間房間。凱瑟琳一想到父親就要回來了，簡直欣喜若狂，而且相當樂觀地兀自想著她那位「眞正」的表弟一定有數不清的優點。他們預計抵達的那個晚上終於來臨，她從一大清早就忙著張羅自己的事，現在又穿上新的黑喪服——可憐的小傢伙！姑姑的死並沒有讓她覺得很難過，她一直纏著我，硬要我陪她走過田莊去等他們。

「林頓只比我小六個月，」當我們沿著樹蔭，慢慢走過那凹凸不平、滿是青苔的草地時，她唧唧喳喳地說著。「有他作伴玩眞是太棒了！依莎貝拉姑姑曾寄了一束美麗的頭髮給爸爸，他的頭髮比我的還要淡些——更淡黃些，而且很細。我小心地把它放進一個小玻璃盒，常常想，要是能見到它的主人該多好啊。啊，我眞高興——爸爸，親愛的，親愛的爸爸！快來呀，艾倫。我們用跑的！快，快跑！」

她跑了一會兒，回過頭來看我，然後又跑起來。在我慢慢走到大門口之前，她已經來回跑上好幾趟啦，後來坐到小徑旁的草地上試著耐心等候，但她根本就耐不住性子，一分鐘也靜不下來。

「還要多久他們才會到啊！」她喊道。「啊，我看到馬路揚起些塵土啦——他們來啦！不是！他們什麼時候才會到這兒呀？我們不能往前走一點嗎——就走半英里，艾倫，走半英里路就好！答應我吧！走到轉彎的那叢樺樹那兒就好！」

我斷然拒絕。不過終於讓她盼到了，那輛長途跋涉的馬車奔馳過來。凱蒂一看見父親的臉從車窗往外望，便大叫一聲，伸出她的雙臂。他連忙走下車，幾乎和她一樣急切。有好半天時間，他們父女倆只看到彼此，壓根兒沒想到其他人。當他們擁抱在一起時，我偷偷看著林頓。他在車裡睡著了，裹著一件暖和的毛邊外套，就像是冬天似的。他是個蒼白、瘦弱、嬌氣的男孩，他跟主人實在太像了，簡直可以說是他年幼的弟弟。不過他臉上帶著一種病態的乖戾之氣，那是艾德加・林頓所沒有的。林頓先生瞧見我站在一旁，便跟我握握手，要我關上車門，不要吵醒小男孩，說這趟旅行眞讓他累著啦。凱蒂想多看一眼，但是她父親叫她過去，當我忙著招呼僕人，他們父女倆就一塊兒走進田莊了。

「現在聽我說，寶貝，」他們停在門口的台階前，艾德加對他女兒說：「你的表弟並不像你這麼健康，個性也沒這麼活潑。而且記住，他才剛失去母親，因此，別希望他馬上就能跟你又玩又跳的。也別說個不停煩他，至少今天晚上讓他安靜一下，好嗎？」

「好的，好的，爸爸。」凱瑟琳回答：「可是我眞想看看他，他連一眼都還沒往窗外看過呢！」

馬車停了下來，睡著的人給喚醒了，被他舅舅抱下車來。

「這是你表姊凱蒂・林頓，」艾德加說，把他們的小手放在一起。「她已經很喜歡你了，你今天晚上可別哭得讓她難過啦。現在可以開心點了，我們到了，你什麼事也不用做，只要休息或玩耍，愛做什麼就做什麼吧。」

「那讓我睡覺去吧。」那個男孩回答，往後退縮著躲避凱瑟琳的招呼，又用手抹掉流出來的眼淚。

「好啦，好啦，乖孩子，」我低聲說道，把他帶進屋。「你要把小姐也惹哭啦。瞧她看到你這樣有多難過呀！」我不知道凱瑟琳是不是也在爲他難過，反正兩個孩子一樣哭喪著臉，回到主人身邊。三個人都走進屋裡去，上樓到書房裡，茶已經準備好在那裡了。我幫林頓脫下帽子和斗篷，讓他坐在桌邊的椅子上。可是他剛坐下來又開始哭了，主人於是問他怎麼了。

「我不能坐在椅子上。」那孩子抽泣。

「那麼，就坐到沙發那兒去吧，艾倫會幫你端茶點過去的。」他舅舅耐心地回答。

我相信，這一路上他已經受夠了這個煩人又體弱多病的孩子。林頓慢慢拖著腳步走過去躺下。凱蒂搬來一只腳凳，端起自己的茶走到他身邊。一開始，她靜靜地坐在那裡，可是過沒多久，她就已經決定把小表弟當作寶貝看，滿心希望他能成爲自己的寶貝。她開始撫摸他的鬈髮，親親他的臉，用她自己的小茶碟端茶給他，像對待一個小嬰兒似的。這很討他歡喜，因爲他的確跟個小娃兒差不多。他擦乾眼淚，露出一絲微笑。

「啊，他會過得很好，」主人看了他們一會兒，對我說道。「會過得很好的，只要我們能留住他，艾倫。有個同年齡的孩子作伴，不久就會讓他重新充滿活力。只要他希望自己健康，就會如願的。」

「是啊，只要我們能留住他！」我暗自思索，突然一陣恐懼湧進我心頭，只怕這希望渺小。接著我又想，這弱不禁風的小傢伙怎麼能在咆哮山莊，在他生父和哈里頓之間生存下去？他們會是什麼樣的玩伴和導師呢！我們的疑慮馬上得到印證——甚至比我預料的要早些。喝完茶後，我把孩子們帶上樓，看著林頓睡著——他不讓我走，直到他睡著。我下樓後站在大廳的桌子旁，幫艾德加先生點上一支寢室用的蠟燭。這時，一位女僕從廚房走出來，告訴我希斯克里夫的僕人約瑟夫在門口要求見主人。

「我得先問問他要幹嘛，」我忐忑不安地說：「都這個時候了還來打擾人，眞不恰當。何況他們才剛長途旅行回到家。我想主人應該無法見他。」

我說這話的當兒，約瑟夫已經走過廚房，出現在大廳了。他穿著做禮拜的衣服，綳著他那張僞善透頂的臭臉，一手拿著帽子，一手拄著手杖，開始在腳墊上擦他的皮鞋。

「晚安啊，約瑟夫。」我冷冷地說：「你今天晚上來有什麼事嗎？」

「我要見林頓先生。」他回答，輕蔑地揮一下手，叫我別管。

「林頓先生要睡了，除非你有什麼要緊事，否則我敢肯定他現在不會想見你。」我接著說：「你最好先坐在那兒，跟我說清楚有什麼事。」

「哪間是他房間？」那個傢伙追問，看向那排緊閉的房門。

我知道他根本不想理我，只好勉爲其難走進書房，幫這位不速之客通報，並勸主人先打發他走，等明天再說。林頓先生根本來不及讓我這樣做，約瑟夫便已跟著我上樓，直接闖進書房，直挺挺站在桌子另一邊，雙手握住他的手杖，拉高嗓門說起話，似乎知道自己準會被拒絕接見似的——「希斯克里夫叫我來帶他的孩子，不帶他走，我就不回去！」

艾德加·林頓沉默一下，臉上籠罩一種極度悲哀的神情。若是站在自己立場，他只會爲這孩子感到惋惜。可是，只要一想起依莎貝拉的期盼與擔憂，她對兒子的深切盼望與託孤時的囑咐，要把外甥交出去，真教他心如刀割。他苦苦尋思有沒有解決辦法，但終究還是束手無策。只要他流露出一點要留住孩子的想望，反而會讓對方更加堅決。看來是沒有別的辦法可以留住孩子了。不過，他並不打算把孩子從睡夢中吵醒。

「請回去告訴希斯克里夫先生，」他平靜地回答：「他兒子明天再去咆哮山莊。現下他已經睡著了，而且也累得無法再走這麼長一趟路。你還可以告訴他，林頓的母親希望由我來照顧他，他現在的身體狀況很令人擔心。」

「不成！」約瑟夫說著，一面用他的手杖在地板上砰地敲一下，擺出一副威風凜凜的神氣樣。「不成！沒辦法！希斯克里夫根本不管這孩子的母親，也不管你怎麼說。他要他的孩子，吩咐我一定得帶他走——這下你該明白了吧！」

「今晚你不能帶他走！」林頓堅決地回答：「現在馬上下樓去，把我說的話轉告你家主人。艾倫，送他下樓。走——」

他把這憤怒的老頭子胳膊一提，順勢推出門外，便關上門了。

「好啊！」約瑟夫叫道，慢慢地走出去。「他明天會親自上門來的，看你敢不敢把他也推出去！」

Chapter 20

第二十章

爲避免約瑟夫威嚇的話成眞，林頓先生早早就讓我用凱瑟琳的小馬把這孩子送過去，而且說道：「既然我們現在怎麼也左右不了他的命運，你千萬別對凱蒂說他上哪兒去了，從今以後也不要再讓他們往來。最好別讓她知道他就住在附近，否則她絕對會一直吵著要去咆哮山莊。你就告訴她說，他父親突然差人來接他，他只好離開我們了。」

五點鐘時，好不容易把林頓從床上叫起來，一聽說還得準備上路，他吃了一驚。我告訴他，他得跟父親希斯克里夫先生住些時候，並說父親等不及他恢復旅途勞累，非常想見他，這才把他哄起床。

「我父親？」他茫然叫道，一臉納悶的樣子。「媽媽從沒跟我提過我有個父親。他住在哪兒呢？我倒寧願跟舅舅住一起。」

「他住在離田莊不遠的地方，」我回答：「就在那些小山後邊，不怎麼遠，等你身體好些，就可以散步到這兒來。你應該高高興興地回家，跟他相聚，而且要試著愛他，像愛你母親那樣。這麼一來，他也就會愛你的。」

「可是爲什麼我以前從沒聽說過他呢？」林頓問道：「爲什麼媽媽不跟他住，像別人家那樣？」

「他有事情得待在北方。」我回答：「而依你母親的健康情況，她需要住在南方。」

「可爲什麼媽媽從沒跟我提過他呢？」這孩子固執地追問。「她常談起舅舅，我老早就知道要愛他了。但我要怎麼去愛爸爸呢？我根本不認識他。」

「啊，所有的孩子都愛他們的父母。」我說：「也許你母親以爲，她要是常跟你提起他，你會想跟他住在一起。我們趕快去吧，在這樣美麗的早晨，早早騎馬出去，比多睡一個鐘頭好多了。」

「昨天我看見的那個小女孩，會跟我們一起去嗎？」他問。

「現在不去。」我答道。

「舅舅呢？」他又問。

「也不會。由我陪你過去。」我說。

林頓倒回枕頭上，認眞地沉思著。

「舅舅不去，那我就不去。」他最後嚷道：「我不知道你到底要帶我到哪兒去。」

我試著說服他，說不想見父親是不乖的行爲，他仍不肯讓我幫他穿衣服。我只好叫主人過來幫忙哄他起床，還許下了許多不會實現的諾言，說過不了多久就可以回來，說艾德加先生和凱蒂會去看他，加上一些根本毫無根據、我自己瞎編的諾言，且在之後一路上不斷重複，我們終於讓這可憐的小傢伙上路了。過了一會兒，那清新又帶著石楠香味的空氣、燦爛的陽光，以及敏妮輕快的步伐，緩和了他沮喪的情緒，開始帶著較高的興致詢問起新家和家中成員。

「咆哮山莊跟畫眉田莊一樣好玩嗎？」他問，同時轉頭往山谷看了最後一眼，那裡有一片薄霧冉冉升起，在藍色的天上形成一朵白雲。

「山莊那兒不像這裡隱蔽在林子裡。」我回答：「雖然沒那麼大，但是可以看到四周漂亮的鄉村風光。那裡的空氣對你的健康也較有幫助，清新、乾燥許多。也許你剛開始會覺得那棟房子又舊又黑，不過那是棟很氣派的房子，算是附近數一數二的。你還可以在曠野裡盡情散散步。哈里頓·恩蕭是凱蒂小姐的表哥，也是你的表哥，他會帶你到各個漂亮的地方看看。天氣好的時候，你還可以帶本書，把青翠山谷當作你的書房。而且，有時候你舅舅還可以跟你一塊兒散步，他經常到山裡散步的。」

「那我父親是什麼樣的人呢？」他問：「他跟舅舅一樣年輕又英俊嗎？」

「他也是那麼年輕，」我說：「不過他有一頭黑頭髮和黑眼睛，看上去較嚴肅些，更高大些。也許你一開始會覺得他不怎麼和善慈祥，因爲這不是他一貫的作風。不過要記住，還是要打從心底地愛他，他自然會比舅舅更愛你，因爲你是他自己的孩子啊。」

「黑頭髮、黑眼睛！」林頓沉思著，「我眞想像不出來。那麼我長得不像他啦，是嗎？」

「不太像，」我如此回答，心裡卻想著「一點也不像」，遺憾地看看他白皙的容貌和瘦弱的骨架，還有他那又大又無神的眼睛……像他母親的眼睛。只是，還有一種病態的焦躁偶爾閃爍在這對眼睛中，一點也不像他母親那樣炯炯有神。

「他從來都沒有來看過媽媽和我，眞是奇怪！」他喃喃自語。「他看過我沒有？要是有的話，那肯定是我還小的時候，我對他一點印象也沒有！」

「唉呀，林頓少爺。」我說：「三百英里可是很遙遠的距離，而且十年的時間，對於成年人和小孩來講，長短的感覺是不一樣的。說不定希斯克里夫先生每年夏天都想去，只是一直找不到適當的機會，就這樣拖了下來。關於這件事，別老追問他，惹他心煩，對你沒有什麼好處呀。」

接下來一路上，這孩子只顧想自己的心事，直到我停車在花園門口，仔細觀察起他臉上有何表情。他全神貫注在觀察雕花窗的正面及低矮的窗格上，以及蔓生的醋栗叢和彎曲的樅樹，然後搖了搖頭，可見他一點也不喜歡這個新家的外觀。不過他還懂得先不忙著抱怨，也許裡面會好些，就可以彌補一下。沒等他下馬，我先去開了門。那時是六點半，一家人剛用完早餐，僕人正在收拾餐桌，約瑟夫站在他主人的椅子旁講一匹跛馬的事情，而哈里頓則準備到田裡幹活。

「啊，奈莉！」希斯克里夫先生看到我了：「我還擔心得自己過去取屬於我的東西呢！你把他帶來了，是吧？讓我們看看他長個什麼樣子。」他站起來大步走向門口，哈里頓和約瑟夫跟在後面，好奇地張著嘴。可憐的小林頓害怕地朝這三人看了一眼。

「我看哪，」約瑟夫認眞端詳了一番後說：「他肯定是被林頓掉包啦！主人，這應該是他的女娃兒才是！」希斯克里夫則盯著他的兒子，嚇得小林頓驚慌失措地顫抖，然後他發出一聲冷笑。

「天啊，多漂亮啊！多可愛、迷人的小東西啊！」他叫道：「他們該不是用蝸牛和酸奶養他的吧？奈莉？該死！這可比我想的還糟，魔鬼也知道我原本就不抱什麼希望！」

我叫那驚慌失措的孩子下馬進來。他還無法完全瞭解父親話裡的意思，也不瞭解是不是在說他。說實在，他還不確定這個令人畏懼、滿臉嘲諷的陌生人就是他父親。他的身子緊貼住我，抖得越來越厲害。當希斯克里夫坐下來，叫他「過來」時，他把臉埋在我肩上哭了起來。

「得了！得了！」希斯克里夫說，伸出一隻手，粗魯地把他拉到他兩膝之間，然後扳起他的下巴，讓他抬起頭來。「別鬧了！我們並不想傷害你，林頓，這是你的名字嗎？你可眞是你母親的孩子啊，完全是！你的骨子裡，哪兒遺傳到我啊？愛哭的膽小鬼？」

他把那孩子的帽子拿下來，把他濃密的淡黃鬈髮往後撥，摸摸他細瘦的手臂和小指頭。當他這樣撫摸時，林頓停止哭泣了，抬起藍色的大眼睛，也開始打量這位察看他的人。

「你認識我嗎？」希斯克里夫問道，他已經看過這孩子的四肢，全都一樣脆弱。

「不認識！」林頓回道，帶著一種茫然的恐懼看向他。

「我敢說，你應該聽過我吧？」

「沒有。」他又回答。

「沒有！你的母親眞是太糟糕了！竟然從沒教你要懂得孝順我！那麼，讓我告訴你吧，你是我兒子，你母親是個缺德的賤人，竟然沒讓你知道自己有個什麼樣的父親。現在，不要害怕、用不著羞紅了臉！雖然這也證明了你看起來明顯不像個帶把的。不過，只要當個好孩子，我也不會虧待你。奈莉，如果你累了，就坐下來歇一會。不累的話，就回家去吧。我猜你一定會把在這裡聽到、看到的，跟田莊裡那個窩囊廢報告。只要你還在這裡，這個小傢伙就無法踏實地安定下來。」

「好吧，」我答道：「我希望你能好好對待這孩子，希斯克里夫先生，不然你留他不久的。再說，他可是你在這世上所知的唯一親人了——好好記住這點。」

「我會好好待他的，用不著你擔心。」他大笑著說：「誰都不許對他好，我要霸佔他整個心。而且，我現在就要開始給他專屬的父愛啦！約瑟夫！幫這孩子拿點早餐來。哈里頓，你這可惡的兔崽子，還不幹活去！」等他們都離開後，他又說：「是啊，奈莉，我的兒子，將是你們那裡未來的主人，在我確定他當上繼承人之前，我不會讓他死掉的。況且，他是我的，我希望能滿足地看到我的後代，堂堂正正成爲他們兩家產業的合法主人。我的孩子將僱用他們的孩子，耕種他們父親的土地討生活。這就是唯一能讓我容忍這小兔崽子的理由。我根本瞧不起他，更痛恨他所勾起的回憶！但光有這點就夠了，他跟著我可安全得很，我會像你家主人照顧他的孩子那樣細心照顧他的。我早在樓上幫他收拾好一間漂亮的房間，還從二十英里外找來一位家庭教師，一星期來三次，他想學什麼就教他什麼。我也命令哈里頓要聽他吩咐。事實上，我安排好了一切，要全力將他培養出優越的紳士氣質，遠超過他周遭所有人。只是，我很遺憾，他根本不值得我們這麼費心。如果我對這世上還有什麼期待的話，那就是希望他能成為一個值得讓我驕傲的傢伙，但這張蒼白臉孔、哭哭啼啼的樣子，眞教人失望啊！」

他說話的時候，約瑟夫端著一碗牛奶粥回來了，並把它放在林頓面前。林頓一臉嫌惡的表情，攪著這碗看起來不怎麼可口的粥，說他吃不下去。我發現，那個老僕人跟他主人一樣鄙視這孩子，儘管他不敢表現出來，因爲希斯克里夫顯然希望下人尊敬他兒子。

「吃不下？」約瑟夫重複說道，看著林頓的臉，壓低聲音咕噥，生怕別人聽見。「哈里頓少爺小時候可從來不吃別的東西，我想，他能吃的東西你也能吃吧！」

「我不吃！」林頓任性地回答：「把它拿走。」

約瑟夫氣呼呼地拿起牛奶粥，端到我們面前。

「這有什麼不好吃的？」他問，把盤子推到希斯克里夫鼻子底下。

「哪有什麼不好？」希斯克里夫說。

「對啊！」約瑟夫回答：「你這講究的孩子說他吃不下去。可我看挺好的，他母親就是這樣——我們種糧食給她做麵包，還嫌我們髒呢。」

「不准跟我提他母親，」主人生氣道：「幫他拿點他吃得下的東西。奈莉，他平常都吃些什麼？」

我建議煮點牛奶或茶，管家奉命去準備了。唉，我想他父親的自私，倒能讓他的日子好過些呢。他看林頓的體質太過虛弱，必須對他好些。我打算跟艾德加先生報告說，希斯克里夫的脾性已經有些轉變，讓主人心裡好過點。我已經沒有理由再待在這兒了，便趁著林頓害怕地抗拒一隻牧羊犬過去表示友好時，溜了出去。但是他警覺性高得很，根本騙不了他。我一關上門，就聽見一聲大叫，接著不斷重複同一句話：「別丟下我，我不要留在這兒！我不要留在這兒！」

隨即，門栓抬起又落下，他們不讓他跑出來。我騎上敏妮，催牠快跑，就這麼結束這趟短暫的護送任務。

Chapter 21
第二十一章

那一天，小凱蒂也折騰了我們好久。她興高采烈地起床，急著想找她表弟。一聽到他已經離開的消息，傷心失望地痛哭起來，艾德加先生只好親自去安撫她，說林頓很快就會回來的。不過，他又加了一句：「如果我能把他帶回來的話。」而那根本就是毫無指望的事。即使是這樣的承諾，也無法哄她平靜下來，不過時間是最有用的。雖然她有時仍會向父親問起林頓什麼時候回來，但是，等到她眞的再見到林頓之前，他的容貌早已在她的記憶中模糊了，以致於再見面時，反而認不出來了。

每當我偶爾在吉默屯遇到咆哮山莊的管家，我總會問問小少爺過得如何。因爲他幾乎跟凱瑟琳一樣，過著與世隔絕的生活，從沒有人見過他。我從女管家那裡得知，他的身體還是十分孱弱，而且很難伺候。她說，希斯克里夫先生似乎越來越不喜歡他了，不過仍盡量不把這樣的情緒表現出來。希斯克里夫只要一聽到他的聲音就反感，跟他共處一室時，多坐幾分鐘就受不了。他們很少交談。林頓總是在一間他們稱爲客廳的小房間讀書，消磨晚間時光，要不就是整天躺在床上。他還經常咳嗽、犯傷寒，一下子這裡疼、那裡痛的，老是不舒服。

「我從來沒見過這麼虛弱的人，」那女人又說：「也沒有見過這麼顧惜自己身體的人。要是我晚上稍微遲點關窗，他就要鬧個沒完。啊！吸一口夜晚的空氣，就好像要他的命似的！而且哪怕是盛夏，屋裡也要生火。就連約瑟夫的菸斗也是毒害。總是要糖果點心的，還有牛奶，一年到頭都要牛奶——也不管別人冬天過得有多苦。他就只會坐在那兒，裹著他的毛皮大衣，坐在爐火邊的椅子上，爐火上總得擺著烤麵包、水或其他飲料——隨時可供他慢慢吸著。如果哈里頓看他可憐，過來陪他玩——哈里頓雖然粗野，但本性並不壞——最後總是一個破口大罵，一個嚎啕大哭。我相信，要不是因爲那是自己的兒子，否則主人看到姓恩蕭的揍他，心裡一定樂得很。而且我確定，要是主人知道他是怎樣顧惜自己的身體，哪怕只知道事實的一半，肯定也要把他扔出門去。不過，他絕不會碰上這樣的危險。因爲主人從不進他的小客廳，只要林頓來到主人所在的地方，主人就會立刻叫他上樓去。」

從這番話哩，我自己猜想，如果小希斯克里夫本性並非如此，可能也會因爲完全得不到任何人的同情而變得自私、討人厭。我對他的興趣自然而然跟著減退了。不過我仍爲他的命運感到惋惜，心裡依舊經常想著，要是他能留下來跟我們住就好了。

艾德加先生鼓勵我多去打聽他的消息，我想我的主人應該也很掛念他，甚至願意冒險去看看他。有一次還叫我問問管家，林頓會不會到村子裡去？女管家說他只去過兩次，是跟他父親騎馬去的，而且每次回來後，總有三、四天時間一副病懨懨的樣子。如果我沒記錯的話，那個管家在他來山莊後兩年便離開了。後來接替的是我不認識的人，現在還在那裡。

田莊這裡仍繼續過著快樂的日子，直至凱蒂小姐長到十六歲。她生日時，我們從來沒有快樂地慶祝過，因爲這天也是她母親的忌日。林頓先生總會自己一人整天待在書房裡，黃昏時走到吉默屯教堂的墓地那邊，逗留到半夜才回來，所以凱瑟琳總是自己找事情打發時間。

那年三月二十日，是個風和日麗的春天，等父親回房休息後，小姐便穿上外出服走下樓，說要跟我到曠野走走。林頓先生已經答應她了，只要我們不要走太遠，一個鐘頭內回來就好。

「快點，艾倫！」她叫道。「我知道要上哪兒去。有一群松雞，我想去看看牠們築好窩了沒有。」

「那應該很遠吧？」我回答：「松雞通常不會在荒原邊上築巢的。」

「不會，並不遠。」她說：「我曾跟爸爸去過，很近的。」

我戴上帽子出發，不再去想這個問題。凱瑟琳蹦蹦跳跳地走在我前頭，一會兒回到我身邊，接著又跑掉了，活像一隻小獵犬。一開始我還覺得挺有意思，聽著耳邊百靈鳥此起彼落的歌唱，享受那和煦溫暖的陽光；一邊看著凱瑟琳，我的寶貝、我的歡樂，她那金黃色鬈髮披落在背後，光彩照人的臉蛋就像朵盛開的野玫瑰，是那麼樣地柔和純潔，眼中透出無憂無慮的快樂。在那些日子裡，她是個相當開朗的孩子，也是個天使，只可惜她還不知足。

「好啦，」我說：「你的松雞呢，凱蒂小姐？我們該看到啦，現在已經離田莊很遠啦。」

「啊，再走上去一點點。再走一點點就到了，艾倫，」她不斷這樣回答。「爬上那座小山，越過那道河堤，一到了那邊，就可以把松雞叫出來啦。」

可是怎麼有那麼多小山和河堤要爬、要過，最後我也開始累了，告訴她我們得就此打住，往回走吧。我對她大喊著，那時她已經走在我前面很遠的地方。她要不是沒聽到，便是不想理睬我，因爲她還是繼續蹦蹦跳跳地往前走，我只得無奈地跟著她。最後，她鑽進一個凹洞，在我再度看到她之前，她已經跑到一個離咆哮山莊比自己家還要近約兩英里的地方了。我看到兩個人抓住她，而其中一個，我想應該就是希斯克里夫先生本人。

凱蒂被抓的原因是偷獵，或至少是在搜尋松雞的窩。這裡已經是希斯克里夫的土地了，他正在斥責這位偷獵者。

「我什麼也沒拿，什麼也沒找著。」當我正朝他們那裡吃力地走過去時，她攤開雙手證明自己的無辜：「我並不想拿走任何東西，只是爸爸說這裡有很多松雞，我只想來看看松雞蛋而已。」

希斯克里夫帶著邪惡的笑容看我一眼，表明他早已認出對方是誰了。因此，這也表示他心裡正在打著壞主意。他開口問：「你爸爸是誰？」

「畫眉田莊的林頓先生。」她回答：「我想你應該不認識我，否則就不會對我這樣說話了。」

「那麼，你是認爲你爸爸很受人抬舉、引人尊敬囉？」他譏諷地說。

「那你是誰呢？」凱瑟琳問道，好奇地盯著這位說話的人。「那個人我見過，他是你兒子嗎？」

她指著另一個人，也就是哈里頓，他雖然長了兩歲，但沒什麼變，只是長得更高、更健壯些，看起來還是跟以前一樣笨拙粗魯。

「凱蒂小姐，」我插嘴：「我們出來不止一個鐘頭，都快三個鐘頭啦，眞的該回家了。」

「不是，他不是我兒子。」希斯克里夫回答，把我推到一旁。「可是我有一個兒子，你以前也見過他，雖然你的保母急著要走，不過我想你們兩個還是先歇一會兒再走。你想不想翻過這石楠叢的深處，到我家坐坐呢？休息一下，會讓你們更早到家的，而且我們會熱情款待你。」

我低聲對凱瑟琳說，無論如何都不可以接受這個邀請，連想都不用想。

「爲什麼？」她大聲反問道。「我已經跑累啦！地上都是露水，我又不能坐在這裡。我們去吧，艾倫。況且，他說我見過他兒子，我想他是弄錯了，不過我猜他家應該就是那個我從盤尼斯敦岩回來時經過的農舍，對吧？」

「是的。走吧，奈莉，別再說了。過來看看我們，這對她來講也是件好事。哈里頓，陪這位小姐往前走吧。奈莉，你跟我一塊走。」

「不行，她不能到那裡去！」我叫道，極力想掙脫被他抓住的手臂。凱瑟琳卻早已飛快繞過山坡，幾乎就要到達門口了。她的同伴並未護送她，反而靦腆地走向路邊，消失了。

「希斯克里夫先生，你不可以這麼做，」我接著說：「我知道你不懷好意。她會再次見到林頓，等我們一回去，所有事情就會全部抖出來，我會被責罵的！」

「我想讓她見見林頓，」他說：「這幾天他氣色還不錯，他可不是天天適合見人的。我們只要說服她別把這次的密訪說出去，這不就得了？」

「壞的是，如果她父親發現我允許她到你家裡來，肯定會恨死我。我敢說你八成是存心不良，故意慫恿她的。」我回答。

「我可是光明正大哪，我可以將我的計畫全盤告訴你！」他說：「我要讓這對表姊弟好好談個戀愛，然後結婚。我對你家主人是多麼寬宏大量啊！他這位女兒根本繼承不到什麼財產，要是她按照我的希望，跟林頓一起成爲繼承人，這一輩子就不愁吃穿了。」

「要是林頓死了呢？」我回答：「說不準他能活多久，那麼凱瑟琳就是繼承人了。」

「不，她不會的。」他說：「遺囑裡並沒有這種保證條文，他的財產終將歸屬於我。不過，爲了避免日後發生任何問題，我希望他們能結婚，再說我已經下定決心要這麼做了。」

「那我也下定決心，絕不會再讓她跟我來你這裡。」我答道，這時我們已走到大門口，凱蒂小姐正等著我們過來。希斯克里夫立刻叫我安靜點，他連忙走上前開門。小姐看了他好幾眼，似乎還拿不定主意該怎麼看待他，可是當他的目光與她相遇時，他微笑並輕聲地對她說話，而我居然一時糊塗到以爲只要一想起她母親，希斯克里夫若眞想要傷害凱瑟琳，也會心軟的。林頓站在壁爐邊，看來他剛從外面散步回來，因爲他還戴著帽子，正在叫喚約瑟夫幫他拿雙乾淨的鞋來。以他的年齡來講，他的個頭算是相當高的，再過幾個月就滿十六歲了，相貌也挺英俊，眼睛和氣色比我記憶中要有精神些，即使那只是從有益健康的清新空氣與和煦陽光暫時借來的光彩。

「現在，看看那是誰？」希斯克里夫轉過身來問凱蒂，「你認得出來嗎？」

「你的兒子？」她疑惑地來回打量他們兩人，反問道。

「是啊，是啊！」他回答：「但是，這是你頭一次見到他嗎？再想想看！啊呀！你的記性實在太差了！林頓，你不記得你表姊啦？你老是鬧著要見她的啊？」

「什麼？林頓！」凱瑟琳叫道，因爲意外聽見這名字而高興起來。「是那個小林頓嗎？現在都比我高啦！眞的是你嗎？林頓？」

那個年輕人走上前來，說他就是林頓。她熱切地親親他，兩人彼此凝視，驚奇於歲月在彼此外表造成的變化。凱瑟琳長高了，身材穠纖合度，像鋼絲一樣有彈性，全身散發著健康與容光煥發的精神。林頓的相貌舉止則略顯有氣無力，整個人也十分消瘦。不過他的翩翩風度中透露一股文雅氣質，彌補了這些缺點，尚不至於令人生厭。在他們兩人親熱地打過招呼後，凱瑟琳走向希斯克里夫，他當時正待在門邊，一面注意屋裡的人，一面留意外面的事情。他只是假裝在看外面，其實全心注意著屋裡的動靜。

「這麼說，您是我的姑丈囉？」她叫道，走上前跟他打招呼。「雖然我們剛見面時您不大友善，但我還滿喜歡您的。您爲什麼從不帶林頓來田莊玩呢？住得這麼近，這些年卻都不過來看看我們，可眞奇怪。怎麼會這樣呢？」

「在你出生之前，我可能去得太頻繁了，」他回答：「唉——眞是的！你要是有多餘的吻，那就全給林頓吧，給我可是白糟蹋了。」

「可惡的艾倫！」凱瑟琳叫道，帶著她熱情的擁抱朝我撲過來。「壞艾倫！還想阻止我進來！我往後天天都要散步到這兒來，可以嗎？姑丈？有時還要帶爸爸來。您高興見到我們嗎？」

「當然，」姑丈回答，臉上露出一副尷尬的笑容，因爲他對這兩位客人根本就是深惡痛絕。「可是，等等，」他轉過身又對小姐說：「既然談到這個，我想還是跟你說清楚得好。林頓先生對我有點成見。我們曾吵過一架，而且吵得很凶。你要是跟他說來過這兒，他絕不允許你再來。所以勸你還是別提起這件事，除非你不想再見到你表弟啦。要是你還想的話，可以過來，但絕不能說出來。」

「您們爲什麼吵架呢？」凱瑟琳垂頭喪氣地問道。

「他認爲我太窮了，不配娶他妹妹。」希斯克里夫回答：「後來我還是娶到她了，讓他很難過，也損了他的面子，所以他永遠無法原諒這件事。」

「那是不對的！」小姐說：「我遲早會說爸爸一頓的。可是您們的爭吵根本不干林頓和我的事啊。那麼我就不來了，讓他來田莊好啦。」

「對我來說太遠了，」她的表弟喃喃說道：「走上四英里路可會要了我的命。不行，來吧，凱瑟琳小姐，常到這兒來吧！不用每天早上都來，一星期來一、兩次，就好了。」

希斯克里夫輕蔑地朝兒子看一眼。

「奈莉，恐怕我要白費心思了。」他小聲對我說：「凱瑟琳小姐——這傻子竟這樣稱呼她——看到他的眞面目後，就要一腳把他踢開了。要是哈里頓的話——你知道嗎？別看哈里頓那副邋遢樣，我一天倒有二十次希望他是我兒子啊！要是這孩子是別人家的，我會喜歡他。不過我想他是得不到她的歡心，除非他自己能趕快振作起來，我要讓哈里頓跟那個不中用的東西爭一下。我看他是很難活過十八歲了。唉，這該死的窩囊廢！他就只顧擦自己的腳，看都不看她一眼——林頓！」

「是的，父親。」那孩子回答。

「你不帶你表姊到處逛逛嗎？連兔子或鼬鼠窩都不去瞧瞧嗎？先別忙著換鞋，帶她到花園去看看，再去馬廄看看你的馬吧。」

「你不想在這兒坐坐嗎？」林頓用一種懶得動的口吻詢問凱瑟琳。

「我不知道。」凱瑟琳回答後，渴望地朝門口瞧了一眼，顯然很想出去走走。

林頓還是坐著不動，又往爐火邊挨近些。希斯克里夫站起來走到廚房，又從那兒走去院子呼叫哈里頓。哈里頓答應了，不一會兒兩人走進來，從滿面紅光和濕答答的頭髮看來，那年輕人剛洗過澡。

「啊，我想問問您，姑丈，」凱瑟琳突然想起那位管家的話，喊道：「他不是我表哥，對吧？」

「他是啊。」希斯克里夫回答：「他是你母親的姪子，你不喜歡他嗎？」

凱瑟琳的表情看起來有點古怪。

「他不是個英俊的小伙子嗎？」他接著說。

這個沒規矩的小傢伙竟然踮起腳尖，在希斯克里夫的耳邊說了句悄悄話。他笑了起來，哈里頓的臉色卻沉了下去。我想他對任何可能的訕笑都很敏感，而且顯然隱約知道自己的地位卑微。但是他的主人或監護人大聲地說了一些話，把他的怒氣趕走了。

「你可受歡迎啦，哈里頓！她說你是個——是什麼？好吧，反正是讚美的話。來！你陪她到農莊四處轉轉。記得，要像個紳士！不要說髒話。這位小姐不看你的時候，也別死盯著她；當她看你時，你就得趕快別開臉。說話的時候，要慢慢地說，而且手不要一直插在口袋裡。去吧，好好招待她。」

他看著這兩人從窗前走過。哈里頓・恩蕭把臉整個別開來，就像初到這裡的生客或藝術家，興致勃勃地欣賞自己早已熟悉的景色。凱瑟琳偷偷看他一眼，未表現出任何明顯的好感，隨即就把注意力轉移到自己感興趣的事物上了，快樂地哼著歌往前走，塡補彼此之間的沉默。

「我把他的嘴封死啦，」希斯克里夫說：「他從頭到尾一個字都不敢說的！奈莉，你還記得我在他那個年紀時——不，比他還小一些，我看起來也是這副傻樣嗎？就像約瑟夫所說的『拙』？」

「還要更糟呢，」我回答：「因爲你比他更陰沉些。」

「我喜歡看著他，」他大聲說出他的想法。「他能達到我的期望。如果他天生是個笨蛋，那我連一半的樂趣也享受不到。不過他並不是，我能夠瞭解他的感受，因爲我自己有過相同經歷。比如說，我完全瞭解他現在的痛苦，雖然這只不過剛開始而已，以後還有得受呢！他永遠也無法從那粗野無知的深淵中爬出來。我已經牢牢制住他了，比他那無賴父親管我管得更緊些，也貶得更低些，因爲他爲自己的粗野而得意。我教他嘲笑一切獸性以外的東西，認爲那些都是愚蠢和軟弱的。你不覺得辛德雷要是看得見他兒子的話，會以他爲傲嗎？就像我爲自己的兒子感到驕傲一樣。不過這之間是有差別的：一個是黃金卻當鋪地石用，另一個卻是擦亮的錫充當銀器用。我兒子根本一文不値，可是我有本事讓這樣的窩囊廢發揮他的效用；他兒子則有相當好的天賦，卻是白白浪費了，落得比窩囊廢還糟。我是一點都不感到愧疚，儘管我清楚知道，他眞是可惜了。最妙的是，哈里頓還滿喜歡我呢，在這一點上，你至少得承認我比辛德雷高明得多。如果那死去的無賴從墳裡爬出來，譴責我不可以這麼對待他的子裔，我可會樂得看著他的子裔一拳把他打回墳墓，因爲他罵了他在這世上唯一的朋友！」

希斯克里夫想到這裡，發出一陣魔鬼般的獰笑聲。我沒理他，因爲我看得出來，他也不期待我回答。與此同時，我們那位年輕的同伴，因爲離我們有段距離，聽不見我們在說些什麼，開始有點坐立不安，大概是後悔不該爲了怕累而不招呼凱瑟琳。他父親注意到他的眼神開始不安地直往窗外看，手則猶豫不決地往帽子那邊伸。

「起來，你這懶孩子！」他假裝熱誠地叫喚。「快去追他們，他們才剛走到轉角，在蜂箱附近。」

林頓振作起精神，離開壁爐。窗戶正開著，當他走出門時，我聽見凱蒂正在詢問她那個不善交際的同伴，門上刻了些什麼？哈里頓抬頭看了看，像個傻瓜似的抓著頭。

「都是些鬼字，」他回答：「我看不懂。」

「看不懂？」凱瑟琳叫道，「我看得懂，那是英文。可是我想知道爲什麼刻在那兒。」

林頓吃吃地笑起來，那是他第一次表現出這麼開心的神色。

「他不認識字，」他對他表姊說：「你相信會有這樣的大笨蛋存在嗎？」

「他一直都這樣嗎？」凱蒂小姐嚴肅地問道。「或者他的腦子──有什麼問題嗎？我已經問過他兩次了，每次都是這副傻樣，我還以爲他聽不懂我的話呢。我也不大聽得懂他的話！」

林頓又笑起來，嘲弄地看著哈里頓。看來哈里頓當時還不大明白到底是怎麼一回事。

「不是這樣的，只是懶惰而已，是吧，恩蕭？」他說：「我表姊還以爲你是白癡呢，這下可讓你嘗到鄙視你口中的『蛀書蟲』的後果了吧。凱瑟琳，你注意到他那可怕的約克郡口音了嗎？」

「哼，讀書有個什麼屁用？」哈里頓跟他平時的同伴鬥嘴可就俐落多了。他咕噥著，還想繼續說，可是另兩個年輕人忽然一齊放聲大笑，我那位輕浮的小姐竟也高興地把他的奇特談吐當笑料看了。

「在那句話裡加個『屁』字，有什麼用呢？」林頓竊笑道：「爸爸叫你不要說髒話，但你不說髒話就開不了口。盡量像個紳士吧，現在開始，試試看啊！」

「要不是看你像個女的，我早把你打扁了，你這乾癟的可憐蟲！」那位怒氣沖沖的小伙子一面回罵一面往後退，羞辱交織讓他滿臉通紅。因為他知道自己受到侮辱，可是又窘得不知如何發洩。

希斯克里夫和我一樣聽到了這番對話，當他看見哈里頓走開時，露出了一抹微笑，隨即又以厭惡的眼光朝那對站在門口聊天的輕薄年輕人看一眼。這男孩只要一提到哈里頓的過失和缺點，及其奇怪的舉止和笑話，精神就來了。而這小姑娘也愛聽他那些尖酸刻薄的話，沒想過這些話裡所含藏的惡意。我開始不喜歡林頓了，幾乎已超過可憐他的程度，並且可以瞭解他的父親為何這麼瞧不起他了。

我們一直待到下午，我根本無法把凱瑟琳拖走。幸好我家主人並未步出房門，不知道我們久久未歸。當我們走回家時，我試著讓凱瑟琳明白那些人的本性。可是她心裡早已認定我對他們有成見。

「啊，」她叫道：「你一定是站在爸爸那邊的！艾倫，我知道你偏心，否則也不會騙我這麼多年，說林頓住得很遠。我真的非常生氣，可我又很高興，發不出脾氣來！倒是你不許再說姑丈的壞話了。記住，他是我的姑丈，而且我要罵爸爸，罵他為什麼要跟姑丈吵架。」

她就這麼喋喋不休地說著，直到我不想再白費力氣，讓她瞭解自己看錯人。那天晚上她並沒有說出這次的拜訪，因為她沒有見到林頓先生，第二天便全盤托出了，可真是讓我氣極了。但我想這樣也好，因為我認為開導和告誡的責任由主人來擔負，應該比我有效多了。可是他怯懦得說不出個有力的理由，好讓她和山莊那邊不再往來。而凱瑟琳已經驕縱慣了，想讓她聽從，便得說出個充分的理由才行。

「爸爸！」請過早後，她大聲叫道：「猜猜看我昨天在荒原散步時遇見誰了？啊，爸爸，你肯定會嚇一大跳的！這回你可眞是做錯了，是吧？我看見——聽著，你要聽聽我怎麼識破你的謊言，還有艾倫，她跟你聯合起來！我一直希望林頓回來，結果卻總是失望時，你們還裝出一副可憐我的樣子！」

她一五一十地說出昨天出遊的情況以及後來的發展，而主人雖然不止一次責怪地看向我，卻不發一語，直到凱瑟琳說完爲止。然後，他把女兒拉到跟前，問她知不知道爲何要對她隱瞞林頓住在附近的事。難道她以爲，那只是不讓她去享受無害的樂趣而已嗎？

「那是因爲你不喜歡希斯克里夫先生。」她回答。

「那麼你認爲我在意自己的感覺，勝過關心你啦，凱蒂？」他說：「不是的，不是因爲我不喜歡希斯克里夫先生，而是因爲希斯克里夫先生不喜歡我。他是個心狠手辣的人，喜歡誣陷和毀掉他所痛恨的人，只要這些人給他任何一點點機會。我知道，只要你繼續跟你表弟來往，就無法避免和他接觸。我也知道，他會因爲我而憎恨你。所以爲了你著想，不爲別的，我才不讓你跟林頓見面。我本想等你長大點再跟你解釋這件事。我很遺憾，沒有提早跟你說。」

「可是希斯克里夫先生，人倒挺和藹可親的，爸爸。」凱瑟琳說道，一點也沒有被說服的樣子。「而且他並不反對我們見面。他說我隨時都可以去他家，但是要我絕對不能告訴你，因爲你曾跟他吵過架，也無法原諒他娶了依莎貝拉姑姑。你眞的不肯原諒他，這事就是你不對了。至少，他願意讓林頓和我交朋友，而你卻不肯。」

我家主人看出，凱瑟琳根本聽不進他說她姑丈惡毒的話，於是概述了希斯克里夫是怎麼對待依莎貝拉，又怎麼將咆哮山莊變成自個兒財產的。他無法多談，因爲即便他只是草草說幾句而已，仍然可以感受到，自從林頓夫人死後，一直盤據在他心中，那股對多年仇敵的恐懼與痛恨。「要不是因爲他，她可能還活著！」他經常這樣痛心地想。在他眼裡，希斯克里夫就像個殺人凶手。凱蒂小姐完全沒接觸過任何惡劣的行徑，最多也只是她自己的暴躁脾氣或冒失行爲，所造成一些不聽話、誤解或發發脾氣這類小過失而已，而且總是當天就悔過了，因此她根本不瞭解人的內心深處，可以多年來一直處心積慮地盤算和隱藏報復之心，只爲了實現復仇計畫，卻毫無悔恨之意。這種對人性的新觀點，似乎讓她留下極深刻的印象，也讓她大爲震驚——直到現在爲止，這種觀念是在她學習及理解能力的範圍外——因此艾德加先生認爲沒有必要繼續談論這件事。他只是又補上一句：「親愛的，以後你就會明白，爲什麼我希望你不要再和那個家接觸。現在，就去做你平常做的事，照樣去玩吧，別再想這些了。」

凱瑟琳走過去親親她父親，便跟往常一樣安靜地坐下來讀上幾小時的書，然後陪父親到園裡走走，一整天就如往常般過去了。

然而，到了晚上，當她回房休息時，我去幫她更衣，竟發現她跪在床邊哭泣。

「啊，羞呀，傻孩子！」我叫道。「若是你經歷過眞正的悲傷，便會因自己單爲這麼點小事就掉眼淚而感到羞恥！你從來沒有眞正悲傷過，凱瑟琳小姐。假設，主人和我突然都死了，只剩下你自己孤伶伶活在這世上，你會有什麼感受呢？只要把現在的情況和這樣的悲傷比較一下，你就會慶幸自己有這些親友，不會再貪心不知足啦。」

「我不是爲我自己而哭的，艾倫，」她回答：「是爲了他，他希望明天能再見到我，不過現在，他可要失望啦。他會等著我，但我卻去不了啦！」

「眞是胡說！」我說：「你以爲他也在想著你嗎？他不是有哈里頓作伴嗎？一百個人裡也不會有一

個人，因爲失去一個才見過兩次面的親戚而落淚的。林頓會猜到是怎麼回事，才不會爲你而煩惱呢！」

「那我可不可以寫封信跟他說我爲什麼不能去？」她站起來問道。「就把這些我答應借給他的書送過去就好？他的書沒有我的好，當我告訴他這些書多麼有趣時，他很想看看呢。可以嗎？艾倫？」

「不行，絕對不行！」我斷然回答：「這麼一來，他又要回信給你，那就沒完沒了啦。不行，凱瑟琳小姐，必須要完全斷絕往來。你爸爸也是這麼希望的，我得遵照主人的話做才行。」

「只是一張小字條，怎麼能——」她再度開口，眞摯地懇求著。

「別再說啦！」我打斷她。「別再說你的小字條啦。上床睡覺去吧。」

她頑皮地瞪著我，瞪得我都不想吻她道晚安了。我快快不樂地幫她蓋好被子，關上門。不過我走到半路就後悔了，便輕聲地往回走。瞧！小姐正站在桌邊，面前攤了一張白紙，手握著筆。一看到我進門，便偷偷地藏了起來。

「凱瑟琳，你就是寫好了，也不會有人幫你送過去的。」我說：「現在我要熄掉你的蠟燭了。」

我將熄燭蓋往燭火蓋上時，手被打了一下，還聽見惡狠狠的一聲「壞東西！」然後我便離開了，她氣急敗壞地拴上門，那信到頭來還是寫了，而且請村裡送牛奶的人送過去。這事我當時並不知情，是過了一段時間才得知。幾星期過去，凱蒂也不再鬧脾氣了，不過她變得很喜歡自己躲在角落，如果我在她看書時忽然走近她，她總會嚇一大跳地整個人伏在書上，顯然想藏住什麼，我看到書頁中有張紙露出來。此外，她還養成一個奇怪的習慣，一大早就下樓在廚房裡轉來轉去，好像在等待什麼東西。她在書房的書櫃裡有個小抽屜，老是在那裡翻個不停，離開時總會小心翼翼地把抽屜鑰匙也帶上身。

有一天，當她在查看這個抽屜時，我看到放在裡面的玩具和雜物，在近日全部變成一張張摺好的紙。我的好奇心和疑心全給勾起了，決定要偷看一下她那些神祕寶物。因此，到了夜晚，等她和主人上樓休息後，我從家用鑰匙堆裡找到一把可以打開抽屜的備鑰。一打開抽屜，我就把裡面的東西全倒在圍裙裡，拿回房間慢慢看。雖然我早先起了疑心，但當我發現這原來是一大疊信件時，仍不禁感到驚訝——幾乎是每天一封信——全是林頓．希斯克里夫給凱瑟琳的回信。剛開始的信還寫得很拘謹簡短，慢慢地就變成洋洋灑灑的情書了，寫得有點幼稚，不過就寫信者的年齡來說，那是十分自然的，且不時可看到一些應是從別處引用過來的句子。有些信看來簡直古怪至極，同時混雜著熱情與平淡：一開始情感熾烈，結尾時卻顯得非常做作冗長，就像中學生寫信給他的幻想情人一般。凱蒂是否喜歡這些信，我不得而知，但在我看來，全是些沒有用的廢紙罷了。我看過一封又一封，接著便用手絹將信紮起來，放在一邊，再鎖上空抽屜。

根據小姐的習慣，應該早已下樓到廚房去。我看到一個小男孩抵達田莊後，她馬上跑到門口，趁擠奶女工往罐子裡倒牛奶的時候，把什麼東西塞進他背心的口袋裡，又從裡頭拿出一樣東西。我繞到花園，在那兒等候這位信差。他很勇敢地跟我爭辯，想保護他的委託物，連牛奶都打翻了。最後仍讓我把信給搶到手，還威脅他趕緊回家，否則後果不堪設想。接著我便待在牆邊讀起凱蒂小姐寫的情書，這封信可比她表弟寫的要簡潔流暢多了，文筆也很不賴，只是同樣傻氣。我搖搖頭，一面陷入沉思一面走進屋裡。那一天下著雨，她無法到花園裡閒逛解悶，因此早讀結束後，她就到抽屜那兒尋求慰藉。她父親坐在桌邊看書，而我呢，則故意在窗邊整理窗簾上幾條纏在一起的繐子，兩眼直盯她的一舉一動。接下來，任何鳥兒飛離一個原本滿巢都還是啾啾鳴叫的小鳥巢，回來時卻發現鳥巢被洗劫一空時所發出的悲鳴哀慟，都比不上那一聲簡單的「噢！」以及凱瑟琳原先快樂的臉驟變爲悲痛的神情。

林頓先生抬起頭來看了看。

「怎麼啦，寶貝？哪兒不舒服啦？」他問。

他的語氣和神情，都讓她確信父親並沒有發現自己的祕密。

「沒什麼，爸爸！」她喘著氣說：「艾倫，艾倫！上樓吧——我不舒服！」

我聽她的吩咐，陪她上樓去了。

「啊，艾倫！是你把那些信都拿走了吧！」當我們走進房裡，四下無人後，她馬上跪下來說道：「噢！還我吧，我再也不會、再也不會這樣啦！別告訴爸爸，你沒有告訴爸爸吧，艾倫？說你沒有呀！是我太淘氣了，我以後不會再這麼做了！」

我表情嚴肅地叫她站起來。

「這麼說來，」我喊道：「凱瑟琳小姐，你真的有點太不像話啦！真該感到害臊才是！閒暇時是該看這麼一大堆廢物呀？啊，好到可以出書啦！我要是把信拿到主人面前，你覺得他會怎麼想呢？我還沒有拿給他看，不過你別妄想我會幫你守住這個荒唐的祕密。羞啊！一定是你開始寫這些蠢東西的！絕對不會是他先開始的，這點我敢肯定！」

「不！不是的！」凱蒂抽泣著說，一副傷透心的樣子。「我一次也沒想過要愛他，直到——」

「愛！」我叫道，以極其嘲諷的語氣吐出這個字。「愛！有誰聽過這種事！那我也可以去愛那個一年來買一次玉米的磨坊主人啦。好個『愛』啊，眞是的！你這輩子才見過林頓兩次，總共加起來的時間還不到四個鐘頭！眞是不像話，簡直就是小孩子胡鬧。我要把信拿到書房去，倒要看看你父親會怎麼看待這樣的愛！」

她跳起來想搶她的寶貝信件，可是我把信舉得高高的，接著她一再懇求我把這些信燒了——隨便怎麼處置都比公開來得好。我真是又氣又想笑，因爲在我看來，這全都是女孩子的虛榮心作祟而已。後來我有點心軟了，便問：「如果我同意燒掉這些信，你能真心保證絕不再有信件往來了？就連一本書——我看過你送他書——還有一束頭髮、戒指或任何小玩意兒都不行？」

「我們不送什麼小玩意兒的！」凱瑟琳叫道，看來她的自尊心是贏過羞恥心了。

「那麼，什麼也不能送。小姐？」我說：「除非你答應，否則我這就走啦。」

「我保證，艾倫！」她拉住我的衣服叫道。「啊，都丟到火裡去吧，丟吧，丟吧！」然而，當我拿起火鉗撥開爐火空隙時，這般犧牲對她來講還是太痛苦了。她苦苦哀求我留下一、兩封，「就這一、兩封信吧，艾倫，看在林頓的分上！」

我解開手絹，開始把信倒出來，火舌捲上煙囪。

「我要留一封，你這冷酷無情的人！」她尖叫，手直往火裡伸，也不怕燒傷，抓出一些燒了一半的紙片。「好啊，那我也要留一點給你爸爸看。」我回敬道，把剩下的信抖回手絹，再次轉身往門口走。

她趕緊把那些燒焦的紙片往火裡扔，示意讓我繼續。全部燒完後，我撥撥灰燼，鏟了滿滿一堆煤蓋上去，她悶聲不響、滿腹委屈地回自己房裡。我下樓告訴主人，說小姐的病快好啦，不過我想還是讓她再躺一會兒較好。她不肯用餐，可是喝茶時又出現了，臉色蒼白、眼眶發紅，異常安靜。

隔天早上，我用一張字條回信，上面寫：「懇請希斯克里夫少爺勿再寫信給林頓小姐，她不會接受的。」自此之後，那個小男孩來時，口袋裡就不再有信件了。

Chapter 23

第二十三章

夏天結束了，早秋也過了，那時剛過米迦勒節[1]，但是當年收成較晚，我們還有幾塊田地沒整頓好。林頓先生和他的女兒經常到收割工人間轉來轉去。搬運最後幾捆稻子那天，他們甚至逗留到黃昏，當天晚上正好又濕又冷，主人因此得了重感冒。這感冒頑強地滯留在他的肺部不走，讓他整個冬天都得待在家裡，幾乎沒出過門。

可憐的凱蒂，自從那段小小的風流韻事結束後，整個人變得相當消沉。她父親總要她少看點書，多出去活動活動。她再也無法找他作伴了，我認爲自己有責任盡量彌補這個空缺。然而我這個替代者也不是那麼稱職，因爲我只能從繁忙的日常工作中撥出兩、三個小時來陪她，而且我的陪伴，當然跟她父親無法相比。

十月或十一月初的一天下午，那是一個霧雨朦朧的清新午後，草地與小徑都蒙上了濕氣、枯葉與寒氣，藍天有一半都被雲遮擋住；深灰色的雲快速從西邊竄起，宣告著大雨即將來臨。我勸小姐不要出門散步，因爲我看準要下場大雨了。但她不肯聽我的勸，我只好無奈地穿上斗篷，拿起雨傘，陪她到林園深處走走。這是她情緒低落時最愛走的一條路。當艾德加先生又病得更嚴重時，她的心情總是抑鬱。艾德加並不認爲自己的病情越來越嚴重，凱蒂和我卻可以從他日漸沉默、憂鬱的神色上看出來。她繼續這麼憂鬱地往前走，現在也不跑不跳了，過去這冷冽的風總會讓她想跑跑跳跳的。而且從我這裡看過去，她不時抬起一隻手，從臉上擦掉什麼。我四處張望，企圖引開她的愁緒。路的一旁是一條崎嶇不平的陡坡，那裡的榛樹和矮小的橡樹根半露出地面，搖搖晃晃立在那裡。這裡的泥土對橡樹來講太鬆軟了，強風把一些樹吹得都快趴平在地面上，凱瑟琳小姐在夏天時就喜歡爬上這些樹幹，坐在離地二十呎高的樹枝上搖來晃去。我每次看到她爬得那麼高，雖然欣喜看她那麼快活，也喜歡看她那副天眞活潑的模樣，但仍覺得自己應該念她幾句。儘管聽我這樣罵她時，她也知道沒有必要爬下來。從午餐後到午茶時間，她就會這麼躺在那隨風搖動的搖籃裡，什麼事也不做，只哼哼一些古老的曲子給自己聽（那都是些我以前哼給她聽的搖籃曲）；或是看著和她一樣棲息在枝頭上的母鳥餵哺牠們的小鳥，教牠們學飛；或是閉著眼睛舒服地靠著，一半在思考，一半則在作白日夢，逍遙快活得很。

「看哪，小姐！」我喊道，指著糾結樹根下的一個凹洞。「冬天還沒有來呢。那兒有一朵小花，是七月時跟紫丁香一起長滿地的藍鐘花，現在只剩這一朵啦。你要不要上去摘下來給爸爸看呢？」

凱蒂盯著這朵獨自在洞裡顫抖的孤單小花，過了良久，最後回答：「不要，不要碰它。這花看起來挺憂鬱的，不是嗎？艾倫。」

「是啊，」我說：「跟你一樣，雙頰凍得毫無血色啦，我們拉著手一起跑跑吧。你這樣無精打采的，我敢說我一定趕得上你。」

「不要，」她又說，繼續往前走，時而停下來看看青苔或是泛白的草，時而對著蔓生在褐色落葉中的鮮橘色菌菇沉思，更不時把手舉到她別過去的臉上。

「凱瑟琳，你怎麼哭了，寶貝？」我問道，走上前摟住她的肩膀。「別因爲爸爸受涼而傷心，那不是什麼重病。」

這時她不再壓抑自己的淚水，傷心地哭了起來。

「啊，會惡化的！」她說：「如果爸爸和你都離開我，丟下我一人，我該怎麼辦？我忘不了你說的話，艾倫，它們總是不斷出現在我耳邊。等爸爸和你都死了，生活會變得怎樣？世界會有多淒涼啊！」

「誰也說不準，說不定你會比我們早走呢。」我回答：「人不要先有壞的打算。我們要懷抱希望，我們還會在一起生活很多很多年。主人還相當年輕，而我也仍健壯得很，還不到四十五歲呢。我母親活到八十歲，到最後幾年依舊保持開朗。假設林頓先生活到六十歲，小姐，那他往後能活的歲數，可比你現在的歲數要多得多呢。災難還沒降臨前，就提前二十年來哀悼，這不是很傻嗎？」

「可是依莎貝拉姑姑比爸爸年輕。」她說道，抬起頭看我，怯生生地希冀從我這兒得到更多安慰。

「依莎貝拉姑姑沒有你和我來照顧她，」我回答：「她不像主人這麼幸福，也不像他活得這麼有意義。你現在要做的就是好好照顧父親，讓他看見你高興，他就會跟著快樂。盡量不要讓他擔心，記住，凱蒂！如果你任性不懂事，仍迷戀著那個希望他早點進墳墓的人的兒子，若是讓你父親發現早就應該毫無瓜葛的你們，卻還在為這種事煩惱的話，那我可不騙你，他會活活被你氣死的。」

「在這世上，除了爸爸的病以外，我不會為其他任何事情煩惱的，」我的同伴回答：「除了爸爸以外，我什麼事也不關心。而且我永遠不會——永遠不會——啊，只要我的理智還在，絕不會做出或說出任何讓他煩惱的事。我愛他比愛自己還多，艾倫。我是發生這件事才明白的。我每天晚上都在祈禱，讓我比他晚死，因為我寧可自己傷心，也不願讓他悲痛。這就證明了我愛他，勝過愛我自己。」

「說得很好，」我回應：「可是還得用行動來證明。等他病好以後，記住，不要忘了你現在擔驚受怕時所下的決心。」

說著說著，我們走近一道通往大馬路的門。這時小姐的心情已豁然開朗，她爬上牆，坐在牆頭上，想摘點落在馬路那邊的野薔薇結的紅色果實。長在樹下的果實都已經不見了，高處的果子除了鳥兒之外，也只能從凱蒂現在坐的地方才摘得到。她伸手去摘果子時，帽子掉落了。因爲大門上鎖，所以她打算爬下去撿。我叫她小心點，別跌下去，她一翻身便不見蹤影。但是想再爬回來時，可就沒那麼容易了。石頭很滑，又塗上水泥，而那些薔薇叢和黑莓藤枝也經不起攀爬。我像個傻瓜似的，竟然忘了這事，直到我聽見她大笑著叫喚我，才明白過來。

「艾倫！看來你得去拿鑰匙啦，否則我非得繞到守門人那裡不可。我從這邊爬不過去！」

「待在那兒別動，」我回答：「我口袋裡有一串備鑰，或許開得了。要眞打不開，我再去拿。」

在我一把一把測試鑰匙的時候，凱瑟琳就在門外跳來跳去自己玩著。我試完最後一把，發現沒有一把打得開。因此，我又叮囑她待在那兒別走，剛想著趕快跑回家拿鑰匙，卻被一個越來越靠近的聲音給留住。那是馬蹄奔跑聲，凱蒂停止跳躍，不一會兒，那匹馬也停下來了。

「那是誰？」我低聲說。

「艾倫，我眞希望你能趕快打開這道門。」我的同伴焦急地低聲回道。

「啊，林頓小姐！」一個深沉的聲音（那個騎馬人）說：「眞高興在這裡碰到你。別忙著進去，我想請你解釋一下。」

「我不可以跟你說話，希斯克里夫先生，」凱瑟琳回答：「爸爸說你是壞人，你恨他，也恨我。艾倫也這麼說。」

「這我不在乎，」希斯克里夫（確實是他）說：「我想我並不恨我兒子，我只是想跟你談談他的事。是呀，你是有理由臉紅。這兩、三個月以來，你不是一直寫信給林頓嗎？這是在玩弄愛情嗎？你們兩個都該挨鞭子打！特別是你，年紀大些，反倒比較無情。你的信我都留著，要是你敢對我無禮，我就把這些信寄給你父親。我猜你是鬧著玩的，玩膩了就丟開啦，不是嗎？好呀，你把林頓和這樣的消遣都丟進『絕望深淵』啦！他卻是眞心誠意愛著你，眞的！就跟我活著一樣眞實，他為了你都快死啦。因爲你的無情傷透了他的心。我這可不是在打比方，確實如此。儘管哈里頓已經笑了他六星期，而我也採取嚴厲的手段，想讓他清醒過來，他仍是一天比一天糟糕。看樣子是挨不到夏天，就要入土啦，除非你能來救他！」

「你怎麼能這麼明目張膽地對這可憐的孩子撒謊？」我從門裡面喊道：「請你立刻騎馬離開！你怎麼能故意編出這麼卑鄙的謊言？凱蒂小姐，我要用石頭把鎖敲下來啦，你千萬別相信那些無恥的瞎話。你自己應該也瞭解，一個人是不可能因爲思念一個陌生人而死的！」

「我還不知道有人在偷聽呢。」這被戳破謊言的無賴嘟噥道：「可敬的狄恩太太，雖然我喜歡你，但我不喜歡你這樣挑撥離間。」他的音量又提高了說：「你怎麼能這麼明目張膽地說謊，說我恨這『可憐的孩子』？而且還編出這奇怪的故事，嚇得她不敢上門？凱瑟琳・林頓，聽到這名字就讓我感到很溫暖呢，我的好姑娘，接下來這一星期我都不在家，你可以自己去看看我說的是否屬實。去吧，那才是乖孩子！你不妨想想，倘若你父親是我，而林頓是你：如果你父親親自來幫你，懇求你的戀人，你的戀人還不肯過來安慰你，那你該如何看待這位薄情的戀人呢？可別糊裡糊塗掉進這樣的錯誤。我以救世主發誓，他就要進墳墓啦！而除了你，沒有其他人能救得了他！」

鎖被砸開了，我趕緊衝出去。

「我發誓，林頓就要死了。」希斯克里夫重複道，狠狠地看著我。「悲傷和失望在加速他的死亡。奈莉，如果你不讓她去，你可以自己過去看看。我下星期這時候才要回來。我想你家主人應該不至於反對凱瑟琳小姐去看她的表弟吧。」

「進來吧！」我說道，抓住凱蒂的手臂，半強迫地把她拉進來，因爲她待在原地不動，滿臉疑惑地望向說話的人。馬背上那人一張臉繃得緊緊的，看不出他內心的狡詐。

他再度驅馬向前，彎下腰來說：「凱瑟琳小姐，我承認，我對林頓根本沒啥耐心，對哈里頓和約瑟夫更是不耐煩。我承認，他的確是跟一群粗人住一起，他渴望仁慈和愛情。從你嘴裡說出一句和善的話，就是他的最佳良藥。別管狄恩太太那些冷酷無情的警告，大方些，過去看看他吧。他日日夜夜想著你，不管別人怎麼說，都無法相信你並不恨他，因爲你既不寫信，也不去看他了。」

我關上門，推一塊石頭來把門頂住，因爲鎖已經被敲壞了。我撐開傘，把小姐拉到傘下，這時雨開始穿過樹枝簌簌下著，警告我們不得再耽擱。我們急忙跑回家，也顧不得談論剛才遇到希斯克里夫的事。可是我猜想，凱瑟琳現在心裡又覆上一層烏雲啦。她愁容滿面，簡直都不像她的樣子了，顯然認爲她所聽到的字字句句都是眞的。

在我們進來前，主人已經回房休息了。凱蒂輕手輕腳走進房裡去看他，但他睡著了。她走回來，要我陪她在書房裡坐坐。我們一起喝茶，接著她躺在地毯上，要我別說話，因爲她累了。我拿來一本書假裝閱讀著。她等到覺得我在專心看書了，就開始了一場無聲的哭泣。看來，這已經成爲她最喜歡的消遣了。我先讓她哭一會兒，等她心裡好受些，再來安慰她，把希斯克里夫說他兒子的那番話全部嘲諷一遍，認爲她也定會贊同我的話一樣。唉！但我並沒有辦法消滅他那番話所造成的影響，而這就是他的用意所在。

「也許你是對的，艾倫。」她回答：「可是在我確知真相前，我是不會安心的。我必須告訴林頓，我不寫信並非我的錯，要讓他知道我並沒有變心。」

憤怒和反對，對於她一廂情願的輕信，又有什麼用呢？那天晚上，我們鬧得不歡而散。可是第二天，我還是往咆哮山莊走去，身旁是我那位任性的小姐，騎在她的小馬上。我不忍心看她傷心難過，看她蒼白的哭喪臉孔和憂鬱的雙眼。我讓步了，心裡抱著一絲希望，但願林頓能以事實證明希斯克里夫的話全是憑空捏造。

譯註：

1米迦勒節（Michaelmas）在九月二十九日，英國四大節慶之一。

Chapter 23
第二十三章

昨天晚上下了一場雨後，早上霧濛濛的，又下霜又飄著細雨，雨水匯集而成的小水流流過我們的小路，從高地潺潺流下。我的腳全濕了，整個人心情低落，這樣的情緒，剛好最適合做這種最不愉快的事。我們從廚房走進屋裡去，想先確定希斯克里夫是否眞的不在家，因爲我不大相信他說的話。

約瑟夫正獨自坐在熊熊爐火邊，彷彿處於極樂世界一般。他身旁的桌上擺了一杯麥酒，裡面浸著一大塊烤麥餅。嘴裡叼著他那又黑又短的菸斗。凱瑟琳跑到爐邊取暖，我問主人在不在家，久久沒有得到任何回應，我以爲這老頭子已經聾了，更大聲地重述一遍。

「不——在！」他吼道，應該說，這聲音是從他鼻子裡哼出來的。「不——在！你打哪兒來，就滾回哪兒吧。」

「約瑟夫！」幾乎在我說話同時，屋裡也傳來一聲斥責。「要我叫幾次啊？現在只剩下一點紅灰燼啦。馬上過來，約瑟夫！」

約瑟夫只管起勁地吞雲吐霧，目不轉睛地盯著爐火，根本不想理會那個命令。管家和哈里頓都不見人影，大概一個有事出去，一個忙著幹活。我們聽出那是林頓的聲音，便進去了。

「啊！我要詛咒你死在閣樓，要活活餓死！」這孩子說，聽見我們走進來，以爲是他那個怠惰的僕人。他一察覺自己弄錯了便立刻住嘴，他的表姊則一下朝他飛奔而去。

「是你嗎，林頓小姐？」他說，抬起靠在椅子扶手上的頭。「別——別親我，我快喘不過氣了。天呀！爸爸說你會來，」他繼續道，從凱瑟琳的擁抱中稍微緩過氣來。這時她站在旁邊，一臉很後悔的樣子。「你可以關上門嗎？你們把門打開啦。那些——那些可惡的傢伙又不肯幫我添煤。眞是冷！」

我撥動一下煤渣，然後取了一斗煤過來。我們這位病人抱怨煤灰落了他一身，他一直咳嗽，看來像發燒生病了，所以我也就沒多跟他計較。

等他緊皺的眉頭舒展開，凱瑟琳輕聲說：「唉，林頓，你高興見到我嗎？我能爲你做點什麼嗎？」

「你之前爲什麼不來呢？」他問。「你應該來的，而不需要寫信。寫那些長信可把我折騰死啦。我寧可跟你說說話，可是現在，我既不能說話，也做不了什麼事。齊拉不曉得上哪兒去了，（他轉頭看向我）你能不能幫我到廚房去看看？」

我剛才爲他忙進忙出的，卻沒有聽他道一聲謝，因此我也不想再讓他命令我跑進跑出，只回答道：「那兒除了約瑟夫之外，沒有其他人在。」

「我想喝點水。」他煩躁地叫著，轉過身去。「爸爸一走，齊拉就三天兩頭往吉默屯跑，眞是的！我只得下來待在這兒——我在樓上怎麼叫，他們總是故意裝作沒聽到。」

「你爸爸關心你嗎？希斯克里夫少爺。」我問道，看出了凱瑟琳一再跟他示好，卻一直受挫。

「關心？他至少要叫他們關心我一下，」他嚷道：「那些壞蛋！你知道嗎？林頓小姐，哈里頓那野蠻的傢伙竟然笑話我！我眞是恨透他了！是的，我恨死他們所有人，全都是些討厭的傢伙。」

凱蒂開始找水，在櫥櫃裡找到一壺水，倒滿一大杯端過來。他叫她從桌上的瓶子倒出一匙酒加進去。他喝下幾口，顯得平靜些了，嘆了聲她人眞好。

「你高興看到我嗎？」凱蒂又問了一遍之前的問題，很高興看到他臉上露出一點笑容。

「是的，我很高興見到你。聽見像你這樣講話的聲音眞好啊！」他回應：「不過因爲你不肯來，讓我很苦惱。爸爸一直說是我的錯，罵我是個可憐、懦弱、不成材的東西，又說你瞧不起我，說他如果是我的話，這時早就取代你父親，成爲田莊主人了。可是你並不是瞧不起我，對吧？小姐——」

「我希望你叫我凱瑟琳，或是凱蒂。」小姐打斷了他的話：「瞧不起你？不！除了爸爸和艾倫之外，我愛你勝過愛世上任何人。不過，我不喜歡希斯克里夫先生，等他一回來，我就不敢再來了。他會離開很多天嗎？」

「沒有很多天，」林頓回答：「不過打獵季開始後，他會常到野外去。他不在時，你可以過來陪我一、兩個鐘頭，你一定要來——答應我。我想我一定不會跟你發脾氣的，因爲你不會惹我生氣，而且總是幫著我，不是嗎？」

「是的，」凱瑟琳說道，撫摸他柔軟的長髮。「如果我能得到爸爸同意，絕對會撥出一半時間來陪你。漂亮的林頓！我眞希望你是我弟弟。」

「那你就會像喜歡你父親那樣喜歡我了嗎？」他說，心情看起來比剛才更好了。「可是爸爸說，如果你成爲我太太，就會愛我勝過愛你父親或世上任何人，所以我寧願你是我太太。」

「不，我永遠不會愛任何人勝過愛爸爸，」她認眞地回答：「有時人們恨他們自己的太太，可是並不恨自己的兄弟姊妹。如果你是我弟弟，就可以跟我們住在一起，爸爸會像喜歡我一樣喜歡你。」

林頓並不認爲人們會恨自己的太太，可是凱蒂一口咬定會有這樣的情況，還自作聰明地舉了林頓父親對她姑姑的例子。我來不及阻止她那不假思索說出的話，她就已經把自己所知全盤托出了。希斯克里夫少爺聽了大為惱火，直說她講的都是謊話。

「是爸爸告訴我的，爸爸絕對不會說謊！」她激動地反駁。

「我爸爸看不起你爸爸，」林頓大叫：「罵他是一個懦弱的蠢蛋！」

「你爸爸是個惡毒的人！」凱瑟琳反譏道：「而且你眞壞，竟還重述他的話。一定是他很惡毒，才會讓依莎貝拉姑姑離開他。」

「她並不是離開他，」那孩子說：「你不許跟我回嘴。」

「她是的。」我家小姐嚷道。

「好，那我也告訴你一件事！」林頓說：「你母親恨你父親，怎麼樣？」

「啊！」凱瑟琳大叫，氣得說不下去。

「而且她愛我父親。」他又說。

「你這撒謊精！我現在恨透你啦！」她忿忿地說道，激動得滿臉通紅。

「她是！她是！」林頓高聲嚷著，躺回他的椅子，仰頭欣賞站在他身後那位跟他辯得氣呼呼的人。

「住嘴，希斯克里夫少爺！」我說：「我猜那也是你父親編出來的故事。」

「不是的。你閉嘴！」他回答：「她就愛，她就愛，凱瑟琳！她就愛我的父親！」

凱蒂已經克制不了自己，狠狠推了一下林頓的椅子，讓他突然倒在一側扶手上。他立刻開始咳個不停，咳得都快透不過氣來，就這麼結束了他短暫又洋洋得意的勝利。他咳得這麼久，連我都嚇著了。而他表姊呢，卻被自己惹的禍嚇壞了，她什麼話也沒說，只是一個勁地哭。

我扶著那少爺，直到他咳完為止。他接著一把推開我，自己默默垂下頭，凱瑟琳也不再哭了，坐在對面椅子上，一臉嚴肅地看著爐火。

約莫十分鐘後，我問：「你現在覺得怎麼樣了，希斯克里夫少爺？」

「眞希望她也嘗嘗我受的滋味，」他回答：「可惡又無情的傢伙！哈里頓從來沒碰過我，從來沒打過我。今天我才好一點，就——」他的聲音又消失在嗚咽中。

「我又沒有打你！」凱蒂咕噥道，咬著嘴唇，以防自己再度激動起來。

林頓又是哀嘆又是呻吟，好像在忍受著極大痛苦。就這樣哼哼唧唧地折騰了一刻鐘之久，顯然是故意要讓他表姊不好過，因爲他每次一聽到她的哽咽聲，就會在自己的呻吟中又多加點哀痛的聲音。

「我很抱歉傷了你，林頓，」凱瑟琳被他折磨得受不了了，終於這麼開口說道。「如果是被這樣輕輕一推，我根本就不會受傷，哪知你就這麼傷著了。你傷得不重吧，林頓？別讓我回家後還一直想著我害你受傷了。回答呀！跟我說說話。」

「我不要跟你說話，」他喃喃：「你傷了我，我整夜都要睡不著、咳得喘不過氣了。要是你也有這種病，就會知道是什麼滋味啦。可是，當我受罪時，你卻是舒舒服服地睡著覺，沒有一個人在我身邊！我倒想，要是你處於那些可怕的長夜，心裡會有什麼感受！」他越說越覺得自己可憐，不禁悲從中來地放聲大哭。

「既然你已經過慣了可怕的長夜，」我說：「那就不是小姐讓你不得安寧啦，她要是沒來，你也還是這樣。無論如何，她不會再來打擾你了。也許我們離開後，你就能安靜地休息了。」

「我一定得走嗎？」凱瑟琳擔心地彎下身問他：「你要我走嗎？林頓？」

「你改變不了你做過的事，」林頓惱怒地回答，縮起身子避開她，「除非你把事情變得更嚴重，把我氣到發燒。」

「好吧，看來我還是走好了。」她再次說。

「至少，讓我一個人待在這兒，」他說：「我受不了你喋喋不休地吵。」

凱瑟琳猶豫不決，我好說歹說地勸她走，她偏不聽。不過林頓既不抬頭看她，也悶不吭聲，最後她也只好往門口走，我則跟在後面。不料一聲尖叫卻又把我們喚回來。林頓從椅子上滑到壁爐前的石板地上，躺在那裡扭來扭去，像個被慣壞的任性孩子在耍賴，故意裝出非常痛苦、受折磨的模樣。他的舉動讓我看透他了，立刻看出若是繼續遷就他，那才傻哩。可是我的同伴不這麼想，她驚慌失措地跑回去，跪下來叫喚、安慰、懇求，直到他精疲力盡安靜下來爲止，絕非是因爲看她難過才不忍再折磨她。

「讓我把他抱到高背椅上，」我說：「他愛怎麼滾就怎麼滾，我們無法留下來守著他。我希望你能明白，凱蒂小姐，你並不是能讓他好轉的人，他的身體也不是因爲對你的愛戀而變成這樣。現在，就讓他躺在那兒吧！走了，等到他知道沒有人會理睬他的無理取鬧，就會安安靜靜地躺著了。」

凱蒂把靠枕放到他頭下，端了點水給他。但他拒絕喝水，又渾身不舒服地在靠墊上翻來覆去，好像那是塊石頭或木頭似的。她試著調整靠枕高度，想放得更舒服些。

「我不要這個靠枕，」他說：「這不夠高。」

凱瑟琳又拿來一顆放在上面。

「太高啦！」這個討人厭的東西抱怨道。

「那我該怎麼擺才好呢？」她洩氣地問。

林頓靠在她身上，因爲她半跪在長椅旁，他就把她的肩膀當靠墊。

「不，那不成，」我說：「你枕著靠枕就夠了，希斯克里夫少爺。小姐已經在你身上浪費太多時間了，我們連五分鐘都不能再多待了。」

「可以，可以，我們可以的！」凱蒂回答：「現在他好點了，平靜些啦。他開始瞭解，如果讓我認爲，我來看他會害他病情加重的話，那我今晚肯定會比他更難受，不敢再來了。說實話，林頓，要是我傷著了你，我就不該再來啦。」

「你一定要來，來治好我的病，」他說：「你要來，因爲你傷著了我。你知道自己害慘我了！你剛進來時，我並不像現在這麼嚴重，對吧？」

「那是你又哭又鬧把自己弄痛的，可不是我。」他的表姊說：「無論如何，我們現在是朋友了。而且你需要我，也眞想常常看到我，對吧？」

「我已經告訴過你我願意了，」他不耐煩地回答：「坐到長椅上，讓我靠在你的膝上。媽媽總是這樣的，整個下午都這樣。靜靜坐著，別說話，不過如果你會唱歌，也可以唱首歌，或者背一首又長又美又有趣的歌謠——你答應要教我的，或者講個故事吧。不過，我更想聽首歌謠！來吧。」

凱瑟琳背誦起一首歌謠，那是她所能記得的歌謠中最長的一首，這讓他們倆都很開心。林頓要求再來一首，完了又要一首，根本不顧我的反對。他們就這樣一直玩到十二點，我們聽見哈里頓走進院子，回來吃午餐了。

「明天，凱瑟琳，明天你還會來嗎？」小希斯克里夫看到凱瑟琳不情不願地起身，拉住她的衣服問道。

「不會，」我回答：「後天也不會。」

顯然她給了一個完全不一樣的答案，因爲當她俯身跟他咬耳朵時，他的眉頭豁然舒展開來。

「你明天不能來，記住，小姐！」當我們走出屋子後，我這麼說道。「你該不是夢想著要來吧？」

她笑了笑。

「啊，我可得好好看緊你，」我繼續說：「趕快把那壞掉的鎖修好，讓你沒得溜走。」

「我可以爬牆啊，」她笑著說：「田莊又不是監獄，艾倫，你也不是我的獄卒。況且，我都快十七歲啦，是個大人了。我相信林頓要是有我的照顧，一定很快就能好起來。你知道的，我比他大，懂事些，也沒那麼孩子氣，不是嗎？只要稍微哄哄他，他就會乖乖聽話了。他不發脾氣時，倒是個漂亮的小寶貝。如果他是我的家人，我眞會把他當寶貝看。永遠也不吵架，等我們彼此熟悉了，還會吵嗎？你不喜歡他嗎，艾倫？」

「喜歡他？」我大叫。「一個勉強才能活到十幾歲，脾氣壞透了的長病鬼！幸虧，如希斯克里夫所料，他是活不過二十歲。眞的，我眞懷疑他能不能見到明年春天。無論他什麼時候死了，對他家都不算是什麼損失。他父親把他帶走了，對我們來說算是幸運，因爲你待他越好，他就越煩人、越自私。凱瑟琳小姐，我很高興你沒有讓他做你丈夫的機會。」

我的同伴聽著這番話時，臉色變得相當嚴肅。這樣隨便談論他的死，大大傷了她的心。

「他比我小，」她沉思半晌後答道：「應該會活得比我要久一些，他會的——他會活得跟我一樣久。現在他跟剛到北方時一樣強壯，這點我敢肯定。他只是受了點風寒，跟爸爸一樣。你說爸爸會好起來，爲什麼他就不會？」

「好啦，好啦，」我叫道：「反正我們用不著自找麻煩。你聽著，小姐——記住，我可是說到做到——如果你打算再去咆哮山莊，不管有沒有我陪，我都要告訴林頓先生。除非他允許，否則你絕不能跟你表弟恢復那種親密關係。」

「已經恢復了。」凱蒂氣呼呼地嘟噥。

「那就不能再繼續。」我說。

「我們走著瞧。」這是她的回答。接著她騎上馬飛奔而去，丟下我獨自在後面辛辛苦苦地趕路。

我們兩個都在午餐之前回到家，我家主人還以爲我們是在花園裡溜達，因此並沒有多問。我一進門，就趕緊換掉濕透的鞋襪。可是在山莊待了那麼長一段時間，可眞是把我累出病啦。我從隔天早上就臥床不起，足足有三星期之久，連家事也無法料理，這種情況從未發生過。不過感謝上帝，那次之後，我就沒再病得那麼嚴重了。

我的小女主人像天使般照顧我，幫我排遣寂寞。整天躺在床上讓我心情相當低落，對於一個忙碌慣了的人來講，那眞是乏味透頂，可是和別人相比，我已經沒什麼好抱怨的了。凱瑟琳一離開爸爸的房間，就會來到我床邊，一整天的時間全分給我們兩個，沒有一分鐘在玩：吃飯、讀書和玩樂，全都不重要了。她是個最討人歡喜的看護。她那麼愛戴父親的同時，還能這麼關心我，她一定有一顆溫暖的心。

我說過，她一天的時間全分給我們兩人了，其實主人休息得早，而我通常六點以後便不再需要什麼，因此晚上都是她自己的時間。可憐的孩子！我從沒想到她吃晚茶後都做了些什麼。雖然當她進來看我，跟我道晚安時，臉色總是紅通通的，而那纖細的手指也總是略微泛紅。但我怎麼也沒想到，那是頂著寒風騎馬穿過荒原的緣故，我卻一直以爲是在書房裡烤火造成的。

Chapter 24
第二十四章

三星期過後，我終於能走出房間，在屋裡走走了。我在病後第一次沒有早早就寢的那個晚上，請凱瑟琳念點書給我聽，因爲我的眼力還沒完全恢復。我們當時在書房裡，主人已經回房休息，凱瑟琳答應了我的請求，但我覺得她並不太樂意。我還以爲是因爲我平常看的書不合她的意，便叫她隨便挑本自己喜歡的。她挑了一本最喜歡的書，念了一個鐘頭左右，然後開始不停問我同樣的問題。

「艾倫，你不累嗎？還是躺下來休息比較好，不是嗎？你要累壞啦，這麼晚還不睡覺，艾倫。」

「不會，不會，親愛的，我不累。」我一直這樣回答。

當她發現勸不動我，便開始嘗試別的方法，表示自己不想做現在的活動，於是開始頻頻打哈欠、伸懶腰，然後說：「艾倫，我累了。」

「那就別念啦，我們聊聊天吧。」我回答。

那可更糟了，她又是焦躁又是嘆氣，不停看著錶，直到八點鐘，她終於回房去了。她一臉困倦、怏怏不樂的樣子，不斷揉著眼睛，好像非常想睡覺。第二天晚上她似乎更不耐煩，到了第三天晚上，她推託道自己頭痛就離開了。我覺得她的行爲有點古怪，自個兒待了好一陣子後，決定去看看她好點了沒有，順便叫她過來躺在沙發上，免得獨自一人待在黑漆漆的樓上。然而，樓上哪有凱瑟琳的人影？樓下也不見蹤影了。僕人們都說沒看到她。我在艾德加先生的門口聽了一會，裡面靜悄悄的，便又回到她房裡，吹熄了蠟燭，坐在窗前等著。

那晚的月光明亮，一層雪鋪蓋在地上，我想她可能是到花園散步好讓頭腦清醒清醒。我看到一個人影在花園裡躡手躡腳，沿著花園籬笆往前走，不過那不是我家小姐。等他走到亮光處，我才看出那是我們的一個馬夫。他站在那裡好久，望著穿過園林的馬路，接著他好像看到什麼似的，飛快地走過去，隨即又牽著小姐的馬出現。小姐就在那兒，才剛下馬，走在馬兒旁邊。馬夫小心翼翼地牽馬穿過草地往馬廄走去。凱蒂從客廳的落地窗那邊進來，一聲不響地溜到我正在等她的地方。她輕手輕腳關上門，脫下那雙沾了雪的鞋子及帽子，還不曉得我正盯著她看。當她要脫下斗篷，我忽然站起來，出現在她面前。這眞把她嚇了一大跳，發出一聲含糊的叫喊，便愣愣地站在那裡。

「我親愛的凱瑟琳小姐，」我開口，她最近溫柔的看護讓我很感動，所以我也不忍心太過責備她，「你這個時候騎馬上哪兒去啦？爲什麼要撒謊騙我呢？你上哪兒了？說說吧。」

「到花園那頭去了，」她結結巴巴地說：「我沒說謊。」

「沒去別的地方嗎？」我追問。

「沒有。」她小聲回答。

「啊，凱瑟琳！」我難過地叫道。「你一定是知道自己做錯事了，否則也不會硬要跟我說瞎話。這眞讓我難過。我寧願生三個月的病，也不願意聽你故意編一套謊言來騙我。」

她往前一撲，一把摟住我的脖子大哭起來。

「啊！艾倫，我多怕你生氣呀！」她說：「答應我不生氣，我就告訴你實話，我也不想瞞著你。」

我們在窗邊的椅子那兒坐下來，我答應她，無論她的祕密是什麼，我都不會罵她，當然，我也猜得到是什麼了。於是她便開始道出實情。

*　*　*

我去了咆哮山莊，艾倫，自從你病倒之後，我每天都去，除了你能走出房門前的三次及後來的兩次。我給了麥寇爾一些書畫，讓他每晚把敏妮打點好，再把牠牽回馬廄——記住，你可千萬別罵他——我通常六點半抵達山莊，待到八點半左右再騎馬回家。我並不是爲了圖自己高興才過去，我常常感到心煩，雖然有時也有快樂，或許一星期有那麼一次吧。剛開始我想，要你答應讓我信守對林頓的承諾，一定很不容易，我們離開他時，我答應隔天再去看他的，但你第二天卻臥病不起，我也就省了這個麻煩。等到下午麥寇爾把花園門上鎖後，我拿了鑰匙，跟他說表弟很希望我過去看看他，因爲他病了，無法到田莊這邊來，爸爸也反對我過去。接著我就跟麥寇爾商量小馬的事，他很喜歡看書，又想到自己再過不久就要離開田莊去結婚，因此他提議，如果我肯將書房裡的書借給他，他就聽我吩咐辦事。我說我寧願把自己的書送給他，他一聽就更歡喜了。

我第二次去拜訪時，林頓看起來精神挺好的。女管家齊拉幫我們準備了一間乾淨的房間，生了火，並告訴我們，約瑟夫參加祈禱會去了，哈里頓也帶著他的狗出去了——我後來聽說是到我們的林裡偷雉雞——齊拉讓我們愛做什麼就做什麼，還幫我端來一點熱酒跟薑餅，態度非常和氣。林頓坐在安樂椅上，我則坐在壁爐邊的小搖椅上，我們快樂地談笑，好像有說不完的話似的，還計劃著夏天要上哪兒玩、做些什麼。這我就不細說了，因爲你會說都是些蠢話。

只有一次，我們幾乎快吵起來。他說炎熱的七月天，最愜意的消磨方式就是從早到晚躺在荒原草地上，聽蜜蜂在花叢裡嗡嗡低鳴地催人入夢，百靈鳥在高高的頭頂上鳴唱著，天空蔚藍一片、陽光燦爛、萬里無雲，那就是他心中最理想的天堂之境。而我的理想是，坐在一棵蒼翠的大樹上搖晃，西風徐徐吹來，頭頂上明燦的白雲輕掠而過，聽著百靈鳥、畫眉、黑山鳥、紅雀和杜鵑鳥此起彼落的美妙樂章，以及遠處荒原裡，潺潺流水分流入幽涼峽谷中，身旁則是隨風如浪濤般起伏的草原，林木和汩汩流水環繞其間，大地甦醒，沉浸在無比的歡樂中。他要的是一切都處於一種恬靜的喜悅中，而我要的卻是讓一切都在歡燦中跳躍紛舞。我說他的天堂根本毫無生氣，他卻說我的天堂像在發酒瘋。我說我在他的天堂裡肯定要睡著，他說他在我的天堂裡根本無法呼吸，說著說著，他開始變得非常焦躁。最後，我們決定等到氣候適宜的時候，兩種都試試。然後我們互相親吻，就和好了。

我們安靜地坐了一小時，我看著那間光禿禿沒有鋪地毯的大屋子，心想要是能把桌子挪開，在那裡玩耍該有多好。我要林頓叫齊拉過來幫我們，就可以玩捉迷藏，讓她來捉我們。你知道，艾倫，我們常這樣玩。他卻不肯，說那沒什麼意思，不過他答應我可以玩球。我們在櫥櫃裡找到兩顆球，那裡面有一大堆舊玩具、陀螺、箍環、板球和毽子。有一顆球寫C，另一顆寫H。我要了那顆寫著C的球，因爲我想C是指凱瑟琳，H就是希斯克里夫[1]。可是H那顆球裡的塡充麥麩漏出來了，林頓不喜歡那顆。我老是贏他，他又生氣起來，咳嗽著躺回自己座位。不過那天晚上，他很快就恢復了好心情，他聽了幾首好聽的曲子，聽得入迷了——都是你唱的，艾倫。當我不得不回家時，他求我隔天晚上再去，我答應了。敏妮和我飛奔回家，輕快得像陣風。一整晚，我連作夢都夢到咆哮山莊和我那可愛的寶貝表弟。

隔天早上我好難過，一方面是因爲你身體不適，另一方面是我眞希望讓父親知道這件事，並同意我去看林頓。但用完茶後，外面月明風清，當我騎馬奔馳而去時，心裡的鬱抑之情全消失了，只心想道：

今晚又將是個愉快的夜晚。讓我最高興的是，親愛的林頓也將如此。我飛奔進他們的庭院，剛要轉到後頭，卻碰到哈里頓・恩蕭那傢伙。他接過轡繩，叫我從前門進去，還拍拍敏妮脖子，說牠是匹好馬，好像想跟我說話一樣。我只跟他說不要碰我的馬，否則牠可會踢人。他用那粗俗不雅的腔調說：「就算踢了也不疼的。」然後笑著看看牠的腿。我眞想讓他嘗嘗被踢的滋味，但是他走去開門了。他拔起門栓時，抬頭看看門上刻的字，用一種又窘又得意的蠢樣說：「凱瑟琳小姐，我看得懂這些字啦。」

「好極了，」我嚷道：「念來聽聽吧！你眞變聰明啦！」

他拖長音調逐字念出「哈里頓・恩蕭」，看他停住了，我又大聲鼓勵他：「還有數字呢？」

「我還認不得數字。」他回答。

「啊，你這呆瓜！」我說，看他不會念而開心地笑起來。那個傻子愣愣地瞪眼咧嘴笑，眉頭緊蹙，似乎不知該不該跟我一塊笑，不明白這是在笑他還是善意，或是有其他意思——實際上就是瞧不起他。我幫他解開疑惑，因爲我突然板起臉，要他走開，說我是來看林頓，不是來看他的。藉者月光，我看到他的臉突然漲紅，手從門栓上垂下來，畏畏縮縮地跑掉了，一副虛榮心受辱的樣子。我想，他還以爲能念出自己的名字，就跟林頓一樣有學問了呢。偏偏我並不是這樣想的，不由得讓他感到難堪。

＊　＊　＊

「別說啦，凱瑟琳小姐，親愛的！」我打斷她。「我不責怪你，可是我不喜歡你的行爲。如果你還記得哈里頓是你的表哥，跟希斯克里夫少爺無異，就應該明白這樣的態度有多不恰當。至少，他有心想和林頓一樣有才學，就相當値得稱讚啦。他想學識字，應該不單只是想炫耀而已。我敢肯定，是你從前讓他覺得自己無知而丟臉，他才想要補救，討你歡心。嘲笑他那還沒學成的努力，眞是太糟糕了。要是你在他那樣的環境中長大，難道不會變得那般粗魯嗎？他原本也是跟你一樣聰明伶俐的孩子，我很傷心，他現在受人輕視了，就只因爲那個卑鄙的希斯克里夫這麼不公平地對待他。」

「啊！艾倫，你不會因爲這事而傷心吧？你會嗎？」凱瑟琳喊道，見我表情眞摯，她略感驚訝。「可是再聽下去，你就會知道他學識字是不是眞爲了討我歡心，以及對這樣的粗人客氣是否值得了。」

*　　　　*　　　　*

我走進屋時，林頓躺在高背椅上，欠身起來歡迎我。「我今天晚上身體不舒服，親愛的凱瑟琳！」他說：「看來只能讓你自己說話，我來聽了。來，坐在我身邊。我就知道你一定會信守諾言，你今天離開之前，我要讓你答應再來一次。」這時我知道了，我絕對不能逗他，因爲他病了。我輕聲說話，也不發問，盡量避免惹他生氣。我帶了些我最喜歡的書給他，他要我拿一本來讀，我正要讀時，哈里頓・恩蕭卻猛地撞開門，顯然是越想越生氣。他直奔到我們跟前，一把抓住林頓的手臂從椅子上拉下來。

「滾回你屋裡去！」他怒氣沖沖地說，聲音激動得幾乎都聽不清了。「如果她是來看你，那就把她一起帶進去，你不能老是讓我待在外面。你們兩個都滾！」他對我們咒罵起來，不容林頓回答，幾乎是把人扔進廚房裡，我也跟過去。他握緊拳頭，好像也想把我打倒，我當時有點害怕，抖掉了一本書，他把書踢到我背後，便把我們關到門外。我聽見爐邊發出一陣訕笑，轉過來看時，就發現那個可惡的約瑟夫站在那兒，搓著他瘦骨嶙峋的雙手，笑得渾身發抖。「我就知道他會好好修理你們！他是個好小子，有志氣！他明白——唉，就跟我一樣明白——誰才是這裡的主人。哈、哈、哈！幹得好！哈、哈、哈！」

「我們該到哪兒去呢？」我對著表弟問道，不理會那個老傢伙的訕笑。林頓卻臉色蒼白，嚇得直打哆嗦。那時他可不好看啦，艾倫。啊，不是，是可怖極了，因爲他削瘦的臉頰和大眼睛裡，露出一種瘋狂脆弱的憤怒表情。他抓著門把猛搖，但是屋門已經拴上了。

「要是你不讓我進去，我會殺了你的——要是不讓我進去，我會殺了你！」他簡直就在尖叫，而不是在說話。「魔鬼！魔鬼！我要殺了你！殺了你！」

「瞧，那像他老子的樣子！」約瑟夫又發出那嘶啞的笑聲，叫道：「那才有他老子的威風！父母兩邊多少都有遺傳到。不要理他！哈里頓，好孩子。別害怕，他動不了你的！」

我抓住林頓的手，試圖把他拉回來，可是他叫得那麼嚇人，讓我不敢拉他。最後，他的喊叫聲被一陣可怕的咳嗽給嗆住了，血從他嘴裡噴出來，他隨即倒在地上。我簡直嚇壞了，趕緊跑到院子裡，大聲叫著齊拉。她很快就聽到了，當時她正在穀倉後面的棚子裡擠牛奶，趕緊丟下工作跑過來，問我出了什麼事？我根本喘不過氣，直接把她拉進去，回頭去找林頓。哈里頓・恩蕭已經出來看自己闖下的禍，正要把那可憐東西抱上樓。齊拉和我跟他走，可是他就在樓梯口停下腳步，說我不能進去，必須馬上回家。我嚷道都是他害了林頓，我非進去不可。約瑟夫把門鎖上，說我「不必做這些蠢事」，又問我是不是「生來就跟他一樣瘋瘋癲癲」。我站在那兒哭，直到管家再度出現。她說林頓馬上就會恢復，這樣吵吵鬧鬧對他沒有什麼好處。她拉著我，幾乎是把我拖到屋裡去。

艾倫，我幾乎都要扯掉我的頭髮了！我哭得雙眼都要瞎了，而那個你非常同情的惡棍，就站在我對面，竟還敢一直叫我「別吵」，不承認那是他的錯。最後我說要告訴爸爸，把他關進牢獄裡、吊死他。他這才怕了，趕緊跑出去掩藏自己怯懦的樣子。但是我還是沒有擺脫他。他們後來要我回家，我這才走出屋子。還走不到幾百碼遠，他突然從路旁暗處冒出來攔住敏妮，還抓住我說：「凱瑟琳小姐，我非常難過，」他開始說：「可是那實在太糟了——」我抽了他一鞭，心想他可能要殺了我。不過他只是放開我，吼出一句可怕的咒罵。我趕緊騎馬飛奔回家，嚇得魂都要飛啦。

那天晚上我沒跟你道晚安，第二天也沒去咆哮山莊。雖然我非常想去，但是又害怕不已，有時深怕聽到林頓死了的消息，有時又想到會遇見哈里頓・恩蕭而嚇得不敢去。到了第三天，我再也受不了了，一顆心一直懸在那裡，於是鼓起勇氣，又偷偷溜出去。我五點鐘開始從這裡走過去，心想我可以偷偷溜進屋裡，直接到林頓的房裡而不讓人看到。可是，那些狗宣告了我的到來，齊拉讓我進去，說「那孩子已經好多了」，帶我到一間鋪著地毯的乾淨小房間。到了那裡，讓我有種說不出來的快樂，因為我看到林頓躺在一張小沙發裡看著我的書。可是足足有一個鐘頭的時間，他既不跟我說話，也不看我一眼。艾倫，他的脾氣就是這麼壞。讓我尷尬的是，當他真的開口，竟然胡說八道起來，說都是我惹起那場紛爭的，卻不怪哈里頓！我簡直說不出話來，也免去發一頓脾氣了。我站起來走出房間，他沒想到會得到這種回應，於是在我後面輕輕喚一聲「凱瑟琳」，但我不想理他，隔天就待在家裡沒去看他，且幾乎打定主意不再去看他了。可是就這麼上床、起床，聽不到半點他的消息，真教我難受，因此在我還未完全下定決心前，這個主意又完全消失得無影無蹤啦。我之前好像真不該到那兒去的，現在似乎又不能不去了。麥寇爾跑來問我要不要備好馬，我回答「要。」當敏妮帶我翻過山頭，我將這想成是在盡一種責任。我得經過前面窗子走進院子裡，想偷偷溜進去是不可能的。

「小少爺在屋裡。」齊拉見到我往客廳走，就這麼對我說。我進去了，哈里頓也在那兒，可是他馬上就離開了。林頓坐在那張大安樂椅上半醒半睡，我走到壁爐前，用一種嚴肅的語調，半認真地說：

「林頓，既然你不喜歡我，認爲我存心傷害你，還說我每次都這樣，那麼這是我們最後一次見面了，讓我們道再見吧。告訴希斯克里夫先生你並不想見我，他不必在這事上編造任何謊言了。」

「坐下來，把帽子摘下吧，凱瑟琳。」他回應：「你比我幸福多了，理當比我好些。爸爸淨說我的缺點，老是瞧不起我，我對自己當然也失去信心了。我常懷疑自己是否眞像他說的那麼沒出息。因此，我覺得又氣又苦惱，憎恨所有人！我沒出息、脾氣壞，身體又虛弱，幾乎老是這樣。你要是想跟我說再見，那就再見吧，從此擺脫我這個麻煩。可是，凱瑟琳，公平一點，站在我的立場想想：要是我能像你一樣討人喜歡、和氣、善良，請相信我眞心希望如此，甚至更希望和你一樣幸福健康。而且你還要相信：如果我配接受你的愛，我不會愛你愛得那麼深，是你的善良讓我更加愛你。雖然我在之前與現在，都克制不了而暴露自己的本性，我感到抱歉，也很懊悔。我會這麼一直懊悔到死爲止！」

我想他說的是眞心話，覺得自己應該原諒他，即使等一下他再鬧脾氣，我仍應該再次原諒他。我們就這麼和解了，不過我們兩人都哭了，把我在那兒的時間都哭掉了，但不完全是因爲傷心。林頓的性情竟被扭曲得這樣乖僻，眞讓我難過，他永遠都無法讓他的朋友快快樂樂，自己也永遠無法舒心地過日子。自從那天晚上起，我便直接去他的小客廳看他，因爲他父親隔日就回來了。

我想，大概有三次吧，我們眞的處得很愉快，就像第一個晚上那樣。但其他時間都是又沉悶又煩人，一下子因爲他自私又自怨自艾，一下子又因爲他身體不舒服。不過我已經學著包容他的自怨自艾，就像包容他的病痛一樣。希斯克里夫先生總是特意迴避，我根本難得見到他。上個星期天，我比平常還要早到些，聽見姑丈冷酷地責罵可憐的林頓前日晚上表現不佳。除非他偷聽，否則我眞不知道他是怎麼曉得的。林頓的行爲固然惹人生氣，不過，那不是別人的事，而是關係到我。於是我進去打斷希斯克里夫先生的訓話，而且就這麼告訴他。他聽了之後大笑起來，便走開了，說他很高興知道我是如此看待此事。自此之後，我跟林頓勸說訴苦時要小聲點。艾倫，現在我全告訴你啦。我不能不去咆哮山莊，否則就是讓兩個人痛苦。可是，只要你不告訴爸爸，我的拜訪就不會造成任何人的麻煩。你不會說出去的吧？會嗎？要是你告訴爸爸的話，那就太狠心了！

＊　＊　＊

「關於這一點，我明天才能決定，凱瑟琳小姐。」我回答：「我得仔細想想，你先去休息吧，我得好好想想。」

我仔細思量之後，決定跟主人全盤托出。於是從她房裡走出來後，我直接走到主人房間說出所有事情，除了她跟她表弟的對話，以及任何關於哈里頓的內容外。林頓先生雖然沒說什麼，但是看得出來他既擔心又難過。翌日早晨，凱瑟琳知道我辜負了她的信任，也知道她的密訪時刻結束了。她又哭又鬧地反抗這道禁令，求她父親可憐可憐林頓，主人最後答應會寫信通知林頓，讓林頓隨時可以來田莊玩。不過信上同時提到，別再期望凱瑟琳去咆哮山莊了。這是凱瑟琳唯一得到的安慰，要是主人知道他外甥的脾氣和健康狀況，說不定連這點小安慰都不會給呢。

＊　＊　＊

譯註：

1 凱瑟琳 Catherine 的頭字母為 C，希斯克里夫 Heathcliff 的頭字母為 H。

第二十五章

Chapter 25

「這些是去年冬天發生的事，先生，」狄恩太太說：「也不過是一年前而已。去年冬天，我哪想得到十二個月後，我竟然會把這些事說給這家的一位生客解悶呢！然而，誰又知道您還會在這裡待多久呢？您太年輕了，不會永遠都滿足於這樣的獨居生活。我總認爲，誰看到凱瑟琳・林頓，會不愛她呢？您笑啦。可是，爲什麼當我一談起她，您總是這麼起勁、感興趣？爲什麼要我把她的畫像掛在你的壁爐上呢？爲什麼──」

「別說啦，我的好夥伴！」我叫道。「我是滿有可能愛上她，不過，她會愛我嗎？我很懷疑，因此我可不敢貿然動心，拿我的平靜來冒險。再說，我的家並不在這裡，我屬於那個庸庸碌碌的世界，總有一天要回到它的懷抱。接著說下去吧，凱瑟琳有聽她父親的話嗎？」

「有的。」管家繼續說故事──

＊　＊　＊

她對父親的愛，仍是最重要的。再說他並非帶著怒氣，而是深情柔意地與她對話，就像他所珍愛的人將陷入危險和敵人手中。只要她能將他的勸告銘記在心，那就是對她最大的幫助了。

過了幾天，艾德加對我說：「我希望外甥能捎個信過來，或來拜訪我們，艾倫。跟我說實話，你覺得他怎麼樣？他變得好一點了嗎？或者當他長大成人以後，有沒有變好的希望？」

「他非常嬌弱，主人，」我回答：「而且，應該很難長大成人。但有一點我可以確定，他並不像他的父親。如果凱瑟琳小姐不幸嫁給他，他應不至於不聽她的話，除非小姐愚蠢地過度縱容他。可是，主人，您還有很多時間去認識他，看看他配不配得上凱瑟琳，還要四年多，他才成年呢。」

艾德加嘆了口氣，走到窗前，看著窗外的吉默屯教堂。那是個霧茫茫的下午，二月的太陽隱隱閃耀，只能看到墓園裡的兩棵樅樹和那些零零落落的墓碑。

「我常常祈禱，」他有點自言自語地說：「祈禱讓即將降臨的某事快些降臨吧。我現在卻開始害怕、擔憂了。我曾經這樣想，與其想起當時我走下山谷當新郎的情景，不如想像要不了幾個月，或者，很可能幾星期後，我就要被抬進那荒涼的土坑，更為快活！艾倫，我和小凱蒂生活在一起，一直非常快樂，她是這些冬夜與夏日中，我活著的一個希望。可是當我徘徊在那些墓碑之間，在那古老的教堂底下沉思，在那些漫長的六月天夜晚，躺在她母親綠草茵茵的青塚上，期待著、渴望著自己也能跟她一起躺在那裡時，我心裡也有同樣的快樂。我能為凱蒂做什麼呢？我要怎麼離開她才是最好的？我一點也不在乎林頓是希斯克里夫的兒子，也不在乎他要從我身邊帶走她，只要他能安慰她，不要因為失去我而難過。我不在乎希斯克里夫是否如願達到了他的目的，為奪走我最後的幸福而得意不已！如果林頓是個沒出息的人——只是他父親的傀儡，那我就不能把凱蒂交給他。雖然斬斷她的熱情很殘忍，但我絕對不會讓步的。在我活著的時候就讓她難過，總勝過我死後讓她孤單地活著。親愛的，如果是這樣，我寧願在我死前，把她交給上帝，入土為安。」

「把她交給上帝，若眞是這樣就好了，先生。」我回答：「如果天意如此安排，我們不得不失去您——但願上帝保佑，不要讓這樣的事情發生——我終生都會當她的朋友，給她忠告。凱瑟琳小姐是個好孩子，我並不擔心她會走上歧途。凡是盡本分做事的人，終將得到好報的。」

春天來臨了，但是主人仍未康復，雖然他又開始跟女兒到田裡散步。以凱蒂那天真的看法，以爲能外出散步就是康復的跡象。而且他臉頰經常紅通通的，眼睛也很明亮，讓凱蒂更加相信他快康復了。凱蒂十七歲生日那天，外面下著雨，他並沒有去墓園，我便跟主人說：「您今天晚上應該不會出去了吧，先生？」他回答：「不出去了，我今年會晚點去。」

主人再次寫信給林頓，表示很想見見他。如果那位病人可以見客的話，我毫不懷疑他父親一定會允許他來。不過他當時並不能來，只回了一封信，暗示希斯克里夫先生不許他到田莊來，但舅舅親切的關懷讓他很高興，希望能在散步時相遇，親自請求舅舅不要讓他和表姊斷絕往來。

他的信寫得很簡單，大概是他自己寫的。希斯克里夫知道，爲了要得到凱瑟琳的陪伴，他一定會使出全力提出請求。他在信中寫道：

我不求她來這裡，可是，難道就因爲我父親不許我去看她，而您又不許她來，我們倆就永不相見了嗎？請偶爾帶她騎馬到山莊這邊來，讓我們說說話吧！我們並沒做什麼錯事，該受到這樣的分離，您也沒有生我的氣。您沒有理由不喜歡我，這點您自己也承認。親愛的舅舅！明天爲我捎來好消息吧，允許我在畫眉田莊之外，任何您覺得適當的地點見個面。我相信只要見過一次面，您就會知道我的性格並不像我父親，他總是說我更像是您的外甥，而不像他兒子。雖然我有些缺點，配不上凱瑟琳。可是她已經能諒解我這些缺點了，看在她的分上，也請您體諒體諒吧。

您問起我的健康狀況，我現在已經好些了。可是，當我所有希望都斷絕掉，孤孤單單地生活著，或者跟那些一向不喜歡我，也永遠不會喜歡我的人在一起，我又怎能快活健康呢？

艾德加雖然同情那孩子，卻不能答應他的請求，因爲他無法陪伴凱瑟琳赴約。他回應道，也許到了夏天，他們就可以見個面。同時，他希望林頓有空寫寫信，他會盡力在信中給予意見和安慰，因爲他很瞭解那孩子的家中處境。林頓聽從舅舅的話，但若不是有他父親盯梢，大概整封信都會寫滿抱怨與哀嘆，反而把一切弄得更糟。他的父親盯得很緊，非得親自看過我主人送過去的一字一句不可。因此，儘管他心中最在意的是自己的痛苦與憂傷，卻也只好略過，只是不斷訴說將他與他的朋友、愛人拆散的苦痛，並委婉暗示林頓先生應該早點讓他們見一面，否則他會以爲林頓先生只是在搪塞他而已。

凱蒂則是家裡的有力說服者，在兩人裡應外合下，終於說服主人同意，他們能在我的陪同下，在靠近田莊的曠野上，每星期一起騎騎馬或散散步。因爲到了六月，主人發現自己的身體還是不見好轉，雖然主人每年都會從他的收入裡撥一部分當作小姐的財產，但他自然也希望凱蒂能繼續居住自己的祖宅，或者至少每過一段時間就回來住住。他所能想到的唯一方法，就是讓凱蒂和他的繼承人結婚。但他卻不知道，這位繼承人衰弱的速度和他自己差不多。我想，這是誰都沒想到的，畢竟應無任何醫生去過山莊，也沒有人見過希斯克里夫少爺後來跟我們報告他的情況。我則開始懷疑自己的猜測是錯的，既然他提起要到荒原騎馬、散步，而且看起來好像眞的很想這麼做，那麼他應該是康復了。我無法想像一個父親對待快死的兒子，會像我後來得知的那樣狠毒無情，因爲希斯克里夫一心只想到自己那貪婪無情的計畫，很可能受到死亡威脅而全盤失敗，遂變本加厲地更加逼迫林頓求見我家主人跟小姐。

第二十六章

盛夏差不多快結束了，艾德加才勉強答應他們的請求，凱瑟琳和我第一次騎馬去會見她的表弟。那天天氣相當悶熱，不見陽光，天空卻陰霾不雨。我們約在十字路口的指路碑那兒見面。然而，我們趕到那裡時，有個小牧童跑來告訴我們：「林頓少爺就在山莊這邊，要是你們能再多走一點路，他會感激萬分的。」

「那麼林頓少爺已經忘了他舅舅的第一道規定了。」我說：「他要我們只能在田莊這邊，而我們馬上就要越界了。」

「那麼等我們一到他那兒，就馬上掉頭往回走吧，」我的同伴答道：「到時再往回家的方向走。」

可是當我們到他那裡時，已經離他家門口不到四分之一英里，而且他並沒有騎馬。所以我們只好下馬，讓馬兒去吃草。

他躺在草地上，等我們走過去，一直等到我們離他只有幾碼遠了才站起來。他走路的樣子是那麼虛弱無力，臉色又那麼蒼白，我立刻喊道：「唉呀！希斯克里夫少爺，你今天早上根本就不適合出來散步，看看你氣色多差呀！」

凱瑟琳又難過又驚訝地望著他，幾乎到嘴邊的歡呼，立刻轉爲驚叫聲。他們久別重逢的歡喜，成了一句焦急的問話：「是不是病得比以前更嚴重了呢？」

「不，好點了，好點了！」他喘息著、顫抖著，緊抓住小姐的手，彷彿需要這股支撐才行似的。那一雙藍色大眼怯怯看著她，深陷的眼圈讓原本就已無精打采的模樣，變得更加憔悴不堪。

「可是你看起來病得更嚴重啦！」他的表姊堅稱：「比上次見面時更嚴重，也變瘦啦，而且——」

「我累了，」他急忙打斷她。「天氣太熱了，不適合散步，讓我們在這兒歇歇吧。我早上時通常會不舒服，爸爸說是我長得太快了。」

凱瑟琳很不高興地坐下來，他斜靠在她身邊。

「這有點像你的天堂了。」她說，盡量表現出高興的樣子。「你還記得我們約定要按照自己認為最快活的地點和方式，一起度過兩天時間嗎？這幾乎就像是你理想中的天堂了，只差現在天上有雲，不過這些雲是如此輕柔，比陽光還宜人呢。下星期，如果你身體比較好了，我們就騎馬到田莊的林子裡，試試我的方式。」

看來林頓不記得她說過的事了，顯然無論是什麼樣的對話，對他來講都相當吃力。他對凱蒂的話題完全不感興趣，更沒有餘力講點有趣的事情給她聽，讓她有種說不出的失望。他整個人和態度，都有了一種說不出的變化。以前他老愛為一些小事鬧彆扭，只要稍加安撫就好，現在卻變得無精打采又冷漠。而且也不再像小孩子那樣為了得到安慰而任性地折騰人，只有病人的一股乖僻習氣：拒絕別人的安慰，動不動就把他人真誠的笑容當成一種羞辱。凱瑟琳跟我一樣發現，我們的陪伴對他來講是一種懲罰，而不是快樂。她毫不遲疑地立刻提議各自回家，但出乎意料的是，這個提議卻把林頓從昏昏沉沉的狀態中喚醒，突然變得異常激動。他害怕地往山莊看一眼，求她至少再待上半個鐘頭。

「可是我認為，」凱蒂說：「你待在家裡會比坐在這兒舒服多了，今天我也沒辦法再用我的故事、歌曲或話語來幫你解悶了。在這六個月來，你變得比我有智識多啦，現在你對我的話題好像不大感興趣。否則，如果我能幫你解解悶，我是願意留下來的。」

「坐下來歇歇吧。」他回答：「凱瑟琳，別認爲我很不舒服，也別這樣說，都怪這天氣太悶熱了，讓我整個人懶洋洋的。而且你還沒到之前，我已經在這兒走好一會了。告訴舅舅我很健康，好嗎？」

「我要告訴他是你這麼說的，林頓。我不敢肯定你是健康的。」我家小姐回應道，不懂他爲什麼要堅持著擺明就不是事實的話。

「下星期四要再來這裡吧？」他接著說，避開她困惑的目光。「代我謝謝舅舅允許你過來。我衷心感謝，凱瑟琳。還有——還有，萬一你遇到我父親，他若問起我的話，千萬別讓他以爲我笨嘴拙舌的。別一副傷心喪氣的樣子，像你現在這樣——他會生氣的。」

「我才不怕他生氣呢！」凱蒂一聽到希斯克里夫先生會生她的氣就嚷叫起來。

「可是我怕，」她的表弟全身顫抖：「別讓他責怪我，凱瑟琳，他眞的很凶。」

「他對你很凶嗎？希斯克里夫少爺，」我問：「難道他已經不耐煩了？開始把隱藏在心裡的恨毫不顧忌地表露出來了？」

林頓看看我，沒有回答。小姐又在他身旁坐了十分鐘，這十分鐘裡，他的頭昏昏沉沉地垂在她胸前，什麼話也沒說，只是不時發出因疲累或痛苦壓抑不住的呻吟。凱瑟琳開始四處找覆盆子解悶，把她找到的分給我一點。但並沒有分給林頓，因爲她看得出來，再吵他，只會惹得他更煩悶生氣而已。

「現在已經過半個鐘頭了吧，艾倫？」最後，她在我耳邊低語：「我不懂我們爲什麼非要待在這裡不可。他睡著了，爸爸應該也在等我們回去。」

「可是，我們不能趁他睡著時丟下他，」我回答：「等他醒過來吧，忍耐點。你本來不是迫不及待要來見他嘛，怎麼見到可憐的林頓後，思念之情這麼快就消失無蹤啦！」

「他爲什麼會想見我呢？」凱瑟琳回答：「像他以前那樣耍性子，我還比較喜歡，總比他現在脾氣這麼古怪來得好。他這次過來，好像只是怕父親會罵他，不得已才來完成這項任務似的。不過我來這裡，可不是爲了討好希斯克里夫先生，才不管他有什麼天大的理由要林頓來受這場罪。雖然我很高興他的健康狀況好些了，可是看他變得這麼難相處，對我也那麼冷淡，教我多難過！」

「那麼你認爲他的身體好些了嗎？」我說。

「是的，」她回答：「你知道，他總是把自己所受的苦痛看得比什麼都還重。雖然他的身體不像他要我告訴爸爸的那種程度，不過他是眞的好些了。」

「我的看法跟你有點不同，凱蒂小姐。」我說：「我認爲他的病越發嚴重了。」

這時林頓從昏迷中驚醒過來，問我們有沒有喊他名字。

「沒有，」凱瑟琳說：「除非你是在作夢。我不懂你怎麼一大早的在外面也能打瞌睡。」

「我好像聽見父親的聲音，」他喘著氣說，抬頭看看我們身後。「你們確定剛才沒有人叫我嗎？」

「非常確定，」他的表姊回答：「只有艾倫和我在爭論你的健康狀況。林頓，你眞的比我們冬天分開時好些了嗎？如果是，我確信有一點沒有變好，那就是你對我的關心。你說，是不是這樣？」

他突然潸然淚下，回答：「是的，是的，已經好些了！」他仍被自己幻想中的聲音困擾著，不斷搜尋發出聲音的人。

凱蒂站起來。「今天我們該分手了！」她說：「不瞞你說，我對今天的會面非常失望，不過我只對你說，不會跟別人說。但這並不是因爲我害怕希斯克里夫先生。」

「噓，」林頓小聲說：「看在上帝的分上，別出聲！他來了。」他抓住凱瑟琳的手，想挽留她，但是一聽他這麼說，她連忙掙脫開來，向敏妮叫了一聲，小馬就像條狗似的應聲而來。

「我下星期四會再來，再見。」她喊道，一下跳上馬鞍。「快走吧，艾倫！」

我們就這麼離開他了，他卻還沒意識到我們已經走了，因爲他正全神貫注地等待父親出現。

我們還未到家，凱瑟琳的不快已經轉爲憐憫和內疚了，且對於林頓的實際狀況、健康與處境，隱隱感到不安和懷疑。我亦有同感，不過我還是勸她先別想太多，下回見面再看看事態如何。主人要我們報告今天的情況，凱蒂小姐鄭重地轉達了他外甥的感謝之意，其他事情則輕描淡寫地帶過。對於主人的詢問，我也沒多說什麼，因爲我根本不知道哪些事情該隱瞞，哪些事情該說出來。

Chapter 27

第二十七章

一轉眼七天過去，艾德加・林頓的病情一天比一天惡化。過去幾個月來，他早被病魔折磨得不成人樣，現在更是一小時一小時地急遽惡化中。我們還想瞞著凱瑟琳，但她那麼機靈，哪瞞得住。她獨自憂心著恐怖的可能性，而那可能性已逐漸成為無可避免的事實。當星期四再度來到，她沒有勇氣提出騎馬去見表弟的事。我替她說了，也得到主人許可，要我陪她到戶外走走。因為現在書房（她父親每天只能在書房待一會兒，這是他能坐起來的唯一時光）和他的臥房，早已成為凱瑟琳生活的全部。她不是伏在他枕邊，就是坐在他身旁，一點事也不想做。而且凱瑟琳的臉也因為連日的看護和悲傷，變得非常蒼白。因此主人很希望她能出去透透氣，認為換一下環境和同伴，會讓她開心點；並認為他死後，自己的寶貝女兒不至於落得孤苦伶仃一人。他是抱著這樣的希望來安慰自己的。

幾次談話下來，我發現主人一味地認為，外甥既然長得像他，心地肯定也相去不遠。因為從林頓的信中，根本察覺不出他的缺點。而我則因為顧慮主人虛弱的情況，也不忍糾正他這種錯覺。我捫心自問：在他生命最後的這段時間裡，即使知道實情，也無機會與能力挽回任何事，只會讓他更憂煩罷了，那麼，讓他得知又有什麼好處呢！

我們一直延遲到下午才出門。那是八月裡難得的燦爛午後，從山上吹來的每一股氣息都充滿活力，哪怕是氣息奄奄的人，只要吸進這口氣，也會恢復生機。凱瑟琳的臉就像那天的天氣，一會兒陰影籠罩、一會兒又露出陽光，只是陰影停留的時間似乎長了些，陽光則相當短暫。她那可憐的小小心靈，甚至爲了偶爾忘卻憂愁而感到愧疚。

我們看到林頓在上次他所選的地方等待，凱蒂下馬後跟我說，她只打算待一會兒，要我最好待在馬上，牽住她的小馬就好。但是我不同意，因爲我一分鐘也不想讓我家小姐離開我的視線，於是我們一起爬上那片草地斜坡。希斯克里夫少爺這一次比較熱烈地歡迎我們，然而，並不是興高采烈地歡迎，更像是出於恐懼。

「來晚了！」他吃力地簡短說一句。「你父親是不是病得很嚴重？我還以爲你不來了呢。」

「你爲什麼不坦率地說實話呢？」凱瑟琳喊道，原本的問候都嚥下去沒說了，「你爲什麼不能直截了當地說你不需要我呢？眞奇怪，林頓，這是第二次了，故意要我來這兒，很明顯，只是讓我們彼此受罪而已，沒有其他理由！」

林頓顫抖著，半是乞求半是羞愧地望她，但他表姊早已失去忍受這種曖昧態度的耐心。

「我父親病得很嚴重，」她說：「爲什麼要叫我離開他床邊呢？你既然巴不得我失約不來，爲什麼不派人跟我說不用來了？說說看！我要一個解釋。我現在完全沒有心思浪費在這些瑣事上，也受不了你的裝腔作勢！」

「我的裝腔作勢？」他喃喃著，「那是什麼？看在上帝的分上，凱瑟琳，別這麼生氣！你要怎麼看不起我，就怎麼看不起我好了。我是個沒出息、懦弱的可憐蟲。怎麼嘲笑我都嫌不夠！但是我根本不值得你生氣。要恨就恨我父親，瞧不起我吧！」

「無聊！」凱瑟琳激動地叫道：「愚蠢！笨蛋！看呀！他一直顫抖著，好像我眞要打他似的！你用不著要我輕視你，林頓，任何人只要看到你的樣子，自然而然就要瞧不起你。走開！我要回家了，把你從爐邊拖出來眞是可笑，假裝——我們要假裝什麼呢？放開我的衣服！如果我因爲你這種哭喪又害怕的神情而可憐你，你也應該拒絕這樣的憐憫。艾倫，告訴他這種行爲有多窩囊。起來呀，可別把自己變成一條低賤的爬蟲——別這樣！」

林頓帶著痛苦的表情淚流滿面，軟趴趴的身子直摔到地上，彷彿是因爲某種極度的恐懼而嚇得不成樣。「啊……」他抽泣著，「我受不了了！凱瑟琳，凱瑟琳，我是個背信棄義的人，我不敢告訴你！但是，要是你離開我，我就沒命了！親愛的凱瑟琳，我的生命就掌握在你手中。你說過愛我的——如果你眞的愛我，你就不會有任何損害。你不會走吧？仁慈可愛的好凱瑟琳！也許你會答應的……他要我死也要跟你在一起啊！」我家小姐看到他這麼痛苦的樣子，彎下身去扶他起來。昔日那種過度寵溺的憐愛，壓過她現在所有怒火，讓她既感動又驚駭。

「答應什麼呢？」她問。「留下來嗎？告訴我，爲什麼你會說出這番奇怪的話，我就留下來。你的話自相矛盾，把我都弄糊塗了！平靜下來，把你心裡所有煩惱都告訴我吧。你不會傷害我吧？林頓，你會嗎？要是你能避免的話，不會讓任何人來傷害我吧？我相信你也知道自己是個膽小的人，但總不會怯懦到出賣你最好的朋友吧？」

「可是我的父親恐嚇我，」那孩子緊絞自己瘦弱的雙手，氣喘吁吁地說：「我好怕他——我好怕他啊！我不敢說！」

「啊，好吧！」凱瑟琳帶著鄙夷的憐憫口吻說道：「那你就繼續守你的祕密吧，我可不是膽小鬼。救救你自己吧，我可不怕！」

她的寬宏大量惹得林頓開始哭起來，沒命地放聲大哭，猛親凱瑟琳扶起他的手，但仍無法鼓起勇氣說出實情。我正揣摩著那到底是什麼祕密，心想絕不能因爲自己一時心軟，而讓凱瑟琳爲了成全他或其他人而受罪。這時我聽到石楠叢裡傳出窸窣聲，抬頭就見希斯克里夫從山莊走下來，快到我們這裡了。但是他看都不看我那兩個同伴，雖然他們非常接近，近得都可以聽到林頓的哭聲。他裝出幾近誠懇的聲音，他從來不用這種口氣跟別人打招呼，只有對我才這樣，讓我不得不懷疑，這裡面到底有多少眞誠在。他說：「能在離我家這麼近的地方看見你們，眞是太好了，奈莉。你們在田莊那邊過得還好嗎？說給我們聽聽。」他壓低聲音又說：「聽說艾德加・林頓病得很嚴重，應該是他們誇大病情了吧？」

「沒有，我家主人是快不行了，是眞的。」我回答：「這對我們來講是非常傷心的事，對他來講倒是福氣！」

「你看他還能撐多久？」他問。

「我不知道。」我說。

「因爲——」他接著說，看著那兩個年輕人，他們倆在他的盯視下彷彿都嚇呆了。林頓動都不敢動一下，頭也不敢抬起來。凱瑟琳看他嚇成這樣，也不敢動了。「因爲那邊那個孩子，好像決心要壞我的事，我巴不得他舅舅比他早死！嘿，這小畜生一直在玩把戲嗎？我已經教訓過他，別每次都一把鼻涕一把眼淚的。他跟林頓小姐在一起時，應該還算有活力吧？」

「有活力？不——他似乎痛苦至極呢。」我回答：「看他這樣，我不得不說，與其陪著心上人在山裡閒逛，他應該在醫生的照料下，躺在床上休養才是。」

「再過一兩天，他就要臥床不起啦。」希斯克里夫喃喃地說。「不過現在——起來，林頓！起來！」他大叫：「不要趴在地上，起來，馬上起來！」

這樣的驚嚇實在讓林頓承受不了，又令他摔倒在地。只消他父親瞧他一眼，並不需要其他任何事，就可以讓他出現這麼丟臉的舉動。他試了好幾次，想努力站起來，可是他僅有的那一點點力氣也突然消失了，他呻吟一聲又跌下去。希斯克里夫走到他跟前，一把將他提起來，靠在草梗上。

「現在，」他努力壓抑住凶狠的語氣說道：「我可要生氣了！要是你無法再讓你那點精神振作起來。你這該死的！馬上起來！」

「我要起來了，父親，」他喘息著說：「只是，別逼我，否則我要暈倒了。我已經照您的意思做了，我保證。凱瑟琳會告訴您，我——我一直都很開心的。啊，待在我這兒，凱瑟琳，把你的手給我。」

「抓住我的手，」他父親說：「站起來。好了——她會把手借給你的，這就對啦，看著她吧。林頓小姐，你一定以為我就是製造這種恐懼的惡魔吧？行行好，陪他走回去，可以嗎？我一碰他，他就嚇得渾身發抖。」

「林頓，親愛的。」凱瑟琳低聲說：「我不能去咆哮山莊，爸爸不准我去……他不會傷害你的。你怎麼怕成這樣呢？」

「我絕不能再進那個家了，」他回答：「如果你不和我一起去，我就再也進不去了！」

「住嘴！」他父親喊道。「我們應當尊重凱瑟琳出於孝心的顧慮。奈莉，你帶林頓進去吧，我要聽你的話，馬上請醫生來看他，不可以再耽擱了。」

「你可以自己帶他去啊。」我回答：「我得跟我家小姐在一起，照顧你兒子並不是我的事。」

「你這個人還眞是頑固，」希斯克里夫說：「這我知道，但你這是在逼我把這孩子擰得痛聲大叫，才會讓你大發慈悲。那麼，來吧，我的英雄，你要我護送你回去了嗎？」

他又走過去，一副要去抓那個脆弱東西的模樣。但是林頓一直往後縮，緊黏著他表姊不放，死命哀求凱瑟琳陪他回家，根本無法讓人拒絕。無論我怎麼反對，都阻止不了凱蒂。說實在的，她自己又怎麼能拒絕他呢？到底是什麼把他嚇成這樣，我們無從知道，但他就是這樣，完全無力掙脫他父親的掌控，彷彿只要再多一點點威嚇，就會把他嚇成白癡了。

我們來到門口，凱瑟琳走進去，我則站在那兒，等她把病人帶到椅子上坐下，希望她能馬上出來。這時希斯克里夫把我往前一推，叫道：「我家並沒有瘟疫，奈莉。而且我今天想好好招待客人，坐下來吧，讓我去把門關上。」

他關上門，還上了鎖，嚇了我一跳。

「回去之前，先喝點茶吧。」他又說：「家裡只有我一個人，哈里頓到里斯河邊放牛，齊拉和約瑟夫也放假去了。雖然我一個人待慣了，但如果能找到幾個有趣的同伴也不賴。林頓小姐，坐在他身邊呀。我把這東西送給你，雖然不值什麼錢，但我也沒有其他拿得出手的了——我指的是林頓呀！她眼睛瞪那麼大幹嘛！眞奇怪，任何怕我的東西，都會激發出我的蠻性！如果我生在沒有什麼法規、風氣也沒那麼高雅的地方，我一定會慢慢解剖這兩具活體，當作晚上的消遣。」

他倒吸一口氣，搥下桌子，對自己詛咒道：「我可以對地獄發誓，我眞的恨透他們了！」

「我才不怕你呢！」凱瑟琳大叫，聽不下他後來說的那番話。她走到他跟前，一雙黑眼睛閃爍激憤與決心。「把鑰匙給我，給我！」她說：「就算是餓死，我也不會在這裡吃任何東西。」

希斯克里夫把放在桌上的鑰匙緊握進手裡。他抬頭看看她，她的勇敢出乎他意料；或者應該說，她的聲音和眼神，讓他想起那位把這些遺傳給她的人。她伸手去拿鑰匙，差點就從他鬆開的手上奪了過來，但是她的動作讓他回到現實，馬上又抓緊鑰匙。

「聽著，凱瑟琳．林頓，」他說：「走開，不要逼得我把你打趴在地，這會讓狄恩太太發狂的。」

凱瑟琳根本不理這樣的警告，又一把抓住他緊握鑰匙的拳頭。「我們非走不可！」她再次說道，使出最大的力氣想掰開這鋼鐵般的肌肉。當她發現伸出指甲也沒用時，便用牙齒使勁地咬，希斯克里夫瞥了我一眼，害得我無法馬上去幫她。凱瑟琳太專注在那隻手上，而忽略了他臉上的表情。他忽然張開手，拋掉那個她極力想奪取的東西。但是，在她還沒拿到以前，他已經一把抓住她，把她拉過來跪在他跟前，另一隻手則朝她的頭猛打，每一下的威力都足以把她打趴在地！

看到這窮凶極惡的暴力，我憤怒地衝過去。

「你這流氓！」我大叫：「你這流氓！」他往我胸口打一拳，讓我住了口。因爲我的身材很胖，頓時喘不過氣來。受了那一拳再加上心頭怒火交攻，讓我頭昏目眩地踉蹌倒退，覺得自己就要透不過氣或血管爆裂了。這場暴行持續了兩分鐘才結束，凱瑟琳被放開來，兩隻手捂住耳朵，那表情好像不知道自己的耳朵是否還在。可憐的東西，嚇得靠在桌邊，就像一根蘆葦似地渾身顫抖。

「你瞧！我知道怎麼懲罰孩子呀！」這個無賴凶狠地說，這時他彎下腰去撿掉在地上的鑰匙，「現在，照我說的，到林頓那兒，盡情地哭吧！我就要成爲你父親啦，明天——再過幾天，你就只剩下我這個父親了。往後你還有得受呢！你倒滿挺得住的，不是個沒用的東西。再讓我從你眼裡發現這該死的眼神，我就讓你每天都嘗一次這種滋味！」

凱蒂沒有到林頓那裡去，反而跑到我跟前跪下來，將她滾燙的臉埋在我膝上放聲大哭。她的表弟則嚇得縮到角落，安靜得像隻耗子。我敢說，他一定暗自慶幸不是自己受了這場罪。希斯克里夫看我們都嚇壞了，於是站起身，動手沏茶起來。

茶杯和碟子都擺好了。他斟上茶，端了一杯給我。

「消消肚子裡的氣吧，」他說：「幫幫忙，給你那淘氣的寶貝和我的孩子倒杯茶吧。雖然是我準備的，但並沒有下毒。我現在要出去找你們的馬了。」

他一走開，我們第一個念頭就是開始找可以逃出去的地方。我們試了廚房的門，不過已經從外面鎖上了。我們看了看窗子。全都太窄了，連凱蒂瘦小的身子都鑽不過去。

「林頓少爺，」我叫道，看來我們是被囚禁起來了，「如果你知道你那邪惡的父親有什麼計畫，就應該告訴我們實情，否則我要賞你耳光吃了，就像他打你表姊一樣！」

「是呀，林頓，你得告訴我們才行。」凱瑟琳說：「我是為了你才來的，如果你不肯告訴我們，那眞是太無情無義了。」

「我渴啦，倒點茶給我，我會告訴你的。」他回答：「狄恩太太，你走開，我不喜歡你站在我面前。唉，凱瑟琳，你的眼淚掉進茶杯了，我不要喝那杯，再幫我倒一杯。」

凱瑟琳把另一杯推給他，然後擦擦自己的眼淚。這個可憐蟲這會兒的舒適樣子眞是令我反感到極點，因為他現在已經不再為自己擔心害怕了。我們一走進咆哮山莊，他在荒原上那種痛苦至極的神情，全都消失無蹤了。所以我猜他父親八成是嚴厲威脅過他，要是不能把我們騙進咆哮山莊，他就有苦頭吃。既然事情已經辦成，他就不需要再為自己的處境憂慮了。

「爸爸要我們結婚，」他喝了一口茶，接著說：「他知道你爸爸一定不會讓我們現在結婚，但如果我們繼續耗下去，他又怕我會死掉，所以我們明天早上就結婚，你得在這兒待一晚。如果你照他的意思做，隔天就可以回家了，還可以把我一起帶過去。」

「帶你一起回去？你這沒用的可憐蟲！」我叫起來，「跟你結婚？啊，這個人眞是瘋了！要不然就是把我們每個人都當傻瓜耍了！你以爲有哪位美麗的小姐，或者哪位健康熱情的姑娘，會把自己跟你這隻快死的小猴子綁在一起嗎？不說林頓小姐吧，你居然妄想有人想嫁給你？你用那哭哭啼啼的把戲，把我們騙到這兒來，簡直就該挨一頓鞭子打！而且——現在，別露出這一副蠢樣！我眞想狠狠地教訓你，就憑你這卑鄙的伎倆，竟敢癩蛤蟆想吃天鵝肉！」

我眞的輕輕打他一下，他故技重施地咳起來，又是呻吟又是哭喊，讓凱瑟琳反倒怪起我來。

「住一晚？不行！」她說，慢慢地張望四周。「艾倫，我就是燒掉這道門，我也要出去。」

她眞的馬上就要動手這麼做了，林頓又開始擔心自己的安危而驚慌失措。

他用那兩隻瘦弱的手臂抱住凱蒂，哭道：「你不要我、不想救我了嗎？不讓我去田莊了嗎？啊，親愛的凱瑟琳！你千萬別走，別丟下我不管。你得照我父親的話做，一定得這麼做才行啊！」

「我得聽我父親的話，」她回答：「不讓他擔心受怕。否則，一整夜！他會怎麼想？他一定已經開始擔心了。我不是打出一條路，就是燒出一條路來。鎭靜點！只要你不妨礙我，就不會有危險。林頓，我愛爸爸可勝過愛你！」

可是這小子對於希斯克里夫先生的憤怒，有種致命的恐懼感，這又讓他恢復了他儒夫的辯才。凱瑟琳幾乎就要被他弄得精神崩潰了，但她仍堅持要回家。這回輪到她來懇求了，勸他不要那麼自私，只顧自己的煩惱。正當他們爭執不休時，把我們關進這兒的人又進來了。

「你們的馬都跑掉啦，」他說：「而且——唉，林頓！又哭哭啼啼啦？她對你做了什麼？得了，得了，別哭啦，上床去吧。再過一、兩個月，我的孩子，等你夠強壯，就能回報她現在的暴行了！你所渴望的是純潔的愛情，不是嗎？別無他求。她能給你這樣的愛！現在，上床去吧！今晚齊拉不會在這兒，你得自己換衣服。噓！別吵啦！只要你進房間，我就不會靠近你的，你也用不著害怕啦。沒想到，你這回總算做得還不錯，其餘的事交給我就好了。」

他說完這些話，打開門讓他兒子過去，林頓走出去的神情，就像一隻搖尾乞憐的小狗，唯恐那位開門的人會使壞地擠他一下似的。門又鎖上了。希斯克里夫走近壁爐，我和小姐默默地站在那裡。凱瑟琳抬頭看了一眼，本能地將手舉起來護住臉。他一靠近，那種疼痛的感覺又回來了，任誰看到這可憐的舉動，應該都無法狠下心才是，他卻對她皺起眉咕噥道：「啊！你不是不怕我嗎？勇氣怎麼不見了？你現在看起來可是怕得很呢！」

「現在我是怕，」她回答：「因爲，要是我待在這裡，爸爸會擔心的，我怎麼還能惹他難過呢？當他、當他——希斯克里夫先生，讓我回家吧！我答應嫁給林頓，爸爸也希望我嫁給他，而且我也愛他——你爲什麼要強迫我做我原本就想做的事呢？」

「他敢強迫你！」我喊道：「感謝上帝！國有國法，這個國家還是有法律的！即便我們這裡偏僻了點，即便他是我自己的兒子，我也會告他。這麼罪大惡極的事，就算由牧師所爲也無法得到寬恕！」

「住口！」那惡棍說道。「你嚷嚷個什麼勁！閉嘴！林頓小姐，我只要一想到你父親會難過，就開心得要命、開心得睡不著覺啦！既然你讓我知道這天大的好消息，那你就非得在我家待上二十四小時不可了。至於你答應嫁給林頓這件事，我會讓你說到做到。要是不照辦的話，就休想離開這兒。」

「那麼先讓艾倫回去，告訴爸爸我平安在此吧！」凱瑟琳哭著苦苦哀求。「要不然我們現在就結婚！可憐的爸爸，艾倫，他一定以為我們走丟了，我們該怎麼辦才好？」

「他才不會呢！他會以為你侍候他煩了，跑出去玩一下。」希斯克里夫回答。「你無法否認，是你自己違背了他的禁令，自己走進我家的。像你這個年紀，貪玩是天經地義，不喜歡整天老是跟病人在一起，況且那病人也不過是你父親而已。凱瑟琳，當你的生命開始，就是他最快樂的日子結束之時。我敢說，他一定詛咒你來到這個世界，至少我是這樣。如果他離開人世時也詛咒你，那正好，我要跟他一起詛咒你。我不愛你！我怎麼可能？盡情地哭吧！在我看來，哭將會成為你往後的主要消遣，除非林頓能彌補你的其他損失。你那位未雨綢繆的父親，似乎認為林頓可以彌補些什麼？他那些信裡的勸告和安慰，真是讓我開心不已。他在最後一封信上，勸我的寶貝要關心他的寶貝，而且將來娶了她之後，要好好待她，什麼關心、體貼的——那豈不是父愛！但是林頓只會把他所有的關心和體貼用在自己身上而已。他倒是能稱職地當個小暴君，不管有多少隻貓，只要把牙齒、爪子都拔掉，他可以眼不眨一下地把這些貓折磨死。我倒可以保證，等你回家後，準會向他舅舅編些他有多溫柔體貼的美麗謊言。」

「你說得對！」我說：「你對你兒子的性格，分析得對極了。瞧他有多像你，光憑這點，我想凱蒂小姐在接受這毒蛇之前，會再重新考慮一番！」

「我現在才不在乎講他那些可愛的性格呢，」他回答：「因為她不是選擇接受他，就是繼續囚禁在這裡，而且還有你陪著，直到你家主人死掉為止。我能把你們倆都關在這裡，完全不露出一點風聲。你要是不信，那就勸她反悔，你便有機會確定了！」

「我不會反悔的。」凱瑟琳說：「如果我婚後就可以回畫眉田莊，我願意現在就跟他結婚。希斯克里夫先生，你是個冷酷無情的人，但不是惡魔。你不會只因爲心中的仇恨，徹底毀掉我的幸福吧！要是爸爸以爲我故意離開他，要是在我回去之前他就死了，那我怎麼活得下去啊？我不再哭了，我要跪在這裡，跪在你跟前。我要兩眼一直看著你的臉，不起來，直到你願意回看我一眼！不，別轉過去！看看我吧！你不會看到一絲絲惹你生氣的東西。我不恨你，也不怨你打我。姑丈，難道你一生從沒愛過任何人嗎？從來沒有嗎？啊！你一定得看我一眼，我是如此可憐——你不會不感到難過，不可憐我的！」

「拿開你那蜥蜴般的手，走開！否則我要踢你了！」希斯克里夫大叫，粗魯地推開凱蒂。「我寧願讓一隻蛇來纏我。你怎麼會想到要向我搖尾乞憐呢？我恨死你了！」

他聳聳肩，眞的打了個哆嗦，好像身上有隻可怕的蟲子在爬似的，然後把自己的椅子往後一推。這時我站起來，準備要破口大罵。但我半句話都還沒完，就被一句恐嚇的話堵回去了——他說我再敢多說一個字，就把我單獨關到另一間房裡去。天快黑了，我們聽到花園門口有人聲，希斯克里夫立刻趕出門去。他倒挺機靈，但我們就不是這樣了。那人在外面談了兩、三分鐘，又自個兒回來了。

「我還以爲是你表哥哈里頓，」我對凱瑟琳說：「我眞希望是他！說不定他會幫幫我們呢？」

「田莊派了三個僕人來找你們。」希斯克里夫聽見我的話說道：「你應該打開窗戶往外呼救的，但是我敢發誓，那個小丫頭心裡一定很慶幸你沒有這麼做。我敢說，她巴不得被留下來。」

一聽到失去這樣的良機，我們兩個再也忍不住，難過地放聲大哭。他也任由我們哭到九點鐘，然後叫我們上樓，穿過廚房，到齊拉房裡去。我低聲勸小姐照他的話做，或許我們可以設法從那邊的窗子，或是某間閣樓的天窗爬出去。然而，房裡的窗子跟樓下的一樣窄，我們根本也踏不上閣樓一步，就這麼被鎖在房裡了。我們都沒有躺下來休息，凱瑟琳一直待在窗前，焦急地等待早晨到來。我不斷勸她休息一下，但我能得到的唯一回應就是一聲深深的嘆息。我坐在一張搖椅上搖來搖去，一直在心裡責怪自己，都是我的失職，才會讓我家主人陷入這般不幸當中。雖然我現在知道，實際上並非如此，但是在那個淒慘的夜裡，我的確是這樣想的，我甚至認爲希斯克里夫所犯下的罪過，都不比我來得重。

七點鐘時，他進來了，問林頓小姐起來了沒有。她馬上奔到門口，回答：「起來了。」

「那就來吧。」他說，打開門把她拉了出去。

我站起來要跟出去，門卻又被鎖上。我要他放我出去。

「再忍耐一下，」他回答：「我一會兒就派人幫你送早點來。」我氣憤地搥著門，用力搖起門栓。凱瑟琳問他爲什麼還要把我關起來，他回答我得再忍耐一個鐘頭，接著他們便走了。我等了兩、三個鐘頭，終於聽到腳步聲，但不是希斯克里夫的。

「我幫你送吃的來，」一個聲音說：「你可以開門了！」

我急忙開門，一見是哈里頓，帶著夠我吃一整天的食物來了。

「拿著。」他又說，把盤子塞到我手裡。

「待一會兒吧。」我開口說。

「不要！」他叫了一聲便跑出去，不管我怎麼苦苦哀求，他也不理睬我。

我就在那裡關了一整天、又一整夜，又一天、又一夜。總共是五夜四天，除了每天早上看見哈里頓一次以外，什麼人也見不著。而他眞是個盡責的獄卒，緊繃著臉不發一語，對於任何想打動他正義感或同情心的企圖，一概充耳不聞。

Chapter 28

第二十八章

到了第五天早上，或者應該說是下午，我聽到不同的腳步聲——步伐較輕，也較短促。這一次，走進屋裡來的人是齊拉，披著她鮮紅色的圍巾，頭上戴一頂黑絲帽，手上拎個柳編籃。

「唉，啊呀！狄恩太太！」她叫道。「唉呀，吉默屯正沸沸揚揚地談論你們。我原以爲你跟小姐掉進黑馬沼地裡了，後來主人說已經找到你們，還讓你們暫住在這兒！怎麼，你們是爬上某個沙洲嗎？你們在泥潭裡待了多久？是我家主人救了你嗎？狄恩太太，可你沒怎麼變瘦，身子沒受什麼罪吧？」

「你家主人是個十足的無賴！」我回答：「一切都是他一手造成的。用不著編那套謊話，總有一天會眞相大白的！」

「你這話是什麼意思？」齊拉問。「那不是他編的謊話，村裡人都這麼說，說你們掉進沼澤裡。我一進門，劈頭就跟恩蕭說：『唉啊，哈里頓先生，自從我走後，可發生怪事啦。那位漂亮的小姐怪可憐的，還有那個能幹的奈莉．狄恩。』他瞪大眼睛看我，我以爲他沒聽到這消息，便把村裡的傳言跟他說了。主人在一旁聽著，還笑了笑說：『即使她們之前掉入沼澤，現在也老早爬出來啦，齊拉。奈莉．狄恩這會兒就在你房裡，你上樓後可以叫她趕快走，鑰匙在這裡。她腦子裡灌滿泥水，直嚷著要回家，可是我留住她了，等她神智清醒過來。她要是能走了，就叫她趕快回田莊吧，幫我捎個口信，說她家小姐隨後就來，會趕得上幫那位紳士送殯的。』」

「艾德加先生沒死吧？」我心慌地問道。「啊，齊拉，齊拉！」

「沒有，沒有，你坐下來吧，我的好太太，」她回答：「看來你的身子還很虛。你家主人沒死，肯尼斯醫生認爲他還可以撐上一天，我在路上遇見醫生時問的。」

我哪裡還有心思坐下來！趕緊抓起帽子下樓，看來我已經獲得自由了。我一走進大廳便四處張望，想找個人問問凱瑟琳的下落。但這裡只有滿屋子的陽光，大門敞開著，卻一個人影也看不到。我正猶豫著要馬上走好，還是回去找我家小姐，這時忽然聽到一聲輕微的咳嗽，把我的注意力轉到壁爐邊。林頓獨自躺在長椅上，舔著一根棒棒糖，冷漠地看著我的一舉一動。「凱瑟琳小姐在哪兒？」我嚴厲地問道，心想現下既然只有他一個人在這兒，就能逼他透露點消息，他卻像個呆子似的繼續舔糖果。

「她走了嗎？」我問。

「沒有。」他答道：「她在樓上，走不了的，我們不會放她走。」

「你們不放她走？小白癡！」我叫道：「馬上帶我到她房間去，否則我要讓你慘不成聲！」

「要是你敢進她房裡，爸爸才要讓你慘不成聲呢。」他回答：「他說我不能對凱瑟琳心軟，她是我妻子，竟然想離開我，眞是寡廉鮮恥。他說她恨我，只希望我趕快死，好得到我的錢，可是她休想得到我的錢，也休想回家！永遠不可能！她儘管哭吧、生病吧，隨便她！」

他繼續舔起糖果，還閉上眼睛，好像準備要睡覺了。

「希斯克里夫少爺，」我又開口：「難道你忘了去年冬天，凱瑟琳對你付出多少心血嗎？那時候你口口聲聲說愛她，她還帶書來給你，唱歌給你聽，多少次冒著風雪來探望你？有天晚上還因爲無法過來，擔心你會失望而傷心得哭了。那時你覺得她對你好極了，現在怎反過來聽信你父親編的謊言，儘管你清楚知道，他恨透你們兩人了！你現在和他聯手來欺負她，好一個知恩圖報啊，哼？」
林頓的嘴角垮下，將棒棒糖從嘴裡拿出來。
「難道她是因爲恨你才跑到咆哮山莊來的嗎？」我接著說：「你自己好好想想吧。至於你的錢，她甚至不知道你有什麼錢。而你說她病了，卻把她一個人丟下，讓她待在一個陌生人家裡！你也受過這種被人扔開不管的滋味。你受苦時總憐憫自己的苦痛，她也憐憫你的苦痛，難道，你現在就不能同情她一下？我聽了都難過得要掉下眼淚啦！希斯克里夫少爺。你瞧，我都已經是個上了年紀的人，而且只不過是個僕人，而你呢？裝出那些假情假意，幾乎都要愛上她以後，卻只把每一滴眼淚留給自己用，還悠哉地躺在那裡。啊，你眞是個沒良心、自私的孩子！」
「我沒辦法跟她待在一起，」他氣呼呼地反駁：「我無法自己守在那裡，她哭得讓我受不了啊！即使我都說要叫父親來啦，她還是哭個沒完沒了。有一回我眞把他叫來了，父親威脅她，若是不安靜下來的話，就要勒死她。可是當父親一離開房間，她又開始哭起來。我煩得大叫睡不著，她還是整夜在那裡哭個沒完！」
「希斯克里夫先生出去了嗎？」我問。看來這沒良心的東西根本無法同情他表姊心裡的煎熬。
「他在院子裡，」他回答：「在跟肯尼斯醫生說話呢，醫生說舅舅終於眞的要死了。我太高興啦，這麼一來我就要繼承他當田莊主人了。凱瑟琳老說那是她的房子，那不是她的，是我的！爸爸說她所有東西都是我的，她所有的好書也都是我的。她說只要我肯把臥房鑰匙給她，放她出去，她寧願把那些書都給我，還有她那些漂亮的小鳥和她的小馬敏妮。不過我跟她說，她沒有什麼東西可以給我，因爲這所有一切本就是我的。她聽了又開始哭啦，然後她從脖子上取下一個小項墜，說可以給我這個。那是兩幅鑲在金盒裡的畫像，一幅是她母親，另一幅是她父親，都是他們年輕時的畫像。那是昨天的事——我說那也是我的，想從她手裡搶過來。可是那可惡的傢伙不肯給我，把我推開，弄疼我了。我大叫出聲，把她嚇著了，因爲她聽見爸爸過來。她拉斷鍊子，將盒子折成兩半，把她母親的畫像給我，想把另一幅藏起來。當爸爸問起怎麼回事，我把來龍去脈全說了。於是他拿走凱瑟琳給我的畫像，又叫她把她的那一半給我。她不肯就範，爸爸就……就把她打倒在地，從項鍊上扯下盒子，用腳把盒子踩爛。」

「你看她挨打高興嗎？」我問，有意慫恿他繼續說話。

「我閉上眼睛了。」他回答：「我看見爸爸打狗或打馬，都要閉上眼睛，他的手勁十分狠。一開始我挺幸災樂禍的，誰教她要推我，活該受罪。可是等爸爸離去，她叫我到窗子前，讓我瞧她嘴裡被牙齒撞破，滿口是血的慘狀。接著她撿起地上的畫像碎片，走開面對牆坐下，自此不再跟我多說半句。我有時候甚至以爲她是痛得無法說話，但我不願意這麼想！偏偏她還是不停地哭，眞是冥頑不靈。她看起來又蒼白又瘋狂，我都怕她啦！」

「要是你願意，拿得到鑰匙嗎？」我說。

「可以，只要我在樓上，」他回答：「可是我現在無法上樓了。」

「在哪間房裡？」我問。

「啊！」他叫道：「我不能告訴你在哪兒。那是我們的祕密。沒有人知道，連哈里頓和齊拉也不知道。唉呀，你把我累壞了——走開，走開！」他把臉轉過去，靠在他手臂上，又閉起眼了。

我想我還是避開希斯克里夫，先行離開，再從田莊帶人過來救小姐比較好。一回家，其他僕人看到我平安歸來都驚喜萬分。他們聽到小姐平安無事，馬上有幾個人想趕快到艾德加先生房前，大聲報告這個消息。但我覺得還是自己去通報為好。才幾天工夫，主人的轉變竟如此之大！他滿臉哀悽，已是聽天由命的神態，躺著等待死亡來臨。他看上去還很年輕，雖然實際年齡已經三十九歲，但人家會以為他至少年輕個十歲，他太掛念凱瑟琳，因為他嘴裡不斷喃喃喚著她的名字。

我碰碰他的手，開口道：「凱瑟琳就要回來了，親愛的主人！」我低聲說：「她還活著，人也挺好的，我想小姐今天晚上就會回家啦。」

這消息一開始引起的反應令我驚慌不已。主人撐起身子，急切地在屋裡四處尋找，隨即暈過去了。等他醒轉過來，我就坦承我們如何受逼進入咆哮山莊，以及被關在山莊裡的事情。我說希斯克里夫強迫我進去，這並不完全是事實。我盡量少說林頓壞話，也沒有把他父親禽獸般的行為全盤托出，最主要是不希望讓主人那已滿溢的苦杯，再苦上加苦了。

他想，他的仇人最主要是想謀取他所有的產地，好留給兒子，也可以說是給敵人自己。但最讓我主人不解的是，對方為什麼不能等自己死後再動手？因為主人根本不知道，自己的外甥也跟他一樣，即將不久於人世。無論如何，他認為應該修改一下自己的遺囑：本來是想讓凱瑟琳自主支配財產，現在他決定把這些財產託付給委託人，供她往後使用，如果有了孩子，她死後還可以把財產留給她孩子。照這個方法辦，即使林頓死了，財產也不會落到希斯克里夫手裡。

接獲主人命令後，我馬上派人請律師來，又派了四個僕人各自備妥慣用的武器，去把小姐救出來。兩批人都耽擱到很晚才回來。那個被差去找律師的僕人先返家。他說當他到律師格林先生家時，格林先生並不在，他只好在那裡等了兩個鐘頭。格林先生跟他說村裡有點事要辦，明天一早定會趕到畫眉田莊；那四個人也沒把小姐接回，只帶了口信說凱瑟琳病了，病得無法離開房間，希斯克里夫也不允許他們看望她。我痛罵這些愚蠢的傢伙一頓，竟然會聽信這套鬼話！我也只能把這情況轉告主人，決定天一亮就帶一幫人上山莊要人，如果他們不把小姐交出來，準要大鬧山莊一番。她的父親非得見到她不可，我一次又一次地發誓，如果那個魔頭想阻止，就讓他死在自家門口！

幸好，我省了個麻煩，不用走上這一遭。三點鐘時我下樓取水，正提著一罐水走過大廳，前門突然傳來一陣敲門聲，嚇了我一跳。「啊，應該是格林，」我心想道，「應該就是格林了。」我繼續往前走，打算叫別人來開門。可是門又敲起來，聲音不大，但十分急促，我把水罐擱上欄杆，趕忙開門放人進來。秋收時節的滿月，把夜空照得亮晃晃的。那不是律師，而是我的寶貝小女主人！她撲過來摟住我的脖子哭泣：「艾倫，艾倫！爸爸還活著嗎？」

「是的，」我叫道，「是的！我的天使，他還活著。感謝上帝，讓你又平平安安地跟我們在一起！」即使她已經有點喘不過氣來，還是急著想跑到主人房裡。但我強迫她先坐在椅子上，讓她喝點水，洗洗她那蒼白的臉，用我的圍裙把她的臉擦出一點紅潤氣色。然後我說，我得先去通報一聲，並要求她對林頓先生說，她和小希斯克里夫將會十分幸福。她愣住了，可是馬上就明白我爲何要她說謊，她向我保證絕不會訴苦。

我不忍心待在那兒看父女倆見面，便在門外站了一刻鐘時間，我根本不敢走近床前。不過，一切都很平靜：凱瑟琳的絕望，就像她父親的歡樂一樣不露聲色。表面上，她鎮靜地扶著父親，而她父親則抬起那欣喜若狂的眼睛，直盯著她的臉看。

他在幸福中死去，洛克伍德先生，他是在這般情況下過世的。主人親親凱瑟琳的臉，喃喃說：「我要到她那兒去了，而你，我的寶貝，將來也會到我們那兒去的！」之後他再也不動，也沒說話，只是一個勁兒地用他因欣喜而發燦的眼神凝視凱瑟琳，直到他的脈搏悄悄停止跳動，靈魂離開人世。誰也沒辦法準確說出他去世的時刻，他全無半點掙扎地過世了。

不知凱瑟琳是因爲眼淚哭乾了，還是由於那悲傷對她來講實在太過沉重，她就這麼兩眼無淚地坐到天亮。到了中午還是坐在那兒，對著靈床呆想，但我堅持要她離開去休息一下。幸虧我把她勸走了，因爲午餐時律師來訪，他已到咆哮山莊請示過應該如何處理。他把自己賣給希斯克里夫先生了！這就是我家主人請他過來，他卻遲遲未到的緣故。幸虧，主人見到女兒回來，壓根不再想到這些凡塵瑣事。

格林先生擅自安排一切人事。除了我之外，把所有僕人都辭退了。而且濫用他的委託權，堅持不讓艾德加・林頓葬在妻子墓旁，而要葬在教堂裡，跟林頓家的祖墳葬在一起。可是遺囑已經明寫不許那麼做，我也極力抗議，反對任何違背遺囑的行爲。喪事匆匆辦完了，凱瑟琳，如今已是林頓・希斯克里夫太太了，獲准待在田莊，直到她父親出殯爲止。

她告訴我，她的痛苦終使林頓被說服，冒險放她走。她聽到我派過去的人在門口的爭論聲，也聽出希斯克里夫回話中的意思，是那番話把她逼上絕路的。林頓在我走後不久，就被移到樓上小客廳去，他當時嚇壞了，趁他父親還未上樓，搶先拿到鑰匙。他倒挺機靈的，把門打開後重新鎖上，不過並沒把門完全闔緊。等到該上床時，他要求跟哈里頓一起睡，而這一次的請求也獲准了。凱瑟琳在天亮前偷溜出來。她不敢試著開門，唯恐那些狗會引起騷動，於是她到那些空房間，查看每一扇窗戶，很走運的，她剛好走進她母親生前的房間，輕易從那裡的窗台爬出，再順著窗邊樅樹溜到地上。她的同謀儘管耍了些怯懦的花招，卻仍免不了得爲這件事吃足苦頭。

Chapter 29

第二十九章

辦完喪事的那天晚上，我和小姐坐在書房裡，時而哀傷地思念我們失去的至親——尤其我們其中一位更是萬念俱灰——時而枉測那黯淡的未來。

我們後來一致認爲，對凱瑟琳來講，最好的安排就是容許她繼續住在田莊裡，至少在林頓還活著的時候，讓他過來和她同住，而我則繼續當這裡的管家。這簡直是令人不敢奢望的完美安排，然而，我還是如此希望。只要一想到可以保住我的家、我的職務，以及最重要的是，我摯愛的小女主人，我心裡就不由得喜悅起來。就在這時，一個僕人（被辭退但尚未離去的僕人）急急忙忙地跑進來說「希斯克里夫那個魔鬼」正穿過院子要進來了，要不要當著他的面把門鎖上？

即使我們眞的氣到要把門鎖上，也來不及了。他毫不顧及禮節，既未敲門，也沒有通報姓名。因爲現在他是主人了，仗著主人的權勢，一句話也不說地逕自走進來。僕人的通報聲把他引到書房，他走進來後，作個手勢示意僕人出去，便關上了門。

這間屋子，就是十八年前他當客人時被引進的那間；同樣的月亮從窗外照進來，外面也是同樣一片秋景。我們尚未點上蠟燭，但整個房間仍相當明亮，就連牆上肖像也看得很清楚：林頓夫人漂亮的肖像，和她丈夫斯文的肖像。希斯克里夫走近壁爐邊。歲月並沒有在他身上留下多少痕跡，他還是同樣那個人，只是黝黑的臉變得灰黃些，也更陰沉些，身材可能重了一、二十磅，此外並無什麼改變。凱瑟琳一看見他，馬上站起來想衝出去。

「站住！」他說，一把抓住她手臂。「別想再逃跑啦！要逃到哪兒去？我是來帶你回家的。我希望你做個孝順的兒媳婦，別再慫恿我兒子不聽話了。當我發現他幫你逃跑時，眞不知道該如何懲罰他才好。他就像個碰不得的蜘蛛網，一捏就要他的命。不過，等你看到他的樣子，就知道他已經得到應有的懲罰了！某天晚上，就是前天晚上，我帶他下樓，把他放在椅子上，這之後就沒碰過他。我叫哈里頓出去，屋裡就只有我們兩個。兩個鐘頭之後，我叫約瑟夫再把他帶上樓去。自此之後，只要我一出現在他面前，就能讓他像見到鬼似的膽戰心驚！我想，即使我沒出現在他身邊，他也常常看得到我。哈里頓說他夜裡經常尖叫著嚇醒，直吵著要你回去保護他，免得受我欺負。不管你喜不喜歡你那個寶貝丈夫，你都必須回去。現在他歸你管了，我不管他啦！完全把他交給你！」

「為什麼不讓凱瑟琳繼續住在這兒？」我懇求著，「也讓林頓少爺搬到這裡來。既然你恨他們兩個，即使他們不在，你也不會想念半分。他們每天只會徒增你那鐵石心腸的煩惱而已。」

「我要給田莊找個房客，」他回答：「而且我當然希望孩子們待在我身邊。此外，這丫頭既然要靠我養，就得幫忙做點事。我可不打算林頓過世後，讓她養尊處優、無所事事地過日子。現在，趕快準備好吧，別再讓我強迫你。」

「我會去。」凱瑟琳說：「林頓是我在這世上唯一愛的人了。即使你竭盡所能讓我討厭他，也讓他討厭我，可是你無法使我們互相仇恨。當我在他身邊，我倒要看看你敢不敢傷害他，或嚇著我！」

「你倒是很大膽，敢這麼說大話啊，」希斯克里夫回答：「可是我還沒喜歡你，喜歡到去傷害他的程度。你要受他折磨，能受多久就多久。再說，不是我讓你討厭他的，是他自己那好性子使然。你逃跑的壯舉讓他吃盡苦頭，他可是恨透你啦！別指望他會感謝你這高尚的愛情。我聽見他有聲有色地對齊拉說，要是他跟我一樣強壯，就要如何如何。他有這樣的想法在，他的軟弱終會促使他更積極尋找可以代替力氣的法子。」

「我知道他本性不好，」凱瑟琳說：「因為他是你兒子呀。但我很高興我本性較好，可以諒解這點。我知道他愛我，因此我也愛他。希斯克里夫先生，你沒有一個人愛你啊。無論你把我們折磨得多慘，只要一想到你的殘忍其實是因為你比我們更慘，我們就等於報仇了。你是悲慘的，不是嗎？像魔鬼似的孤獨，也會像魔鬼似的嫉妒吧？沒有人愛你——等你死了，沒有人會為你傷心！我可不願是你！」

凱瑟琳帶著一種悲傷的勝利口氣說道。她似乎已下定決心，要走進她未來家庭的精神中心去，從她敵人的悲哀中汲取快慰。

「要是你再站在那兒一分鐘，馬上就要為你的神氣後悔啦！」她的公公說：「滾！臭丫頭，快去收拾你的東西！」凱瑟琳輕蔑地走開了。等她走後，我開始懇求希斯克里夫讓我到山莊取代齊拉的職位，讓齊拉過來這裡。但是他根本不答應。

他要我閉嘴，然後，第一次有機會讓自己好好環顧這個房間和那些肖像。他仔細端詳過林頓夫人的肖像後，說道：「我要把這幅帶回家。並不是因為我需要它，而是——」他突然轉身看向爐火，帶著一種——我找不出更好的字眼形容，只能說算一種微笑吧——他用那樣的笑容接著說：「我要告訴你，我昨天做了什麼來著！我找到幫林頓掘墳的教堂司事，要他把凱瑟琳棺墓上的土撥開，然後我打開那棺木。當我又看見她的臉時，一度想乾脆也埋在那兒算了——她還是沒有變哪！司事費了很大的勁才讓我走開，他說屍體吹了風就會起變化，所以我把棺木的一邊敲鬆又蓋上土。不是靠林頓的那邊，讓他去見鬼吧！我倒想用鉛把他封死。我賄賂掘墳的人，等我埋在那兒時，把敲鬆的那邊挖掉，也把我的這邊挖掉。我要這麼做，等林頓到我們這兒時，他就分不清哪個是哪個了！」

「你可眞是缺德啊！希斯克里夫先生！」我嚷道：「你怎麼膽敢去驚擾死者？」

「我沒有驚擾任何人，奈莉，」他回答：「我只是想讓自己好過些而已。現在我舒服多了，等我葬到那兒時，你就有可能讓我安安靜靜地躺在地下啦。我驚擾她了嗎？不！這十八年來，她日日夜夜擾動著我——從不間斷——毫不留情——直到昨天晚上，我終於平靜了。我夢見自己靠著那長眠者，睡起我的最後一覺，我的心停止跳動，冰冷的臉依偎著她的臉。」

「要是她已化爲泥，或是什麼都沒有了，那你還會夢見什麼呢？」我問。

「夢見和她一起化爲泥，那還要更暢快些呢！」他回答：「你以爲我會害怕這種變化嗎？當我掀起棺蓋時，原本也期待會看到這樣的變化。但是我很高興她還沒化爲土，仍等著和我一起化爲泥。況且，要不是我腦子裡清清楚楚留著她那冰冷的容貌，否則那種奇異感是很難消除的。這感覺來得多奇妙。你知道，當她死後，我簡直快瘋了！每日每夜祈求她的靈魂回到我身邊！我相信鬼魂這回事，相信鬼魂是能回來的，而且的確存在於我們之間！她下葬那天下了場雪，晚上我到墓園那兒去。風刮得像冬天一樣，四周一片寂寥。我不擔心她那蠢丈夫這麼晚還會晃到這荒野來，也沒有其他人會到那裡去。我自己待在那裡，心裡清楚知道我們之間的唯一屏障，就是這兩碼深的土。我對自己說：『我要再次將她擁入懷裡！如果她是冰冷的，我就當作是北風把我吹得渾身發冷的緣故；如果她紋絲不動，那就是睡著了。』我從工具房拿了一把鏟子，使盡全力去挖掘，當鏟子挖到棺木了，我就換手挖。棺木四周的釘子開始咯吱作響，我知道自己就要達到目的了。就在這時，我似乎聽到有人在墳邊嘆了口氣，甚至俯下身來。『要是我能掀開這蓋子，』我喃喃說：『眞希望他們乾脆把我們倆都埋起來！』因此我就更拚命掀棺木。這時我耳邊又傳來一聲嘆息，我覺得那嘆息的暖意壓過了夾帶雨雪的冷風。我知道那時身邊並沒有其他血肉之軀，但是，那就像人們在黑暗中，能感覺到有什麼活人走近身，可又無法辨別是什麼一樣，我確切地感覺到凱蒂就在那兒：不是在我腳下，而是在地面上。霎時，我心裡一種輕鬆愉快的感覺突然湧過四肢，我放棄了那悲苦的工作，心裡馬上獲得一股慰藉。那是一種說不出來的欣慰感：她和我同在，當我將墓穴再度填平，她還留在那兒，然後帶我回家。

「如果你聽了想笑，就儘管笑吧，可是我確信自己在那兒看見了她。我確信她與我同在，克制不了自己要跟她說說話。當我回到山莊，急切地衝到門前，門卻鎖上了，我記得那該死的恩蕭和我的妻子不讓我進去。我記得我停下來，把他踢得喘不過氣，然後急忙奔上樓，跑進我房裡，和她房裡。我焦急地向四周尋望，我覺得她就在我身邊，幾乎就要看到她了，但我就是看不到！我當時眞是心急如焚、痛苦地渴望著，瘋狂地祈求，只要能看她一眼就好！但我一眼也看不著。她仍像生前一樣，像魔鬼似的捉弄我！而且自那之後，或多或少，我總被這種無法忍受的折磨捉弄著，就像地獄般的煎熬啊！老是把我的神經繃得緊緊的，若非我的神經像羊腸線那樣堅硬，早就鬆弛到像林頓那樣衰弱了。

當我和哈里頓坐在客廳裡，我老覺得只要我一走出去，就能遇見她；當我在曠野散步時，又覺得只要我回到家，就會再見到她。當我從家裡出來後，總是又急急忙忙趕回去，心裡篤定她就在山莊的某個地方！而當我在她房裡睡覺時，又非得出來不可。因爲我無法躺在那裡，只要一閉上眼，她不是出現在窗外，就是溜進窗格，或是走進屋裡來，或甚至將她可愛的頭靠在她小時候枕的那顆枕頭上。每當這情況發生，我就得睜開眼睛看看，因此一個晚上下來，總要睜眼閉眼上百次——但每次都是令人失望的結果！眞是折磨人啊！我經常大聲呻吟，約瑟夫那個老混蛋準以爲是我的良心在作祟。現在，我既然看到她了，人也就平靜下來了——稍微平靜些了。這眞是一種奇怪的索命法，不是一寸一寸的，而是像髮絲那樣一絲絲地刮著，這十八年來，就是用這幽靈般的希望戲弄著我！」

希斯克里夫停下來，擦擦他的額頭。他的頭髮黏在額頭上，全被汗水濕透了。雙眼直盯著爐火中紅彤彤的餘燼，眉毛皺都沒皺一下，卻揚得高高的靠近鬢骨，他臉上的陰沉消減不少，卻流露出一副心煩意亂的樣子，還有一種對某件甩不開的事情焦慮不已的痛苦表情。他並非完全對著我說話，因爲我一直沒開口回答。我不想聽他說話！過了一會兒，他又出神地看著那幅肖像，並把它取下來放上沙發，以便更清楚地端詳。當他在專心看畫時，凱瑟琳進來了，說她已準備好，就等她的小馬上鞍。

「明天派人把畫送過來。」希斯克里夫對我說，然後轉身對凱瑟琳開口：「你不用騎你的小馬，今晚天氣不錯，何況你在咆哮山莊也用不著小馬。無論你要到哪裡，你的雙腳都能爲你效勞。走吧！」

「再見，艾倫！」我親愛的小女主人低聲告別。當她親我時，雙唇像冰一樣冷。

「要來看我，艾倫，別忘了。」

「你最好別這麼做，狄恩太太！」她的新父親說：「要是我想跟你說話，我會過來的。我可不想你偷偷跑到我家裡去！」

他作個手勢要她走在前面，凱瑟琳回頭望了一眼，眞教我心如刀割。她聽從他的話走了。我在窗前目送他們走過花園。希斯克里夫把凱瑟琳的手緊夾在他手臂下，儘管一開始她顯然反抗過，但希斯克里夫邁開大步，把她趕上小路，路上的樹木隨即隱沒了他們的身影。

Chapter 30
第三十章

我曾去過山莊一次，但自從凱瑟琳走了之後，就再也沒見過她。當我去山莊看她時，約瑟夫用手擋在門口，不許我進去。他說林頓夫人「沒空」，主人也不在家。齊拉曾跟我提過一些他們那邊的情況，不然我連誰死了、誰活著都不知情。她覺得凱瑟琳太傲慢了，不喜歡小姐，我從她的話裡可以聽出這些端倪。我家小姐剛過去時曾要她幫點忙，可是希斯克里夫叫她只管自己的事，讓他兒媳婦自己照料自己。齊拉本就是個心胸狹窄、自私自利的人，一聽到這樣的吩咐，當然樂得輕鬆。凱瑟琳受到這樣怠慢，當然要耍點孩子氣，擺出輕蔑鄙夷的神氣，就這麼把這位跟我通風報信的人列爲敵方，好像齊拉曾對她做過什麼天大的錯事似的。

大約六星期以前，就在您來之前不久，有一天我們剛好在野外碰上了，我跟齊拉談了很久。以下就是她口中告訴我的一些情況——

*　　　*　　　*

林頓少爺的夫人到山莊後做的第一件事……她抵達山莊後就急忙跑上樓，連跟我和約瑟夫打個招呼或道聲晚安都沒有，就把自己關在林頓房裡，一直待到早上。後來，當主人和哈里頓用早餐時，她走到大廳，全身顫抖地問可不可以請醫生來？她表弟病得很嚴重。

「我們知道！」希斯克里夫回答：「可是他的命根本一文不值，我不想在他身上多花一分錢！」

「可是我不知道該怎麼辦，」她說：「要是沒人幫幫我，他會死的！」

「給我離開這裡！」主人叫道：「別讓我再聽到任何關於他的事！這兒沒人關心他怎麼樣！你要是關心他的話，就去當他的看護吧，否則就把他鎖在裡面，離開他！」

於是，她開始來纏著我，我說我已經被這煩人的東西折磨夠了。我們每個人都有自己的工作要做，而她的工作就是服侍林頓，希斯克里夫要我把這份工作交給她。

他們這對小夫妻到底是怎麼相處的，我也不清楚。我想他應該老是發脾氣，日日夜夜呻吟哀嚎，從她蒼白的臉和困乏無神的眼睛可以看出來，她應該睡得很少。她有時會跑到廚房來，一副憂惶不安的樣子，好像想請人幫忙，不過我可不想違背主人的吩咐。我從不敢違背他，狄恩太太，雖然我也覺得不應該不請肯尼斯醫生來，可是那又不關我的事，用不著我插嘴或抱怨，我一向就不想多管閒事。有一、兩次，我們都上床睡覺了，我碰巧打開房門，就看見她坐在樓梯上哭，我趕緊關上門，就怕自己一時心軟去幫她。那時我真的很可憐她，可是你知道，我可不想丟了我的飯碗呀。

終於，有一天夜裡，她鼓足勇氣到我房裡，說了些把我嚇壞的話：「去告訴希斯克里夫先生，說他兒子要死了！這次我確定他真的要死了。馬上起來，去告訴他！」說完這番話，她又消失了。我多躺了一刻鐘，渾身顫抖地靜靜聽著。一點動靜也沒有——整棟屋子靜悄悄的。

「一定是她弄錯了，』我對自己說：「他應該挨過去了，我不用去打擾他們。」我就這樣睡著了。後來我又被吵醒了，這次是尖銳的叫鈴聲——這是家裡唯一的鈴，特地裝給林頓用的。主人叫我去看看是怎麼一回事，要我告訴他們，他不要再聽到這聲音了。

我傳達了凱瑟琳的話，他喃喃咒罵著，幾分鐘後，拿了一根蠟燭走出來，朝他們房裡走去。我也跟在後面。希斯克里夫太太坐在床邊，雙手抱著膝蓋。她的公公走上前，用燭光照照林頓的臉，看了看後又摸摸他，然後轉身向她開口。

「現在，凱瑟琳，」他說：「你感覺怎樣？」

她悶不吭聲。

「你感覺怎樣，凱瑟琳？」他又問了一遍。

她回答：「他安息了，而我也自由了，我心裡應該覺得舒坦才是──可是，」她接著說，帶著一種掩藏不住的悲痛，「你們丟下我一個人跟死亡纏鬥這麼久，我所感覺到的、看到的，只有死亡而已！我覺得自己好像也死了一樣！」

她看起來真是如此！我倒了點酒給她。哈里頓和約瑟夫也被鈴聲和腳步聲吵醒，在外面聽到我們說話，這時也走進來。我想約瑟夫應該很高興看到這孩子終於走了，哈里頓似乎有點難過。不過他盯著凱瑟琳的時間，應該比追念林頓的時間還要多些。主人叫他再去睡覺，說這裡不需要他幫忙，接著又叫約瑟夫把遺體搬去他房間，也叫我回房，留下希斯克里夫太太一個人。

早上時，主人要我去告訴她必須下樓用早餐。她說她不舒服，而且也已經脫了衣服，準備要睡覺。對此，我一點也不覺得奇怪。我轉告希斯克里夫先生，他回答：「好吧，由她去，出殯以後再說。記得常去看她，需要什麼就給她拿去。等她好些了，就告訴我。」

＊　＊　＊

齊拉說，凱蒂在樓上待了兩星期，她一天上去看她兩次，本想對她好一點的，但是齊拉伸出的友善之手，卻一再被她的傲慢斷然拒絕。

希斯克里夫只上去過一次，讓她看看林頓的遺囑。林頓把自己名下所有財產，以及曾經是凱瑟琳的財產全部遺贈給他父親。這可憐的東西在他舅舅去世時，也就是凱瑟琳離開田莊的那一星期，不曉得是受到威脅或誘騙，寫下了那份遺囑。至於田產部分，由於他還未成年，無權干涉。不過，希斯克里夫先生也根據他妻子的權利，和他本人的權利，全都歸到自己名下了。我想一切過程都是合法的，畢竟，凱瑟琳現在無錢無勢，怎麼也無法阻止希斯克里夫。

「除了那一次以外，再也沒有人走近她的房門了，」齊拉說：「除了我以外，也沒有人問起她。她第一次走下樓到大廳裡來，是某個星期天下午。那天我送餐過去，她喊著自己再也無法待在這冰冷的地方。我跟她說主人要去畫眉田莊，哈里頓和我不會妨礙她下樓。當她一聽見希斯克里夫的馬跑出去，隨即出現在樓下，穿著一身黑色喪服，黃色的鬈髮梳在耳後，樸素得像個貴格會教徒，就差無法把頭髮梳直而已。約瑟夫和我星期天都會上禮拜堂——」

您知道，現在教堂沒有牧師了。他們把吉默屯的衛理公會或浸禮會會堂——我弄不清楚是哪一個——稱作是禮拜堂。

「約瑟夫出門了，」齊拉繼續說：「不過我想我最好留在家裡，最好還是有個年長者看著年輕人比較妥當。雖然哈里頓非常害羞，但絕不是什麼品行端正的傢伙。我告訴他，凱瑟琳可能會下來。她很遵守安息日的習俗，所以她待在這兒時，最好別玩弄他的槍，也別做屋裡的雜事。他一聽到這個消息，臉就紅了，看看自己的手和衣服。不一會兒，鯨油和彈藥全部被他收起來。我看他有意陪陪她，而且從他的樣子看來，應該是想讓自己看起來體面些。所以，我就笑起來了，主人在時我是不敢笑的。我說要是他願意，我可以幫他，並調侃他慌慌張張的樣子。他就沉下臉，開始咒罵起來。唉呀！狄恩太太。」

齊拉看出我對她的態度頗不以爲然，「或許你認爲你家小姐好到極點，哈里頓先生高攀不上。也許你是對的，不過我承認自己也很想挫挫她的傲氣。現在她所有的學問和高雅的品味，對她又有什麼用呢？她和你或我一樣貧窮，我敢說，甚至更窮呢。你有在存錢不是嗎？我也盡量攢了點小積蓄。」

哈里頓讓齊拉幫他忙，她把他捧得心情好些了。所以，根據那管家的說法，當凱瑟琳下樓時，他幾乎忘了她之前對他的侮蔑，努力讓自己表現得體。

「夫人走進來了，」她繼續說：「就像冰柱一般冷傲，又像一位高不可攀的公主。我起身把我坐的扶手椅讓給她。喔，她對我的殷勤嗤之以鼻。哈里頓也站起來，請她坐在靠近爐火邊的高背椅上，說她一定凍壞了。『我凍了一個多月了。』她回答，極盡輕蔑地念出『凍』那個字。她自己搬了張椅子，坐在離我們兩個相當遠的地方。等到她坐暖和了，便開始打量四周，發現櫃子裡有幾本書，她馬上站起來，想拿這些書。可是書放得太高，她表哥看她試了一會兒，終於鼓起勇氣去幫她。夫人兜起裙襬，哈里頓就順手一本一本拿下來，裝滿了一兜。

「這對於那孩子來講，算是跨了一大步啦。即使夫人沒有謝他，他仍覺得挺高興的，因爲她接受了他的幫助。當她翻閱這些書時，他還大膽地站在後面，甚至彎身指指書中引起他興趣的一些老插畫。儘管夫人總是猛地扯開書頁，不讓他碰著，他也沒有因爲這種無禮的態度而受挫。既然看不了書，他便往後退開些，望著她。夫人繼續看書，或者找些可以看的。他的注意力逐漸專注在研究她那濃密又細緻的鬈髮上，他看不見她的臉，而她也看不到他。也許，他也沒意識到自己在做什麼，只是像個孩子被一根蠟燭所吸引，最後，從死盯變成了實際行動。他伸手摸了她一綹鬈髮，輕得像隻小鳥似的。不過這個動作，就像在夫人的脖子上捅進一把刀似的，她猛然轉過身來說：『馬上滾開！你膽敢碰我？你在這兒做什麼？』她以一種厭惡的聲調叫道：『我受不了你！你再靠近我，我就要上樓了。』

「哈里頓先生往後退，那副樣子說有多傻就有多傻。他默默坐回高背椅上，夫人則繼續翻書，又這麼過了半個鐘頭。最後，哈里頓走過來，小聲跟我說：『齊拉，你能請她念給我們聽嗎？我都坐膩了。我眞想——我想聽她念書！別說是我要她念的，就說是你請她念的吧。』

『哈里頓先生想請你念給我們聽，夫人，』我馬上說：『他會很高興——會非常感謝你這麼做。』

「她皺起眉，抬頭回答：『哈里頓先生，還有你們這一幫人，請你們認清楚一點：我不接受你們這些假情假義的行爲！我瞧不起你們，對你們任何一個人都沒有什麼好說的！當初我寧願捨棄性命，就爲了聽一句好話，甚至想見你們任何人一面時，你們全都躲開了。不過，我可不想跟你們訴苦！我是因爲冷得受不了，不得已才下樓來，可不是來幫你們解悶或陪你們的。』

『我做錯什麼啦？』哈里頓開口：『怎麼怪起我來了？』

『啊！你除外，』希斯克里夫太太回答：『因爲我從來不稀罕你的關心。』

『我不只一次提出、也請求過，』哈里頓被她的無禮激怒了，這麼說道：『我求過希斯克里夫先生讓我替你守夜——』

『住口！我寧可走出門，或到任何地方，也不願意聽見你那討厭的聲音！』夫人說。

「哈里頓聽了咕噥起來，說在他看來，她最好還是下地獄！便從牆上取下他的槍，不再約束自己不做他星期天常做的事。現在他說話也開始隨便了，夫人立刻覺得，還是回去守著自己空蕩蕩的房間好；

無奈的是，天氣已經開始降霜了，即使她再驕傲，也不得不委屈地跟我們在一起啦。不過，我也特別注意不再讓她隨便嘲諷我對她的好意。自此以後，我就跟她一樣冷漠，我們之間沒有任何人愛她或喜歡她，她也不配擁有。因爲，要是誰跟她說上一個字，她就連忙往後縮，誰也不放在眼裡。就連對主人也一樣，會頂撞主人，也不怕他打她。她越挨打，就變得越凶狠。」

一開始，聽了齊拉這段話，我決定就要離開這裡，找間小屋接凱瑟琳過來跟我一起住。但是，要讓希斯克里夫答應，就像要他讓哈里頓自立門戶一樣難。目前我還找不到什麼好辦法，除非凱瑟琳再嫁，但這樣的計畫並不在我的能力範圍內。

＊　＊　＊

——狄恩太太的故事就到此結束。儘管醫生說我的病相當嚴重，我還是很快恢復體力。雖然現在只是元月第二個星期，我卻打算這一、兩天騎馬去咆哮山莊通知我的房東，我要去倫敦住上半年。而且，如果他想的話，也可以在十月過後另外找個房客入住——我怎麼也不想在這裡度過另一個冬天了。

Chapter 31 第三十一章

昨天天氣晴朗，寧靜而寒冷。我照原定計畫到山莊去。老管家要我代她捎個信給她家小姐，我沒有拒絕，這位令人尊敬的女性也不覺得她的請求有哪兒奇怪。山莊的前門開著，不過那森嚴的柵門仍拴得緊緊的，就像我上次拜訪時一樣。我敲了敲門，把哈里頓從花園裡叫出來，他打開門鍊讓我進去。以一個鄉下人而言，這個傢伙算是相當英俊。這次我特別打量過他，可是很顯然，他眞是盡自己所能糟蹋了這樣的好條件。

我問希斯克里夫先生是否在家？他回答不在，不過午餐時就回來。當時已經十一點，我表明想進去等，他聽了立刻丟下手邊工具陪我進去，但這並不是代主人招呼客人，只是執行看家狗的職責而已。我們一起進屋裡，凱瑟琳就在那兒，正在挑揀午餐的蔬菜，算是幫忙做點事。跟我第一次見到她時相比，看起來更加抑鬱寡歡、無精打采，且根本沒怎麼抬頭看我。她跟以前一樣，完全不顧一般禮節，只是繼續埋頭做自己的事，始終沒有回應我的早安問候。

「她看來並不怎麼討人喜歡。」我想，「不像狄恩太太要我相信的那樣。她是很漂亮，這倒是眞的，但絕對不是個天使。」

哈里頓・恩蕭粗魯地叫她把菜拿到廚房去。

「要拿你自己拿。」她揀好菜立刻往前一推，然後走到窗前一張凳子坐下來，在那兒用她兜裡的蘿蔔皮刻些鳥獸之類的玩意兒。我走近她，假裝想遊賞花園，然後隨手將狄恩太太的信件丟到她膝蓋上，不讓哈里頓注意到。可是她竟大聲問道：「那是什麼？」然後冷笑著把信扔開。

「你的老朋友要給你的信，田莊的管家。」我回答，心裡氣惱著她暴露了我的好意，誤以爲是我寫給她的私函呢。她聽了這話，興奮地想把信撿起來，哈里頓卻早了她一步。他拿到信後，把信塞進背心口袋，說是得先讓希斯克里夫先生看看。於是，凱瑟琳默默別過臉，偷偷地掏出手絹擦拭眼淚。她的表哥看到這個情況有些心軟了，在心裡掙扎一番後又把信拿出來，老大不客氣地丟在她身旁的地板上。

凱瑟琳連忙撿起信，急切地閱讀起來。她時而清楚、時而糊塗地問我幾句家中情況，然後呆呆地望向窗外山丘，喃喃自語：「我多想騎著敏妮到那兒去！多想爬到那上面！唉！我厭倦了——我被關起來啦，哈里頓！」接著將她漂亮的頭靠在窗台上，像在打哈欠、又像在嘆息，陷入一種茫然的悲傷中，既不在乎，也沒意識到我們是否在看她。

「希斯克里夫太太，」我沉默地坐了一會兒後，對她說：「你還不知道我早已大略知道你的故事了吧？我覺得自己跟你是很熟的朋友了，你卻不肯過來跟我聊聊天，這還眞是奇怪。管家總是不厭其煩地跟我談起你、稱讚你。如果我回去時沒帶一點關於你或是你要給她的消息，光說你收到信，什麼話也沒交代，她該有多麼失望啊！」

她聽到這番話似乎很訝異，於是問道：「艾倫喜歡你嗎？」

「是的，非常喜歡。」我略帶猶豫地回答。

「你一定要告訴她，」她接著說：「我很想回她信，可是我沒有寫字的工具。連一本可以撕下一張紙的書都沒有。」

「沒有書！」我叫道。「恕我冒昧，沒有書，你是怎麼過日子的呢？即使田莊裡有間大書房，我都會經常覺得無聊了。要是把我的書拿走，我可要不顧一切跟人拚命啦！」

「我有書看的時候，總是在看書的，」凱瑟琳說：「但希斯克里夫先生從來不看書，所以他就想把我的書也都毀掉。我已經好幾個星期沒看到一本書了，只有一次，我翻了翻約瑟夫的宗教藏書，他大發雷霆。還有一次，哈里頓，我在你屋裡看到一堆祕密藏書……有些拉丁文和希臘文，還有些故事書和詩集，全是我的老朋友——都是我後來帶過來的。你把那些書都收起來，就像喜鵲收集銀湯匙一樣，只是喜歡偷東西而已！這些書對你根本沒用，不然就是你壞心眼故意藏起來！既然你無法享用這些書，也讓別人無法享用。或者你是出於嫉妒，就給希斯克里夫先生出主意，把我的珍藏都搶過去？不過，這些書大部分都已經印在我腦海裡，也刻在我心裡了，那是無法從我這兒奪走的！」

當哈里頓聽到表妹說出他偷偷摸摸的收藏時，滿臉通紅，又惱怒又結巴地反駁對他的指控。

「哈里頓先生只是想增長自己的知識而已。」我說，嘗試幫他解圍。「他不是嫉妒你的學識，而是想跟你看齊。用不了幾年，他也會成為一位有學識的學者的。」

「但在此同時，他卻要我變成一個呆瓜！」凱瑟琳回答：「是的，我聽見他自己試著拼音、念書，眞是錯誤百出呀！我眞想聽聽你像昨天那樣再念一遍〈追獵歌謠〉，眞是太可笑了！我聽見你在念……還聽見你翻字典查生字，然後因爲看不懂那些解釋而咒罵！」

顯然，這個年輕人當時的感受糟透了，先是因爲自己的無知而被人嘲笑，接著又因自己想努力彌補這項缺陷而招人訕笑。我也有同樣看法，這讓我想起狄恩太太提到他第一次嘗試要從自小成長的愚昧環境中走出來的境況，於是我說：「不過，希斯克里夫太太，我們每個人都需要從零開始，一開始那道門尷總是讓人跌跌撞撞。要是我們的老師只會嘲弄，而不幫助我們，我們可還得再跌跌撞撞一番呢。」

「喔！」她回答：「我無意阻止他求學上進……不過，他沒有權利將我的東西佔爲己有。而且他那些愚蠢的錯誤和發音，讓我覺得很可笑！那些書，不管是散文還是詩集，都別具意義，我眞不想聽到這些文章被他那張嘴巴褻瀆了！況且，他又偏偏選中我最愛的那幾篇，好像故意要跟我作對似的。」

這時，哈里頓不發一語，胸膛上下起伏，好像正努力想壓制這些屈辱與憤怒的感覺，這絕不是件容易的事。我站起身來，心想自己是個紳士，不想讓他覺得尷尬，便走到門口，站在那裡看著外面景色。哈里頓也跟我一樣離開這房間，隨後馬上捧著五、六本書出現，扔到凱瑟琳膝上嚷道：「拿去！我再也不要聽到、不要讀到，或者想到這些書了！」

「我現在也不要了。」她回答：「只要看到這些書，就會聯想到你，我討厭這些書。」

她打開一本看來應該時常被翻閱的書，學著初學者拖長聲調念了一段，然後大笑著把書丟開。

「聽著！」她挑釁地說道，接著用同樣的腔調念出另一段古歌謠。

然而，哈里頓的自尊心再也受不了更多折磨。我聽見「啪」一聲（儘管我並不完全非難這個作法），他用巴掌來制止她那傲慢的舌頭——這個小壞蛋竭盡所能地傷害她表哥敏感又未經陶冶的感情。用暴力制止，是他唯一知道向傷害他的人報仇的方法，接著他又把這些書撿起來，丟進爐火裡。我從他臉上看得出來，向怒火獻上這些祭品，他的心裡有多難受。我想，當這些書在火中燃燒的同時，也讓他回想起這些書曾帶給他的快樂，以及他期待能從這些書中獲得的更多成就與歡樂。

我更猜想得到是什麼激勵他努力閱讀這些書。他原本滿足於日常勞動及動物般的粗糙享受，直到凱瑟琳出現。他一方面因爲她的輕蔑而感到羞恥，一方面又希望能得到她的讚賞，這就是他努力上進的主要動力。而他這種種努力，卻無法讓自己擺脫譏笑，也無法讓自己獲得讚賞，反而產生相反的結果。

「沒錯，這就是像你這樣的畜生會從這些書裡所學到的東西！」凱瑟琳叫道，咬著自己受傷的嘴唇，用憤怒的眼神瞅著這場怒火。

「現在你最好閉上嘴！」哈里頓凶狠地回答。他激動得說不下去了，急忙衝到門口，我趕緊讓他過去，可是當他就要跨過門檻，希斯克里夫先生剛好走上步道，碰上他，立刻抓著他的肩膀問：「你現在要上哪去，孩子？」

「沒去哪兒，沒去哪兒。」他回完話便脫身離開，獨自去咀嚼他的悲哀與憤怒。

希斯克里夫盯著他的背影，然後嘆了口氣。

「我要是壞了自己的事，那才奇怪呢。」他喃喃自語，並不知道我在他背後。「但是當我從他臉上尋找他父親的影子時，卻越是看到她的影子！見鬼！哈里頓怎麼會這麼像她？我簡直無法看著他。」

他眼睛看著地面，滿懷心事地走進屋，臉上流露一種焦慮不安的神情，是我以前從未看過的。看上去消瘦了些。他的兒媳婦則是從窗裡一瞥見他，馬上逃到廚房裡，所以現在只剩下我一個人。

「很高興見到你又能出門了，洛克伍德先生，」他說這番話來回應我的問候。「一部分是出於我自私的想法，我可經不起在這荒涼地方失去你這位房客。我不只一次納悶，是什麼把你帶到這兒來？」

「恐怕是一種無聊的心血來潮吧，先生，」這是我的回答。「就是這種無聊的心血來潮，又要誘使我離開了。下星期我就要動身到倫敦去。我必須先通知您一聲，租滿一年後，我就無意續租了，我不會在那兒住下去了。」

「啊，這樣啊，你已經厭煩了與世隔絕的生活了，是吧？」他說：「不過如果你是要來請求停付租金的話，那你這趟算是白跑啦。不管是什麼人，我討帳時向來是不講情面的。」

「我並不是來請求停付租金的，」我大爲惱火地嚷起來。「您要的話，我現在就可以跟您算清。」我從口袋裡取出記事本。

「不，不，」他冷淡地回答：「要是你不回來，你留下的東西也足夠償付這些債啦，我不急。坐下來跟我們一塊兒吃午餐吧！一個應該不再來訪的客人，應該受到盛情款待的。凱瑟琳！用餐時間到了，你在哪兒？」

凱琴琳又出現了，端著一盤刀叉。

「你可以跟約瑟夫一塊兒吃，」希斯克里夫低聲說：「在廚房待著，等他走了再出來。」

她立刻聽從了他的指示。或許她本來就不想跟我們一起吃，整天周旋在一些蠢蛋與厭世者之間，即使遇到上流人士，大概也不懂得欣賞了吧。

坐在我旁邊的是希斯克里夫先生，一臉陰沉而冷酷，另一邊則是悶不吭聲的哈里頓，我就這麼吃了一頓不怎麼愉快的午餐，便早早告辭了。我本想從後門走，順便再看凱瑟琳最後一眼，同時氣氣約瑟夫那個老傢伙。不過哈里頓奉命把我的馬牽出來，我的房東則親自送客到門口，因此我未能如願。

「這家人的生活可眞沉悶啊！」我順著大馬路騎馬時，心裡這樣想著。「如果林頓．希斯克里夫太太眞如她的老保母所期待的那樣，和我談起戀愛，一起搬到熱熱鬧鬧的城裡去，那對她來講，應該是一樁比童話故事還浪漫的事情吧！」

Chapter 32

第三十二章

一八〇二年——這年九月，我在北方的一位朋友邀請我去他的林地打獵。途中，我意外來到離吉默屯不到十五英里的地方。路邊一家旅店的馬夫正提來一桶水來餵我的馬，這時，剛好有輛馬車載著剛收割的綠燕麥經過，他說：「那是從吉默屯來的。唷！他們總是比別人還要晚三個星期收割。」

「吉默屯？」我重複一聲。我對那裡的記憶已經模糊了，就像夢一樣。

「啊！我知道。那裡離這兒有多遠？」

「翻過這些山頭，大約十四英里吧，路可不好走。」馬夫答道。

一股突如其來的衝動讓我想重返畫眉田莊看看。那時還不到中午，我想乾脆在自己的房子裡過夜，反正就跟在旅店過夜一樣。況且，我還可以順便騰出一天時間，去跟房東處理事情，省得再跑一趟。休息一會兒後，我叫僕人去打聽到村子的路。我們顛簸了三個鐘頭才抵達，牲口都累壞了。

我把僕人留在那兒，自己沿山谷往下走。那灰色的教堂顯得更灰暗了，孤寂的墓園在一旁也更形寂寥。我看到一隻羊在荒野中嚙噬著墳上小草。那天的天氣相當溫暖，對於一個旅行者來說，可能還太暖和了些。不過這熱氣絲毫不妨礙我享受眼前宜人景色的興致。假如我是八月時看到這樣的美景，沒準又要被引誘在這寂靜的地方消磨一個月了。那些群山環繞的溪谷，以及草原上聳立的陡峭山巒，冬天沒有什麼比它們更荒涼，夏天卻也沒有什麼比它們更爲神奇優美的了。

我在日落之前抵達田莊，敲了敲門等人回應。從廚房煙囪裊裊升起的細細藍煙推斷，家裡人應該都到後屋去了，所以聽不到敲門聲。於是我騎馬進院子，門廊下面有個約莫九歲或十歲的小女孩坐在那裡編織，一位老婦人則靠在台階上，悠悠地抽著菸斗。

「狄恩太太在家嗎？」我問那婦人。

「狄恩太太？不在！」她回答：「她不住這兒了，搬到山莊去啦。」

「那麼，你是這裡的管家嗎？」我又問。

「是啊，由我管這個家。」她回答。

「那好，我是主人洛克伍德先生。不知道有沒有房間可以讓我住？我想在這兒住一晚。」

「咦！主人！」她驚叫。「啊！誰知道您要來呀？您應該捎個話過來。這會兒沒塊乾淨地方，一個地方也沒有！」她丟下菸斗，匆忙跑進屋裡，那小女孩跟在後面，我也跟著走進去。進門後我立刻發現她所說的都是眞的，而且，由於我意外的出現，弄得她驚慌失措。我要她鎭靜些——我想出去走走，在此同時，她得把客廳清出個角落讓我用餐，然後整理好一間臥房讓我睡覺，也用不著打掃其他地方，只要準備好爐火、鋪上乾淨被單就好。

儘管她似乎很想努力做好，但卻把掃爐火的掃帚當火鉗戳進爐裡去，還用錯了好幾樣工具。於是我走開了，相信我回來時，她一定會盡力準備好休息的地方的。咆哮山莊就是我打算去拜訪的所在，我剛離開院子，轉念一想，又折回來了。

「山莊上的人都好嗎？」我問那婦人。

「據我所知道都很好！」她答道，端著一盆熱炭渣走開了。

我本想問問狄恩太太為什麼會離開田莊，但挑在這麼忙碌的時刻，想耽擱這位太太一點時間幾乎是不可能的，我便轉身離開，悠閒地散步去了。身後是落日餘暉，眼前則是冉冉升起的月亮，散發出淡淡的光暈，一邊漸漸隱去，另一邊則慢慢亮起。我就在這樣的時刻離開田莊，走上通往希斯克里夫住所的石頭小徑。在我還沒看到山莊之前，西邊天際只剩下一點點白天殘留的琥珀色餘暉，不過藉著皎潔的月光，我仍可看見小路上的每一顆石子與每一片草葉。我既不需要從大門爬進去，也不需要敲門，因為門一推就開了。我心想，這倒是一大進步。我的嗅覺又讓我注意到另一點：那些常見的果樹，飄來一股紫羅蘭和爬藤植物的花香。

門和窗都開著，然而，就像礦產區常見的那樣，一爐燒得紅紅的爐火把煙囪照得亮晃晃的，一眼看過去，便讓人感受到一股舒適，彷彿再多熱氣都能讓人忍受得了。不過咆哮山莊的客廳是那麼寬敞，屋裡的人總找得到地方躲開過多熱氣，所以現在屋裡的人都待在離窗口不遠的地方。我還沒進門就可以看到他們，並且聽到他們的談話聲，於是我看著、聽著，我想這是出於好奇心與嫉妒心使然，當我在那兒時，這種混雜的感覺仍在繼續滋長。

「相——反！」一個如銀鈴般的甜美嗓音說：「這是第三次了，你這笨蛋！我不跟你說啦。用心點，不然我可要扯你頭髮了！」

「好，相反，」另一個人以一種沉穩而柔和的聲調回答：「現在，親親我吧，獎勵我這麼努力學習的份上。」

「不，你先正確地念一遍，不准有任何錯誤。」

那說話的男人開始念了。他是個年輕人，穿得相當體面，坐在一張桌子旁，面前擺著一本書。他那英俊的臉因快樂而顯得容光煥發，眼睛總是不安分地從書本上溜到搭在他肩膀上的那隻白皙小手。但是只要那小手的主人發現他不專心，便用這隻手在他臉上輕拍一下，要他專心。小手的主人站在他身後，俯身指導他讀書，她柔亮的鬈髮，時而和他的棕髮交錯在一起。而她的臉——幸虧他看不見，否則絕對無法專心。但我卻看得見，這時只能悔恨地咬著嘴唇，惋惜自己失去這麼一份良機，眼下也只能對這位迷人的女孩乾瞪眼了。

課上完了。學生並非沒再犯錯，卻也照舊要求獎勵，他至少得到五個吻，而他自己也慷慨地回報了。接著他們走到門口，從他們的談話中，我猜他們大概準備要出去，想到曠野上走走。我想，要是我這晦氣的人這時出現在哈里頓・恩蕭眼前，就算他嘴裡沒說出來，心裡也定要詛咒我下十八層地獄。我頓時覺得自己眞是又窩囊又不受歡迎，便想悄悄躲到廚房裡去。

那邊也是暢通無阻，門口坐的正是我的老朋友狄恩太太，一邊做針線活兒，一邊哼著歌。她的歌聲不時被裡面傳來的譏笑與苛刻話語打斷，以至於走了調。

「老天在上，我寧可從早到晚聽人咒罵，也不想聽你在那裡瞎哼！」廚房裡的人說道，回應奈莉的嘀咕。「眞是丟人現眼呀，我每次一打開聖經，你就歌頌起撒旦和這世上的所有罪孽！啊，現在你眞是越來越墮落了，她也一樣。那可憐的孩子，現在也落到你們倆手裡，算是沒救啦。可憐的孩子！」他又說，加上一聲哀嘆，「他眞是受蠱惑啦，我敢說一定是這樣。啊！主啊，審判她們吧！因爲我們這世界，現在既沒有王法，也沒有公道啦！」

「才不呢！否則我想，我們就得被綁在柴火堆上受死，」唱歌的人反唇相譏，「閉上嘴，老頭子，像個虔誠的基督徒讀你的聖經吧，別管我了。我在唱《安妮仙子的婚禮》，是首多快活的曲調，適合跳舞歡唱呀！」

我走上前時，狄恩太太剛要開口繼續哼唱，立刻認出我來，跳起來叫道：「啊！我的老天，洛克伍德先生！您怎麼突然想要回來了？畫眉田莊所有東西都收起來了，您應該先通知我們的！」

「那邊我已經吩咐妥當了，我只會停留一下而已，」我答道：「明天就要走啦。你怎麼搬到這兒來了，狄恩太太？告訴我吧。」

「您才動身去倫敦不久，齊拉就走啦，希斯克里夫先生希望我過來這裡，一直等到您回來。然而——請先進來吧，快點呀！你今天是從吉默屯那裡過來的嗎？」

「從田莊過來的，」我回答：「趁她們現在正在收拾住處，我剛好可以跟你家主人處理我的事。因為，我想我之後應該不會再有時間過來了。」

「有什麼事情要處理，先生？」奈莉問，領我進大廳。「他現在外出，一時半刻應該不會回來。」

「是房租的事。」我回答。

「啊，那您得找希斯克里夫太太處理，」她說：「或者還不如說找我處理。她還沒學會如何料理自己的事務，都是我代她處理的，找不到其他人啦。」

我表現出驚訝的神情。

「啊，我想您應該還沒聽說希斯克里夫去世的消息吧。」她接著說道。

「希斯克里夫死啦！」我吃驚地叫道。「多久以前的事情？」

「三個月了，不過，請先坐下吧，帽子給我，讓我慢慢告訴您所有事情——等等，您還沒用過餐是嗎？」

「我不需要任何東西，已經吩咐家裡準備晚餐了，你也坐下來吧。我怎麼也沒想到他已經去世了！跟我說說這是怎麼回事。你說他們一時半刻還不會回來，是指那兩個年輕人嗎？」

「就是啊，我每天晚上都要責備他們，深更半夜還跑出去散步，可是他們根本不聽。至少喝杯我們這兒的老麥酒吧，這酒能幫助您紓解疲勞，您看起來很疲累。」

在我還沒來得及推辭，她就趕忙去取酒了。我聽見約瑟夫在問：「年紀這麼大的女人，還有人追求，眞是丟人現眼！而且，竟然還到主人的酒窖取酒！連我坐在這裡看，都要替她感到害臊啦。」

狄恩太太並沒有停下腳步回話，很快又進來了，手裡端著一只大銀杯。喝了那陳年美酒後，我眞摯地連聲稱讚。接著她就告訴我希斯克里夫後來的故事。照她的說法，他最後的結局有點「古怪」。

她開口述說起來——

＊　＊　＊

您離開我們不到兩星期，新主人就叫我到咆哮山莊來了。一想到凱瑟琳，我就滿心歡喜地過來啦。第一次看到她時，眞是令我既難過又震驚。自我們分開後，她眞是變得太多了。希斯克里夫並沒有解釋爲什麼改變主意要我過來這兒，只告訴我說他需要我，也不想再看到凱瑟琳，而我得把小客廳收拾成我的房間，讓她跟我住一起；他每天不得已見到她一兩次已經是上限了，凱瑟琳也很滿意這樣的安排。我陸陸續續偷搬來一大堆書，以及一些她以前喜歡玩的東西，我自己也妄想著我們可以這麼舒服地過下去。不過這樣的妄想並沒有持續太久，凱瑟琳剛開始還滿高興的，但過不久就開始有些煩躁不安：一來是希斯克里夫不准她走出花園，但眼看春天快到了，她卻要被關在這麼個狹小範圍內，令她悶悶不樂；

另外就是我得管理家務，不得不常常離開她身邊，她就會抱怨說太寂寞了，寧可跟約瑟夫在廚房裡鬥嘴，也不要自己整天待著。我並不在乎他們鬥嘴，不過，當主人想獨自待在大廳時，哈里頓也得到廚房去！雖然一開始，哈里頓一來，她不是馬上走開，不然就是默默幫我做事，根本不把他當一回事——雖然哈里頓也盡可能沉著臉、默不吭聲——可是沒過多久，凱瑟琳的態度就慢慢改變了，不讓他清靜。總是在談論他，批評他又蠢又懶，奇怪他怎麼能忍受這樣的生活——怎麼能一整個晚上坐在那裡死盯著爐火或打瞌睡。

「他就像條狗，不是嗎？艾倫？」她有一次說：「或者像一匹套上鞍的馬？只會幹活、吃飯、睡覺，僅此而已！他的腦袋一定相當空虛乏味啊！哈里頓，你曾經作過夢嗎？要是有的話，那會是什麼夢呢？不過，你不會跟我說話的。」

凱瑟琳接著看看他，但哈里頓既不開口，也不看她。

「也許他現在正在作夢呢，」她繼續說：「他扭動起肩膀來，活像朱諾女神[1]扭動她的肩膀似的。艾倫，你問問他吧。」

「你要是再不規矩點，哈里頓先生就要叫主人讓你上樓去了！」我說。他這時不只扭動他的肩膀，還緊握起拳頭，彷彿就要讓它們派上用場了。

「我知道為什麼我在廚房時，哈里頓總是不說話。」她逮到另一個機會又說：「因為他怕我會嘲笑他。艾倫，你覺得呢？我有次笑他自己用功的蠢樣，他就把書燒掉，不讀了！你說他不是蠢蛋嗎？」

「那不是你在淘氣嗎？」我說：「回答我呀。」

「也許是吧，」她接著說：「可是我沒想到他會這麼蠢。哈里頓，如果我現在給你一本書，你還肯要嗎？我來試試！」

她把一本她正在看的書放在他手上，他隨手甩開了，嘴裡喃喃咕噥著，要是她再糾纏不休，就要扭斷她脖子之類的話。

「那好吧，我把書放在這兒，」她說：「放在抽屜裡，我要上床休息了。」然後她小聲地吩咐我，要我看他怎麼做，接著就走開了。可是哈里頓偏不肯碰那本書，我隔天將實情告訴她，令她大失所望。我發現，他總是一副老大不高興和怠惰的態度，讓小姐心裡頗難受，竟然自責起來，認爲自己不該把他嚇得不求上進，知道這件事她做得太過分了。

不過她機靈的心已在設法彌補這個錯誤。當我在熨衣服，或者做其他不方便在小客廳進行的日常工作時，她就帶上一本有趣的書，大聲念給我聽。哈里頓人在的時候，她經常念到一個有趣的地方，就停住不念了，然後把書擺在那裡。她一直重複這麼做，可是他固執得像頭騾子，偏偏不肯上鉤，而且雨天時，總是和約瑟夫一道抽菸，他們兩個像發條人偶似的，各自坐在爐火的兩邊，幸好年紀大的那個耳背，聽不清凱瑟琳的胡言亂語，而年輕的那個則想盡辦法充耳不聞。

天氣好的夜晚，哈里頓跑出去打獵，凱瑟琳便會又打呵欠又嘆氣的，吵著要我跟她聊天。我一開口說話，她又跑到庭院或花園裡去，而且，每次總會在最後放聲大哭，說她不想活了——她算是白活了。

希斯克里夫則變得越來越孤僻，幾乎連哈里頓都被他拒於門外。三月初哈里頓出了個意外，有幾天不得不待在廚房裡：他自己上山時，槍枝意外走火，碎片傷到他胳膊，回到家之前就已經流了不少血，所以他只得待在爐邊靜養，一直到恢復爲止。有他在時，剛好合凱瑟琳的意。無論如何，這讓她更討厭自己一個人待在樓上，她硬要我到樓下找事做，好跟我作伴。

在復活節後後的星期一[2]，約瑟夫趕了幾頭牛羊到吉默屯市集去。下午，我在廚房忙著整理被單，哈里頓坐在爐邊角落，跟往常一樣沉著臉。而我的小女主人閒得無聊，在玻璃窗上畫圖消磨時間，時而哼哼歌，時而低聲喊幾句，或者不耐煩地朝那個一勁抽菸、呆望著爐火的表哥看幾眼。

當我跟她說再擋住我的光，我就無法做事時，她便挪到爐邊去。我也沒太注意她在做什麼，可是不一會兒，我就聽到她開始說話了。

「我發現，哈里頓，我現在很想——也很高興——你做我的表哥，要是你對我不那麼不耐煩或粗野的話。」

哈里頓沒搭理她。

「哈里頓，哈里頓，哈里頓！你聽見沒有？」她繼續說。

「去你的！」他帶著不妥協的語氣，粗暴地吼道。

「讓我拿開那菸斗。」她說，小心翼翼伸出手，把菸斗從他嘴裡抽出來。

在哈里頓想奪回之前，菸斗就已經被折斷，扔到火裡去了。他大罵凱瑟琳，又抓起另一支菸斗。

「等等！」她叫道：「你非得先聽我說話不可，那些菸噴在我臉上，根本無法說話啊！」

「見你的鬼！」他凶狠地大叫：「別煩我！」

「不要！」她堅持著，「我偏不。我不知道要怎麼樣才能讓你跟我說話，而你又下定決心不肯理解我的意思。我說你笨，並沒有什麼惡意，沒有瞧不起你的意思。跟我說說話吧，哈里頓，你是我表哥啊，得承認我這個表妹才行。」

「我對你和你那副臭架子，還有你那套戲弄人的鬼把戲，沒什麼好說的！」他答道：「我寧可連軀體帶靈魂全部下地獄，也不願意再瞧你一眼。滾開，現在，馬上就滾！」

凱瑟琳皺起眉頭，退回窗邊座位去，咬著嘴唇，試圖哼起怪調兒來掩藏越來越想哭的衝動。

「你應該跟你表妹和好，哈里頓先生，」我插嘴：「既然她已後悔自己的無禮。有她作伴，對你有很多好處，會讓你脫胎換骨的。」

「作伴？」他叫道：「就憑她恨我，認爲我根本不配幫她擦鞋！不，就是讓我當國王，我也不要再爲求她歡心而被嘲笑了。」

「不是我恨你，是你恨我呀！」凱蒂哭道，再也無法掩蓋她心裡的苦惱，「你就像希斯克里夫先生那樣恨我，而且恨得更厲害些！」

「你眞是個該死的撒謊者，」哈里頓說：「那麼，我爲什麼有上百次因爲要護著你，而惹他生氣呢？而且，我是在你嘲笑我、看不起我時那麼做的——你就繼續欺侮我吧！我這就要過去找他了，說你煩得我無法待在廚房。」

「我不知道你在護著我呀，」她回答，擦乾她的眼淚，「那時候我心裡難過，對每個人都很生氣。可是現在我要謝謝你，求你原諒我。此外我還能怎麼樣呢？」

凱瑟琳再度走回爐邊，坦率地伸出手。哈里頓沉著臉，陰沉得像雷雨交加，固執地緊握雙拳，兩眼死盯著地面。凱瑟琳本能地猜到這是頑固的倔強，而不是出於討厭的舉動，於是猶豫一下後，俯身在他臉上輕輕吻了一下——這個小淘氣以爲我沒看見——她連忙退回去，故作正經地坐回窗前的老位子上。我不以爲然地搖搖頭，於是她臉紅了，小聲說：「唉！我能怎麼辦呢，艾倫？他又不肯握手，也不肯瞧我。我必須用個法子跟他表示我喜歡他，願意和他做朋友呀。」

我不知道是不是這一吻打動了哈里頓，有幾分鐘時間，他刻意不讓人看到他的臉，等到他抬起臉時，又心慌意亂地不知要看向哪邊好。

凱瑟琳連忙用一張紙把一本漂亮的書整整齊齊包起來，再用緞帶紮好，寫著「致哈里頓・恩蕭先生」。她要我當她的特使，把這禮物交給這位收受人。

「告訴他，要是他接受的話，我就教他如何讀書。」她說：「要是他拒絕的話，我就上樓去，絕不再惹他了。」

我把書送過去了，又把話複述一遍，我的小女主人焦切地瞧著。哈里頓不肯把手指鬆開，因此我把書放在他膝上，他也沒把書甩開。於是我又回去做我的事。凱瑟琳用手抱著她的頭伏在桌上，直到她聽見撕開包裝紙的沙沙聲，然後她便偷偷走過去，安靜地坐到她表哥旁邊。

哈里頓全身直抖著，臉漲得通紅。他所有的粗魯無禮、乖戾，全都消失無蹤了。一開始他還鼓不起勇氣說出一個字，來回答她詢問的目光和低聲的懇求。

「說你原諒我吧，哈里頓，說吧？你只要說出那一個字來，就會讓我很高興的。」

他在嘴裡含糊咕噥一句。

「那你願意當我的朋友了嗎？」凱瑟琳又好奇問道。

「不，你往後天天都會因爲我而感到羞恥的，」他回答：「而且，你越是瞭解我，就會越覺得我不好。我無法忍受這樣的結果。」

「那麼，你不肯當我的朋友囉？」她問道，笑得像蜜一樣甜，臉又湊近了些。

接著他們又談了些什麼，我就聽不到啦。不過，當我再抬頭望時，卻看見兩張容光煥發的臉，埋在那被接受的書本上。毫無疑問，雙方已經達成共識，敵人從此變盟友啦。

他們研究的那本書盡是些珍貴的插圖，那些圖畫和他們所在的位置，魅力可真不小，讓他們一直黏在那裡，直到約瑟夫回家。這可憐的老傢伙，一看見凱瑟琳和哈里頓坐在同一張長椅上，手還搭在哈里頓肩上，完全嚇呆了。他所寵愛的哈里頓竟能容忍她如此接近他，簡直令他困惑不已。

這件事對他打擊太大了，讓他當天晚上對這件事一句話也說不出來。他嚴肅地把聖經攤在桌上，將當天賺取的髒鈔票從口袋裡掏出來攤在聖經上時，深深地嘆了幾口氣，才總算洩露了他的情緒。最後他把哈里頓從椅子上叫過來。

「把這些拿進去給主人，孩子，」他說：「你就待在那兒吧。我要回房裡去了。我們不大適合待在這裡，得溜出去另外找個地方才行。」

「來，凱瑟琳，」我說：「我們也得『溜出去』了。我熨完衣服了，你準備走了嗎？」

「還不到八點鐘呢！」她答道，很不情願地站起來。「哈里頓，我把書放在爐架上，明天再過來拿。」

「不管你留下什麼書，我都要拿到大廳去，」約瑟夫說：「要是你能再找到的話，那才奇怪哩。就這樣，你自己看著辦吧！」

凱蒂威脅起他，要是他敢這麼做，就要拿他的藏書來出氣，接著笑呵呵地走過哈里頓身邊，哼著歌上樓去。我敢說，自從她搬到這裡以後，心情從來沒有這樣輕鬆過，或者說，除了她一開始來拜訪林頓的那幾趟之外。

他們兩人親密的關係，就這麼開始迅速發展，雖然中間也出現過一些小波折。哈里頓・恩蕭不是單靠願望，就能變得文質彬彬；而我家小姐也不是聖人，不是多有耐心的人。不過他們的心都有著同樣的希望：一個充滿愛與尊重對方，另一個也是滿懷愛意且感受到被尊重。他們都盡力想達到這個目標。

您瞧，洛克伍德先生，要贏得希斯克里夫太太的心，是挺容易的。可是現在我倒很高興您當初沒有試著這麼做。我最大的願望，是希望這兩個人結合。等到他們結婚那天，我就再也不欣羨誰了，在英國，再也找不到比我還快樂的女人了。

譯註：

1朱諾（Juno），羅馬神話中主宰女人婚姻及生產的女神，即希臘神話中的天后希拉（Hera）。

2復活節過後的星期一是英國的國定假日。

Chapter 33

第三十三章

那個星期一後的隔天，哈里頓仍然無法工作，因此就留在屋裡。我很快發現到，要把由我負責照顧的小姐留在我身邊，根本是不可能的事。她比我早下樓，並跑到花園中，看她表哥在那兒做些簡單的活。當我過去叫他們來吃早餐時，我看到她已經說服哈里頓在醋栗樹叢中清出一大片空地，一塊兒忙著栽種從田莊移過來的一些植物。

在短短半小時裡，竟然就有這樣大的改變，眞是把我嚇壞了。這些黑醋栗樹在約瑟夫的眼中可像蘋果那般寶貝，她偏偏選在這裡來修闢她的花園。

「好呀！這件事要是被他發現，」我叫道：「他一定會馬上告訴主人的！你們這麼隨便在花園裡胡弄，可要怎麼辦才好？事到臨頭，可有好戲看了。等著瞧吧！哈里頓先生，你怎麼會這麼糊塗，竟然聽她的話胡鬧！」

「我忘記這是約瑟夫的了，」哈里頓回答，有點嚇著了，「我會告訴他是我弄的。」

我們總是和希斯克里夫先生一道用餐。我要代替女主人，做些倒茶、切肉的事，所以餐桌上總是少不了我。凱瑟琳通常坐在我身邊，但今天她卻偷偷往哈里頓那邊湊近些，我立刻看出，她之前跟他敵對時太過隨便，現在跟他成爲朋友了，行爲卻更是不愼重。

「現在，你要記住，別跟你表哥多說話，也別太注意他。」這是我們進屋時，我低聲向她叮嚀的話。「否則一定會把希斯克里夫先生惹惱，對你們兩個大發雷霆的。」

「我才不會呢。」她答道。

一轉眼，她就挨近他，並在他的碗裡插了幾朵櫻草花。

他不敢在那兒跟她說話，甚至根本不敢看她。可她繼續逗著他，有兩次幾乎要讓他笑出聲了。我皺了皺眉，她往主人那邊看一眼。從主人臉上的表情看來，顯然正出神在想別的事，沒注意周圍的舉動。她突然嚴肅起來，一本正經地打量著他。隨後又轉過頭，繼續胡鬧起來。最後，哈里頓發出一聲悶笑。希斯克里夫一驚，兩眼迅速掃視過我們一遍，凱瑟琳以她慣有的緊張和輕蔑的表情，把他瞪回去，這是他最憎惡的。

「幸虧我打不到你，」他叫道：「你中了什麼邪，竟敢一直用那對凶惡的眼睛瞪著我？垂下你的眼睛！別再提醒我你在這裡。我還以為我已經治得你不敢笑了。」

「是我笑的。」哈里頓咕噥道。

「你說什麼？」主人問。

哈里頓看著他的盤子，沒再多說一遍。希斯克里夫先生瞧了哈里頓一眼，又繼續沉默地吃他的早餐，再度陷入他那被打斷的沉思。我們都快吃完了，這兩個年輕人也謹慎地分開一點，所以我想這下應該不會再出什麼亂子。這時約瑟夫卻出現在門口，從他顫抖的雙唇與火冒三丈的雙眼看來，他已經發現自己的寶貝樹叢被破壞殆盡了。

他會到那裡，一定是因為稍早看到凱蒂和她表哥出現在那兒，這時他的下巴動得像牛在反芻一樣，根本很難聽懂他的話，他開口說：「給我工錢，我要走了！我本來打算死在這個我侍候了六十年的地方，心想我已經把自己的書和所有零碎東西都搬到閣樓上，把廚房讓給他們，就只為了圖個清靜。要我把爐火邊讓出來，本就是件難事，但我想我還可以忍受。可是，她連我的花園也搶去啦！要有點良心呀！老爺，我可受不了啦，您想受委屈就繼續吧——我可受不了啦！一個老頭兒，可無法在短時間內去習慣這些個新麻煩。我寧願拿支鋤頭，到路邊去混口飯吃啦！」

「喂，喂，笨蛋！」希斯克里夫打斷他說：「說清楚點！你在抱怨什麼？我可不想管你跟奈莉吵嘴的事，她盡可以把你丟到煤坑裡去，我也不想管你們。」

「不關奈莉的事！」約瑟夫答道：「我不會為了奈莉離開的——即使她現在也挺糟糕的。感謝上帝！她可無法偷走任何人的魂！她從來也沒怎麼漂亮過，哪個男人瞧了她，都只能眨眨眼睛。是您那可惡、無禮的公主！用她那雙媚眼和妖裡妖氣的方法，把我們的小伙子迷得一愣一愣的——直到——不說了！簡直傷透了我的心！他全把我為他做過、照顧他的事忘光光啦！竟然跑到花園裡，把最好的那排黑醋栗樹全部拔個精光！」說到這裡，他放聲嚎啕大哭起來，一味覺得自己受了委屈，又認為哈里頓忘恩負義，讓自己陷入危險的處境啦。

「這呆子是喝醉了嗎？」希斯克里夫先生問：「哈里頓，他是不是在找你碴？」

「我拔掉兩、三棵樹，」那年輕人回答：「不過我會把樹種回去的。」

「你沒事為何把樹拔掉呢？」主人說。

凱瑟琳機靈地接腔，「我們想在那裡種點花。」她嚷著：「就怪我一個人吧，是我叫他拔的。」

「見鬼了，誰允許你動那地方的一草一木？」她的公公十分震驚地責問，又轉過身對哈里頓說：「又是誰叫你聽她的話？」

後者無言可對，他的表妹則回答：「你已經霸佔了我所有土地，讓幾碼地給我種種花，不應該覺得捨不得才是！」

「你的土地？你這傲慢的賤人，你從來沒有過什麼土地！」希斯克里夫說。

「還有我的錢。」她繼續說，不甘示弱地回瞪他憤怒的目光，嘴裡還啃著早餐吃剩的一片麵包。

「閉嘴！」他叫道：「吃完了就滾出去！」

「還有哈里頓的土地和他的錢。」那胡鬧的小東西又接著說：「哈里頓和我現在是朋友啦，我要把你的事全都告訴他！」

主人似乎愣了一下，臉色刷地變得慘白，隨即站起身來死盯著她，眼裡帶上一種有了不共戴天之仇的神情。

「你要是敢打我，哈里頓就會揍你，」她說：「所以你還是坐下來吧。」

「如果哈里頓不把你攆出這間屋子，我就把他打到地獄去，」希斯克里夫大發雷霆地吼：「你這該死的妖婆！竟敢慫恿他來跟我作對？把她攆走！聽見了沒？把她扔到廚房裡去！艾倫．狄恩，要是再讓我看見她，我就要宰了她！」

哈里頓低聲下氣地勸凱瑟琳走。

「把她拖走！」希斯克里夫狂暴地喊。「你還想待在這裡繼續說下去嗎？」說著便走上前來，準備自己動手。

「他不會聽從你的，你這惡毒的人，再也不會啦！」凱瑟琳說：「他很快就會跟我一樣痛恨你！」

「噓！噓！」那年輕人責備地小聲說：「你別這樣跟他說話——算了吧。」

「可是你總不會讓他打我吧？」她嚷道。

「別說啦！」哈里頓焦急地低喊。

可是太遲了，希斯克里夫已經抓住凱瑟琳。

「現在，你走開！」他對哈里頓說。「這該死的妖婆！這回可眞把我惹毛啦，我受不了了！要教她後悔一輩子！」

他揪住她的頭髮。哈里頓試圖讓他鬆手，求他饒過她這一回。希斯克里夫的一雙黑眼珠簡直是火冒三丈，似乎是眞打算把凱瑟琳碎屍萬段了。我剛鼓起勇氣要冒險救她，突然間，他的手指鬆開，從她的頭上移到肩膀上，專注地盯著她的臉——然後又用手捂住自己的眼睛，站了一會兒，顯然是想讓自己回神，隨即又轉向凱瑟琳，故作鎭靜地說：「你必須學著別讓我失去理智，否則總有一天，我眞會殺了你！跟狄恩太太出去吧，跟她待在一起，把你那些傲慢放肆的話都說給她聽；至於哈里頓‧恩蕭——如果再讓我知道他聽你的話，我就要把他趕走，讓他自己在外面混飯吃！你的愛會讓他變成流浪漢和乞丐！奈莉，把她帶走，走開，你們全部都滾開！」

我把小姐帶出去，她很高興竟能平安脫身，因此也不想反抗了，另一個也跟著出來，希斯克里夫先生就自己一個人一直待到吃午餐時。我勸凱瑟琳在樓上用餐，可是，他一見她的座位空著，就要我去叫她。他沒對我們任何人說話，吃得很少，而且一吃完就直接走出去，說他晚上才回來。

這兩個新朋友趁他不在時霸佔了整個客廳，當凱瑟琳表示要揭露希斯克里夫對哈里頓父親的所作所爲時，我聽見哈里頓嚴肅地制止了他的表妹。他說他不想聽任何誹謗希斯克里夫的話，即使他是魔鬼，那也無所謂，他還是會站在他那一邊。他寧可像過去那樣讓凱瑟琳責罵自己，也不想聽到她責罵希斯克里夫先生。凱瑟琳一聽到這番話，有點惱怒，不過他卻有辦法讓她閉上嘴。他問凱瑟琳，要是他也說她父親的壞話，她是否會高興呢？這才讓凱瑟琳瞭解到，哈里頓．恩蕭是把主人的聲譽，看得和自己一樣重，他們之間的關係，是不能用理智破壞的；那是一種長久以來慢慢鑄成的鎖鍊，硬要拆開，未免太過殘忍。從那時起，凱瑟琳也表現得十分厚道，既不再抱怨希斯克里夫，也沒表示過討厭他，同時還跟我提過，覺得自己好糟糕，竟想挑撥希斯克里夫和哈里頓不和。的確，我相信她從此以後，就從沒在哈里頓面前說過任何一句希斯克里夫的壞話了。

這小小的摩擦後，他們又甜甜蜜蜜地黏在一起，而且又開始忙著老師教學生的工作。我忙完活後，便進去和他們一起坐。我望著他們，心裡覺得相當欣慰，居然沒有注意到時間怎麼流逝。您知道，他們倆多少都有點像我的孩子：其中一個，我早就覺得驕傲了；而現在我敢說，另一個也同樣會讓我覺得很驕傲。他那誠實、溫厚又聰明的天性，很快就讓他擺脫了從小愚昧與墮落的成長陰影。凱瑟琳真摯的稱讚，鼓勵他更加努力，他的心思豁然開朗，整個人也跟著容光煥發，增添一股清明、高貴的氣質。我簡直無法相信，這就是當年凱瑟琳到山岩探險時，在咆哮山莊見到的那一個人。

正當我讚賞地看著他們，而他們埋頭用功的當兒，夜色已降臨，主人也回來了。他從前門進來，突然出現在我們跟前，當我們還沒來得及抬頭望他，他已經把我們三人全看在眼裡。嗯，我心想，從沒見過比當時更愉快、無邪的景象了，若還要責罵他們，真是件羞恥的事。紅通通的爐火，照在他們漂亮的臉上，兩張臉上充滿了孩子般熱切學習的神情。雖說哈里頓已經二十三歲，而凱瑟琳已經十八歲，但他們還有許多新鮮事物要去體會與學習，因此兩人都無法表現出穩重的成熟情感。

他們同時抬起眼來望向希斯克里夫先生。或許您從來沒注意過，他們倆的眼睛簡直是一模一樣，都像凱瑟琳・恩蕭的那雙眼。現在的凱瑟琳長得一點也不像她母親，只是額頭較寬，鼻子有點往上翹，不管她本性是否如此，都讓她顯得有些高傲。至於哈里頓，就更像了；這一直以來都是如此，而現在更加明顯——因爲他的感受力相當敏銳，心智也正在逐漸開竅、活躍中。

我想，正是因爲這樣相像，才讓希斯克里夫軟下心來。顯然他是因爲心情太過激動才走到爐邊，但當他再看那對年輕人時，那份激動就消失了；或者我應該說，激動的性質改變了，因爲那份激動還是存在的。他從哈里頓手裡拿過那本書，瞧瞧打開的那頁，然後不發一語地還回去，只作個手勢要凱瑟琳走開。在她走後沒多久，她的夥伴也離開了。我也正要走開，希斯克里夫卻叫我坐著別動。

「這是很糟糕的結局，不是嗎？」他對剛才看到的情景沉思了一會兒後，說：「我做盡壞事，結果得到的竟然是這麼荒唐的結局？我絞盡腦汁想用撬桿和鋤頭來剷除這兩家，並把我自己訓練得像海克力斯[1]一樣能幹。誰知，等一切都準備就緒，可以任我擺布，我卻發現自己連掀掉一片磚瓦的欲望都沒了！昔日的仇敵並不曾打敗我，現在正是我向他們的繼承人報仇的完美時機，我絕對可以做得到，沒有人能阻止得了我。可是那又有什麼用呢？我不想打人，連舉起手來都覺得麻煩！這聽起來，好像我苦苦地奮鬥了一輩子，就只是要展示我有多寬宏大量似的。絕對不是這樣的。只是我已經失掉了欣賞他們毀滅的樂趣，也懶得再去做些無謂的破壞了。

「奈莉，有一個奇怪的變化就快來了，現在我正籠罩在它的陰影中。我對日常生活一點興趣也沒有，根本不大記得吃喝這些事。剛剛走出這房間的那兩人對我來說，是唯一還能讓我保留清晰影像的東西。這影像讓我感到很痛苦，甚至悲傷。關於凱瑟琳，我不想多說些什麼，也不願意去想，可是我眞心希望她能消失。她的存在，只會讓人有發狂的感覺；而哈里頓給我的感覺就不同了，可是如果我能做到不像發瘋的樣子，我寧願永遠都不再看到他！如果要我試著說出他所喚起，或是引起過去的各種聯想與念頭，你或許會以爲我瘋了吧。」

他露出勉強的微笑，繼續說下去。

「但是我所告訴你的話，不要說出去，我從不向任何人透露我的心思，到了末了，卻仍然得找一個人說說——五分鐘之前，哈里頓彷彿我年輕歲月的化身，而不是一個人，讓我心頭湧現千頭萬緒，無法理性地跟他說話。

「首先，他活像凱瑟琳，簡直到了令人吃驚的地步，這讓他和凱瑟琳總是可怕地聯結在一起。你或許會以爲這是最足以引起我胡思亂想的一點，實際上卻是最微不足道的。因爲對我來說，有什麼不會讓我聯想到凱瑟琳呢？有什麼不會讓我憶起她來呢？我無法低頭看這屋裡的地板，因爲她的容貌就出現在石板上！每一片雲、每一棵樹——夜空中的每一股氣息，甚至白天，我瞥見的每一件東西，都充滿著她的身影——隨時隨地圍繞著我！就連最平常的男人和女人的臉——甚至是我自己的臉——都像她，都像她在嘲笑著我！整個世界充滿了可怕的回憶，處處都在提醒著我，她曾經存在過，而我已失去了她！

「是的，哈里頓的模樣，是我那永恆愛情的幻影，也是我瘋狂努力的幻影，想保持我的權力、我的墮落、我的驕傲、我的幸福以及我的痛苦……

「把這些想法一直說給你聽，或許我眞是有點瘋了。不過讓你知道這個以後，你就會瞭解爲什麼，雖然我並不想永遠孤獨，但又無法讓哈里頓跟我作伴，那只會加重我的折磨而已呀。這也多少讓我不想管他和他表妹以後要怎麼相處，我也顧不得他們了。」

「可是你所說的變化是什麼呢？希斯克里夫先生？」我問道，他現在的樣子讓我覺得有點詭異，雖然他還沒出現精神錯亂或者死亡的傾向。在我看來，他仍挺健壯的，而在他的理性方面，他從小就老往黑暗面想事情，腦子裡淨是些古怪幻想。他對他死去的摯愛，或許有點偏執，但在其他方面，他的頭腦跟我一樣健全。

「在變化還未來到之前，我也不清楚是什麼，」他說：「現在我只是隱約意識到有些什麼而已。」

「你沒有生病吧，是嗎？」我問。

「沒有，奈莉，我很好。」他回答。

「那麼你不是在害怕死亡吧？」我接著問道。

「怕死？不！」他回答：「我並不害怕死亡，也沒有預感就要死了，或者有想死的念頭。我怎麼會呢？我身體還很健壯，生活也很規律，也沒做什麼危險的事。我應該、大概會留在這個世上，直到我頭上找不出一根黑髮來吧。可是我無法繼續以現在的情況活下去！我必須時常提醒自己要呼吸——幾乎必須提醒我的心臟要跳動！這簡直就像把一根硬彈簧扳彎了似的！只要不是由我的意識指示的動作，即使是最微不足道的動作，也是被強制要求做出來的。對於任何活的死的東西，只要不是和我那個無所不在的思想有關，我都得特別去注意。我只有一個願望，而我整個身心和能力都希望能達到這願望，我已經渴望了這麼久，如此堅定，堅定到我自己都相信一定可以達成的，而且就在不久的將來。因爲這願望已經毀了我的生存，我已經完全淪陷於能如願以償的企盼中了。這樣的表白無法讓我覺得輕鬆點，但多少可以說明我爲什麼會表現出某些情緒來，否則這些情緒是無法被理解的。啊，上帝！這眞是一場漫長的掙扎，我希望這一切能趕快結束！」

他開始在屋裡走來走去，自言自語地呢喃些可怕的話。最後我不得不漸漸覺得（他說約瑟夫也這麼認爲），良心的譴責讓他的心變成了人間地獄。我眞不知道最後將會如何結束。雖然他以前很少像這樣暴露自己的內心，甚至連神色上亦看不出端倪，但他平常的心情一定就是如此，這我毫不懷疑。他自己也承認了，但從他平常的舉止看來，誰也猜不出會是如此。

洛克伍德先生，當您剛見到他時，應該也沒料到是如此吧？就在我提到的這個時期，他平日的舉止還是跟以前沒兩樣，只是更喜歡獨處，或者在人前更加寡言而已。

譯註：

1海克力斯（Heracles），希臘神話中以完成十二項艱鉅任務而聞名的萬能英雄。

Chapter 34

第三十四章

那天晚上以後，有好幾天時間，希斯克里夫先生都避免跟我們一起吃飯，但是他又不想明說不要見到哈里頓和凱蒂。他不想任憑感情行事，因此寧可自己避開。而且，二十四小時內用餐一次，對他來說似乎就已經足夠了。

有天夜裡，當家裡人都睡著以後，我聽見他下樓，從前門走出去。我一直沒有聽見他再走進來，到了隔天早上，我發現他仍沒回來。當時正值四月天，天氣相當和煦宜人，草地被雨水和陽光滋養得青翠無比，南牆邊的兩棵矮蘋果樹開滿了花。早餐過後，凱瑟琳非要我搬張椅子，帶著我的針線活兒，坐在屋外樅樹下。她又說服那位從意外中康復的哈里頓，幫她翻土、修整她的小花園。約瑟夫抱怨之後，這小花園便搬到裡邊角落去了。我正愜意地享受周圍春天的芬芳氣息，和頭上那片美麗的淡藍色天空。這時，剛跑到門邊採集櫻草根的小姐，才摘了一半就跑回來，告訴我們希斯克里夫先生回來了。

「他還跟我說話呢。」她說，帶著迷惑不解的神情。

「他說什麼？」哈里頓問。

「他叫我趕快走開，」她回答：「不過他的神情看起來和平常不大一樣，我便停下來看了他一會兒。」

「怎麼不一樣？」他問。

「唉，可說是快活又開心——不，簡直就是——非常興奮，興高采烈！」

「應該是夜遊讓他很開心的緣故吧。」我說道，擺出一副不在乎的樣子。其實，我就跟她一樣驚訝，而且很想去看看她說的是不是真的，因爲並不是每天都看得到主人神色愉悅。於是我編了個藉口走開。希斯克里夫站在門口，大門敞開著。他的臉色蒼白，全身顫抖，不過他的眼裡散發一種奇異的快樂神情，讓他整個面容都改變了。

「你想吃點早餐嗎？」我說：「你遊蕩了一整夜，應該餓了吧！」我想知道他去了哪裡，可是我並不想直接問。

「不，我不餓。」他回道，並帶著點輕蔑的樣子轉過頭，似已察覺到我正在揣測他爲何如此快樂。

我感到很惶恐困惑，不知道現在是不是提出忠告的良好時機。

「我覺得整夜在外遊蕩、不睡覺是很不明智的作法。」我說：「無論如何，現在這個季節這麼潮濕，我敢說你一定會著涼、發燒的。你現在的樣子有點不大對勁！」

「現在沒有什麼我承受不了的，」他說：「而且是樂意至極，只要你讓我一個人待著就行了。進去吧，別來煩我。」

我聽了他的話。當我走過他身邊，聽到他的呼吸急促得像隻貓。

「不好了，」我心想，「非要害場大病不可了。我想不出他昨晚做了些什麼。」

那天中午，他過來跟我們一同用餐，且從我手裡接過一只堆得滿滿的餐盤，好像他之前一直不吃不喝，現在要好好補償一下似的。

「我沒著涼，也沒發燒，奈莉。」他說道，回答我早上的提問。「你給我這麼多食物，我得好好吃一頓才行。」

他拿起刀叉正要開動，忽然又改變主意了。他把刀叉放在桌上，焦慮地望向窗外，然後站起來走出去。我們用完餐後，還看到他在花園裡走來走去，哈里頓說他要去問問希斯克里夫爲什麼不吃午餐。他還以爲我們什麼地方惹主人生氣了。

「怎麼樣，他要來了嗎？」凱瑟琳看到她表哥回來時，大聲問道。

「沒有，」他回答：「不過他並沒有生氣。而且，他還眞是難得這樣高興。反而是我多問了兩遍，惹他不耐煩。然後他叫我到你這兒來，他奇怪我怎麼還要找別人作伴。」

我把他的盤子放在爐上熱著，一、兩個鐘頭後，他又進來了，這時屋裡的人都出去了。但看他的樣子並沒平靜多少，他黑色的眉毛下，依舊是那不自然（的確是非常不自然）的快樂神情，臉上還是毫無血色，牙齒不時露出一種微笑。他渾身直打哆嗦，並不像是冷得發抖或虛弱得顫抖，而是像一根拉緊了的弦在顫動——一種強烈的震顫，而不是在發抖。

我心想，我得去問問到底是怎麼回事才行，不然還有誰會問呢？於是我喊道：「你聽到什麼好消息了嗎？希斯克里夫先生，你看起來非常激動。」

「我哪裡會有什麼好消息呢？」他說：「我是非常餓，但又好像吃不下。」

「你的午餐在這兒，」我回答：「爲什麼不去吃點呢？」

「現在我不想吃，」他連忙喃喃說道：「我要等到晚餐再吃。奈莉，我再說最後一次，我求你警告哈里頓和其他人都不要來煩我，我希望誰也別來打擾我，我只要自己一個人待在這裡。」

「你這麼不想見他們，可有什麼其他原因嗎？」我追問道：「跟我說說，你的舉止怎麼會這麼異常，希斯克里夫先生？你昨晚到哪兒去啦？我並不只是出於無聊的好奇才問的，可是——」

「你就是出於非常無聊的好奇才問這話的！」他打斷我的話，大笑一聲。「不過，我還是會回答你的問題。昨天晚上，我眞到了地獄邊緣啦！今天，我幾乎就要看到我的天堂。我親眼看到了，離我不到三呎遠！現在你最好走開！如果你管得住自己的好奇，不再來打探的話，就不會再看到或聽到什麼讓你害怕的事了！」

我掃過爐台、擦過桌子後，便走開了，心裡更加惶恐不安。

那天下午他沒再離開屋子，也沒人打攪他獨處。到八點鐘時，雖然他並沒有叫我，但我認爲自己還是該送支蠟燭和晚餐去給他。

他正靠在開著窗戶的窗台邊，可是並沒有在看窗外，而是面對屋裡的黑暗。爐火已經燒成灰燼，屋裡充滿陰天夜晚那種潮濕溫熱的氣息。屋裡如此寂靜，不僅能清楚聽見吉默屯那邊的淙淙流水聲，就連潺潺的漣漪以及流過小石頭或穿過大石頭的拍打聲，都能聽得一清二楚。我一看到那暗淡無光的爐火，便發出一聲不滿意的驚叫，並且開始一扇一扇關上窗子，直到接近他靠著的那扇窗戶。

「要不要關上這扇窗呢？」我詢問他，爲的只是要喚醒他，因爲他一動也不動。

我說話時，燭光照在他臉上。啊！洛克伍德先生，我眞說不出，當我突然看到他時，那情景有多可怕！那對深陷的黑眼睛！那抹微笑和死人般的蒼白！在我看來，那不是希斯克里夫先生，根本就是個妖怪啊！我嚇得拿不住蠟燭，讓蠟燭倒到牆上了，屋裡頓時陷入一片漆黑。

「好吧，關上吧，」他用平時的聲音回答：「瞧你，眞是笨手笨腳的！怎麼會橫著拿蠟燭呢？趕快再去拿一支來。」

我簡直嚇壞了，趕緊跑出去，跟約瑟夫說：「主人要你給他拿支蠟燭去，再把爐火生起來。」因爲我根本就不敢再進去了。

約瑟夫往煤斗裡裝了一些煤，就進去房間了。沒一會兒又回來了，另一隻手還端著晚餐盤，他說希斯克里夫先生要上床睡覺了，今天晚上不想吃東西。我們聽到主人上樓的聲音，但他並沒有去他平常睡的臥房，而是轉進那間有嵌板床的房間。我之前提過，那間房的窗子寬到可以讓任何人爬進爬出，讓我突然想到，他打算再出去夜遊，只是不想讓我們生疑而已。

「他是一個食屍鬼，還是一個吸血鬼呢？」我心裡這樣想著。我曾在書裡讀過這種可怕的魔鬼化身，接著我又想起，我在他童年時是如何照顧他的，後來又看著他長大成人，幾乎是看著他一輩子，現在卻被這種恐懼感打倒，可眞是荒唐。

「可是這個小黑鬼到底是打哪兒來的？被一個好心人收留，反倒毀了自己？」當我昏昏欲睡時，還在腦袋裡迷信地嘀咕。我開始半夢半醒地想像他的父母該是怎樣的人，把自己弄得疲累不堪；又把我醒著時想過的事再想一次，追溯了一遍他悲慘的一生。最後，又想到他去世和下葬的事情。關於這一點，我只記得我當時最苦惱的是要決定他墓碑上的刻文，還特地去跟祭司商量這事。因爲他既沒有姓，也不知道他確切年齡，只能刻上「希斯克里夫」了事。而事實上我們也眞的就這麼辦了。如果您去墓園，只能在他的墓碑上看到這個名字，以及他過世的日期。

黎明讓我再度恢復神智。我剛能看清楚天色便起床，走去花園裡看看他窗下有無足跡，結果是半點都沒有。

「他待在家裡，」我心想，「那麼今天他應該就好了。」

我照常準備早餐，不過告訴哈里頓和凱瑟琳先用餐，不用等主人下來，讓他多睡一會兒。他們想在戶外的樹下用餐，我就幫他們放了張小桌子。

當我再進屋裡，發現希斯克里夫先生已經下樓了。他和約瑟夫正在談論田裡的事情。他針對討論的事情給了清楚明確的指示，但是他說得很急，而且說話同時不停地轉頭張望，依然帶著同樣的興奮神情，甚至比之前更加亢奮些。約瑟夫離開後，他坐在平常坐的椅子上，我便在他面前放上一壺咖啡。他把咖啡拿近些，接著把手放上桌子，往對面的牆上望去。我猜他是在看某個區塊，用那閃爍不安的眼睛，上上下下打量，而且帶著強烈的興趣，以至於他有半分鐘都沒喘過一口氣。

「好啦，」我喊道，把麵包推到他手邊，「趁熱趕快吃吧。都快一個鐘頭了。」

他沒理我，不過臉上帶著微笑。我寧可看他咬牙切齒，也不願看到這樣的微笑。

「希斯克里夫先生！主人！」我喊道，「看在上帝的分上，別這麼乾瞪眼，好像你看見鬼似的。」

「看在上帝的分上，別這麼大聲嚷嚷。」他回答：「轉身看看四周，告訴我，這兒是不是只有我們兩個人？」

「當然，」這是我的回答。「當然只有我們兩個。」

但我還是不由自主地將他的話聽進去，好像自己也不十分確定一樣。他隨手一掃，把早餐推到一旁清出一塊空間，以便更自在地俯身向前凝望。

我現在也看出來，他不是在看那面牆，因爲當我仔細看他時，他好像眞的在凝視著兩碼內的某個東西。不論那是什麼，顯然給了他極度的歡樂與痛苦；至少他臉上悲痛又狂喜的神情，讓人有這樣的感覺。那幻想的東西並非固定不動，他的兩眼緊緊追尋，即使在跟我說話，也捨不得移開目光。我提醒他，他已經很久沒有進食了，可是根本就是白費力氣。就算他聽了我的勸告，漫不經心地伸手拿了一塊麵包，但他的手指還沒有碰到麵包，便又握緊拳頭，這麼擱在桌上，完全忘了拿麵包這回事。

我像個有耐心的模範生一般靜靜坐著，看他這麼全神貫注地深陷於自己的世界中，企圖分散一下他的注意力。沒想到他後來突然煩躁起來，站起身問我為何不肯讓他獨自用餐？又說下一次用不著留下來侍候他，可以把東西放著就走。說完這些話，他就離開屋子了，沿著花園小徑緩緩走去，出了大門後再也不見人影。

時間遂這麼在焦慮不安中悄悄過去，另一個夜晚又降臨了。我很晚才回房睡覺，躺下了卻還是睡不著。希斯克里夫半夜才回來，可是他沒有上床睡覺，反而把自己關在樓下。我靜靜聽著，在床上翻來覆去，最後索性穿上衣服下樓。因為躺在那兒胡思亂想，讓各種雜念不斷侵擾我，實在太傷神了。

我聽到希斯克里夫的腳步聲，他焦灼不安地不停踱步，不時以一聲呻吟似的深嘆打破寂靜，有時也會低聲吐出幾字，我只聽得出凱瑟琳的名字，加上幾聲親密或痛苦的呼喊。他說話的口氣就像有人站在他的對面，聲音低沉而真摯，簡直是從心靈深處擠出來的幾個字。我沒有勇氣直接走進去，但又很想把他從幻夢中叫醒，因此我去撥弄廚房裡的火，使勁地撥動柴火，又開始鏟煤渣，終於把他引過來了，比我預期的還要快些。他立刻開了門，說：「奈莉，到這兒來。已經早上了嗎？拿蠟燭進來。」

「四點了，」我回答：「你需要帶支蠟燭上樓的話，可以在這裡的爐火點上一支。」

「不，我不想上樓。」他說：「進來，幫我生起爐火，收拾收拾這間屋子吧。」

「我得先把這堆煤煽紅了，才能拿走幾塊煤炭。」我回答道，搬了椅子和風箱過來。

與此同時，他還是一直來回踱步，那樣子簡直就像要精神錯亂了。他一聲接一聲地發出沉重的嘆氣，彷彿中間根本沒有正常呼吸的餘地。

「等天亮了，我要請格林過來，」他說：「在我還能冷靜思考、安排事情時，我想問他一些法律問題。我還沒有立遺囑，也還沒決定怎樣處理我的財產。但願我能把這些財產從地面上銷毀掉！」

「我可不想談這些，希斯克里夫先生，」我插嘴道：「先別管你的遺囑吧，你做了那麼多傷天害理的事，還得活著慢慢懺悔呢！我從沒料到你會神經錯亂，可是，眼下可眞錯亂得教人驚奇，而且幾乎完全要怪你自己。照你這三天的過法，就算你有泰坦[1]那麼強壯，身體也會垮掉。吃點東西，休息休息吧。只要照照鏡子，就知道你有多需要進食和睡覺了。你的兩頰都陷下去了，兩眼充滿血絲，就像個餓得要死、睏得快瞎了的人啦。」

「我吃不下、睡不著，這可不能怪我。」他回答：「我跟你保證，我並不想這麼折磨自己。只要我可以的話，我會馬上吃東西、睡覺的。可是你能叫一個在水裡掙扎的人，在離岸只有一臂遠的地方停下來休息嗎？我必須先爬上岸，然後才能好好休息——好吧，先別管格林先生。至於懺悔我造過的孽，我並沒有做過什麼不公正之事，所以也沒有什麼好懺悔的。我太幸福了，可是又不夠幸福。我心裡的喜悅殘害著我的軀體，卻又無法讓它得到滿足。」

「幸福，我的主人？」我嚷道：「眞是奇怪的幸福！如果你能心平靜氣地聽我說話，不生氣，我倒可以奉勸你幾句，讓你更幸福些。」

「你要勸我什麼？」他問。「說吧！」

「你是知道的，希斯克里夫先生，」我說：「你從十三歲起，就一直過著自私、不虔誠的生活。這麼久一段時間，你手裡應該從沒拿過聖經吧。你一定早就把聖經裡的教誨都忘記了，而現在或許再也沒工夫去看了。我們應該請個人來——隨便哪個教會的牧師都可以，來講解一下聖經內容，讓你知道，你已經背離聖經的訓誡有多遠啦，根本無法進天堂，除非你在死前能徹底改過自新。」

「我並不生氣，反而很感激你，奈莉，」他說：「因為你讓我想到我希望的下葬方式——要在晚上運到教堂的墓園。如果你跟哈里頓願意，可以陪我一起過去，不過要特別記得，讓教堂司事按照我要怎麼安置兩個棺木的方式辦理！不需要牧師，也不需要幫我念什麼禱文。我告訴你吧，我快要抵達我的天堂了。別人的天堂對我來講根本毫無價值，我一點也不稀罕。」

「假如你堅持，這麼固執地絕食下去而死掉，他們拒絕把你葬在教堂墓園裡呢？」我說道，聽到他這麼無視於神而大感吃驚。「那你怎麼辦呢？」

「他們不會這麼做的。」他回答：「萬一他們真的這麼做，你們一定要偷偷把我移過去。如果你們坐視不管，就會瞭解到，死者事實上並非完全滅亡的！」

他一聽到家裡其他人開始走動了，隨即退避到他的房裡去，我也鬆了一口氣。但是到了下午，約瑟夫和哈里頓正在忙活時，他又來到廚房，帶著狂野的神情，叫我到大廳坐著。他需要有個人陪他。我拒絕了，並且明白告訴他，他那些怪裡怪氣的言行舉止嚇著我了，我沒有那份膽量、也沒有那份心思單獨跟他在一起。

「我想你一定認為我是惡魔吧，」他冷笑一聲，說道：「我像一個極其可怕的東西，根本不合適住在體面人家裡吧。」當時凱瑟琳正好在那裡，他一進來，她便躲到我的背後去。於是他接著轉過身，對凱瑟琳半譏笑地說：「你肯來嗎，小寶貝？我不會傷害你的。不！對你來說，我已經把自己變得比魔鬼還壞了。好吧，有一個人不怕跟我作伴！天呀！她真殘忍。啊，該死的！這是一般血肉之軀無法承受的，連我都受不了啦！」

他再也不要有人陪他，黃昏時，便進自己房裡去。一整夜，直到早上我們都還聽見他不斷地呻吟、自言自語。哈里頓急著想進去，但我叫他去請肯尼斯醫生，應該請醫生來看看情況。醫生到的時候，我要求進房裡去，並且試著開門，卻發現門鎖上了。希斯克里夫叫我們滾蛋。他好些了，只想自己一個人待著，因此醫生又離開了。

當天晚上下了場大雨。可眞是一場滂沱大雨，一直下到天亮。當我清晨繞著屋子散步時，看到主人的窗子開著，隨風搖擺，雨直往裡面打。我心想，他應該不在床上，否則這場大雨可要讓他濕透了。他一定不是起床了，就是出去了。但我也不想再胡亂猜測，便直接大膽地進去看看。

我順利找來另一把鑰匙開門，進去之後，一看裡面並沒有人，便想到去推開嵌板偷偷往裡面看一下。希斯克里夫先生正在那兒，仰躺著。他的眼神既銳利又凶狠地瞪著我，讓我大吃一驚，接著他彷彿又笑了。

我無法想像他已經死了，可是雨水打濕了他的臉和脖子，床單也在滴水，他卻動也不動。那扇窗子來回拍打，把他放在窗台上的手都擦破了。破皮的地方沒有流出血，我用手一摸，再也無法懷疑：他是眞的死了，而且身體也僵硬了！

我扣上窗子，把垂在他前額的黑色長髮梳理好。我試著闔上他的眼睛，因爲如果可能的話，我是想在別人瞧見之前，先消除掉他那可怕、像活人似的狂喜眼神。他的眼睛卻闔不上，似乎是在嘲笑我的白費力氣，連他那張開的雙唇和鮮明的白牙，也在嘲笑我！我頓時又不由自主地害怕起來，大叫約瑟夫過來。約瑟夫拖拖拉拉地走上來，嚷嚷一陣後，堅決拒絕管這死人的事。

「魔鬼把他的靈魂抓走啦！」他喊道：「索性也把他的屍體拿去吧，我才不管呢！唉！他是個多惡毒的人啊，就連死了還齜牙咧嘴地笑著！」這老罪人也學著譏嘲地齜牙咧嘴笑。

我還以爲他打算繞著床大跳一番呢，可是他卻忽然停住笑聲，跪了下去，舉起他的雙手，感謝上天讓合法的主人和古老的世家恢復他們的權利。

這可怕的事件眞把我弄昏頭了。我不由自主地憶起昔日種種，不禁悲從中來。不過可憐的哈里頓，他所受的委屈雖是最大的，卻也是唯一眞正爲希斯克里夫感到難過的人。他整夜守在屍體旁邊，眞心眞意地傷心悲泣。他握住死者的手，吻那張別人都不敢注視的嘲諷、殘暴面容。他以一種從寬容的心自然流露出來的沉慟悲傷來哀悼他，雖然那顆心就像鋼鐵一般堅強。

肯尼斯醫生對於主人死於什麼病，不知該怎樣判定才是。我沒說出他四天沒吃東西的事實，生怕會引來什麼麻煩。再說我也相信他不是故意絕食的，那是他奇怪的病所引發的下場，並不是病因。

我們按照主人所希望的方式幫他安葬，惹得左鄰右舍議論紛紛。哈里頓和我、教堂司事，以及另外六個人一起抬著棺木，這便是全部的送葬人員了。那六個人將棺木放進墳墓裡便離開，我們留在那兒，看著棺木埋好。哈里頓淚流滿面，親自挖起綠草鋪在棕色的墳堆上。現在，這墳墓已經跟其他墳墓一樣綠油油的了——我眞心希望這墳墓裡的人也能安穩長眠。但是，如果您問起鄉裡的人，他們就會手按聖經，信誓旦旦地說，他還在到處遊晃著；有些人說曾在教堂、曠野或甚至這屋子裡見過他。您會說這是無稽之談，我也這麼說。可是廚房爐火邊的那個老頭子肯定會說，自從他死後，每逢下雨的夜晚，只要從他房間的窗口往外望，就會看見「他們倆」。而且，大約一個月前，我也遇見過一件怪事：有天晚上我正要到田莊去——那是個黑沉沉的夜晚，就快下雷雨了——就在山莊附近的轉彎處，我遇見一個小男孩，趕著一頭羊和兩隻羔羊。他哭得好傷心，我還以爲是羊群使壞，不聽他指揮。

「怎麼啦，小傢伙？」我問。

「希斯克里夫和一個女人在那邊，在山岩底下，」他哭道：「我不敢走過去。」

我什麼也沒看見，可是他和羊群都不肯往前走，因此我叫他從下面那條路繞過去。或許是他自己經過曠野時，想起從他父母或同伴那裡聽到的那些荒誕之說，就幻想出這些幽靈來了。但是現在我也不想天黑時出去，也不願一個人留在這陰森森的屋裡。我實在沒辦法。我眞高興凱瑟琳他們就要離開這兒，搬到田莊那裡去了。

*　　　　*　　　　*

「那麼，他們要搬到田莊去啦？」我問。

「是的，」狄恩太太回答：「他們一結婚就搬過去，婚期定在新年那天。」

「那麼誰會住在這裡呢？」

「喔，讓約瑟夫照料這房子，也許會再找個小伙子來跟他作伴。他們會住在廚房裡，其餘房間都要鎖起來。」

「讓那些鬼魂愛住下來就住下來吧。」我說。

「不，洛克伍德先生，」狄恩太太搖搖頭：「我相信死者已經安息了，而且我們也不該隨便談論死者。」

這時，花園的門開了，那對出遊的人回來了。

「他們倒是什麼都不怕。」我咕噥，從窗口看著他們走過來。

「只要他們兩個在一起，就可以勇敢地對付撒旦和他所有的魔鬼大軍。」

凱瑟琳和哈里頓踏上門階，停下來再看一眼月亮，或者更確切地說，是藉由月光彼此對視。我不由自主地又想避開他們，便把一點小禮物塞進狄恩太太手裡，不顧她抗議我的莽撞，在他們開門進來時溜出廚房。要不是因為我在約瑟夫腳下丟了一枚金幣，清脆地噹啷一聲，他才認出我是個體面人，要不然他眞以為奈莉在進行什麼風流韻事呢。

我繞路到教堂墓園去，因而多走了一段路。當我走到教堂牆腳下，還是可以看出，不過七個月時間，教堂已顯得更加朽壞。很多窗子的玻璃都破了，露出黑漆漆的缺口；屋頂右邊好幾塊瓦片也都翹了起來，等到秋天的風雨一吹，便要慢慢掉光啦。

我在靠近曠野的斜坡上，很快找到那三塊墓碑。中間那一塊是灰色的，一半埋在草裡；艾德加・林頓的墓碑腳才剛長出青草，苔鮮蓋上碑腳，跟四周合為一體；而希斯克里夫的墓碑還光禿禿的。

我在那平靜的天空下，徘徊於這三塊墓碑之間，看著飛蛾在石楠叢和鈴蘭花叢中飛舞，聆聽徐徐微風拂過草地。心裡納悶著，有誰能想像得到，在這平靜的土地下，有哪位長眠者無法安息。

譯註：

1 泰坦（Titan），希臘神話中的「巨人」族，象徵著太陽。

國家圖書館出版品預行編目資料

咆哮山莊/艾蜜莉.白朗特(Emily Brontë)著；伍晴文譯.
—— 二版. ——臺中市：好讀出版有限公司, 2022.04
面：　公分，——（典藏經典；39）

譯自：Wuthering heights

ISBN 978-986-178-573-8（平裝）

873.57　　110017446

好讀出版

典藏經典 39

咆哮山莊【新裝珍藏版】

作　　者／艾蜜莉．白朗特 Emily Brontë
譯　　者／伍晴文
總 編 輯／鄧茵茵
責任編輯／林碧瑩、林泳誼
行銷企劃／劉恩綺
發 行 所／好讀出版有限公司
407台中市西屯區工業30路1號
407台中市西屯區大有街13號（編輯部）
TEL:04-23157795　FAX:04-23144188
http://howdo.morningstar.com.tw
（如對本書編輯或內容有意見，請來電或上網告訴我們）
法律顧問／陳思成律師

讀者服務專線：(02)23672044 / (04)23595819#230
讀者傳真專線：(02)23635741 / (04)23595493
讀者專用信箱：service@morningstar.com.tw
晨星網路書店：http://www.morningstar.com.tw
郵政劃撥：15062393（知己圖書股份有限公司）
如需詳細出版書目、訂書，歡迎洽詢

二版／西元2022年4月15日
初版／西元2011年7月15日
定價／350元
如有破損或裝訂錯誤，請寄回知己圖書更換

Published by How-Do Publishing Co., Ltd.
2022 Printed in Taiwan

ISBN 978-986-178-573-8

填寫線上讀者回函
獲得更多好讀資訊